Richard Roper

ZWEI AUF
EINEM WEG

Roman

Aus dem Englischen von Birgit Schmitz

WUNDERLICH

Die englische Originalausgabe erschien 2021 unter dem Titel
«When We Were Young» bei Orion Publishing Group Ltd., UK.

Deutsche Erstausgabe
Veröffentlicht im Rowohlt Verlag, Hamburg, August 2022
Copyright © 2022 by Rowohlt Verlag GmbH, Hamburg
«When We Were Young» Copyright © 2021 by Richard Roper
Redaktion Tobias Schumacher-Hernández
Innengestaltung Daniel Sauthoff
Satz Zenon bei Pinkuin Satz und Datentechnik, Berlin
Druck und Bindung GGP Media GmbH, Pößneck, Germany
ISBN 978-3-8052-0096-7

Die Rowohlt Verlage haben sich zu einer nachhaltigen Buchproduktion
verpflichtet. Gemeinsam mit unseren Partnern und Lieferanten
setzen wir uns für eine klimaneutrale Buchproduktion ein, die den
Erwerb von Klimazertifikaten zur Kompensation des CO_2-Ausstoßes
einschließt.
www.klimaneutralerverlag.de

Für meinen Neffen William

TEIL EINS

KAPITEL EINS
THEO

Ich sollte aus meiner Wohnung rausfliegen, was schon an sich ziemlich blöd war. Dass die Vermieter meine eigenen Eltern waren, machte die Sache nicht besser. Aber das deutlichste Anzeichen für meine nicht ganz optimale Lebenslage war wohl, dass ich zufälligerweise die Hütte in ihrem Garten bewohnte.

Der Räumungsbescheid war mir per Brief unter der Hüttentür zugestellt worden; auf dem Umschlag stand in Dads krakeliger Handschrift mein Name.

> *Theo,*
> *ich fürchte, das dauert jetzt alles schon <u>zu lange</u>. Du kannst nicht einfach immer weiter hier wohnen bleiben, ohne Anstalten zu machen, dein Leben wieder selbst in die Hand zu nehmen. Das hier war nur als Provisorium gedacht. Darum geben wir dir bis zum Tag nach deinem Geburtstag diesen Samstag Zeit, dir was anderes zu suchen.*
> *Es ist besser so.*
> *In Liebe,*
> *Dad & Mum*

Die Diskussion übers «Ausziehen» hatten wir in den letzten zwei Jahren wohl an die hundertmal geführt – eigentlich ständig, seit ich aus London zurück nach Hause geschlichen gekommen war. Aber ein offizieller Räumungsbeschluss stellte – auch wenn er hinten auf den Gemeindebrief neben die Werbung für den «Rate das Gewicht»-Backwettbewerb gekritzelt war – eine neue Eskalationsstufe dar. Also beschloss ich, den Stier nach einem kurzen zweistündigen Nickerchen bei den Hörnern zu packen.

Als ich durch den Garten zum Haus ging, sah ich Dad gefährlich schwankend oben auf der Leiter stehen und mit einer mörderischen Heckenschere am Efeu an der Hauswand herumschnippeln. Er trug seine von ihm so genannten «Gartenschuhe» – alte Büro-Slipper, die absolut null Schutz boten gegen Dinge wie – um ein beliebiges Beispiel aus der Luft zu greifen – Heckenscheren. Ich wusste nicht, was in ihn gefahren war. Seit er im Ruhestand war, vertrieb er sich die Zeit mit dem, was Mum «die kleinen Projekte deines Vaters» nannte, aber die meisten davon schienen ihn unmittelbar in Gefahr zu bringen. Und so war ich zu ständiger Wachsamkeit verdammt: musste Fenster aufstoßen, um Lötdämpfe abziehen zu lassen, und so tun, als hätte ich rein zufällig die Schutzbrille aus meinem alten Chemiekasten gefunden, um sie dann auf seiner Werkbank zu vergessen und den Amazon-Karton später diskret zu entsorgen. Ich wünschte, er würde sich eine Scheibe von Mum abschneiden: Alle Werke von Agatha Christie zu lesen und sich mit einem Zahnarzt über den Umweg von Leserbriefen im Lokalblatt eine knackige Fehde über die neue Einbahnstraßenregelung zu liefern, erschien mir sehr viel altersgerechter.

Mir blieb nichts anderes übrig, als mich unten auf die Leiter zu stellen, damit sie nicht wegrutschte, und den Efeustücken zu trotzen, die auf mich herabregneten.

«Morgen!», rief ich zu ihm hoch.

«Nachmittag!», antwortete er.

Meine Armbanduhr zeigte eine Minute nach zwölf an. Der erste Punkt ging an ihn.

«Ich nehme an, du hast unsern Brief bekommen?», sagte Dad.

Ich verdrehte die Augen. «Ja, er erreichte die Schützengräben im Morgengrauen. Danke für die Schokolade und die Zigaretten. Jetzt ziehen wir mit gestärktem Kampfgeist in die Schlacht.»

«Ist das einer von deinen berühmten Späßen? Nicht sehr witzig, fürchte ich.»

«Ich würde sagen, ungefähr so witzig, wie von meinen Eltern auf die Straße gesetzt zu werden.»

Ich schaffte es nur knapp, beide Hände an der Leiter zu halten, während ich einem besonders fiesen Efeubatzen auswich, der direkt an meinem Ohr vorbeisauste.

«Tja, ich fürchte, du lässt uns keine andere Wahl. Wir führen dieses Gespräch ja jetzt schon zwei Jahre.»

«Dreiundzwanzig Monate, um genau zu sein.»

«Haarspaltereien. Schwache Ausreden. Et cetera.»

«Hm, und was soll ich davon halten, dass ihr *eine Woche* vor meinem Geburtstag damit ankommt?», sagte ich.

«Ach, komm schon, jetzt sei nicht eingeschnappt.»

«Ich *bin* nicht eingeschnappt», sagte ich seufzend, verdrehte erneut die Augen und verschränkte die Arme – nur um im nächsten Moment wieder nach der Leiter zu greifen. Sie war gefährlich zu einer Seite geruckelt, als Dad sich nach der Regenrinne gereckt hatte, um etwas daraus zu entfernen. (Moos, wie's aussah, denn ein Großteil davon hing jetzt in meinen Haaren.)

Zu meiner Erleichterung beschloss Dad, eine Pause zu machen. Unten angekommen, legte er eine Hand auf meine Schulter. Ich bemerkte einige Altersflecken auf seiner Haut. Wie lange hatte er die schon? Waren sie zur selben Zeit aufgetaucht, als die letzte Stelle mit braunen Stoppeln aus seinem jetzt schmutzig weißgrauen Bart verschwunden war?

Er schob mich mit sanftem Nachdruck vom Fuß der Leiter weg und sagte: «Hör zu. Wie ich dir schon sehr, sehr oft gesagt habe: Ich weiß, dass du in London eine ziemlich harte Zeit hattest. Wir wünschen uns alle, dass aus dieser Sache beim Fernsehen was geworden wäre, und was Babs angeht – die Trennung und was weiß ich nicht alles –, das war echt ein Jammer. Wir hatten sie wirklich gern. Aber davon, dass du zu Hause hockst und Trübsal bläst, wird nichts besser, oder?»

«Aber ich bin glücklich hier, Dad. Zählt das denn gar nicht?»

Er fuhr fort, als hätte er mich nicht gehört: «Je länger du hierbleibst, desto schwieriger wird es für dich, wieder den Anschluss zu finden.»

«Wieder den Anschluss zu finden? Das klingt ja, als hätte ich zehn Jahre wegen bewaffneten Raubüberfalls gesessen. Oder als wär ich so eine Art ... Eremit.»

«Na ja, weit entfernt davon bist du jedenfalls nicht. Ich meine, sieh dir doch nur mal an ...», er zeigte auf meine Unterkunft, «wie du meine Gartenhütte zu deiner kleinen Höhle umgestaltet hast.»

«Hey, nichts gegen die Hütte. Ich hab gerade extra noch eine Lichterkette aufgehängt.»

Dad rieb sich die Augen.

Ich roch einen Moment der Schwäche, den ich sofort auszunutzen versuchte.

«Würdest du nicht auch sagen, dass ich ein vorbildlicher Mieter bin? Ich mähe den Rasen. Ich räume die Spülmaschine aus. Ich ... ich zahle Miete.»

«Nicht in den letzten acht Monaten», schoss Dad zurück.

«Na ja, nicht im engeren Sinne. Aber ich hab Mr Pigglesby fast jeden Tag mit ein paar Münzen gefüttert.»

Wir schauten beide durchs Küchenfenster auf das Sparschwein auf der Anrichte. Das treulose Miststück schien meinem Blick auszuweichen.

«Und davon mal abgesehen», fuhr ich fort. «Sobald eines meiner Drehbücher ein Erfolg wird, kauf ich dir eine neue Hütte, versprochen.»

«Und wie geht's voran mit den Drehbüchern?»

«Absolut top», sagte ich, obwohl ich in Wahrheit seit Monaten kein Wort geschrieben hatte.

«Tut mir leid», sagte Dad und klang verstörend beharrlich, «aber unsere Entscheidung steht fest. Du warst jetzt lange genug hier. Wir lassen keine weiteren Ausreden mehr gelten. Und wie's in dem Brief steht, geben wir dir Zeit bis nach deinem Geburtstag. Denn schließlich ...»

O Gott. Jetzt holte er zum entscheidenden Schlag aus. Ich wappnete mich für den Todesstoß.

»... wirst du ja *dreißig*.»

KAPITEL ZWEI
JOEL

Der Brief hatte alles verändert. Obwohl mir die Nachricht, die er enthielt, bereits am Vortag persönlich mitgeteilt worden war, war sie erst richtig angekommen, als ich sie schwarz auf weiß vor mir sah. Von dem Moment an hatte ich den Brief, in der linken Jackentasche versteckt, immer bei mir getragen. In den vergangenen vier Wochen hatte ich ihn ebenso sorgfältig gehütet wie den Gegenstand in der rechten Jackentasche – den Ring, den ich jetzt mit der Hand umschloss, um mich zum hundertsten Mal an diesem Morgen zu vergewissern, dass er noch da war.

Ich schaute auf die Uhr. Es war kurz nach zehn. Wenn die Zeiger noch einmal ganz herumgewandert waren, sollte der Ring einen neuen Besitzer haben …

Nie war ich mir sicherer gewesen, wie sehr ich Amber Crossley liebte, als an einem regnerischen Morgen vor etwas mehr als zwei Monaten. Die Stadt erwachte gerade erst langsam, und alles war friedlich. Ich drehte mich zu Amber um, die noch schlief. Mein Blick wanderte zu der zarten, bleistiftdünnen Narbe an ihrem Kinn, die sie sich mit sieben bei einem Sturz vom Fahrrad eingehandelt hatte. Ich erinnere mich, gedacht zu haben, wie sehr ich die Vorstellung hasste, dass sie Schmerzen erleiden musste, zumal wenn ich überlegte, was ich ihr selbst schon alles zugemutet hatte. Nun, von jetzt an, dachte ich, wird alles anders. Ich würde ihr nie mehr wehtun, und jeder andere, der es eventuell vorhatte, würde zuerst an mir vorbeimüssen. Das kleine Boot, auf dem wir zusammen durch die Zeit segelten, hatte schon einige heftige Stürme überstanden, aber nun trieb es durch ruhige, klare Gewässer. Ich wusste tief in meinem Herzen, dass nun, endlich, alles so war, wie es sein sollte. Und in exakt diesem Moment schlug Amber die Augen auf, als hätte sie die ganze Zeit meinen Gedanken gelauscht. Als sich unsere Blicke trafen, breitete sich ein Lächeln auf ihrem Gesicht aus; langsam, wie ein Kräuseln auf der Oberfläche eines vollkommen stillen Sees. Und da hatte ich gewusst, dass ich sie heiraten würde.

Ich steckte den Ring wieder in die Tasche und stellte mir das kleine Ferienhaus in der Toskana vor, das ich für den Anlass gebucht hatte. Die aufgehende Sonne wärmte seine Mauern, Schwalben glitten über unseren Köpfen durch den Himmel. Ich hatte geplant, bei einem spontanen Picknick an diesem Abend gemeinsam mit ihr den Sonnenuntergang zu genießen. Und genau dann wollte ich ihr den Antrag machen. Amber war von Rom, wo sie ihre alte Freundin Charlotte besucht hatte, auf dem Weg dorthin. Mein Flug, der mich zu ihr bringen sollte, würde wenige Stunden später ab Heathrow gehen. Es würde ein perfekter Tag werden ...

... Nur, dass daraus nichts werden würde.

Stattdessen saß ich, umgeben von schreienden Babys und wichtigtuerischen Geschäftsleuten, in einem stickigen, quietschenden Zug auf dem Weg ins tiefste englische Hinterland, um jemanden zu besuchen, den ich seit fünfzehn Jahren nicht gesprochen hatte und der mich, soviel ich wusste, abgrundtief hasste.

Der Zug fuhr in einen Tunnel. Ich lehnte den Kopf gegen den Sitz und schloss die Augen, denn mir war schlecht von dem Geschaukel. Dann, genau in dem Moment, als wir wieder ins Tageslicht eintauchten, kam der Anruf, vor dem ich mich schon die ganze Zeit gefürchtet hatte. Ich trat in den Vorraum hinaus und spielte einen Augenblick mit dem Gedanken, nicht dranzugehen, aber nach dem nächsten Klingeln überwand ich mich schließlich.

«Hallo.»

«Buongiorno, mein Schatz! Ich kann es kaum erwarten, dich zu sehen. Bitte sag mir, dass es in London regnet. Hier ist es so toll heute.»

Ich schaute aus dem Fenster in den wolkenlosen Himmel.

«Ja, es regnet wie aus Eimern.»

«Perfekt. Bist du schon am Flughafen?»

Ich bekam einen trockenen Mund.

«Hallo, bist du noch da?», fragte Amber.

«Ja, ich bin noch da ... aber ich ... Ich weiß, das ist superätzend, aber ich kann nicht kommen.» Es dauerte einen Moment, bis Amber das verdaut hatte.

«Wie meinst du das?»

Ich versuchte, ihre Enttäuschung zu überhören.

«Es ist was dazwischengekommen.»

«Bei der Arbeit?»

«Nein, was anderes ... Es ist ...» Schon bei der kleinsten Rückfrage geriet ich ins Schwimmen.

«Moment, Joel, bitte sag mir, dass du nicht ... Hör zu, es ist nicht schlimm, wenn du einen Ausrutscher hattest.»

«Nein», sagte ich schnell. «Ich schwöre. Nicht einen Tropfen.»

«Du kannst es mir ruhig sagen. Ich bin auch nicht sauer.»

«Nein, das ist es nicht», sagte ich.

«Was denn dann?» Jetzt klang Amber ein kleines bisschen genervt.

In dem Moment wurde der Zug langsamer, und die monotone Stimme des Zugbegleiters kam über die Lautsprecher:

«In wenigen Minuten erreichen wir Kemble.»

«Hab ich da gerade Kemble gehört?», fragte Amber. «O Gott, es ist doch nichts mit deiner Mum, oder? Ist was passiert?»

«Nein, es ist nichts passiert», sagte ich. «Aber ... sie hat mich angerufen und war ziemlich von der Rolle. Sie ist wieder nicht gut drauf – aber schlimmer als sonst.»

Das stimmte wenigstens, auch wenn es mir Unbehagen bereitete, an das Gespräch mit Mum zurückzudenken, in dem ich ihr von dem Brief erzählt hatte. Sie hatte immer mal schlechte Tage gehabt, seit ich ausgezogen war, und ich wusste, dass sie manchmal sehr litt – vor allem, wenn sie mich über lange Phasen nicht sah –, aber weinen gehört hatte ich sie noch nie.

«Oh, die Arme!», sagte Amber. «Aber okay, dann komme ich wohl besser gleich mit dem nächsten Flieger nach Hause.»

«Nein, du solltest trotzdem noch bleiben – lade doch Charlotte ein. Ihr zwei habt euch sicher noch eine Menge zu erzählen. Ich komme nach, sobald ich kann.» Ich wusste zwar, dass das so gut wie unmöglich war, selbst wenn heute alles gut lief, aber ich konnte nicht anders.

«Wenn du meinst.»

Amber bemühte sich mir zuliebe, nicht enttäuscht zu klingen, wodurch ich mich gleich noch zehnmal schlechter fühlte.

«Tut mir leid», sagte ich. «Ich wünschte, es wäre anders.» Und das tat ich weiß Gott.

In dem Moment wurde der Empfang schlecht, dann brach die Verbindung ganz ab, und mir fiel ein Stein vom Herzen. Ich bin mir nicht sicher, wie lange ich dieses Spiel noch durchgehalten hätte.

Wir erreichten den Bahnhof von Kemble. Im Vorbeifahren sah ich das Ortsschild mit den rostbraunen Buchstaben auf mattweißem Hintergrund. Als die Türen aufgingen, zögerte ich. Ich konnte einfach im Zug bleiben und noch eine Station bis Stroud fahren, wo Mum wohnte. Nichts zwang mich dazu, hier auszusteigen. Aber im letzten Moment tat ich es doch noch, und der Zug fuhr, Dieselgeruch hinter sich lassend, weiter.

Ich lief bis zum Ende des Bahnsteigs und ging die Fußgängerbrücke hoch. Oben blieb ich stehen und betrachtete die Gleise unter mir. Dann drehte ich mich langsam einmal um mich selbst und ließ meine Umgebung auf mich wirken. Ein Doppeldecker nahm wackelig Anflug auf den Cotswold Airport. Im Süden ragte die Spitze des Kirchturms gerade so über die Baumwipfel. Im Norden stand das Pub *The Thames Head*, wo ich mein erstes legales Bier getrunken hatte. Und von da aus war es nur ein Katzensprung zu der Wiese, auf der zwei sorglose jugendliche Rumtreiber sich ein Versprechen gegeben hatten.

Ohne den Brief hätte ich das Versprechen von damals vielleicht vergessen – was schade gewesen wäre, aber auch nicht weiter tragisch. Aber der Inhalt dieser einen DIN-A4-Seite lenkte meine Aufmerksamkeit schlagartig auf Dinge, an die ich Jahre nicht mehr gedacht hatte. Auf Fehler aus der Vergangenheit, die nie korrigiert worden waren. Auf Menschen, die mir einmal sehr viel bedeutet hatten. Und einer davon war der Junge mit den Locken gewesen, dem ich dabei zugesehen hatte, wie er auf dem Rand des Themsequellen-Denkmals balancierte und über eine Zukunft sprach, die eine Million Jahre weit weg schien. Es war nur ein dummes Teenie-Versprechen gewesen und ebenso schnell in Vergessenheit geraten, wie die Fußspuren in dem Gras verschwanden, über das wir damals nach Hause liefen. Trotzdem hatte ich jetzt das Gefühl, dass ich es unbedingt einhalten sollte – auch wenn mich das gleich zum unbeliebtesten Geburtstags-Überraschungsgast aller Zeiten machen würde.

KAPITEL DREI
THEO

«Herzlichen Glückwunsch zum Geburtstag, du alter Spinner.»

Ich beugte mich hinunter, um mich von meiner Schwester extra fest drücken zu lassen. Mit ihren vom jahrelangen Rollstuhlfahren gestählten Armen hätte sie mich jederzeit zerquetschen können. Alice' Haus lag direkt neben dem unserer Eltern. Sie hatten es gekauft, als die Nachbarn weggezogen waren, und all ihre Ersparnisse aufgebraucht, um es für sie umzubauen: mit Rampen, breiteren Fluren, einem speziell auf ihre Bedürfnisse zugeschnittenen Bad – und allem Pipapo.

Ich ließ mich aufs Sofa fallen und stieß einen langen, tiefen Seufzer aus.

Das Gespräch mit Dad über meinen Auszug lag jetzt eine Woche zurück. Es war klar, dass er und Mum diesmal hart bleiben würden, und wenn ich nicht wollte, dass auf meine Geburtstagsfeierlichkeiten gleich mein Rauswurf folgte, würde ich zu drastischen Maßnahmen greifen müssen.

«Mum und Dad meinen es tatsächlich ernst, sie setzen mich auf die Straße», sagte ich. «Es bleibt mir also nichts anderes übrig» – ich konnte nicht widerstehen, eine dramatische Pause einzubauen –, «als sie zu verklagen.»

Alice starrte mich einfach nur an, ohne eine Miene zu verziehen – wie immer, wenn sie mir zu verstehen geben will, dass ich völligen Blödsinn rede.

Ich verschränkte trotzig die Arme vor der Brust, aber üblicherweise hatte meine kleine Schwester recht.

«Okay, klar, natürlich verklage ich sie nicht wirklich», sagte ich. Ich stellte mir ihre kleinen Gesichter bei Gericht vor. Sie zu verklagen, wäre, wie Paddington Bär zu erklären, er habe eine Allergie gegen Marmelade entwickelt.

«Gut», sagte Alice. «Nachdem dieser Quatsch also vom Tisch ist: Kannst du das alles nicht einfach als den dringend benötigten Tritt in den Hintern betrachten?»

«Wieso?», fragte ich so unschuldig wie möglich.

«Na ja, du bist gerade dreißig geworden … und du wohnst in einer Hütte. Ich bin kein Life Coach oder so, aber ich würde meinen, daran erkennt man, dass du nicht gerade mitten im Leben stehst. Nimm's mir nicht übel, aber ich würde sogar so weit gehen zu sagen, dass du dein Leben komplett verschwendest, weil du dich in einen Kokon aus Ichbezogenheit und sinnlosen Rachegedanken eingesponnen hast.»

«Hm», sagte ich. «Es wird ja gemeinhin erwartet, dass man ‹schon gut› sagt, wenn jemand einer Kritik ‹Nimm's mir nicht übel› voranstellt. Aber um ehrlich zu sein, finde ich das schon ziemlich kränkend.»

Um mich den unangenehmen Wahrheiten, die Alice ausgesprochen hatte, nicht stellen zu müssen, flüchtete ich mich in sprachliche Spitzfindigkeiten, was sich immer mehr zu einer meiner Stärken entwickelte.

«Langweilst du dich denn hier nicht zu Tode?», fragte Alice völlig unbeirrt. «Ich meine, willst du nicht was von der Welt sehen? Um es ganz klar zu sagen: Nicht alle von uns haben den Luxus, problemlos überall hinfahren und alles erkunden zu können, worauf sie verdammt noch mal Bock haben.»

Ich bekam sofort Schuldgefühle und schaute weg. Nach Alice' Unfall hatte ich mir geschworen, sie niemals allein hier zurückzulassen. Sie hatte mich förmlich anbetteln müssen, auf die Uni zu gehen, während ich ihr klarzumachen versuchte, dass daraus nichts werden würde. Damals war das vielleicht eine noble Geste von mir gewesen, aber dass ich wegen Alice hierblieb, war mittlerweile nichts weiter als eine faule Ausrede, hinter der ich mich – zu meiner Schande – versteckte. Denn um ehrlich zu sein, ging ich nicht weg, weil ich Angst hatte. Ich konnte noch so viel vorschützen, dass es mir ja leider nicht möglich sei, meine Reiseträume zu verwirklichen oder meine großen Pläne, etwas in der Welt zu bewirken oder irgendwo die Karriereleiter zu erklimmen und einen Haufen Geld zu verdienen, in die Tat umzusetzen. In Wahrheit erschöpfte sich mein Ehrgeiz darin, zu testen, wie viele Würstchen ich hintereinander weg verdrücken konnte, und die Vorstellung, mich wieder der Realität zu stellen, erschien mir ähnlich verlockend wie eine Wurzelbehandlung beim Zahnarzt.

Erst während der letzten Monate, in denen ich unausweichlich auf die dreißig zusteuerte, hatte eine nervige Stimme in meinem Hinterkopf mich gezwungen, Bilanz zu ziehen. Und je mehr ich darüber nachdachte, desto klarer wurde mir, dass ein Resümee meines bisheriges Lebens kein spannender Lesestoff war, vor allem dann nicht, wenn man ihn in die Form eines dieser MSN-Fragebögen von Anfang der 2000er goss:

Name: Theo Hern.
Höchster Bildungsabschluss: B. A.
Alter: Urgh. Dreißig.
Beziehungsstatus: Single. Per gemeinsamem Beschluss. Definitiv eine einvernehmliche Entscheidung. Ohne Frage. Okay, 60 zu 40 war's ihre. Maximal 70 zu 30.
Erscheinungsbild: Eine Kreuzung aus Screech aus *California High School* und einem desinteressierten Gerichtsdiener in einer True-Crime-Doku.
Interessen: Die Werke von Søren Kierkegaard, Impressionis-

mus, Schach, die Musik von Chopin und Strawinsky, Opern, Kalligrafie, Taekwondo, Geocaching, Glasbläserei, Kraftdreikampf, das Hutmacherhandwerk, Freiwilligenarbeit.

Wahre Interessen: Mich in der U-Bahn absichtlich-unabsichtlich so hinstellen, dass ich die Textnachrichten von anderen lesen kann.

Größte Stärken: Kann richtig gut die Uhrzeit erraten und kenne noch alle Jingles aus der TV-Werbung der frühen 90er. Guter Hairstyle (2009–2012).

Größte Schwächen: Zarte Hände. Schwarzmalerei.

Was ich verbieten würde, wenn ich die Weltherrschaft innehätte: Fracking. Straßenkünstler.

Beruf: Social-Media-Manager bei einer Billig-Burger-Kette.

Der letzte Punkt auf der Liste war der deprimierendste.

Nach der Uni und dem – nach einem «Zwischenfall» beim Edinburgh Festival katastrophal fehlgeschlagenen – Versuch, es als Comedian zu schaffen, war ich mit der Frau, die ich liebte, nach London gezogen, um Karriere zu machen. Ich warf mich voller Elan in eine Reihe von Marketing-Jobs und bekam schließlich eine Stelle als Texter. Ich schaffte es, meine Position relativ stetig immer weiter auszubauen und jeden Tag genug Kreatives zu tun, um den nervtötenden Teil der Arbeit für die Firma wettzumachen. So weit, so vernünftig. Aber dann wurde ich irgendwie kribbelig. Hatte ich die Flinte zu schnell ins Korn geworfen? Seit meiner Kindheit war ich geradezu besessen gewesen von der Idee, in der Fernsehwelt Fuß zu fassen und Comedyserien zu schreiben – und was war? Ich hatte meine Ideale verraten. Aber dann passierte etwas, das ich nur zu gern als EINDEUTIGES ZEICHEN auslegte. Einer meiner Kunden im Kommunikationsteam bei Sky fand einen Werbetext von mir (ich zitiere) «megakomisch» und beschloss daraufhin, den Text an seinen Freund in der Comedy-Redaktion weiterzugeben. Dieser Freund, Bryan, lud mich zu einem Kaffee ein. Er war nicht der blitzgescheite lakonische Kreative, den ich erwartet hatte – und ich war einigermaßen abgetörnt von seinem T-Shirt mit dem Aufdruck *iPups*. Aber nach unserem Treffen meinte er, er würde sich freuen, wenn ich in sein Autorenteam für einen Piloten käme, an dem er gerade arbeite. «Das wär cool», sagte ich. Dabei drückte ich ein Ketchup-Tütchen so fest zusammen, dass der Inhalt auf mein T-Shirt spritzte und ich aussah, als hätte ein Heckenschütze auf mich geschossen. Aber an diesem Abend schwebte ich nach Hause und feierte in jedem Pub auf dem Weg mit einem Bierchen. Als ich zu Hause ankam, fuhr ich meinen Laptop hoch, öffnete das Mailprogramm und informierte meinen Chef: Theo Hern wird nicht länger ein Schreibsklave dieses unerträglichen Schweineunternehmens sein, sondern geht unter die Autoren.

Das wäre vielleicht alles kein Problem gewesen, wenn ich in meiner Kündigung nicht so viel Gift versprizt hätte. Aber es stellte sich heraus, dass Bryan wohl irgendeinen Fehler gemacht hatte und ich doch nicht mit ihm an dem Piloten arbeiten durfte. Im Gegenteil wollte er wahrscheinlich kündigen und zum Versicherungsmathematiker umschulen, denn er war pleite und wohnte auf einem Kanalboot ohne Fenster. Und mein Ex-Chef bevorzugte es, mich lieber nicht zurückzunehmen.

Und so begann die Kette von Ereignissen, die schließlich dazu führte, dass ich vor zwei Jahren aus London nach Hause zurückgekehrt war: ohne Job, ohne Freunde, mit einem gebrochenen Herzen und einer hässlichen unförmigen Narbe am rechten Ellenbogen, deren Ursprung mir so peinlich ist, dass es körperlich wehtut.

Weil die Chancen, ein glänzendes Arbeitszeugnis zu bekommen, eher gering waren, blieben mir nicht allzu viele Optionen, als es darum ging, mir eine neue Stelle zu suchen. Am Ende ergatterte ich mit viel Glück den Job, den offiziellen Twitter-Account einer Billig-Burger-Kette namens «Captain Beefy» zu betreuen, die unerklärlicherweise mehr als hunderttausend Follower hat. Meine Aufgabe besteht darin, hirnerweichende acht Stunden am Tag dümmliche Witzchen und Kalauer zu posten und mit den Followern zu interagieren. Und wenn ein Feiertag ansteht oder gerade irgendwas trendet, soll ich darauf Bezug nehmen. Ich gebe mir alle Mühe, mich dem Enthusiasmus meines freundlichen, aber total schrägen Chefs Jake anzupassen. Aber als er mich neulich fragte, warum ich denn nichts über die Freuden getwittert hätte, «als Engländer den St. George's Day zu begehen», konnte ich mich nicht überwinden, ihm die Wahrheit zu sagen, nämlich, dass alles, was mir zum St. George's Day einfiel, ein einsamer Schuh auf dem Dach einer Bushaltestelle war. Im Regen.

«He, hörst du mir überhaupt zu?» Alice warf mir eine Pistazienschale an den Kopf.

«Was?», sagte ich.

«Ich erzähle dir gerade lang und breit, wie sehr du dein Leben verschwendest.»

«Tut mir echt leid. Weißt du eigentlich von den Gästen, die sich bei Mum und Dad eingeladen haben, um auf meinen Geburtstag anzustoßen?» (Mir war eingefallen, dass ich noch eine Ablenkung in petto hatte.)

Alice kniff die Augen zusammen. «Gäste? Was denn für Gäste?»

«Na, unsere reizenden Nachbarn natürlich. Beverley und Roger.»

«O Gott», stöhnte Alice. «Die langweiligsten Menschen

der Welt. Wie spät ist es? Ach, egal. Wenn ich später eine Unterhaltung mit den beiden überstehen will, muss ich jetzt anfangen zu trinken. Bleib du hier sitzen und denk über dein erbärmliches kleines Leben nach, ich schaue mal nach, was ich an Alkohol dahabe.»

Ich sah Alice dabei zu, wie sie sich in die Küche manövrierte – und konnte mich wie immer nicht entscheiden, ob ich ihr meine Hilfe anbieten und riskieren sollte, gönnerhaft zu wirken, oder lieber nichts tat und es drauf ankommen ließ, als nicht hilfsbereit dazustehen. Mich erfasste eine riesige Welle der Zuneigung für meine Schwester. Ihr Einfühlungsvermögen ließ zwar deutlich zu wünschen übrig, aber ich wusste, dass sie nur mein Bestes wollte. Dasselbe galt für Mum und Dad. Wirklich, ich hatte ein unfassbares Glück, dass sie meine Familie waren. Sie waren die beste Art von Auffangnetz, die man sich wünschen konnte, und ich liebte sie alle sehr. Ehrlich, nichts machte mich glücklicher, als an einem schönen Tag mit ihnen im Garten zu sitzen und Tee zu trinken. Mir ist egal, wie langweilig oder traurig es klingt, wenn ich das sage. Denn es sind genau solche Momente, in denen meine Sorgen von mir abfallen, selbst wenn Dad sich dann entschließt, mit seinen Slippern aufs Dach zu steigen, um die Fernsehantenne neu auszurichten, während in der Ferne Donner grollt. Das Problem war nur, dass sie mich alle miteinander wieder in die Welt hinausschicken wollten, ganz egal, wie oft ich ihnen erklärte, dass ich das doch alles schon gemacht hatte und es wirklich nicht das Richtige für mich war.

«Du sprichst über das Leben wie ein Kind, das zum ersten Mal eine Olive probiert hat», hat Mum mal in einem der seltenen Momente zu mir gesagt, in dem der Frust mit ihr durchging. Aber so schwer es auch auszuhalten war, dass ich sie und Dad und Alice enttäuschte – ich fühlte mich einfach immer noch zu schwach, um es wieder mit dem echten Leben aufzunehmen. Es musste mir nur etwas weniger Durchgeknalltes einfallen, als sie zu verklagen, damit sie das mit dem Rauswurf für ein weiteres Jahr vergaßen.

Als Alice mir ein Glas Wein reichte, stieß sie versehentlich mit dem Ellenbogen gegen die Fernbedienung auf der Sofalehne, und plötzlich ging der Fernseher an. Wir gerieten in die Schlussszene einer Wiederholung der aktuellen Folge von *The Tooth Hurts*, der erfolgreichen Zahnarzt-Sitcom auf BBC One. Alice und ich hatten uns die komplette Episode am Vorabend schon in eisigem Schweigen angeschaut. Und auch jetzt sahen wir wieder ohne den Hauch eines Lächelns dabei zu, wie die reizende, von Amber Crossley gespielte Hauptfigur rückwärts in eine Hochzeitstorte fiel und das Studiopublikum in Gelächter ausbrach.

«So schlecht», sagte ich.

«Echt arm», pflichtete Alice mir bei, und ich fühlte mich schuldig und wohlig zugleich, wie immer, wenn ich Alice so sehr aufstachelte, dass sie ihre Wut auf den Bildschirm lenkte.

«Bist du bereit?», fragte ich.

Alice nickte.

«Warte ... jetzt gleich ...»

Der Abspann lief an, und wir warteten, bis der Name auf dem Bildschirm erschien, dann riefen wir im Chor unsere Parole:

«Der verdammte Joel Thompson!»

KAPITEL VIER
JOEL

Das Einzige, wofür Kemble berühmt ist, ist ein kleines, etwas verlegen in der Gegend rumstehendes Denkmal mit ein paar Steinen davor. Die Stelle markiert die Quelle der Themse und den Beginn des Themsepfads, eines 184 Meilen langen Wanderwegs, der an der Thames Barrier, einem Sperrwerk im Osten Londons, endet. Mich erstaunt jedes Mal wieder, dass sich am Bahnhof von Kemble keinerlei Hinweis auf dieses Denkmal findet, wo doch sonst jede noch so unbedeutende regionale Sehenswürdigkeit angepriesen wird. «*Ausstieg hier für das Brotmuseum von Uttoxeter sowie zum Umsteigen nach London St. Pancras für die Weiterreise nach Paris.*» Vielleicht macht es ja den Charme dieses Dorfes aus, dass es sein Licht unter den Scheffel stellt. Ich komme heutzutage nur noch selten hierher, aber nach dem, woran ich mich aus meiner Kindheit erinnere, kann es sehr reizvoll sein. Die Wiesen sind im Sommer saftig und grün und auch im Winter noch schön, wenn sie von Frost überzogen sind. Als Jugendlicher habe ich die idyllische Schönheit des Ortes ausgiebig gefeiert, indem ich sie mit Steinen bewarf.

Sobald ich den Bahnhof verließ, sprang mich die Vergangenheit förmlich an. Die Hecken waren erfüllt von Vogelgezwitscher, in der Ferne surrten Mähdrescher. Der perfekte August-Samstag in England. Aufmerksamkeit für meine Umgebung war nicht gerade meine starke Seite. Ich neigte eher dazu, mit gesenktem Kopf durch die Gegend zu laufen. Aber seit Kurzem ertappte ich mich häufig bei dem Versuch, mir so vieles davon einzuprägen wie möglich. Und heute war alles reines Gold.

Ich blieb stehen, um es auf mich wirken zu lassen. Aber

wenn ich ganz ehrlich zu mir selbst war, hatte meine mangelnde Eile wohl eher damit zu tun, warum ich hier war und wen ich besuchen wollte. Ich hatte immer darauf gewartet, dass meine Schuld- und Reuegefühle wegen dem, was passiert war, irgendwann von selbst nachlassen würden, aber jetzt konnte ich mich nicht mehr darauf verlassen, dass die Zeit alte Wunden heilt. Wenn ich versuchen wollte, Wiedergutmachung zu leisten und die Dinge wieder in Ordnung zu bringen, musste ich es sofort tun.

Als ich vor Theo Herns Elternhaus ankam, atmete ich ein paarmal tief durch. Ich erinnerte mich an die vielen Abende, an denen ich hier stehen geblieben war, um einen Blick zurückzuwerfen – dankbar für die Wärme und Liebe, mit der ich stets hinter dieser Haustür empfangen wurde, und voller Furcht vor dem, was mich zu Hause erwartete. Es war bitter zu spüren, dass mich die gleiche Angst nun hier befiel.

Ich ging auf die Haustür zu und probte dabei den Satz, mit dem ich das Gespräch eröffnen wollte. «Ich kam gerade hier durch, und da ist mir wieder eingefallen, dass du heute Geburtstag hast», würde ich sagen. «Also dachte ich, ich schaue kurz vorbei, um Hallo zu sagen.» Ich drückte mit klopfendem Herzen auf die Klingel, doch die Ironie des Ganzen entlockte mir ein Lächeln. Denn auch wenn ich Theo das nicht wissen lassen würde, war ich in Wirklichkeit gekommen, um auf Wiedersehen zu sagen.

Als auch nach dem zweiten Klingeln niemand öffnete, verspürte ich eine Mischung aus Erleichterung und Enttäuschung. Vielleicht hatte ich mich ja im Datum geirrt. Aber dann sah ich im Augenwinkel, wie der Vorhang im Wohnzimmer sich bewegte. Es war also definitiv jemand da. Ich klingelte noch mal. Wieder nichts.

Ich ging um das Haus herum in den Garten. Zuerst konnte

ich wegen des blendenden Sonnenlichts nicht erkennen, was jenseits der Terrassentüren vor sich ging, aber als ich näher kam, sah ich, dass da Leute im Wohnzimmer kauerten, mit dem Rücken zu mir. Als ich erst Theos Eltern entdeckte und dann Alice, verschlug es mir den Atem. Theo hockte auf der anderen Seite des Zimmers und spähte zwischen den Vorhängen hindurch auf die Straße – das Zucken, das ich vorhin bemerkt hatte. Allein schon der Anblick seines wilden Lockenkopfs löste bei mir akute Nostalgie aus, die mich wie ein Schlag in die Magengrube traf. Als ich noch näher heranging, inzwischen mit Herzrasen, kapierte ich, dass Theo und seine Familie sich vor mir versteckt hatten. Das verhieß nichts Gutes.

Im Endeffekt blieb mir keine andere Wahl, als höflich an die Scheibe zu klopfen.

Selbst als ich sah, wie Theo sich mit vor Schreck und Angst verzerrter Miene langsam umdrehte, konnte ich nicht anders, als zu lächeln. Auch wenn er gerade dreißig geworden war, hatte er sich kaum verändert. Unter anderem weil er ein T-Shirt trug, von dem ich geschworen hätte, dass ich es noch aus unserer Schulzeit kannte. Wie sehnte ich mich danach, dass er mit einem breiten Grinsen die Tür aufreißen, lachen und mich fragen würde, was zum Teufel ich hier machte.

Dann kam er auf mich zumarschiert, riss die Tür auf und sagte genau das, was ich mir gewünscht hatte, nur mit Schaum vor dem Mund.

«Was zum Teufel *machst* du hier?»

Der Hass in seinem Blick ließ mich einen Schritt zurückweichen.

«H-hallo», stammelte ich. Ich räusperte mich und wusste plötzlich nicht mehr, wohin mit meinen Händen. Sie hinter dem Rücken zu verschränken, erschien mir zu feierlich, sie in die Taschen zu stecken, zu lässig. «Sorry, ich wollte dich nicht erschrecken. Ich kam einfach gerade hier durch», sagte ich in dem lächerlichen Versuch, locker zu klingen. «Und da dachte ich, ich schau mal vorbei, um Hallo zu sagen, und herzlichen Glückwunsch zum Geburtstag natürlich.»

«Du kamst was ...?» Theo starrte mich völlig verwirrt an, so als wäre ich ein Fremder, der ihn gerade in einer fremden Sprache nach dem Weg gefragt hat. «Du kamst einfach ... gerade ... hier durch», wiederholte er.

«Ja», sagte ich.

«Auf dem Weg nach ...?»

«Ach, weißt du doch.»

«Äh, nein», sagte Theo. «Tu ich nicht.»

«Könnten wir uns vielleicht kurz mal unter vier Augen unterhalten?», fragte ich, da ich die Blicke der anderen auf mir spürte.

Theo stieß ein seltsames Japsen aus, eine Art höhnisches Lachen, über das ich unter anderen Umständen vielleicht gelacht hätte, aber jedes Gefühl der Belustigung wurde im Keim erstickt, als ich seinen jetzt wahrhaft mörderischen Blick bemerkte.

«Sorry, aber mir ist nicht nach einem Schwätzchen. Vielen Dank fürs Vorbeischauen – aber du weißt ja: nicht angemeldet, nicht eingeladen, nicht *willkommen*. Und wenn sonst nichts ist, wärst du dann wohl so nett, dich zu verpissen.»

«Na ja, es gibt tatsächlich noch was anderes», sagte ich. «Was Wichtiges. Ich weiß, dass wir uns sehr lange nicht gesprochen haben ...»

«Aus gutem Grund.»

»... und das jetzt ziemlich unerwartet kommt, aber bitte ... hörst du's dir einfach mal an? Du wirst es hören wollen, das versprech ich dir.»

Theo tat so, als dächte er darüber nach.

«Ähm. Nein danke, interessiert mich nicht.»

Er wollte die Tür zumachen, aber ich schob schnell meinen Fuß dazwischen. Wir schauten beide überrascht auf meinen eingeklemmten Fuß.

«Bitte», sagte ich, «es dauert nicht lange. Zwanzig Minuten, mehr will ich gar nicht.»

Ein Blick in Theos Augen sagte mir, dass er mit sich rang. Er war offensichtlich nicht erfreut, mich zu sehen, aber doch neugierig zu erfahren, worum es ging, da war ich mir sicher.

Schließlich zog er die Tür wieder auf und befreite meinen Fuß. Dann ging er weg und kehrte wenige Augenblicke später mit einer Jacke unter dem Arm zurück.

«Also gut», sagte er. «Aber zehn Minuten, nicht zwanzig. Und ganz bestimmt nicht hier.»

KAPITEL FÜNF
THEO

Als Joel mit unseren Pints an den Tisch zurückkam, wurde mir bewusst, wie es in einem anderen Leben hätte sein können: Dann hätten wir zusammen hier gesessen, in der Stammkneipe unserer Teenie-Zeit, vielleicht am Weihnachtsabend, über die um uns herum sitzende alte Truppe aus der Schule gelästert, uns die beknackten Spitznamen von damals in Erinnerung gerufen und all die zweifelhaften Geschichten wieder aufgewärmt, die von Mal zu Mal absurder geworden wären.

Ich trank mein Pint übertrieben demonstrativ in einem Zug halb leer. Meine Jacke hatte ich mir über die Schultern gehängt, statt sie richtig auszuziehen, um zu zeigen, dass ich mich hier gar nicht erst gemütlich niederließ. Ich hatte immer noch nicht ansatzweise verdaut, dass Joel – der verdammte Joel Thompson – tatsächlich leibhaftig vor mir saß. Ich hatte gar nicht gewusst, was ich tun sollte, als er plötzlich vor dem Haus stand. Was vielleicht erklärt, warum ich panikartig allen befohlen habe, sich zu verstecken. Keine Ahnung, ob sie dachten, es wären Zeugen Jehovas oder kriegslüsterne Aliens gekommen, oder ob sie es für ein neues Gesellschaftsspiel hielten, das ich für meinen Geburtstag erfunden hatte. Jedenfalls klang ich offenbar so überzeugend, dass sie alle widerstandslos taten, was ich ihnen sagte.

Joel spielte mit seinem Bierdeckel herum und wirkte untypisch nervös. Er zeigte keine Spur von dem lässigen Charme, den ich von ihm gewohnt war. Auf eine seltsame Art verunsicherte mich das. Joel war immer jemand gewesen, der sich auf jede Situation einstellen konnte und spielend mit ihr fertigwurde. Und das war nur eine von vielen Eigenschaften, um die ich ihn beneidete. Ich hatte Jahre gebraucht, um zu ergründen, worin der Hauptunterschied zwischen uns lag, und war am Ende zu dem Schluss gekommen, dass Joel ein Mensch war, dem man wirklich jeden Hut aufsetzen konnte. Er war jeder Aufgabe gewachsen, vor die man ihn stellte, wohingegen ich zu den Menschen gehörte, die nicht einmal darauf vertrauten, dass eine automatische Tür sich auch wirklich öffnete, wenn sie darauf zugingen.

Aber heute schien er nicht nur nervös zu sein, er sah auch, nun ja, ziemlich scheiße aus. In meiner Vorstellung war er inzwischen dermaßen auf dem roten Teppich zu Hause, dass er einen persönlichen Visagisten beschäftigte, aber seine Haut war wächsern und fahl, und er wirkte fast ausgemergelt. Kaum, dass er auch nur semiberühmt geworden war, waren Gerüchte über Koks-Exzesse (wie klischeehaft!) und durchzechte Wochenenden in Soho aufgetaucht. Auf der Website einer Klatschzeitung hatte ich sogar mal ein Foto entdeckt, das ihn beim Verlassen eines runtergekommenen Clubs zeigte und auf dem er ziemlich «ramponiert» aussah, um nur eine der beschönigenden Umschreibungen zu bemühen.

Ich spürte bereits das Bier, das ich mir reingelötet hatte, und wollte die Sache hinter mich bringen, bevor ich anfing, mich zum Narren zu machen.

«Also, raus damit. Warum bist du hier?», fragte ich.

Joel kratzte sich am Kinn und blies dann die Wangen auf.

«Weißt du noch, wie wir uns das erste Mal an der Themsequelle bekifft haben?», fragte er.

Puh, das hatte ich jetzt wirklich nicht erwartet.

«Nein», erwiderte ich ausdruckslos, sah uns aber sofort an diesem Tag vor mir. Warum kam er ausgerechnet darauf zu sprechen? War das einfach ein cleverer Trick, um mich an glücklichere Zeiten zu erinnern? Falls er die Themsequelle wirklich aus taktischen Gründen erwähnte, war das perfide und ärgerlich.

Fast so ärgerlich wie die Tatsache, dass mir mit jeder Sekunde, die verging, klarer wurde, wie sehr ich ihn vermisst hatte.

KAPITEL SECHS
JOEL

Es fiel mir schwer, mich zu konzentrieren. Auch weil ich nicht wusste, ob Theo mitbekommen hatte, dass ich den Barmann zwei Flaschen alkoholfreies Bier in mein Pint-Glas hatte schütten lassen. Außerdem war es dermaßen typisch Theo, mit der Jacke über den Schultern dazusitzen wie ein miesepetriger Napoleon, dass ich ihn einfach nur in den Arm nehmen wollte.

Ich merkte, dass er log und sich durchaus noch an den Tag am Themsequellen-Denkmal erinnerte, ließ ihm das aber durchgehen und erzählte die Geschichte einfach so gut, wie ich sie selbst noch zusammenbekam. Wir hatten uns damals was besorgt, was Hasch sein sollte, aber genauso gut auch ein Brühwürfel hätte sein können. Wir waren absolute Rebellen, wir ließen uns von niemandem was vorschreiben. Und wie hätten wir «denen da oben» besser den Stinkefinger zeigen können, als indem wir uns am Startpunkt eines amtlichen Wanderwegs niederließen und etwas rauchten, was auch gut als Instantsoße durchgegangen wäre?

«Ich finde, wir sollten diesen Pfad gehen», hatte Theo gesagt und einen Rauchkringel in die kalte Winterluft geblasen.

«Was, jetzt?», hatte ich gähnend gefragt. «Ich glaub, der ist fast 200 Meilen lang. Und ich hab *echt* Kohldampf.»

«Nicht jetzt, aber sagen wir in einer Million Jahren, wenn wir dreißig sind oder so. Dann wandern wir durchs Land, machen in jeder Kneipe Station und legen ... du weißt schon ... Schlampen flach.»

«Ich weiß ja nicht, ob dich eine ranlässt, wenn du sie so nennst.»

Ich duckte mich, weil er mit einem Zweig nach mir schlug.

«Aber stell's dir doch mal vor. Nur du und ich, wie wir durch die Gegend ziehen. Von dem Zeug hier hätten wir natürlich auch was dabei.»

«Klar.»

«Ich könnte Akkordeon lernen und das auch mitnehmen.»

«Okay, ich bin raus.»

Theo ignorierte mich. Er war aufgestanden, auf den Stein geklettert, der das Denkmal bildete, und balancierte wild mit den Armen rudernd darauf herum. «Am Ende würden wir ganz erschöpft von unserer Tour in London einlaufen.»

«Randvoll mit Chlamydien.»

«Randvoll mit *Erfahrungen.*»

Ich tat so, als würde ich schnarchen.

«Komm schon, bist du dabei?», fragte Theo und sprang wieder runter.

«Wenn ich Ja sage, gehen wir dann Pizza essen?»

«Ja, okay.»

«Also gut. Ich bin dabei.»

Wir legten uns die Arme um die Schultern und gingen. Jede Verlegenheit, in die uns diese offene Zuneigungsbekundung sonst womöglich gestürzt hätte, kaschierten wir, indem wir so taten, als wären wir zu stoned, um gerade gehen zu können – wobei ich es schon krass fand, wie sehr Hasch nach Sonntagsbraten schmeckte.

Jetzt, in dem Pub, schaute Theo mich skeptisch an, während ich die Geschichte erzählte.

«Und was ist dann passiert?», fragte er.

Ich machte ein böses Gesicht. «Ich glaube, du hast mich in eine Hecke geschubst.»

«Ach ja.» Theo musste grinsen, nahm aber schnell einen großen Schluck Bier, als er meinen Blick bemerkte.

«Dann erinnerst du dich also?», fragte ich.

Er zuckte die Achseln. «Kann sein.»
«Und ...?»
«Und was?»
«Lass es uns tun! Denk drüber nach: Du und ich auf dem Themsepfad. Oxford, Runnymede, Windsor, Henley. Guck, hier!» Ich zog ein Buch aus der Hosentasche, das ich am Vortag gekauft hatte. «Ich hab einen Wanderführer und alles.»
Theo starrte mich einfach nur an.
«Ist das dein Ernst?», fragte er. «Mal abgesehen davon, dass ich meinem Chef nicht einfach so sagen kann, ich bin dann mal weg. Glaubst du echt, du kannst – nach allem, was war – einfach so zurück in mein Leben spaziert kommen und mich an ein blödsinniges Versprechen erinnern, das wir uns mit fünfzehn gegeben haben?»
«Okay, okay, du hast ja recht», sagte ich, die Hände hochhaltend. «Ich hätte dich vorwarnen sollen, dass ich komme. Und es versteht sich von selbst, dass mir das mit Edinburgh immer noch total leidtut, und natürlich auch die Sache mit ... mit ...»
Theo stand auf. «Du kriegst nicht mal ihren Namen raus, was? Sie heißt Alice. Meine Schwester heißt Alice.» Er trank sein Bier aus. «Danke für das Angebot und alles, aber ich fürchte, lieber würde ich von einem sehr hohen Gebäude auf eine sehr fiese Zaunspitze springen, als noch eine weitere Sekunde mit dir zu verbringen.»
Ich beobachtete ihn, während er Anstalten machte zu gehen und blindlings mit den Armen herumstocherte, um sie in die Ärmel seiner Jacke zu bekommen. Und selbst als ihm das schließlich gelungen war, legte er noch einen typischen slapstickhaften Abgang hin, indem er durch eine Tür «stürmte», auf der – in Augenhöhe – «Ziehen» stand.
Schlimmer hätte die Sache wohl nicht ausgehen können.

Und eigentlich wusste ich auch nicht, warum ich etwas anderes erwartet hatte. Zu glauben, ich könnte ihn aufgrund einer schönen Erinnerung dazu bringen, mit mir diese Wanderung zu machen, erschien mir jetzt selbst absurd.

Plötzlich kam es mir drückend heiß vor in diesem Pub, und ich ging aufs Klo, um mir kaltes Wasser ins Gesicht zu werfen. Als ich mich wieder aufrichtete, schaute mir Amber von einem ausgeblichenen Plakat entgegen. Es stammte von der kurzen Live-Tour von *The Tooth Hurts*, die wir nach der ersten Staffel gemacht hatten. Auch nach all den Jahren weckte ihr Lächeln sofort Sehnsucht in mir, selbst wenn es mir in der trostlosen Männertoilette einer schäbigen alten Kneipe auf einem halb zerfetzten Plakat begegnete. Ich kämpfte gegen das dringende Bedürfnis an, sie anzurufen und ihr alles zu erzählen.

Durch das Fenster sah ich, wie Theo mit geballten Fäusten davonstolzierte. Aber als ich mich gerade abwenden wollte, sah ich, dass er stehen blieb und einen Blick zurückwarf, bevor er seinen Weg fortsetzte. Und dieses kurze Zögern gab mir neue Hoffnung. Er war in Versuchung. Aber er hatte offensichtlich das Gefühl, mir gegenüber aus Prinzip nicht nachsichtiger sein zu dürfen. Also musste ich ihm einen anderen Anreiz bieten. Etwas, dem er nicht widerstehen konnte.

Ich betrachtete erneut das Plakat, und da kam mir eine Idee. Wenn ich meinen alten Freund dazu bringen wollte, über die Vergangenheit hinwegzusehen und mich wieder in sein Leben zu lassen, musste ich ihm seinen Traum auf einem Silbertablett servieren.

KAPITEL SIEBEN
THEO

Joel kam hinter mir hergerannt, und für die kurze Strecke war er ganz schön aus der Puste. Für einen privaten Fitnesstrainer gab der seine Kohle vom Fernsehen also schon mal nicht aus.

«Mach mal langsam, Theo.»

«Bin nicht interessiert», sagte ich.

«Okay, hör zu. Ich hab dir nicht alles erzählt», keuchte er. «Es gibt noch einen anderen Grund, warum ich hier bin.»

«Bin trotzdem nicht interessiert.»

«Theo.» Diesmal packte er mich am Ellenbogen. Dass er mich jetzt auch noch festhielt, erschreckte und schockierte mich, und ich riss mich wütend los.

«Jetzt hör du mir mal zu. Wenn dieser andere Grund nicht der ist, dass du eine verdammte Zeitmaschine erfunden hast, will ich ihn nicht hören, verstanden?»

In dem Moment bog eine Frau mit ihrem Windhund um die Ecke.

«Guten Tag!», rief sie fröhlich.

«Guten Tag!», antworteten wir wie aus einem Mund, denn auch wenn man gerade mitten in einer dramatischen Auseinandersetzung steckt, ist man sich doch bewusst, dass man in England ist und es *Regeln* gibt.

«Also, ich hatte neulich ein Meeting bei der BBC», sagte Joel.

«Schön für dich.»

Joel ignorierte mich.

«Denen ist eine Serie geplatzt, die eigentlich für nächstes Jahr eingeplant war, und jetzt brauchen sie Ersatz – eine andere Serie. Eine sechsteilige Comedy. BBC Two, der Sendeplatz abends um halb zehn.»

«Na und?», sagte ich.

«Na ja, ich bin in Zugzwang gekommen. Sie wollten einen Vorschlag von mir hören, aber ich hatte nichts. Nicht mal den Hauch einer Idee. Was ich natürlich nicht sagen konnte. Ich hab mir das Hirn zermartert, und da fiel's mir plötzlich wieder ein: *The Regulars*.»

Mein Herz setzte kurz aus. *The Regulars*. Die beste Idee, die Joel und ich je gehabt hatten. Sie war uns in einer feuchtfröhlichen Nacht gekommen, als wir offiziell noch gar keinen Alkohol konsumieren durften. Die Serie spielte in einem Pub (schließlich heißt es ja: Schreib über was, das du kennst) und handelte von einigen verschrobenen Stammkunden, die versuchen, ihre runtergekommene Kneipe vor der Schließung zu bewahren. Aber dann hatten unsere Wege sich getrennt, und es war nie was daraus geworden.

«Erinnerst du dich?», fragte Joel.

«Klar. Und ... was haben sie gesagt, als du es vorgeschlagen hast?» Ich versuchte, desinteressiert zu klingen, aber nach Joels Grinsen zu urteilen, gelang mir das offensichtlich nicht.

«Sie fanden die Idee so geil, dass sie mir auf der Stelle zugesagt haben, Theo.»

Ich schaute ihn mit offenem Mund an, mein Vorsatz war sofort vergessen. «Ist das dein Ernst?»

«Ja», sagte Joel. «Ich weiß. Verrückt, oder? Aber die Sache ist die: Weil das Ganze ja die geplatzte Serie ersetzen soll, brauchen sie schon bis Ende nächsten Monat Drehbücher, sonst überlegen sie sich was anderes, was sie im nächsten Jahr auf dem Platz bringen.»

«Nächsten Monat? Ist das nicht ... Das ist doch mit Sicherheit zu knapp bemessen?»

«Ja, schon. Zumindest, wenn ich's allein machen würde. Darum habe ich denen schon gesagt, ich brauche einen Co-

Autor. Und dass ich auch genau den Richtigen für den Job kenne ...»

Als mir dämmerte, was Joel mir sagen wollte, wäre ich beinahe in Gelächter ausgebrochen. Das war absurd. Das konnte gar nicht sein.

«Denk drüber nach», fuhr Joel fort. «Wir wandern den Themsepfad entlang und schreiben die Drehbücher unterwegs. Dann liefern wir das fertige Skript pünktlich persönlich in London ab und gehen anschließend noch ganz entspannt den letzten Rest des Weges. Perfekter geht's doch gar nicht.»

Während ich noch zu verstehen versuchte, was gerade passierte, faselte Joel schon von Castings und Partys und davon, dass das für mich und meine Karriere erst der Anfang wäre. Und wisst ihr, was das Schlimmste war? Ich war ihm gegenüber sofort milder gestimmt, spürte, wie meine Wut verrauchte, und begriff, dass ich tatsächlich irgendwann an einen Punkt kommen könnte, an dem ich ihm doch noch alles verzeihen würde. Wie schrecklich leicht man mich doch kriegen konnte.

Joel stellte sich vor mich und legte die Hände auf meine Schultern. «Hörst du mir auch zu? Dir ist schon klar, was das heißt, oder? Das ist das, wovon wir immer geträumt haben. Und dann die Wanderung! Ich weiß ja, dass sich ... nun ja, eine Menge verändert hat, seit wir die Idee hatten, aber wär's nicht toll, wenn wir das wirklich durchziehen?»

Ich kaute auf meiner Lippe. In Anbetracht der Tatsache, dass ich wusste, wie Joel tickte, war der Themsepfad tatsächlich perfekt. Er würde diszipliniert bei der Sache bleiben müssen und nicht dauernd abschweifen oder sich mit irgendwas ablenken können, wie er es früher immer getan hatte. Der Zeitrahmen war eng gesteckt, aber ich wusste, dass wir es schaffen konnten. Ich meine, selbst wenn er gesagt hätte, wir hätten nur eine halbe Stunde, hätte ich es wahrscheinlich versucht. Denn was er sagte, stimmte. Es war genau das, wovon ich immer geträumt hatte. Aber als ich Joel ins Gesicht blickte und seine erwartungsvoll aufgerissenen Augen sah, verspürte ein Teil von mir das Bedürfnis, hart zu bleiben – der Teil, der ihm gesagt hatte, ich wollte ihn nie wiedersehen.

Wir waren inzwischen am Bahnhof angekommen, und es fuhr gerade ein Zug ein.

«Hör zu», sagte Joel. «Ich sag dir was: Du musst dich nicht jetzt sofort entscheiden. Ich bin morgen früh um zehn am Startpunkt des Pfades, okay? Wenn du nicht da bist, weiß ich Bescheid und versuche auch nicht mehr, dich zu kontaktieren. Kein Druck. Aber ... sag mir wenigstens, dass du drüber nachdenkst.»

Dass er mir wirklich keinen Druck machte, wäre vielleicht glaubwürdig gewesen, wenn er nicht immer noch meine Schultern umklammert hätte. In seinem Blick lag eine Verzweiflung, die mir Unbehagen bereitete. Dieser Joel war meilenweit von dem immer gut aufgelegten, fast schon arroganten Typen entfernt, den ich gekannt hatte.

«Ich denk drüber nach», sagte ich, dann schob ich nacheinander seine Hände weg.

«Super!», antwortete Joel. Er trat einen Schritt zurück und wirkte etwas verlegen darüber, dass ich mich so von ihm hatte losmachen müssen.

Wir schauten uns an und blieben einen Moment unschlüssig voreinander stehen. Auch bevor wir uns verkracht hatten, war es schon nicht unsere Art gewesen, uns zu umarmen. Aber die Hände hatten wir uns auch nie gegeben. Wir waren uns immer einig gewesen, dass das eher was für Bankangestellte und Schiedsrichter war.

Ich hatte mein Gewicht gerade nach hinten verlagert, um

mich umzudrehen und zu gehen, als Joel, zu Boden schauend, sagte: «Es ist echt schön, dich zu sehen, Theo.»

Damit ging er, den Kopf gesenkt, die Hände in den Taschen, geradewegs durch das Tor und auf den Bahnsteig hoch, wo er eine Sekunde, bevor sich die Türen schlossen, einstieg. Der Zug setzte sich sofort in Bewegung, und es wirkte so, als hätte er speziell auf ihn gewartet. Als jemand, der bei jeder Reise, unabhängig von ihrer Länge oder Wichtigkeit, grundsätzlich mindestens eine halbe Stunde zu früh da war, konnte ich nur den Hut vor ihm ziehen.

Ich betrachtete die Stelle am Boden, die Joel, raffiniert, wie er war, während seiner Abschiedsworte fixiert hatte. Vielleicht dachte er, es wäre ihm gelungen, mir Sand in die Augen zu streuen, aber ich kannte Joel Thompson viel zu gut, um nicht zu kapieren, dass hinter all dem etwas steckte, was er mir nicht sagte.

Als der Zug hinter der nächsten Kurve verschwand, kehrten meine Gedanken zu *The Regulars* zurück. Ich versuchte, mir vorzustellen, wie mein zehnjähriges Ich reagiert hätte, wenn ihm jemand gesagt hätte, dass es in der Zukunft eine eigene Sitcom bei der BBC haben würde. Es sprach einiges dafür, dass ihm der Schädel explodiert wäre.

~

Ich sah lustig aus als Kind. Ich hatte meine Wachstumsschübe immer zu unterschiedlichen Zeiten in unterschiedlichen Körperteilen, weshalb ich nie so aussah, als wäre ich wirklich zu Hause in meinem Körper. Gekrönt wurde dieses Aussehen durch widerspenstige Locken und einen leichten Silberblick, den meine Mutter auch gern Goldblick nannte, wenn sie mich aufheitern wollte. Das war eins der Dinge, die zu meinem entscheidenden Charakterzug in diesem Alter führten: meiner Schüchternheit. Eine meiner frühesten Erinnerungen besteht darin, dass ich bei Cousins in Norfolk zu Besuch war, die ich noch nie zuvor gesehen hatte. Mit fremden Menschen in einem Raum zu sein, machte mich damals dermaßen verlegen, dass ich mein Gesicht den ganzen Nachmittag im Sofa vergrub und mich tot stellte. Solange niemand wusste, dass ich existierte, war alles in Ordnung.

Ich gab mir alle Mühe, mich in der Grundschule wohlzufühlen, aber einen richtigen Freund hab ich dort nie gefunden. Ich fand es anstrengend, von Menschengruppen umgeben zu sein, vor allem in den Pausen. Das ganze Geschrei und Gerenne und Gezerre war einfach zu viel für mich. Warum konnten nicht alle wenigstens ein bisschen leiser sein? Ein bisschen weniger wild?

Am letzten Schultag vor den Weihnachtsferien, ich war sieben, spitzte sich die Lage zu. Wir Schüler waren die Straße hinunter zum Gemeindehaus geleitet und in Gruppen aufgeteilt worden, dann erklärte uns ein Lehrer, dass wir jetzt das «Schokoladespiel» spielen würden. Ehe ich mich's versah, lag plötzlich eine große Tafel Schokolade in der Mitte meiner Gruppe, und sofort brach Chaos aus. Von irgendwoher waren zwei Würfel und eine Mütze aufgetaucht. Der Junge neben mir – der genau zu wissen schien, was zu tun war, so als hätte er sein Leben lang dafür trainiert wie ein Athlet für die Olympischen Spiele – nahm die Würfel und warf prompt zwei Sechsen. Im selben Moment fingen alle an zu kreischen und zu schreien, während der Junge hektisch die Mütze sowie einen Schal und Handschuhe anzog. Dann bearbeitete er die verpackte Schokolade wie ein Irrer mit einem Plastikbesteck, um an die klebrige Masse im Inneren heranzukommen. Alle schrien vor Aufregung. Ähnliche Szenen spielten sich überall im Raum ab, und ich hielt es kaum aus. Auf einmal wurden mir die Würfel in die Hand gedrückt, und ein schnieker blonder kleiner Junge schrie mich an, ich solle würfeln. Stattdessen warf ich die Würfel einfach hin und rannte – sämtliche «Komm zurück!»- und «Ist doch nur ein Spiel!»-Rufe ignorierend – aus dem Raum. Ich schaffte es mit Ach und Krach, die schwere Tür des Gemeindehauses aufzuziehen, und floh in die eisige Kälte hinaus.

Meine Mutter wurde angerufen, um mich abzuholen. Ich weiß noch, dass sie sich in den Schnee gekniet und mich fest an sich gedrückt hat, als ich ihr erklärte, warum ich so aufgelöst war. «Hey, Schatz, ist doch nicht schlimm. Wir fahren jetzt einfach schnell nach Hause, ja?» Im Auto war es warm, und im Radio lief Slade. Kurze Zeit später saß ich wieder eingequetscht zwischen Mum und Dad auf dem Sofa, und auf dem Boden davor spielte meine damals vierjährige Schwester Alice. Am liebsten schichtete sie Bauklötze vorsichtig zu einem Turm auf, nur um ihn anschließend, über ihre eigene Zerstörungswut freudig glucksend, umzuwerfen und sofort wieder aufzubauen. Im Kamin prasselte ein Feuer. Dad zerzauste mir die Haare. Dort wurde ich geliebt. Dort war ich sicher.

Die BBC muss damals als Lückenfüller in der Vorweihnachtszeit ein paar alte Comedy-Klassiker wiederholt haben. Mum und Dad kicherten hin und wieder, aber erst bei dem Sketch von Peter Cook und Dudley Moore in der Gemäldegalerie gerieten sie völlig aus dem Häuschen. Noch nie vorher hatte ich erlebt, dass meine Eltern sich vor Lachen dermaßen bogen, und obwohl ich gar nicht wirklich verstand, was so lustig war, musste ich mitlachen, als ich sah, wie Mum und Dad sich kringelten. In dem Moment war der ganze Kummer wegen des Vorfalls im Gemeindehaus plötzlich so weit weg von mir, als wäre ich auf einem anderen Planeten. Diese zwei Dummköpfe auf dem Bildschirm, unscharf und in Schwarz-Weiß, mehr brauchte es nicht. Wie fröhlich sie Mum und Dad machten! Jemanden so zum Lachen zu bringen, war wie eine Art Superkraft. Und so begann meine Obsession.

Von dem Tag an bestand ich darauf, dass wir bei jeder Autofahrt «etwas Lustiges» hörten. Deshalb grub Dad ein paar Sitcom-Klassiker und Sketchshows von Radio 4 aus grauer Vorzeit aus: *Round the Horne, Hancock's Half Hour, I'm Sorry I'll Read That Again*. Das meiste davon überstieg meinen Horizont bei Weitem – es kamen Anspielungen darin vor, die ich in meinem Alter noch gar nicht verstehen konnte –, aber das machte nichts. Wahrscheinlich ging die Hälfte an mir vorbei, aber indem ich während der nächsten Jahre mit der Akribie eines Pathologen die Details studierte, bekam ich allmählich ein Gefühl für den Rhythmus und das Timing, den feinen Takt, in dem man eine Pointe erst sorgsam vorbereitete und dann zündete.

Nie waren wir als Familie entspannter als in Dads altem Saab, wenn wir in den Ferien über die Autobahn zockelten und diesen Shows lauschten. Und wenn wir dann am Strand ankamen, passierte jedes Mal exakt das Gleiche: Unsere Eltern schliefen sofort ein, und Alice malte Bilder, während ich Drehbücher las und meine eigenen grauenhaft schlechten Nachahmer-Versionen davon schrieb. Wenn wir mutig waren, gingen wir im Meer schwimmen. Alice bekam in dem eiskalten Wasser Lachanfälle und sah dann aus wie eine Wikingerfürstin, die den Untergang einer rivalisierenden Sippe feiert.

Ein Moment ist mir in besonderer Erinnerung geblieben. Wir waren in Whitesands in Wales, wo ein Schwarm von nicht giftigen Quallen angespült und von der zurückweichenden Flut am Strand zurückgelassen worden war. Dad machte sich daran, sie aufzuheben und ins Wasser zurückzuwerfen, und bald darauf taten Alice, Mum und ich es ihm gleich, während ich unseren unkoordinierten Rettungsversuch wie ein Sportreporter kommentierte. Wie müssen wir vier wohl ausgesehen haben, als wir Seite an Seite wabbelige Meerestiere dahin zurückschleuderten, wo sie hergekommen waren? Ich nehme an, wir sahen aus wie eine glückliche Familie – sorglos und geschützt durch das Kraftfeld unserer eigenen herrlichen Verschrobenheit.

Dieser spezielle Sommer schien sich endlos hinzuziehen. Ich war gerade mit der Grundschule fertig, und weil ich keine Freunde hatte, mit denen ich spielen konnte, vergnügte ich mich mit Dads ramponiertem altem Walkman. Ich lag auf meinem Bett, hielt die Kopfhörer mit beiden Händen über den Ohren fest und murmelte vor mich hin, bis ich jede Folge der Radio-Adaptionen von *Blackadder* oder *Dad's Army* auswendig konnte. Ich glaube, die sehr simple Abmachung zwischen den Vortragenden und den Zuschauern – *Du setzt dich da hin und hörst zu, während ich versuche, dich zum Lachen bringen* – gefiel mir besonders daran. Wenn also hin und wieder eine Wolke der Traurigkeit über mich hinwegzog, weil ich hörte, wie andere Kinder auf der Straße vor unserem Haus mit ihren Rädern herumfuhren und spielten, wusste ich genau, was ich tun musste, damit es mir besser ging. Ich hatte sogar das perfekte Versteck für mich gefunden: die Hütte hinten in unserem Garten. Dort ließ ich mich auf umgedrehten Farbeimern oder süß riechendem Brennholz nieder und hörte mir an, wie Basil Manuel beschimpfte oder Corporal Jones allen sagte, dass sie nicht in Panik geraten sollten, und für diese achtundzwanzig Minuten war die Welt in Ordnung.

KAPITEL ACHT
JOEL

Ich verließ mich darauf, dass Jane Green Überstunden machte, wie – selbst an Samstagen – üblich bei der BBC. Mit dem Hörer am Ohr schaute ich durch das Zugfenster hinaus auf die vorbeifliegenden Wiesen und Felder. Dabei erhaschte ich einen Blick auf ein rundes Steingebäude zwischen den Bäumen. Wie oft war ich schon mit dem Zug daran vorbeigefahren? Aber nie war ich auf die Idee zu kommen, nachzuschauen, was das eigentlich war.

Als Jane abnahm, wusste ich, dass es jetzt noch mindestens zehn Sekunden dauern würde, bis ich mit Reden an der Reihe war.

«Joely-poly! Na, wie geht's denn, mein Herzblättchen? Ich muss dich warnen, ich hab 'ne verfickte Scheißlaune. Hier dampft grad die Kacke wegen *Doctor Who*. Einer von den Cybermännern war anscheinend gestern auf Sauftour und hat in irgend'ner Kneipe in Cardiff seinen Helm liegen lassen. Also herrscht mal wieder das totale Chaos. Der Chef der Requisite kotzt im Strahl. Aber wo bist du? Wer bist du? Was treibst du? Und so weiter und so fort. Erzähl mir alles.»

«Mir geht's gut», sagte ich.

Jane lachte, und ihre Raucherlunge klang wie eine selbst gemachte Babyrassel. «Das ist garantiert Humbug, aber ich will ja nicht indiskret sein. Machst du schnell noch mal frei, bevor's ans Weihnachts-Special geht?»

Ich hielt kurz inne, bevor ich antwortete. Jane Green anzulügen, war nicht ratsam.

«Ja, so was in der Art», sagte ich. Auf dem Nachbargleis raste ein Zug vorüber. Mit ihm zogen innerhalb einer kurzen

Sekunde Hunderte ausdruckslose Gesichter an mir vorbei. Dann waren sie wieder weg.

«Was kann ich denn für dich tun, Joely-poly?»

«Weißt du noch, wie du mich nach einer neuen Idee für nächsten Herbst gefragt hast?»

«Allerdings.»

«Ich glaube, ich hatte da gerade eine Idee.»

«Ah! Na, dann schieß los.»

Ich setzte zu einem Pitch für *The Regulars* an. Da ich bislang nur eine ziemlich vage Vorstellung von dem Ganzen hatte und keine Einzelheiten nennen konnte, musste ich es kurz und knackig halten. Für Jane sollte das Projekt wie ein Selbstläufer klingen.

«Interessant!», sagte sie, als ich fertig war.

Ich atmete auf. Wenn ihr die Idee nicht gefallen hätte, hätte sie es mir gleich gesagt, höchstwahrscheinlich unter Verwendung mindestens eines Kraftausdrucks, den ich noch nie gehört hatte.

«Okay, mein Lieber, dann lass mich mal machen. Ich fühl schon mal für dich vor. Aber ich für meinen Teil finde, das klingt super.»

«Toll, danke.»

Und jetzt zum zweiten Teil ...

«Ich würde sagen, dafür hole ich mir einen Kollegen mit ins Boot.»

«Echt? Das wär ja was ganz Neues bei meinem kleinen Autorenfilmer. Wer ist denn die Nummer zwei?»

«Ein Typ namens Theo Hern. Hat schon eine Menge gemacht, ist aber immer ziemlich unter dem Radar geblieben. Er ist brillant, aber kein Großmaul. So was gibt's nur ein Mal.»

In Wahrheit hatte ich keine Ahnung, wie viel Theo heutzutage noch schrieb. Aber ich wusste genau, dass er eindeutig der Talentiertere von uns beiden war. Und dass er das hier schon immer mehr gewollt hatte als ich. Wenn ich ihm helfen konnte, das Projekt an Land zu ziehen – oder zumindest einen Fuß in die Tür zu kriegen –, dann konnte ich damit vielleicht ja wenigstens ein bisschen was gutmachen bei ihm.

«Hmm. Gut, ich verlass mich drauf, J-Pole. So, jetzt muss ich los und dieses Arschloch von Helmverlierer nach Strich und Faden zusammenscheißen. Aber großes Ehrenwort: Sobald ich was weiß, meld ich mich wieder bei dir und ... wie hieß er doch gleich? Tim?»

«Theo», sagte ich. «Und ehrlich, Jane, vertrau mir – er ist ein totales Genie.»

KAPITEL NEUN
THEO

Mein Finger klemmte schon so lange im Hals der Fantaflasche fest, dass ich allmählich panisch wurde. Zum Glück bekam ich ihn noch rechtzeitig wieder raus, bevor ich bei Alice an die Tür klopfte. Sonst hätte sie mich bis zum Ende meiner Tage damit aufgezogen.

«Na endlich, mein Gott, ich platze vor Neugier», sagte sie. «Los, spuck's aus! Was zur Hölle wollte er?»

Als ich ins Wohnzimmer kam, sah ich, dass Alice sich ihre Klamotten für das nächste Rollstuhl-Basketballspiel zurechtgelegt hatte.

«Wichtiges Spiel morgen?», fragte ich.

«Lebenswichtig», sagte sie und reichte mir ein Glas Wein. «Kemble gegen Chippenham. Riesensache also. Jetzt erzähl schon.»

«Spielt denn der Typ mit, den du gut findest?» Ich wollte Zeit schinden, und es schien zu funktionieren, denn Alice machte ein entsetztes Gesicht. «Dan Bisley kann man nicht einfach *gut finden*. Er ist ein Kunstwerk.»

«Ach ja», sagte ich. «Wie war das noch gleich? Arme wie ...»

Alice zählte es ungeduldig auf: «Arme wie zwei Pylonen in Elefantenhaut, Augen so klar wie azurne Lagunen und ein Lächeln ...»

»... so strahlend, dass es riesige Galaxien eine Million Jahre mit Licht versorgen könnte. Ja, jetzt fällt's mir wieder ein.»

«Also –»

«Hast du Lust auf mein traditionelles Geburtstagsprogramm?», fragte ich und trat an Alice' DVD-Regal.

«*Withnail & I*, meinst du?»

«Hast du Lust?»

Während ich den Film suchte, bohrte sich Alice' Blick in meinen Rücken. Aber sie fragte nicht noch mal nach Joel. Ich hatte den Eindruck, dass sie mein Schweigen zu meinen Gunsten auslegte und darauf vertraute, dass ich es ihr schon sagen würde, wenn ich so weit war. Aber als der Film zehn Minuten lief, hielt sie es nicht mehr aus.

«Jetzt spann mich doch nicht so auf die Folter. Erzählst du mir jetzt, was der verdammte Joel Thompson wollte, oder nicht? Ich dachte, mich trifft der Schlag, als ich ihn da so bedröppelt stehen sah. Ist aber blöderweise immer noch ziemlich attraktiv. Mum und Dad waren echt von den Socken. Ungefähr fünf Minuten nachdem ihr weg wart, kamen Roger und Beverley angedackelt, aber Dad hat sie gleich wieder nach Hause geschickt. Also, was wollte er?»

«Na ja, das ... ist kompliziert.» Ich brach ab, denn plötzlich schämte ich mich. Vor lauter Aufregung darüber, dass mein eigener blöder Traum wahr werden könnte, hatte ich meine Schwester praktischerweise vergessen.

«Jetzt komm schon – spuck's aus!», sagte Alice.

Ich rückte auf dem Sofa herum und hielt den Blick auf den Fernseher gerichtet.

«Na ja, es war nur ... er hat mich dran erinnert, dass wir uns als Teenies so ein albernes Versprechen gegeben haben. Wir haben gesagt, dass wir zusammen den Themsepfad gehen, wenn wir dreißig sind.»

«Ach du lieber Gott», sagte Alice. «Ich hatte ganz vergessen, wie cool ihr wart.»

«Mmhmm.»

Alice riss erwartungsvoll die Augen auf. «Wie? Und das war alles?»

«Ja. Na ja, nicht ganz.»

Alice warf den Kopf in den Nacken und stöhnte frustriert auf.

«Okay, okay», sagte ich. «Aber ich sag dir gleich – nur damit das klar ist –, ich hab Nein gesagt. Na ja, noch nicht. Aber ich werd's tun.»

Alice' Augen funkelten gefährlich. «Theo. Kannst du *bitte* weiterreden, bevor ich dich umbringe, und zwar mit …», sie schaute sich nach einer Waffe um und griff blindlings nach irgendwas, «diesem Spatel.» Sie fuchtelte drohend damit herum. Keine Ahnung, was ein Spatel in ihrem Wohnzimmer verloren hatte, aber diese Ungereimtheit ließ ihn nur umso gefährlicher erscheinen.

«Gut. Also. Die Sache ist die. Joel und ich hatten vor ewigen Jahren eine Idee für eine Sitcom, die *The Regulars* heißen sollte. Und jetzt hat er neulich in einem Meeting bei der BBC zufällig davon erzählt, und …» Ich nahm mein Weinglas und sprach den Rest des Satzes sehr schnell hinein: «… sie haben sie in Auftrag gegeben, und wir würden sie auf der Wanderung zusammen schreiben, und dann würde sie nächstes Jahr in der BBC laufen.»

Alice sagte sehr lange gar nichts. Als ich schließlich einen Blick riskierte, starrte sie mich mit offenem Mund an, den Spatel weiter im Anschlag.

«Ich werd verrückt! Welches Programm?»

«BBC Two», murmelte ich.

«Sendezeit?»

«Freitagabend, halb zehn.»

«BBC Two. Freitagabend, halb zehn. Alter Schwede!»

«Jep.»

«Die verdammte heilige Dreifaltigkeit.»

Ich zuckte die Achseln. «Ja, na ja …»

«Aber Moment mal. Du … hast *Nein* gesagt?»

«Nein – ich meine, noch nicht. Aber werd ich natürlich.»
«Im Ernst?»
«Ja», sagte ich. «Nach dem, was mit dir passiert ist ...»

Alice wollte etwas sagen, tat es dann aber nicht. Ich wartete, aber zwei Minuten verstrichen, dann fünf, und bald schauten wir uns den Rest des Films schweigend an, jeder in seinen Gedanken. Hin und wieder schielte ich zu ihr rüber und sah, dass sie die Stirn runzelte – und war mir ziemlich sicher, dass das nichts mit dem Film zu tun hatte. Als Withnail am Ende seinen Hamlet-Monolog sprach, war Alice' Kinn auf die Brust gesunken, und sie schlief.

Ich stand auf, wobei lauter Popcorn von meinem Schoß fiel, und rüttelte sie vorsichtig wach.

«Zeit fürs Bett, Kleines», sagte ich.

Alice antwortete mit einem Geräusch, das ich anfänglich als «Wimbledon» oder «Wigwam» interpretierte, bevor ich kapierte, dass es wohl «Wichser» heißen sollte. (Alice wurde nicht gern geweckt.) Ich unternahm noch ein paar halbherzige Versuche, aber es hatte keinen Sinn. Also hob ich sie so vorsichtig wie möglich aus ihrem Rollstuhl. Dabei geriet ich etwas ins Schwanken – ich war aus der Übung, weil ich das schon eine ganze Weile nicht mehr gemacht hatte. Und ich hätte schwören können, dass sie zu mir hochschaute, als ich sie in ihr Schlafzimmer trug, aber in der nächsten Sekunde waren ihre Augen wieder zu. Den Rest des Weges legte ich langsam zurück – weil ich sie nicht wecken wollte, aber hauptsächlich, um den seltenen Moment auszukosten, in dem ich als älterer Bruder mal zu etwas zu gebrauchen war.

Ich schob mit dem Fuß das Federbett zur Seite, legte Alice behutsam ab und deckte sie zu. Als ich gerade gehen wollte, entdeckte ich eine lauernde Mücke an der Zimmerwand und begab mich auf Killermission. Ich schlich um das Bett herum und zerquetschte sie ebenso leise wie erfolgreich, nur um dann mit dem Knie gegen einen Schrank zu knallen.

Ich hörte, wie Alice sich rührte, doch sie schien nicht aufgewacht zu sein. Aber als ich ihr Zimmer auf Zehenspitzen verlassen wollte, räusperte sie sich.

«Hör zu, Döskopp, ich finde, du solltest es machen.»

Ich drehte mich um. Ihre Augen waren weiterhin geschlossen, und ich fragte mich kurz, ob sie wohl träumte.

«Was machen?», fragte ich.

Alice schlug die Augen auf. «Die Serie. Den Themsepfad. Alles.»

«Nein», sagte ich. «Ich will nicht. Ich hätte ihm einfach die Tür vor der Nase zuschlagen sollen.»

Alice setzte sich auf.

«Jetzt hör mir mal gut zu, ja? Was passiert ist, ist passiert. Das ist sehr lange her.»

«Mag sein», sagte ich. «Aber das heißt nicht, dass du es vergessen solltest.»

Alice schüttelte den Kopf. «Tut mir leid, aber du kannst mir nicht vorschreiben, was ich fühlen soll. Die Wahrheit ist, dass ich glücklich mit meinem Leben bin. Ich bin sehr gerne Lehrerin, ich habe supertolle Freunde, und einmal in der Woche darf ich unter dem Vorwand, Basketball zu spielen, Dan Bisley angaffen. Du dagegen bist nicht glücklich.»

Ich öffnete den Mund, um ihr etwas entgegenzuhalten, aber es gab nichts.

«Denk doch bloß mal ans letzte Jahr», fuhr Alice fort. «Im Grunde hast du dich in einen Nesthocker zurückverwandelt.»

Ich verdrehte die Augen.

«Tut mir leid, ich weiß, wie ungern du darüber sprichst, Theo, aber je länger du dich hier einigelst, desto geringer ist die Chance, dass du dein Leben irgendwann wieder auf die

Reihe kriegst. Und klar, es ist schon toll, wie nahe wir uns alle stehen – aber Mum und Dad werden nicht ewig leben. Und die Hütte wird auch nicht ewig hier stehen. Ich weiß, dass Joel mit dieser Edinburgh-Geschichte auch dir eine Menge versaut hat, aber das ist zehn Jahre her, und er versucht wenigstens, die Scharte auszuwetzen. Bist du nicht neugierig, was er zu sagen hat? Mal ganz abgesehen davon, dass er dir en passant die geilste Chance aller Zeiten einfach so zu Füßen legt.»

«Ja, schon, aber –»

«Nein, kein Aber. Ich sag nicht, dass sich alles in deinem Leben plötzlich wie von Zauberhand klären wird, wenn du da mitmachst, aber wenn du morgen früh nicht am Anfang dieses Pfades auf Joel wartest, wirst du es garantiert für den Rest deines Lebens bereuen. Willst du das wirklich riskieren?»

Als ich später zurück zur Hütte ging, blieb ich stehen, um den spektakulären blutorangenen Sonnenuntergang zu bewundern. Alice' Worte liefen in Endlosschleife durch meinen Kopf. Und weil ich wusste, dass ich mich jetzt ganz sicher nicht auf ein Buch oder das Fernsehprogramm konzentrieren konnte, kramte ich die Flasche Wein hervor, die ich dort extra für Notfälle deponiert hatte.

Nachdem ich mich ein wenig gestärkt hatte, kämpfte ich mich durch Luftpumpen, Leinölfirnis und Tennisschläger zu meinen alten Kartons durch, die ich mit «meine alten Kartons» beschriftet hatte, weil ich so irrsinnig witzig bin. Darin lagen Hunderte Drehbücher, deren Seiten verbogen und verknittert und über und über mit handschriftlichen Notizen bekritzelt waren: «Gutes Beispiel für ‹Spannung und Auflösung›.» «Merke: ‹Die Dreierregel›.» Kaum zu glauben, dass ich meine Unschuld erst mit achtzehn verloren hatte.

Als ich mich weiter nach unten durchwühlte, fand ich einige meiner eigenen Ergüsse – mindestens zwei Dutzend Notizbücher (die meisten davon Schulhefte), alle von der ersten bis zur letzten Seite vollgeschrieben.

Bis ich sämtliche Kisten durchstöbert hatte, war es Mitternacht. Aber als ich bereits alles gesichtet zu haben glaubte, entdeckte ich noch ein letztes Heft, auf dem «Joel & Theo: Ein richtiges kleines Komikerduo» stand – und versank rettungslos in der Vergangenheit.

An meinem ersten Tag an der Atherton Gesamtschule war ich für meine Verhältnisse ungewöhnlich hoffnungsvoll, dort vielleicht ein paar Freunde zu finden. Ich hatte es geschafft, meine Schüchternheit zumindest teilweise abzulegen, und war entschlossen, eine eigene kleine Clique zu finden, die ich mir wie in den Comicheften vorstellte: Wir würden mit Marmeladengläsern Frösche fangen und auf unseren Radtouren Abenteuer bestehen. Ich würde der witzige Anführer sein, der immer einen lustigen Spruch auf den Lippen hat. Dann wäre da noch ein hochbegabter nerdiger Typ mit dicken Brillengläsern, den wir liebevoll «Professor» oder kurz «Prof» nennen würden, jemand Exotisches – ein Australier etwa oder ein Amerikaner – und vielleicht sogar ein Mädchen! Wir würden uns als das «Kemble-Kabarett» etablieren und bei der Weihnachtsaufführung mutig die Lehrer aufs Korn nehmen, wonach die anderen Schüler uns, unsere Namen skandierend, auf ihren Schultern aus der Aula tragen würden.

Schon komisch, wie das Leben so spielt.

In Wirklichkeit war es so, dass ich am ersten Tag meinen Klassenraum nicht fand, und als ich ihn dann endlich doch noch entdeckte, lagen meine Nerven derart blank, dass ich Magenkrämpfe bekam und gekrümmt dasitzen musste. Ich hielt kaum zehn Minuten durch, dann musste ich, mir den Bauch haltend, aus dem Raum rennen und jemanden fragen, wo die nächste Toilette war. Diesen schlechten Start konnte ich nie wieder wettmachen. Die anderen Kinder betrachteten mich danach natürlich mit Argwohn. Ich war wie eine Figur aus einem Zombiefilm, die zu verheimlichen versucht, dass sie gebissen wurde.

Also beschloss ich, meinen Außenseiterstatus anzunehmen. Es war nicht so, dass ich keine Freunde fand, ich traf aktiv die Entscheidung, dass ich keine wollte. Ich hatte Hugh Laurie als Bertie Wooster in der alten ITV-Serie *Jeeves and Wooster – Herr und Meister* gesehen und überredete Mum, mit mir die Charity Shops in Gloucester zu durchstöbern, wo ich von meinem Taschengeld einen Tweed-Blazer und eine Krawatte erstand. Später kam noch eine kaputte alte Taschenuhr an einer kleinen Kette hinzu sowie ein Zigarettenetui, das ich mit Schokozigaretten befüllte, von denen ich mir oft eine hinters Ohr steckte. Weil all das gegen die Kleidervorschriften verstieß, bestanden die Lehrer darauf, dass ich mich gleich nach dem Aussteigen aus dem Bus umzog. Aber nach einer Weile störten sie sich nicht mehr daran – oder bekamen vielleicht Mitleid, weil ich keine Freunde hatte –, weshalb ich in diesem Aufzug auch zum Unterricht erschien. Zuerst lachten die anderen Kinder mich natürlich aus, aber irgendwann gewöhnten sie sich daran, dass dieses merkwürdige kleine Relikt aus Edwardianischer Zeit in ihrer Schule herumschlurfte, und niemand achtete mehr auf mich. Niemand außer einem, und das war Darren Brighouse.

Darren hatte sich in die Rolle des größten Rabauken der Klasse gestürzt, als wäre es ein Hobby, dem er gern in seiner Freizeit nachging. Seine Attacken entbehrten jeder Raffinesse. Er war größer und stärker als alle anderen, und wen er nicht leiden konnte, der wurde verhauen, fertig, aus. Seltsamerweise hatte er mich bis dahin ignoriert. Vielleicht hielt er es einfach für unzumutbar, mich auch nur anzurühren. Aber eines Tages kam er in der Mittagspause aus heiterem Himmel zu mir und fragte, ob ich mit ihm und einigen anderen Fußball spielen wolle.

«Äh, in Ordnung», sagte ich.

Darren lachte und legte mir seinen Arm um die Schulter. «Warum machst du denn so ein besorgtes Gesicht, Theo? Wir wollen doch nur den Ball treten.»

«Ha, na dann, alles klar», sagte ich und erwiderte Darrens Lächeln. Vielleicht hatte ich ihn ja völlig falsch eingeschätzt, dachte ich, als wir aufs Spielfeld gingen. In mir keimte Hoffnung auf, und ich stellte mir vor, wie ich mich abends beim Essen in meinem Stuhl zurücklehnen und mit einem gelangweilten Gähnen sagen würde: «Wenn das okay ist, bringe ich vielleicht demnächst mal einen Freund mit, Mum.»

Mum würde sich hinsetzen und ihre Schürze abnehmen. «Aber natürlich ist das okay, Schatz!», würde sie strahlend und mit stolzem Blick sagen und dann hinausschlüpfen, um Dad die frohe Kunde zu überbringen.

Ich hätte es besser wissen müssen, als Darren mich bat, ins Klubhaus zu gehen, um den Fußball zu holen. Als ich unschlüssig auf der Schwelle stehen blieb, weil ich merkte, dass irgendwas nicht stimmen konnte, schubste er mich hinein und verrammelte die Tür mit einem Vorhängeschloss. Die Jungs hämmerten lachend und johlend gegen das staubige Fenster. Ich spürte einen Luftzug direkt neben meinem Kopf und dachte zuerst, ein Vogel wäre an mir vorbeigeflogen. Aber als das Tier auf einem Balken landete und die Flügel spreizte, erkannte ich, dass es eine Fledermaus war. Ich warf mich auf den Boden und kroch vor Angst zitternd unter eine Bank. Die Jungs draußen beobachteten mich jauchzend, bis ihnen irgendwann langweilig wurde. Als sie weg waren, rief ich um Hilfe, bis mir die Kehle brannte. Aber niemand kam. Ich versuchte, nicht daran zu denken, wie nötig ich auf die Toilette musste, aber irgendwann wurde der Druck auf meine Blase einfach zu groß. Ich spürte, wie es heiß an meinen Beinen hinunterrieselte, und fing an zu schluchzen. Als der Sportlehrer, Mr Marstens, endlich die Tür aufschloss, rannte ich an ihm vorbei nach draußen und lief immer weiter.

Zu Hause wollte ich mir auf keinen Fall anmerken lassen, dass etwas nicht in Ordnung war, aber als Mum mich fragte, wie mein Tag gewesen sei, konnte ich die Tränen nicht länger zurückhalten. Mir ging es erst wieder besser, als Alice angehüpft kam und mir ein Bild zeigte, das sie von uns beiden gemalt hatte. Darunter hatte sie geschrieben: «Mein Bruder Theo, der tapferste Trottel, den ich kenne», was mich gleichzeitig zum Lachen und zum Weinen brachte.

Wenn ich gehofft hatte, die Sache mit dem Klubhaus wäre eine einmalige Sache gewesen, dann irrte ich. Ich wurde zu Darrens Lieblingsopfer und blieb es während des gesamten siebten Schuljahres und bis ins achte hinein. Zuerst versuchte ich noch, mich zu wehren, aber das schien ihm nur umso mehr Vergnügen zu bereiten, weil es ihm einen Vorwand lieferte, härter zuzuschlagen. Am Ende bestand meine Taktik darin, mich wie ein Igel zusammenzurollen und zu warten, bis es vorbei war. Dabei hörte ich, wie Leute vorbeigingen, ohne nennenswert in ihrem Gespräch innezuhalten. Das schmerzte mich am meisten. Vielleicht hatte ich mir nicht genug Mühe gegeben, nicht so sonderbar zu sein. Vielleicht verdiente ich das ja alles.

Dann verkündete Darren mir eines Tages in der Mittagspause, dass er mich zum Weinen bringen werde, wenn er mich in der nächsten Stunde zu Gesicht bekäme. Ich beschloss, kein Risiko einzugehen. Anstatt die Pause wie alle anderen draußen in der Sonne zu verbringen, schloss ich mich in der Jungs-Toilette im Musiktrakt ein. Dort war ich zwar in Sicherheit, aber ich empfand die Situation doch als sehr schmachvoll: Ich saß in einer Toilettenkabine, verzehrte mein mitgebrachtes Mittagessen und hörte zu, wie jemand nebenan auf einer verstimmten Gitarre «Smoke on the Water» verschandelte. Mein Walkman lag in seinen letzten Zuckungen. Er spielte das Tape nur noch ab, wenn ich den Deckel mit zwei dicken Gummibändern fixierte, aber immerhin funktionierte er noch. Ich hörte *Blackadder* mit nur einem Kopfhörer, damit ich mit dem anderen Ohr mitbekam, ob jemand kam. Und natürlich machte Darren sich genau in dem Moment mit seinen Kumpanen daran, den Musiktrakt abzusuchen, als ich mich langsam entspannte.

«Wo ist Theodore bloß abgeblieben?», hörte ich Darren sagen, als sie alle zusammen in den Toilettenraum drängten.

Man hörte aggressives Pinkeln. Das Dröhnen des Händetrockners ließ mich zusammenzucken, und zu meinem großen Schrecken spürte ich, wie mir der Walkman aus den schweißnassen Händen rutschte und scheppernd auf den Boden fiel. Das Geräusch wurde zwar vom Händetrockner übertönt, aber eine der Batterien hatte sich gelöst und rollte auf die Tür der Kabine zu. Ich kroch hin, um sie aufzuhalten, doch es war zu spät.

«Seht mal!»

«Ja, wo kommt die denn her?»

Ich wich zurück und versuchte vorauszuahnen, aus welcher Richtung sie am wahrscheinlichsten angreifen würden.

«Wer ist denn da drin? Bist du das, Theodore?»

Ich hörte, wie die Tür zur angrenzenden Kabine mit einem lauten Schlag aufflog, und einen Moment später tauchte über der Trennwand ein Gesicht auf.

«O mein Gott, er ist es!»

Mein Blick irrte auf der Suche nach etwas, womit ich mich hätte verteidigen können, hektisch umher. Aber ich hatte nur meinen Walkman, und den wollte ich ungern weiter in Mitleidenschaft ziehen.

Außerhalb der Kabine war es kurz still geworden. Aber dann brach das Chaos los. Von oben und von unter der Tür durch wurde ich mit durchnässten Papierhandtüchern und händeweise Flüssigseife bombardiert. Ich verschränkte die Arme über dem Kopf und krümmte mich zusammen. Die Stimmen meiner Angreifer wurden immer lauter, da sie sich gegenseitig anstachelten wie Hyänen im Blutrausch. Während einer kurzen Atempause gelang es mir, mir den Blazer über den Kopf zu ziehen, was aber nicht verhinderte, dass die kalte Seife langsam meinen Rücken hinunterlief. Doch dann endete der Angriff ebenso plötzlich, wie er begonnen hatte. Ich hörte eine andere Stimme, ruhig und besonnen, die ich nicht kannte.

«Was ihr da macht, hab ich gefragt.»

«Und ich hab gesagt, verpiss dich.»

Die Antwort sollte aggressiv klingen, aber sie kam zu zögerlich. Darren war offenkundig auf der Hut.

«Egal, wer da drin ist, ich finde, ihr solltet das lassen.»

«Ach, was soll's.»

Ich hörte schlurfende Schritte. Und leises Gekicher. Zu meiner Erleichterung klang es, als wären sie alle gegangen, aber dann klopfte jemand an meine Toilettentür.

Ich stand auf. Meine Hände zitterten. Meine Augen brannten von der Seife. Aber was auch immer mich da draußen erwartete, es war mir inzwischen egal. Ich wollte es nur noch hinter mich bringen. Ich öffnete die Tür, entschlossen, Darren fest in die Augen zu sehen, bevor er zum Angriff überging. Aber er war weg und hatte seine Bande mitgenommen. Stattdessen stand ein großer, drahtiger Junge am Waschbecken, den ich noch nie gesehen hatte. Er zeigte keine Reaktion, als er sah, in welchem Zustand ich war, so als würde er kaum registrieren, dass ich von Kopf bis Fuß von schmierigem Seifenschleim bedeckt war.

«Alles klar bei dir?», fragte er und reichte mir einen Packen trockener Papierhandtücher.

«Ja, alles gut», sagte ich, presste das raue Papier auf mein Gesicht und hielt es einen Moment da fest, um meine Tränen zu verbergen, die sich mit der Seife vermischten. Ob ich sie aus Erleichterung darüber vergoss, dass mein Martyrium vorbei war, oder einfach, weil dieser Junge nett zu mir war, wusste ich selbst nicht. Doch nachdem er sich als Joel vorgestellt und, so als wäre ich ein ganz normaler Mensch, sich danach erkundigt hatte, ob es mir auch wirklich gut ging, hatte ich dieses merkwürdige, nicht so ganz festzunagelnde Gefühl, das einen beschleicht, wenn man merkt, dass die Erde gebebt hat und sich ab jetzt alles ändern wird.

KAPITEL ZEHN
JOEL

Die Male, die ich in das Haus meiner Kindheit zurückgekommen war, konnte ich an einer Hand abzählen. Zugegeben, einmal war ich monatelang geblieben, aber damals war es mir so schlecht gegangen, dass ich davon kaum noch etwas wusste. Und die Erinnerungen, die ich noch hatte, waren allesamt unangenehm.

Ich bezahlte das Taxi, das mich vom Bahnhof hierhergebracht hatte, überquerte die Straße und blieb auf der Veranda kurz stehen. Durchs Wohnzimmerfenster sah ich Mum an ihrem Laptop sitzen. Sie hatte dunkle Ringe unter den Augen, so als hätte sie seit Tagen nicht richtig geschlafen. Sie runzelte die Stirn und fing an, nach etwas zu suchen, wobei sie eine Zeitschrift anhob und einen Stapel Unterlagen verschob.

Ich lächelte. Sie suchte ihre Brille. «Du hast sie auf den Kopf geschoben», murmelte ich. «Wie immer.»

Ich wich ein Stück zurück, da mich eine gefährliche Traurigkeit befiel. Ich hätte häufiger hierherkommen sollen, egal, mit welchen Schwierigkeiten es verbunden gewesen wäre. Ich hätte Mum nicht all die Jahre für selbstverständlich nehmen sollen. Ich ballte die Fäuste und versuchte, das Gefühl abzuschütteln. Ich würde auf keinen Fall zulassen, dass Mum mich so aufgewühlt sah.

Ich klingelte. Als Mum die Tür öffnete, setzte ich ein Lächeln auf.

«Hallo, Schatz!»

«Hallo, Mum.»

Sie zog mich in ihre Arme. Es kam mir so vor, als müsste ich mich ein bisschen weiter hinunterbeugen als sonst. Und ich erschrak, wie dünn sie sich anfühlte. Lag das an all den Sorgen?

«Hier riecht's aber gut!», sagte ich, und erst in dem Moment fiel mir auf, dass ich mich gar nicht mehr erinnern konnte, wann ich zuletzt gegessen hatte. Ich war am Verhungern.

«Ich mache ein Curry für uns», sagte Mum und führte mich in die Diele. «Mit jeder Menge Kurkuma. Das scheint ein echtes Allheilmittel zu sein. Du nimmst doch die Kapseln, die ich dir geschickt habe, oder?»

«Ach, *dafür* waren sie gedacht», antwortete ich, während ich meine Jacke aufhängte. «Ich dachte, es wäre eine Wurmkur für die Katze.»

Mum tat so, als hätte ich nichts gesagt. Sie nahm die Jacke von dem Haken, den ich gewählt hatte, und hängte sie ungefähr fünfzehn Zentimeter weiter links an einen identisch aussehenden Haken.

«Was ist mit den anderen Sachen, über die ich dir in meiner E-Mail geschrieben habe? Hast du schon mal über Mariendistel nachgedacht?»

«Klingt wie einer der Zwerge aus *Herr der Ringe*. Ich glaube, den mochte ich am wenigsten.»

«Joel, ich glaube wirklich –»

«Hey, komm schon, Mum.» Ich umfasste sanft ihre Schultern. «Lass uns jetzt nicht darüber sprechen, ja? Lass uns einfach einen schönen entspannten Abend verbringen.»

«Wenn du meinst.» Mum seufzte.

«Super. Und jetzt sag mir schnell: Sind meine alten Wanderschuhe noch hier?»

«Ja, im Schrank unter der Treppe», sagte Mum. Sie ging in die Küche, weil es so klang, als würde etwas überkochen. «Wozu in aller Welt brauchst du die denn?»

«Ich gehe den Themsepfad», erwiderte ich, mich für Mums

Reaktion wappnend. Und tatsächlich hörte ich, wie etwas scheppernd zu Boden fiel. Als ich in die Küche kam, starrte sie mich an, als wäre ich komplett wahnsinnig geworden.

«Das ist nicht dein Ernst», sagte sie. «Der ist zweihundert Meilen lang.»

«Nicht ganz, außerdem führt er im Grunde die ganze Zeit durch flaches Gelände.»

«Ja, *zweihundert* Meilen lang. Und was sagt Amber zu all dem?

«Sie, äh ...»

Ich tat so, als würde ich von etwas abgelenkt, das am Kühlschrank hing. Ich ging hin und bückte mich, um das Foto zu betrachten, das mich als kleinen Jungen mit meiner Mutter im Garten zeigte. Damals waren meine Haare noch weißblond. In welchem Alter sie dunkler geworden waren, wusste ich nicht.

«*Joel*», drängte Mum.

«Ach, kannst du dir doch denken ...», sagte ich mit einer wegwerfenden Handbewegung. «Wie alt war ich eigentlich, als dieses Bild gemacht wurde?»

«Wechsel nicht das Thema», sagte Mum. Dann hörte ich, wie sie leise nach Luft schnappte. «Joel, bitte sag mir, dass du Amber alles erzählt hast.»

Ich richtete mich wieder auf. «Na ja, nicht so richtig. Noch nicht.»

«Dann hast du mich neulich am Telefon einfach angelogen? Du hast mir versprochen, es ihr gleich nach unserem Gespräch zu sagen.»

Ich kratzte mich am Hinterkopf und fühlte mich wie ein Jugendlicher, der dabei ertappt wird, wie er sich ein Bier aus dem Kühlschrank stibitzt. «Ich sag's ihr, wenn der richtige Zeitpunkt gekommen ist.»

Mum sah aus, als wollte sie noch etwas sagen, wandte sich dann aber wieder ihrer Arbeit zu. Sie machte sich daran, Kräuter zu hacken, und kühlte ihr Mütchen an ein paar Korianderzweigen. Ich ging zu ihr hin, legte eine Hand auf ihre Schulter und drückte sie. Nach einem Augenblick hörte sie auf zu hacken und legte ihre Arme um mich.

Halt diesen Moment fest, dachte ich. *Präg dir ein, wie viel Liebe in dieser Geste liegt. Präg dir ein, wie beschlagen die Fenster von dem Dampf sind, und präg dir die Narzissen in der wackeligen Tonvase ein, die du mal in der Schule für sie gemacht hast.*

Ich war zwar hundemüde, konnte aber nicht schlafen. Wie oft hatte ich als Kind an diese Decke gestarrt, während ich Mum und Dad – und später, nach der Scheidung, Mum und Mike – unten streiten hörte und vor lauter Wut und Traurigkeit nicht wusste, wohin mit mir. Manchmal hatte ich es einfach nicht mehr ausgehalten, die Gefühle hatten mich schier überwältigt. Nach und nach lernte ich dann, mit dem Schmerz fertigzuwerden, indem ich mir auf andere Weise wehtat. Es fing damit an, dass ich mit den Fäusten an der rauen Wand entlangschrammte, und steigerte sich langsam, bis ich so fest dagegenboxte, dass der Schmerz alles andere überdeckte. Sehr lange hatte ich all das schamvoll verschwiegen.

Als ich jetzt mit den Fingern über die vertrauten Unebenheiten und Vertiefungen strich, musste ich an den Tag gegen Ende meines ersten Jahres an der Hescott High School zurückdenken, an dem meine Eltern mir erzählt hatten, dass sie sich scheiden lassen wollten. Selbst als Zwölfjähriger hatte ich gespürt, dass die gezwungene Freundlichkeit zwischen ihnen nur Show war. Sie saßen händchenhaltend am Küchentisch, als Dad mir eröffnete, dass er für eine Weile ausziehen würde. Zwei Wochen später hatte dieses Ausziehen sich leicht gesteigert, denn plötzlich hieß es, er würde «nach Australien ziehen».

«Für wie lange?», hatte ich ihn gefragt.

«Na ja, Kumpel», sagte er und räusperte sich, «mehr oder weniger dauerhaft. Aber du musst mich besuchen kommen, hörst du? Wenn du ein bisschen älter bist.»

«Ja, aber ...» Ich versuchte vergeblich, nicht in einen Jammerton zu verfallen, denn das hasste er. «Das ist nicht fair!», klagte ich.

«Jetzt hör mir mal zu», sagte Dad scharf. «Das Leben ist nicht fair. Hör auf zu heulen, okay? Du bist doch kein Mädchen. Du bist jetzt der Mann im Haus. Deine Mum wird auf dich angewiesen sein.»

Ich verstand nicht, was er von mir wollte. Er war doch derjenige, der ging.

In den letzten zwei Wochen des Schuljahres hatte es sich angefühlt, als würde ein schweres Gewicht auf meiner Brust liegen. Ich wollte nur noch auf irgendetwas eintreten und schlagen, oder auf jemanden. Am letzten Schultag fand kein Unterricht mehr statt, sondern wir durften Spiele mitbringen und Filme anschauen. Ich setzte mich ganz hinten ins Klassenzimmer, ignorierte alle und wartete darauf, dass die Zeiger der Uhr auf halb vier vorrückten und ich diesen stickigen Raum verlassen durfte. Aber als ich darüber nachdachte, wie der Sommer ohne Dad sein würde, packte mich die Wut, und ehe ich mich's versah, hatte ich einen Tacker von meinem Tisch genommen und ihn, so fest ich konnte, quer durch den Raum geschleudert. Er prallte von der Wand ab und traf Oscar Tate voll im Gesicht. Wenn ich bessere Noten gehabt hätte, wäre ich vielleicht ungestraft davongekommen. Aber als Oscars Mutter mit gerichtlichen Schritten drohte, teilte man Mum mit, dass es wohl das Beste wäre, wenn ich ab dem nächsten Schuljahr auf eine andere Schule ginge.

Ich denke häufig an diesen Moment und daran, wie sehr er mein Leben verändert hat. Wenn ich bis halb vier durchgehalten hätte, ohne aus der Haut zu fahren, wäre ich nicht von der Schule geflogen. Dann hätte ich Theo nie kennengelernt. Und auch Amber nicht ...

Während ich jetzt auf meinem alten Bett lag, verspürte ich den vertrauten, überwältigenden Drang, auf die Wand einzuschlagen wie früher, um meinen Schmerz zu betäuben und meiner Wut Luft zu machen. Das alles war so ungerecht. Doch plötzlich befiel mich Übelkeit, und ich setzte mich auf. Ich musste ein paarmal tief durchatmen, bis sie verging. So etwas passierte in letzter Zeit häufiger, und es würde eher schlimmer werden als besser.

Ich machte das Licht an, griff nach meiner Jeans und zog den zerknitterten Brief heraus. Das Blatt war oben leicht eingerissen, direkt unter dem Logo des National Health Service. Ich konnte mich nicht daran erinnern, wann das passiert war, und keine Ahnung, wieso, aber es ärgerte mich, für diesen Riss verantwortlich zu sein. Ich las den Brief ein weiteres Mal:

Sehr geehrter Mr Thompson,

Betreff: Untersuchungsergebnisse

Anlässlich Ihrer Diagnose überweisen wir Sie hiermit an die Abteilung für Hepatologie

Ich hörte auf zu lesen. Was hatte es auch für einen Sinn? Jedes Mal, wenn ich den Brief las, standen dieselben Worte darin, schwarz auf weiß, und katapultierten mich zurück zu dem Moment, in dem mir zum ersten Mal bewusst geworden war, dass etwas nicht stimmte.

Ich hatte mich an jenem Tag eigentlich nicht anders gefühlt als sonst, nur ungewöhnlich müde. Aber dann war ich plötzlich aus einer Probe für unsere Zahnarzt-Serie gerannt, weil ich mich übergeben musste. Erst vermutete ich, dass ich mir irgendeinen Virus eingefangen hatte, aber als ich den Kopf hob, sah ich Blut in der Kloschüssel. Von dem Arzt, der mich anschließend untersuchte und dann zu weiteren Tests schickte, ist mir vor allem seine völlige Humorlosigkeit in Erinnerung geblieben. Ich erwartete nicht direkt, dass er Witze reißen würde, aber er sah aus wie einer, der zum Lachen in den Keller geht. Und weil ich ihn nicht sonderlich leiden konnte, war ich ganz froh, dass ich ihm widersprechen konnte, als er mir erklärte, was ich hatte.

«Ja, aber das kann gar nicht sein», hatte ich zu ihm gesagt. «Ich hab seit fünf Jahren keinen Tropfen Alkohol getrunken.»

«Das ist leider das Problem mit Lebererkrankungen», erwiderte der Arzt. «Wie in Ihrem Fall treten häufig keinerlei Symptome auf, bis die Krankheit ein sehr fortgeschrittenes Stadium erreicht hat. Ihr, äh, Lebensstil hat sicher dazu beigetragen, aber Sie haben auch einen Unfall in Ihrer frühen Jugend erwähnt. Der Treppensturz, bei dem Sie sich verletzt haben?»

«Was ist damit?», fragte ich und gab mir alle Mühe, die Erinnerung von mir fernzuhalten.

«Aus Ihren Akten geht hervor, dass Sie sich damals einen Leberriss und eine Entzündung des Gallengangs zugezogen haben, was zu dem passt, wo heute das Problem liegt. Ihre Gallengänge haben sich nie ganz erholt, und das hat, zusammen mit dem Alkoholmissbrauch, zu einer primär biliären Zirrhose geführt.»

«Oh. Verstehe. Und was machen wir jetzt? Gibt es Medikamente dagegen, oder ...?

Der Arzt atmete heftig durch die Nase aus. Dann rollte er mit seinem Stuhl um den Schreibtisch herum, um näher bei mir zu sein. Sein Atem roch nach Kaffee. Mir fiel auf, dass er zwei Stifte in seiner Brusttasche hatte, und weil bei einem die Kappe fehlte, fragte ich mich, ob ich ihn darauf hinweisen sollte.

«Es tut mir leid», sagte er, «aber dafür ist die Krankheit bereits zu weit fortgeschritten. Sie brauchen dringend eine Lebertransplantation. Wir werden Sie auf der Warteliste ganz weit nach oben setzen, das wäre Plan A, aber ich fürchte, angesichts der Schwere Ihrer Zirrhose läuft Ihnen die Zeit davon.»

Der Arzt hatte «Plan A» noch etwas erläutert und war dann zu einem «Plan B» übergegangen, aber ich war mit meinen Gedanken bereits ganz woanders. Ich stellte mir Ambers Gesicht vor und wie ihr die Tränen in die Augen schießen würden. Bei dem Gedanken an ihre Reaktion auf diese Nachricht wurde mir schwindelig, und ehe ich mich's versah, atmete ich schwer, und der Arzt stürzte los, um mir ein Glas Wasser zu holen.

Dass Amber gerade aus beruflichen Gründen verreist war, erleichterte mich. Als der Brief am nächsten Tag eintraf, nahm ich ihn mit nach Hampstead Heath, setzte mich auf eine Bank und versuchte, das alles zu verstehen. Ich blieb stundenlang dort und beobachtete, wie die Leute kamen und gingen. Ich konnte nicht fassen, dass sie einfach weitermachten, als ob nichts wäre. Die Welt würde doch bestimmt jeden Moment aufhören, sich zu drehen: Die Vögel würden aufhören zu singen. Die Automotoren würden verstummen. All die Menschen überall auf dem Heath würden mit dem aufhören, was immer sie gerade taten, sich wie auf Kommando zu mir hindrehen und darauf warten, dass ich mich auf die Bank stellte und ihnen bestätigte, dass die Nachricht stimmte: Ich war krank und würde nicht mehr gesund werden. Ich flüsterte die Worte vor mich hin wie ein Geheimnis, das mir ein schlechtes Gewissen machte, und musste mich sehr zusammenreißen, um nicht in Tränen auszubrechen.

Später, als ich wieder zu Hause war, setzte ich mich an den Küchentisch, legte den Kopf auf die Arme und starrte vor mich hin. Irgendwann fiel mein Blick auf das rote Licht der Backofenuhr. Ich betrachtete die Anzeige und wartete darauf, dass sie sich änderte. Ich war schon so weit, sie für kaputt zu halten, als die Uhr endlich von 17:31 auf 17:32 umsprang. So lang dauerte eine Minute? Es kam mir vor wie eine Ewigkeit. Jetzt, wo ich wusste, dass meine eigene begrenzt war, schien die Zeit plötzlich etwas Unwirkliches an sich zu haben. Ich hatte ein geschärftes Bewusstsein für jede Sekunde, die verging – und jede einzelne davon war vergeudet, weil ich nichts tat, was bewies, dass ich noch am Leben war. Meine Untätigkeit schlug in Rastlosigkeit um. Ich sprang auf und durchsuchte das Haus nach Papier und einem Stift. Unter dem Couchtisch im Wohnzimmer fand ich einen Kugelschreiber, aber das Einzige, worauf ich schreiben konnte, war die Rückseite des Briefes. Irgendwie fühlte es sich auch passend an, den Plan, wie ich die mir verbleibende Zeit nutzen könnte, hinten auf die Seite mit den Worten zu schreiben, die mich zu diesem Schicksal verdammten. *Ich bin noch nicht fertig*, dachte ich und schrieb ganz oben hin:

Liste meiner letzten Wünsche

Ich starrte auf die leere Seite unter dieser Überschrift. Die große Angst vorm weißen Blatt kenne ich aus meinem Job.

Sie ist der ärgste Feind von allen. Manchmal gewinnt sie, und ich bin gezwungen zu kapitulieren; dann klappe ich den Laptop zu und mache das, was Amber meine «langen Grübel-Spaziergänge» nennt. Nun, diesen Luxus hatte ich jetzt nicht. Die Backofenuhr lief weiter. Wieder eine Minute um. Wenigstens wusste ich, was ich *nicht* schreiben würde. Eine aus dem Internet zusammengestoppelte Liste von Nervenkitzeln interessierte mich nicht die Bohne. Fallschirmspringen und Bungee-Jumping würde es also nicht geben. Das Einzige, was mir wirklich wichtig war, waren die Menschen, die immer zu mir gehalten hatten, obwohl ich mir manchmal wirklich alle Mühe gegeben hatte, sie zu vergraulen. Diese Menschen wollte ich in der Zeit, die mir noch blieb, so glücklich machen, wie ich nur konnte, alles andere war Zeitverschwendung. Und ich wusste auch schon, wer ganz oben auf der Liste stand.

Amber

Ihren Namen zu schreiben, löste eine ganze Lawine von Erinnerungen in mir aus, aber eine, von vor fast zehn Jahren, stach besonders heraus. Amber kam gerade frisch von der Schauspielschule und hatte mich gebeten, ihren Text für ein Vorsprechen mit ihr durchzugehen. Da ich das Drehbuch nicht kannte, wusste ich nicht, was mich erwartete. Ich übernahm die Rolle ihres Ehemanns und las seinen Text hölzern vom Blatt ab, während Amber ganz in ihrer Rolle war und so tat, als würde sie unbeschwert und etwas zerstreut Wäsche zusammenlegen. Dann kam ich an eine Stelle, wo meine Figur eine schlechte Nachricht überbringen musste. Ich schaute vom Blatt auf und blickte in Ambers vor Schreck und Trauer verzerrtes Gesicht – und ich weiß noch, wie ich sie einfach nur *angestarrt* habe; ich hatte das Gefühl, mein Herz wäre stehen geblieben, und es wäre nur noch eine Frage von Sekunden, bis ich umfallen würde ... aber dann entspannte sich ihre Miene blitzschnell wieder, und sie schaute mich verwirrt an.

«Was ist? Hab ich was übersprungen oder so?» Sie wischte sich die Tränen mit den Ärmeln weg und nahm mir das Buch aus der Hand.

Ich gab damals vor, noch ein berufliches Telefongespräch führen zu müssen, floh ins Schlafzimmer und schloss die Tür hinter mir. Dann hatte ich mich auf die Bettkante gesetzt und Gott weiß wie lange gewartet, bis ich diesen bedrückenden Moment endlich abstreifen konnte.

Als ich nun wieder auf ihren Namen auf dem Blatt schaute, wusste ich, dass ich es ihr unmöglich sagen konnte. Der Tag, an dem sie die Wahrheit erfahren musste, würde kommen, aber so lange, wie ich körperlich dazu in der Lage war, würde ich diesen Schmerz, diesen Schock und diese Traurigkeit von ihr fernhalten. Der Tag der Wahrheit konnte warten. Fürs Erste würde ich alles so normal und unverändert belassen wie möglich. Ich würde mein Bestes geben, um die Zeit anzuhalten.

Anders sah es bei dem nächsten Namen auf der Liste aus.

Mum

Mum war die Einzige, der ich von der Diagnose erzählt hatte. Danach hatte ich sofort ein schlechtes Gewissen gehabt, weil sie jetzt die ganze Zeit vor ihrem Computer saß und verrückte Webseiten studierte, die behaupteten, man könne Krebs ganz einfach mit Kräutern aus dem Gewürzregal heilen. Ich musste sie unbedingt wieder davon abbringen. Und während ich darüber nachdachte, wie mir das gelingen könnte, fiel mir die gemeinsame Reise wieder ein, die ich ihr schon vor Jahren versprochen hatte. Sie hatte sich schon immer gewünscht, mal nach Lissabon zu fliegen. Ihr Vater – mein Großvater – hatte dort als junger Mann einige Zeit gelebt und war vor allem von den Bewohnern und ihrer Musik, dem Fado, angetan gewesen. Wenn Mum früher aus irgendeinem Grund deprimiert gewesen war, hatte mein Großvater Fado aufgelegt, vor allem im Winter, um die Sonne hereinzulassen. Und jetzt wurde es Zeit, dass sie diese Musik einmal live erlebte. Es sollte die Reise ihres Lebens werden, bei der Geld keine Rolle spielte. Eine Chance für uns beide, Zeit miteinander zu verbringen, wie es uns vorher nie möglich gewesen war. Eine Gelegenheit, aus dem Schatten unserer Vergangenheit herauszutreten, die Sonne auf unseren Gesichtern zu spüren und endlich die schlimmen Dinge aus unserem Bewusstsein zu streichen, die wir erlebt hatten.

Dann setzte ich den Stift ein drittes Mal aufs Papier ...

Theo

Ich starrte auf den Namen, den ich gerade geschrieben hatte. Es war, als hätte ich es unbewusst getan. Aber je mehr ich darüber nachdachte, desto mehr Sinn ergab es. Es verging kaum ein Tag, an dem ich nicht an ihn dachte. Die Vorstellung, dass er mir für den Rest seines Lebens grollen würde, auch wenn ich selbst nicht mehr lange da war, war mir einfach unerträglich. Ich sehnte mich danach, noch einmal den Geist jener herrlichen Sommer von früher einzufangen, in denen es sich angefühlt hatte, als wären wir zwei die beneidenswertesten Deppen auf der ganzen Welt. Das war der Moment, in dem mir der Themsepfad und das Versprechen, das wir uns gegeben hatten, wieder einfielen. Wie wunderbar es doch wäre, ein neues Ende für unsere Freundschaft zu finden – eines, das die Sommer wieder aufleben ließ, in denen wir am glücklichsten gewesen waren. Ich hatte noch eine letzte Chance, die Scharte auszuwetzen, meinen besten Freund als meinen Gefährten zurückzugewinnen und wiederzuerlangen, was wir verloren hatten. Unter den gegebenen Umständen stellte der Themsepfad eine gewaltige Herausforderung für mich dar. Aber ich war entschlossen, ihn zu gehen, bevor mein Zustand sich weiter verschlimmerte. Ich konnte die Dinge wieder in Ordnung bringen, da war ich sicher, wenn es mir nur gelang, Theo an meiner Seite zu halten – von der matschigen Wiese in Kemble, wo der Fluss als zaghaftes Rinnsal begann, bis dahin, wo er zu der unduldsamen, schiefergrauen Masse wurde, die sich durch London schob.

Als draußen leise eine Eule schrie, schob ich die Zweifel beiseite, die mir einflüstern wollten, ich wäre bereits zu schwach für diese Tour. Es war gut möglich, dass ich mich mehr würde anstrengen müssen als je zuvor, aber ich würde nicht im Streit gehen. Stattdessen wollte ich mit meinem ältesten Freund ein letztes wunderbares Abenteuer erleben.
    Die Frage war nur: Wollte Theo es auch?

KAPITEL ELF
THEO

Ich hatte den Wein für besondere Notfälle ausgetrunken und war nun bei der Notfallreserve Gin angekommen. Man konnte also mit Fug und Recht behaupten, dass ich nicht mehr ganz nüchtern war. Während ich den Sinn hinter Joels plötzlichem Auftauchen zu ergründen versuchte, war es, als wäre eine Falltür in die Vergangenheit aufgegangen, auf die ich rettungslos zurutschte. Und wie so oft, wenn ich einen bestimmten Pegel erreicht hatte und nostalgische Gefühle auf den Plan traten, musste ich an den Abend zurückdenken, an dem Babs und ich uns das allererste Mal getroffen hatten.

~

Wo ich auch hinschaute, überall kamen die Leute in der Bar des Studentenwerks miteinander ins Gespräch und fotografierten sich mit Einmalkameras. Wie konnten all diese Menschen an ihrem ersten Abend an der Uni so locker und entspannt sein? Die fideleren Typen unter den Studienanfängern gingen auf einer Seite der Bar sogar noch einen Schritt weiter und veranstalteten ein Trinkspiel. Zwei Leute standen knutschend an der Wand. Und es war gerade mal sechs Uhr! Was *war* das hier? Die letzten Tage von Rom?!

Dann erblickte ich Rex, einen Jungen, der auf demselben Flur wohnte wie ich. Er unterhielt sich mit einem Mädchen, und obwohl sie mir den Rücken zuwandte, konnte ich sehen, dass sie sich langweilte. Da ich sonst niemanden kannte, blieb mir kaum eine andere Wahl, als zu den beiden hinzugehen.

«Hallo», sagte ich.

Rex wirkte genervt über die Störung. Das Mädchen,

das etwas kleiner war als ich und eine Latzhose und verschrammte weiße Sneakers trug, schien hingegen erleichtert zu sein, mit jemand anderem reden zu können.

«Hi», sagte sie. «Ich bin Babs.»

Als sie höflich lächelte und ich erkannte, wie hübsch sie war, verlor ich prompt meine Fähigkeit, Sätze zu bilden.

«Wurdest du nach der Babs in *Acorn Antiques* benannt?», brachte ich schließlich heraus und bereute die Frage sofort, so wie ich auch vieles andere in meinem Leben zur Hölle wünschte – angefangen mit meiner Persönlichkeit.

«Was ist *Acorn Antiques*?», fragte Rex.

«Eine parodistische Soap von Victoria Wood», sagte Babs.

Oh, dachte ich. Ich glaube ... ich träume. Das *muss* ein Traum sein. Wahnsinn, sie kannte *Acorn Antiques*! Sonst kannte nie jemand *Acorn Antiques*.

Ich war fasziniert von ihren Augen, die tief dunkelbraun waren, mit einem leichten Stich ins Goldene. Diese Farbkombination erinnerte mich an irgendwas, aber ich kam nicht drauf, was es war.

In dem Moment ging ein Mädchen in einem Glitzertop an uns vorbei, und Rex schoss hinter ihr her wie eine Elster, die von etwas Glänzendem angelockt wird.

«Ich bin enttäuscht», sagte Babs. «Ich dachte, er hätte nur Augen für mich.»

Sie steckte sich eine Zigarette an und bot mir auch eine an. Ich nahm sie, fest entschlossen, nicht zu husten. Ich war mir nur allzu bewusst, wie viel cooler als ich sie war. Sogar die Art, wie sie den Rauch mit leicht zurückgelegtem Kopf ausblies, war unfassbar glamourös – sie kam rüber wie ein Rockstar, der gerade den besten Take einer Platte aufgenommen hat und sicher weiß, dass sie ihm Platin einbringen wird.

Ich suchte verzweifelt nach einem Gesprächsthema.

«Also ... was studierst du denn so?»

«Philosophie», sagte Babs und klang etwas gelangweilt von dieser Frage, die Studenten ja ständig gestellt wird. «Und du?»

«Englisch.»

«Oh, dann sind wir ja beide auf dem besten Weg, zu nützlichen Mitgliedern der Gesellschaft zu werden.»

«Allerdings», sagte ich. «Man kriegt ja immer häufiger mit, dass Leute über Lautsprecher ausgerufen werden, die Larkin zitieren können.»

Auf Babs' Gesicht breitete sich ein Lächeln aus. Ein Lächeln, das besagte: «Vielleicht ist dieser Typ doch nicht *ganz* so langweilig, wie ich anfangs dachte.»

Wir beobachteten, wie Rex sich mit dem Mädchen unterhielt, dem er nachgelaufen war. Sie schaute sich bereits nach einem Fluchtweg um.

«Ich frage mich, ob er's bei ihr mit demselben Spruch probiert wie bei mir», sagte Babs.

«Und der wäre?»

«Ich mach dir ein Abendessen, und du machst mir das Frühstücksei.»

«Wow.»

«Ja, ne?»

«Und was hast du gesagt?»

«Oh, ich hab sofort eingewilligt und konnte sehen, wie er Panik bekam. Denn wie soll er mir ein Essen kochen, wenn er keine Küche hat?»

Ich lachte.

«Funktionieren solche Sprüche denn überhaupt jemals?»

«Meiner Erfahrung nach nicht.»

Babs zog die Augenbrauen hoch.

«Äh, das war falsch ausgedrückt», schob ich schnell hinterher. «Ich meinte, ich hab's noch nie probiert, nicht, dass ich es dauernd probiere und nie damit landen kann. Wie war das noch mal? ‹Du siehst ... müde aus ... Liegt das daran, dass du mir schon den ganzen Abend im Kopf rumturnst?›»

«Oh, du bist der Wahnsinn!», rief Babs und klammerte sich an meinen Arm. «Nimm mich! Jetzt sofort!»

Ich betrachtete blöd grinsend die Stelle, an der sie mich berührt hatte.

Die Leute brachen langsam zu neuen Abenteuern auf, wodurch Babs und ich einen Tisch ergattern konnten. Obwohl ich durchaus registrierte, dass ich mit meinem ersten Eindruck falschgelegen hatte und sie «hübsch» zu nennen eine lachhafte Untertreibung war, schaffte ich es mit Ach und Krach, mich nicht weiter zu blamieren, während wir uns unterhielten. Das hieß, bis zu dem Moment, in dem der Barmann mein Glas wegnehmen wollte und ich meine Hand darauf legte, um zu verhindern, dass er mich des winzigen letzten Schlucks beraubte, der noch im Glas war. Babs fand das urkomisch und schüttete sich aus vor Lachen, das irgendwann – herrlicherweise – in ein Grunzen überging.

Sie seufzte. «Meine einzige Schwäche. *Das Grunzen.* Ich muss sagen, ich bin beeindruckt. Normalerweise schaffen das nur Leute, die ich schon sehr lange kenne.»

Ich versuchte, mir diesen Satz zu merken, um ihn später bei unserer goldenen Hochzeit zu zitieren. Und fügte als Fußnote an mich hinzu: KOMM WIEDER RUNTER, MANN!

Als eine natürliche Pause im Gespräch entstand, hielten wir Blickkontakt. Nur einen flüchtigen Moment lang, aber ich spürte, wie mein Herz zu rasen begann. Babs lächelte, und ich bemerkte die Lachfältchen rechts und links von ihrem Mund, die wie zwei perfekte Halbmonde aussahen. Ich dachte, wie gut sie zu ihr passten. Und dass ich einiges dafür geben würde, weitere Abende mit ihr verbringen und versuchen zu dürfen, diesen Fältchen noch mehr Kontur zu verleihen.

Wir verließen die Bar, beide inzwischen ein bisschen wackelig auf den Beinen, und gingen zurück zu unserem Wohnheim. An der Treppe, an der sich unsere Wege trennten, blieben wir stehen. Das, wurde mir klar, war jetzt eindeutig der Moment, in dem ich Babs nach ihrer Nummer fragen oder um ein weiteres Treffen bitten oder jedenfalls *irgendwas* sagen sollte, anstatt einfach nur mit einem dümmlichen Grinsen im Gesicht stumm dazustehen. Glücklicherweise kam Babs mir zu Hilfe.

«Bei denen hab ich ein Vorsprechen», sagte sie und wies mit dem Kinn auf etwas, das sich hinter mir befand. «Eigentlich bin ich sogar nur deshalb hier.»

Ich drehte mich um und sah ein Plakat für die Sheffield Comedy Revue.

Sofort zog ich wieder ernsthaft in Betracht, dass ich das alles nur träumte oder dass ich irgendwo in einer Gummizelle saß und mit einer Fingerpuppe sprach, die ich aus einer Klopapierrolle gemacht hatte.

«Ähm, ist alles in Ordnung?», fragte Babs stirnrunzelnd. «Ich hab nur den ersten Teil von meinem Erste-Hilfe-Kurs besucht, aber du siehst ein bisschen aus, als hättest du einen Herzkasper.»

«Ja, klar, äh, nein, mir geht's gut», sagte ich und zeigte mit dem Daumen auf das Plakat hinter mir. «Ich bewerbe mich auch bei denen.»

Ich wusste nicht, ob Babs mir glaubte, aber jetzt war nicht der richtige Moment dafür, ihr in Kurzform die ganze Geschichte meiner lebenslangen Obsession zu erzählen.

«Freut mich zu hören», sagte Babs. Diesmal hielten wir

eine volle Sekunde Blickkontakt. Dann machte Babs einen Schritt auf mich zu. «Das ist jetzt ein bisschen peinlich, aber ich hab dich gar nicht nach deinem Namen gefragt ...»

Mir schwirrte der Kopf. Ich konnte es einfach nicht fassen: Babs kannte *Acorn Antiques*. Und sie war nur wegen des Studentenkabaretts hier.

Sie möchte deinen Namen wissen, drängelte eine Stimme in meinem Kopf. *Also solltest du ihn ihr sagen. Schnell, sag ihn! Okay, langsam sieht sie irritiert aus. Jetzt sag ihn schon, du Idiot! Sag ihn!*

«Theo!», platzte ich in einer Lautstärke heraus, als wollte ich sie darauf hinweisen, dass ihr ein führerloser Zug entgegenkam.

«Okay», sagte sie verständlicherweise verwundert. Aber nicht so verwundert, wie ich war, als sie sich von dem Schreck erholt hatte und mich sanft auf den Mund küsste. «Dann gute Nacht, Theo», sagte sie. «Schön, dass wir uns heute Abend kennengelernt haben.»

Als sich unsere Wege trennten und ich vollkommen benommen zu meinem Zimmer ging, konnte ich drei Dinge nicht länger ignorieren. Erstens, dass mir eingefallen war, woran mich Babs' Augen erinnerten – das Braun mit dem leichten Stich ins Goldene – nämlich an Jaffa Cakes. Zweitens, dass ich sehr, sehr kurz davor gewesen war, ihr genau das auch zu sagen. Und drittens, dass sie mit sehr großer Wahrscheinlichkeit bereits ein Stück meines Herzens besaß und ich es nie zurückbekommen würde.

~

Nun saß ich in der dunklen Hütte und dachte darüber nach, wie um alles in der Welt ich es hingekriegt hatte, alles derart zu vermasseln. Unsere Trennung lag jetzt zwei Jahre zurück, aber ich war noch immer nicht über Babs hinweg. Teilweise deshalb, weil mein Hirn alle schlechten Erinnerungen herausgefiltert hatte. Nicht zum ersten Mal drängte sich mir hartnäckig das Gefühl auf, dass wir noch mal zusammen glücklich werden könnten. Und kaum hatte ich das gedacht, war ich auch schon dabei, eine Idee in die Tat umzusetzen, die unbestreitbar, hundert Prozent eindeutig *gut* war und rein *gar nichts* damit zu tun hatte, dass ich betrunken war.

«Hallo?»

«Babs! Ich bin's, Theo.»

«Ja, hab's schon auf dem Display gesehen. Telefone sind heutzutage sehr modern.»

Im Hintergrund war es irre laut. Es klang, als wäre sie in einer Bar.

«Wo bist du?», fragte ich.

«Edinburgh.»

Wie um das zu bestätigen, hörte ich einen Mann mit schottischem Akzent sagen: «Du nimmst doch noch eins, oder, Babs?»

Mein Gehirn machte sich sofort an die Arbeit. Er war ihr neuer Freund. Edinburgh – *natürlich*. Sie hatte schon immer auf Schotten gestanden. Er war bestimmt rothaarig, aber einer von diesen Typen, die es voll draufhaben, mit einem Bart, den er nicht lange züchten musste, sondern der innerhalb von fünf Minuten einfach da war. Was sonst noch? Er war ein begnadeter Maler, der es abgelehnt hatte, sein Werk für Millionen von Dollar in einem New Yorker Auktionshaus zu verkaufen, weil das nicht die Motivation war, aus der heraus er malte. Nachts brachte er sich im Selbststudium Jura bei und stritt rastlos unentgeltlich für die Armen, bis ihnen Gerechtigkeit widerfuhr. Babs hatte ihn beim Yoga kennengelernt, wo er das Unmögliche zuwege gebracht hatte: Er war der erste Mann in der Geschichte, der der einzige männliche Teilnehmer in einem Kurs sein konnte, ohne dass es den Frauen unangenehm war. Er bereitete Gerichte in Schongarern zu, würzte sie mit Kräutern aus dem eigenen Garten und servierte sie zusammen mit Weinen, die exakt die richtige Temperatur haben mussten, weil einem sonst die zarten Noten von Seemöwenträenen und auf Tischgrills erhitzten Filzhüten entgingen und ihr forschender Abgang ruiniert wurde. Er konnte Regale aufbauen und besaß kein Smartphone. Er war spontan und gehörte zu den Menschen, bei denen man erleichtert aufatmete, wenn man ihre Namen auf der Einladungsliste sah. Er sorgte dafür, dass andere sich entspannten. Wenn sie redeten, hörte er zu, anstatt nur darauf zu warten, selbst etwas sagen zu können. Er war glücklich. Er war ein Optimist. Er erfreute sich aufrichtig daran, andere glücklich zu machen. Kurz: Dieser Typ war der absolute Albtraum.

«Theo?»

Panik und Verzweiflung kämpften in meiner Brust darum, wer mich zuerst vernichten durfte. Das war so ziemlich die dümmste Idee gewesen, die ich je gehabt hatte. Alice würde mich mit ihrem Spatel umbringen, wenn sie davon erfuhr.

«Ja, ich bin noch da. Ich wollte nur kurz Hallo sagen.» Ich hickste wie ein Betrunkener in einem Cartoon.

«Verstehe. Kann es sein, dass du ein ganz kleines bisschen betrunken bist?» Sie klang misstrauisch, aber ich fuhr unbeirrt fort.

«Nein. Na ja, vielleicht ein bisschen. Aber nur, weil ich Neuigkeiten habe. Und zwar ...» Ich stockte. Was für Neuigkeiten hatte ich denn genau? Ich hatte gehofft, es würde sich von selbst ein Grund für meinen Anruf ergeben, tat es aber nicht.

Ich sollte wirklich einfach auflegen. Das wäre eindeutig das Beste.

«Äh, Theo, könntest du vielleicht zum Punkt kommen. Schließlich ist es Samstagnacht und so.»

O Gott.

«Theo?»

«Okay, ja, also, Trommelwirbel ... Ich ... bekomme eine eigene Comedyserie im Fernsehen!»

Am anderen Ende der Leitung wurde es einen Moment still.

«Oh, gut. Dann ... danke, dass du es mich wissen lässt», sagte Babs. «War's das ...?»

«Nein, hör zu – das ist echt ein großes Ding. Ich meine die BBC. Primetime.»

Einen Moment lang klang alles gedämpft, dann war die Leitung wieder klar, und ich hörte Verkehrslärm.

«Das Letzte hab ich nicht mitbekommen», sagte Babs. «Was hast du gesagt?»

Warum legte ich nicht auf? Noch war Zeit, dieses Gespräch mit einem letzten Fitzelchen intakter Selbstachtung zu beenden. Aber dann war ich plötzlich wieder mit Babs in der Bar des Studentenwerks, gefangen in dem Bruchteil einer Sekunde, in dem wir Blickkontakt gehalten hatten und in dem alles möglich erschienen war ... und ich *konnte* einfach nicht.

«Ich ... Na ja, eigentlich nichts, aber ich hab halt das mit der Serie erfahren und ... es hätte sich irgendwie nicht richtig angefühlt, wenn du nicht die Erste gewesen wärst, der ich's erzähle.»

«Oh, verstehe», sagte sie mit diesem Quäntchen Sanftheit in der Stimme, das nicht ganz ausschloss, dass es ihr vielleicht etwas bedeutete. Also plapperte ich weiter.

«Weißt du, diese ganze Zeit in London, nachdem das mit

Sky nicht funktioniert hatte und ich einfach alles an die Wand gefahren habe ...»

«Theo –»

«Ich kann nicht fassen, was für ein Idiot ich war – wie sehr ich dich für selbstverständlich gehalten habe. Und ich muss immer an die alten Zeiten denken, daran, wie glücklich wir waren. Weißt du noch der Abend, an dem wir uns kennengelernt haben? Mit diesem ätzenden Typen, diesem Rex und –»

«Theo, lass mich jetzt bitte auch mal was sagen.»

Ich zuckte zusammen. Das klang nicht gut.

«Ich glaube, du hast ein bisschen zu viel getrunken. Es ist spät, und ich bin mit Freunden unterwegs. Wenn du wirklich ernsthaft über das reden willst, was war, dann hättest du es gar nicht ungeschickter anstellen können.»

«Ich weiß, ich weiß – tut mir leid. Es ist nur so ...»

Ich nahm einen Schluck Gin direkt aus der Flasche.

Tu es nicht! Wage es ja nicht!

«Ich vermisse dich», sagte ich.

Während ich auf Babs' Reaktion wartete, glaubte ich zu hören, wie jemand sie fragte, ob alles in Ordnung sei. Dann folgten die leisen Klänge eines Straßenmusikers, der «Hallelujah» sang und verzweifelt versuchte, den richtigen Ton zu treffen.

«Theo», begann Babs, musste aber innehalten. Ich hörte die Traurigkeit in ihrer Stimme. Das tat weh. «Das mit der Fernsehserie ist toll, Theo, aber du solltest dir über eines im Klaren sein.»

«Was denn?», fragte ich, wusste aber schon, dass ich die Antwort nicht hören wollte.

«Ich hab die Vergangenheit hinter mir gelassen. Und das solltest du auch tun.»

Die Leitung brach ab.

Draußen schlug die Turmuhr der Dorfkirche zwölf. Mein Geburtstag war vorbei.

Am nächsten Morgen wartete ich bis kurz nach acht, bevor ich zu Alice rüberging. Obwohl ich kaum geschlafen hatte, ging es mir erstaunlich gut. Ich nahm an, der Kater passte nur den rechten Moment ab, wie ein Straßenräuber, der darauf wartet, aus dem Gebüsch zu springen.

«In der gesamten Menschheitsgeschichte war noch nie jemand an einem Sonntag so früh auf den Beinen», stöhnte Alice, als sie mich einließ. «Ich brauche Tee. Los, hopphopp. Ich hoffe, du hast eine gute Entschuldigung parat.»

«Ja, hab ich», sagte ich. «Ich hab mich entschlossen, die Wanderung mit Joel zu machen.»

Alice drehte sich in ihrem Rollstuhl langsam zu mir um und musterte meine abgewetzte regendichte Jacke und den Rucksack. Ich hatte gehofft, wie ein adliger Forschungsreisender auszusehen, wie Sir Ranulph Fiennes oder so jemand. Nach Alice' Blick zu urteilen, kam ich aber vermutlich eher wie einer dieser Schwachköpfe rüber, die mit ihren Flip-Flops und einem halben Haferkeks den Ben Nevis hochgehen und eine halbe Stunde später die Bergwacht anrufen müssen. Doch dann grinste Alice, und ich fühlte mich gleich ein bisschen besser.

«Ich bin schockiert», sagte sie. «Auf eine gute Art, meine ich. Was hat dich denn umgestimmt?»

Ich zupfte an der abblätternden Farbe am Küchentürrahmen herum. «Okay, reg dich jetzt nicht auf, aber es könnte sein, dass ich gestern Abend ziemlich betrunken Babs angerufen hab.»

Alice schnappte nach Luft. «Was?! Theo!»

«Ich weiß, ich bin ein Trottel», sagte ich. «Aber das Gespräch hat mich für immer kuriert.»

«Red weiter ...», sagte Alice etwas versöhnlicher.

«Na ja, es war ziemlich offensichtlich, dass sie die Sache mit uns abgehakt hat», fuhr ich fort. «Und das relativiert alles. Ich meine, ich weiß nicht, ob ich Joel verzeihen kann, aber bis er gestern hier aufgekreuzt ist, hab ich gelebt, als ob dieser ganze Scheiß gestern passiert wäre. Es ist, als hätte ich die ganze Zeit in der Vergangenheit festgehangen. Und wenn diese Wanderung mir hilft, das alles hinter mir zu lassen, dann zeigt das, dass Veränderung möglich ist, oder? Wenn ich mich mit Joel zusammenraufen kann, dann komme ich auch über Babs hinweg.» Es fühlte sich gut an, das laut auszusprechen. Und als Alice beifällig nickte, wie eine stolze Lehrerin, die sich anhört, wie ihr Schüler eine schwierige Gleichung erklärt, fühlte ich mich meiner Sache gleich noch sicherer. «Ja», sagte Alice, «und eine dicke fette Fernsehserie springt auch noch für dich raus.»

Ich lächelte. «Ja, das auch.» Ich hatte Jake, meinem Chef, eine E-Mail geschickt und ihn gefragt, ob es okay wäre, wenn ich meinen gesamten Resturlaub in den nächsten drei Wochen nähme. Dass er nur Sekunden später mit der Nachricht «Kein Problem» eingewilligt hatte, ließ darauf schließen, dass ich vielleicht nicht mehr lange Teil der Captain-Beefy-Welt sein würde.

«Ich bin stolz auf dich, Brüderchen», sagte Alice und rieb sich den Schlaf aus den Augen. «Ich meine, du siehst zwar aus wie so ein nerdiger Hacker in einem Gangsterfilm, der die Überwachungskameras ausschaltet ...»

«Ach was.»

»... aber ganz, ganz, ganz tief in deinem Innern bist du mutiger, als du vielleicht glaubst.»

Ich bog den Oberkörper zurück, als hätte sie mir einen Schlag gegen die Brust verpasst. «Ich glaube, das ist das Netteste, was du je über mich gesagt hast.»

Eine Stunde später war es Zeit, mich von Mum und Dad zu verabschieden. Ich nahm Mum beiseite und warnte sie vor, was Dads neuestes verrücktes Projekt anging.
«Als Nächstes will er sich das Esszimmer vornehmen. Ich glaube, er plant einen Durchbruch zum Wohnzimmer, aber ich hab das mal gegoogelt, und es sieht so aus, als wäre das eine tragende Wand, also pass ein bisschen auf, okay?»
«Du bist hier der, der aufpassen sollte», sagte Mum. «Diese Wanderung wird anstrengender, als du denkst. So was ist ganz schön kräftezehrend.»
«Mum, das ist nicht die Schlacht um Falludscha, ich geh mit Dosenwein in der Hand durch Henley spazieren.»
Mum seufzte, gab mir aber trotzdem einen Kuss auf die Wange. Dad tauchte auf und drückte mir ein Insektenspray in die Hand, das bestimmt schon abgelaufen war, als Wham! in den Charts waren.
«Den, äh, Räumungsbeschluss zerreiße ich dann mal», sagte er und klopfte mir verlegen auf die Schulter.
«Danke», sagte ich. «Okay, also dann ...» Wir drei gesellten uns zu Alice, die draußen in der Auffahrt stand. Ich sah, wie Mum Dads Hand nahm und sie drückte. Alice reckte ihre Daumen hoch.
Ich drehte mich langsam um und betrachtete den Weg, der sich vor mir durch die Landschaft schlängelte. Das war's. Auch wenn der Abschied mir Bauchschmerzen bereitete, von dem bevorstehenden Zusammentreffen mit Joel ganz zu schweigen: Ich war entschlossen, das nächste Mal aus freien Stücken hierher zurückzukommen und nicht, weil

ich immer noch zu viel Angst davor hatte, woanders zu sein. Jedes Mal, wenn ich wegen Babs deprimiert war, würde ich daran zurückdenken, wie sie mir gesagt hatte, dass sie die Vergangenheit hinter sich gelassen hatte. Und wenn Joel und ich erst in London waren, würde die Geschichte vom Abend unseres Kennenlernens in der Bar nicht mehr sein als eine Erinnerung an den bittersüßen Stachel der ersten Liebe.

Ich rückte die Träger meines Rucksacks zurecht und winkte meiner Familie ein letztes Mal zum Abschied. Dann machte ich mich auf den Weg zu dem Ort, an dem meine Vergangenheit und meine Zukunft auf mich warteten.

KAPITEL ZWÖLF
JOEL

Ich verließ das Haus früher als nötig, teils aus Nervosität, teils weil ich vermeiden wollte, dass Mum mich wieder fragte, wann ich Amber einweihen würde, oder wieder von einem neuen Wundermittel oder «Plan B» anfing. Ich hinterließ ihr eine Nachricht auf dem Küchentisch: *Ich stürze mich jetzt in mein Abenteuer! Und ehe du dich's versiehst, bin ich schon wieder zurück. In Liebe, Joel.* Ich war nicht halb so vergnügt, wie diese Nachricht klang, aber mir lag sehr viel daran, dass Mum sich weniger Sorgen machte.

Es war wieder ein traumhafter Tag, und die Sonne brannte bereits im Nacken. Sonnencreme war eines von vielen Dingen, die ich vergessen hatte einzupacken. Eigentlich hatte ich nicht mal genug Proviant für einen lockeren Morgenspaziergang dabei, von einer Wanderung über 180 Meilen ganz zu schweigen. Ich musste also darauf bauen, dass Theo mehr dabeihatte als nötig. Das hieß, wenn er überhaupt auftauchte.

Ich fuhr die eine Haltestelle mit der Bahn bis Kemble und lief zur Themsequelle. Als ich mich neben den zerkratzten Stein setzte, der das Denkmal darstellte, und den Laptop rausholte, brummte mein Handy. Eine SMS von Amber.

Hey, wie geht's deiner Mum?

So lala, antwortete ich und schob das schlechte Gewissen ob der Notlüge beiseite. *Ich rufe dich später mal an. Wie ist es in Italien?*

Perfekt, schrieb Amber. *Wenn man davon absieht, dass du nicht hier bist. Bestell deiner Mum liebe Grüße von mir.*

Zwei Schmetterlinge tanzten in der Brise Ringelreihen, und ich stellte mir vor, wie Amber mit einem Kaffee auf der

Terrasse saß und dieselbe Sonnenwärme genoss wie ich hier – zufrieden, sorglos. Glücklich.

Du tust das Richtige, sagte ich mir.

Es war fast zehn. Ich öffnete ein neues Dokument auf meinem Laptop und tippte:

The Regulars
von Joel Thompson

Das eiserne Gattertor am anderen Ende der Wiese fiel klappernd zu, und ich blickte auf. Als ich sah, wer es geöffnet hatte, atmete ich tief durch und ließ meine Fingerknöchel laut knacken. Dann tippte ich drei weitere Worte:

und Theo Hern

TEIL ZWEI

KAPITEL DREIZEHN
THEO

Von der Themsequelle bis Cricklade, 12,2 Meilen (184 Meilen bis zum Themse-Sperrwerk in London)

Joel strahlte, als ich näher kam. «Na, alles klar?»

«Alles klar», erwiderte ich.

«Da wären wir also», sagte er.

Ich blinzelte in die Sonne und räusperte mich.

«Bevor wir weitergehen, möchte ich etwas sagen.»

«In Ordnung», sagte Joel und zog eine Sonnenbrille aus seiner Brusttasche.

«Ich will nicht über Alice reden und auch nicht über Edinburgh. Das ist beides tabu. Aber über albernen Scheiß aus der Schule können wir so viel reden, wie du lustig bist. Wie zum Beispiel über den Sportlehrer, der immer so enge Shorts trug, dass man seine Eier darunter sehen konnte.»

Joel zog eine Grimasse. «Mr Arkwright?»

«Ganz genau. Aber nur so was. Nichts Ernstes oder Schwieriges, okay?»

Joel grinste, aber die Sonnenbrille machte es schwer, an seinem Gesicht abzulesen, was er wirklich dachte.

«In meinen Ohren klingt das gut», sagte er. «Hiermit verspreche ich, dass wir uns im Großen und Ganzen auf die Eier unseres ehemaligen Sportlehrers konzentrieren werden. Sozusagen.»

Damit setzten wir uns gemächlich in Gang, und unsere Wanderschuhe zischten leise durchs Gras.

«Wie der Beginn einer großen Reise fühlt sich das ja nicht gerade an», sagte ich, einen besonders saftigen Kuhfladen umgehend.

«Wie meinst du das?», fragte Joel.

«Na ja, verglichen mit anderen ‹Roadtrips› ist dieser ja ganz schön verschnarcht und britisch, findest du nicht? Wenn das hier die Route 66 wäre, wäre das jetzt der Moment, in dem wir Springsteen einlegen und den Motor unseres Mustangs hochjagen würden. Selbst wenn wir den Pennine Way gehen würden, wären in der Ferne wahrscheinlich irgendwelche dramatischen Berge zu sehen anstelle von ... dem hier.» Ich zeigte auf ein Schaf, das diesen Augenblick gewählt hatte, um den Pfad zu überqueren – zögerlich, wie ein Großvater, der ein Zimmer betritt und dabei vergisst, was er dort wollte.

«Stimmt», sagte Joel. «Aber laut Wanderführer dauert's nicht lange, bis einige interessante Sachen auf unserm Weg liegen.»

Ich zog die Augenbrauen hoch.

«Was?», fragte Joel.

«Nichts. Es überrascht mich bloß, dass du an den Wanderführer gedacht hast. Du bist angezogen, als würdest du gleich als Vorgruppe von The Strokes auf der John-Peel-Bühne auftreten.»

Joel trug dieselbe Kombi wie bei seinem Überraschungsbesuch anlässlich meines Geburtstags: schwarze Jeans, schwarzes T-Shirt und Lederjacke. Dass er seine brandneuen Sneakers gegen ausgeleierte alte Wanderschuhe eingetauscht hatte, war das einzige Zugeständnis an die Länge des vor uns liegenden Weges.

«Ich weiß nicht, wovon du sprichst», sagte Joel, dann zog er einen Porkpie-Hut aus der Jackentasche und setzte ihn schief auf seinen Kopf.

Nach zwanzig Minuten stießen wir am Rand einer Wiese auf das schlammige Becken, das als «Lyd Well» bekannt ist. Eigentlich beginnt an dieser Stelle der Fluss, aber das Flussbett war immer noch knochentrocken. Während wir daran vorbeigingen, fiel mir auf, dass ich Joel immer ein Stück voraus war, wenn ich in meinem normalen Schritttempo lief. Er schien gern gemütlich vor sich hinzustapfen und blieb alle naselang stehen, um sich alles genauer anzuschauen, was ihn auch nur ansatzweise zu interessieren schien. Ich verspürte eine gewisse Ungeduld. Einerseits, weil ich mich dauernd bremsen und warten musste, teilweise aber auch, weil ich innerlich angespannt war, wie mir klar wurde. Ich war mir noch immer nicht ganz sicher, ob ich auch wirklich das Richtige tat; außerdem brannte ich darauf, endlich über *The Regulars* zu sprechen. Aber als wir zum Mittagessen einen unscheinbaren Pub in einem Dorf namens Somerford Keynes ansteuerten, hatte Joel das Thema immer noch nicht angeschnitten. Ich war ein bisschen eingeschüchtert, weil er heutzutage der Fachmann war. Immerhin hatte er es zu was gebracht. Vielleicht war das Ganze ja eine Art Test, und er wollte sehen, ob ich es immer noch draufhatte. Mir wurde mulmig bei der Vorstellung, dass er mir vielleicht irgendwann sanft beibringen würde, dass ich nicht gut genug war, und ich dann mit eingezogenem Schwanz den Heimweg antreten musste – in der Hoffnung, dass ich meinen blöden Twitter-Job zurückbekam.

Ich hoffte, die Serie würde während des Essens im Pub endlich zur Sprache kommen, aber Joel wirkte abgelenkt und schob sein Essen lustlos auf dem Teller hin und her. Als wir unsere Wanderung danach durch Weideland fortsetzten – mit zirpenden Grillen im Gras und rufendem Bussard über uns als Tonspur –, beschloss ich, mich einfach vorzuwagen.

«Sag mal, die Sache mit dem Drehbuch. Wann willst du denn eigentlich damit loslegen?»

«Wann immer du willst», antwortete Joel, riss einen hohen Grashalm ab und schob ihn sich zwischen die Zähne.

«Ja, aber gibt es da nicht Regeln, die wir befolgen müssen? Nach dem Motto, spätestens auf Seite X muss Y passieren, sonst findet die Testgruppe es doof und das Studio cancelt das Projekt oder so?»

«Nein», sagte Joel. «Wir sind ja nicht in Hollywood und drehen einen Adam-Sandler-Film. Wir sind hier in England. Sie lassen uns quasi einfach machen.»

«Oh», sagte ich. Dann gingen meine Neugier und meine Aufregung mit mir durch. «Wie ist das denn eigentlich so? Einfach nur toll?»

«Wie ist was so?»

«Na, du weißt schon. Eine eigene Serie zu haben. Berühmt zu sein. All das.»

«Oh.»

Ich wartete so gespannt auf Joels Antwort, dass ich beinahe gegen einen niedrig hängenden Ast gelaufen wäre.

«Ganz ehrlich?», sagte er schließlich. «Es ist ... ganz okay.»

Ich sagte erst mal gar nichts, weil ich davon ausging, dass er noch weiter ausholen würde. Aber mehr hatte er dazu offenbar nicht zu sagen.

«Das ist alles? ‹Ganz okay›?»

Joel zuckte die Achseln.

«Warte mal», sagte ich, «machst du ... du brauchst nicht meinetwegen hinter dem Berg zu halten. Du hast dir deinen Erfolg redlich verdient.»

Joel wiegte den Kopf hin und her. «Nein, ich bleibe bei ganz okay.»

«Ach, komm schon», sagte ich. «Im Ernst? Du hast eine eigene Serie! Schwebst du nicht die ganze Zeit wie auf Wolken und wirst in Restaurants mit ‹Der übliche Tisch, Mr Thompson?› begrüßt?»

Joel lachte. «Nein! Ich meine, ein winziges bisschen ist es schon so, aber ich hab definitiv nirgendwo einen ‹üblichen Tisch›. Wenn überhaupt, hängt in solchen Läden mein Foto an der Wand, und darunter steht, dass ich Hausverbot habe.»

Jetzt musste ich lachen, aber es war ein etwas nervöses Lachen. Ich wusste ja, dass er gern einen über den Durst trank, aber war die Sache wirklich so aus dem Ruder gelaufen?

«Ich weiß auch nicht», fuhr Joel fort. «Von außen wirkt es so aufregend und toll. Aber der beste Tag in all der Zeit war der, an dem ich erfahren habe, dass *The Tooth Hurts* realisiert wird. Ungefähr einen Tag später setzten schon die Zweifel ein. Und letztlich ist es einfach ganz banaler, alltäglicher Stress, wie in jedem Job.»

«Oh», sagte ich, «verstehe.» Aber ich wusste nicht, ob ich Joel das abkaufen sollte. Die Vorstellung, dass er meinetwegen vielleicht einfach nur alles herunterspielte, verdross mich so sehr, dass ich weiter nachhakte. «Aber es muss doch auch Seiten geben, die richtig Spaß machen? Ich meine, du stehst ja schließlich nicht am Fließband.»

«Das Schreiben ist immer noch das Beste, und zwar um Längen», sagte er. «Weißt du noch, wie es früher war? Wenn wir zusammen an was gearbeitet haben und so einen kleinen Adrenalinkick bekommen haben, wenn's plötzlich klick gemacht hat und sich der Rest fast wie von selbst ergab?» Joel schaute mich nervös an, so als könnte ich diese Momente, von denen er sprach, vergessen haben. Hatte ich aber nicht – ich wusste genau, was er meinte. Auf diese Kicks waren wir eigentlich immer aus gewesen; sie waren wie kostbare Rauschzustände – ein heiliger Gral. Wenn wir an diesen Punkt kamen, endete es für gewöhnlich in Hysterie, und einer von uns versuchte verzweifelt, sich noch so lange zusammenzunehmen, bis er das, was uns gerade Lustiges eingefallen war, schnell noch aufgeschrieben hatte – mit der Eile eines Todgeweihten, der auf dem Sterbebett noch eine letzte, dramatische Änderung an seinem Testament vornimmt.

Ich sah, wie Joel sich verstohlen etwas in den Mund steckte.

«Tabletten gegen Heuschnupfen», erklärte er, als er meinen Blick bemerkte. «Wollen wir mal durchgehen, woran wir uns noch erinnern, unsere Aufzeichnungen zu *The Regulars* vergleichen und so?»

Ich hatte mir Sorgen gemacht, wir könnten die besten Gags, die uns damals eingefallen waren, längst vergessen haben, aber die Erinnerung kehrte innerhalb kürzester Zeit zurück. Und sehr vieles davon war noch total frisch. Es war so, als hätten wir einen vergrabenen Schatz wiederentdeckt.

Als wir schließlich eine Verschnaufpause brauchten, war es später Nachmittag und die Sonne bereits im Sinken begriffen. Wir kletterten über einen Zauntritt auf eine üppige grüne Weide, wo, mitten auf unserem Pfad, eine Herde Kühe herumlungerte.

«Was gelten denn in so einem Fall für Regeln?», fragte ich.

«Regeln?»

«Ja. Laufen wir einfach ... zwischen ihnen hindurch?»

Joel grinste. «Glaubst du, sie kassieren Zoll oder so was von uns?»

Die größte Kuh, die ich bereits als die Anführerin ausgemacht hatte, schien uns aufmerksam zu beobachten; ihr Schwanz wedelte hin und her. Ich bemerkte ein Kalb neben ihr.

Joel ging bedenkenlos auf die beiden zu. Ich folgte ihm und verfluchte leise meine Ängstlichkeit. Fast augenblicklich erhoben sich die Kühe, die uns noch nicht gesehen hatten, von ihren Ruheplätzen. Aber statt aus dem Weg zu gehen, wichen sie nicht von der Stelle, und es entstand eine Art Pattsituation.

«Oh», sagte Joel. «Ehrlich gesagt war ich davon ausgegangen, dass sie einfach Platz machen.» Das Kalb muhte kläglich.

«War es nicht so, dass Kühe aggressiver sind, wenn sie ihre Kälber bei sich haben?», fragte ich.

«Ja, hab ich auch schon mal gehört», erwiderte Joel.

Als die Anführerin ein langes, bedrohliches Muhen ausstieß und einen Schritt auf uns zu machte, stellte ich mich instinktiv hinter Joel.

Das ist genau der Grund, warum du lieber zu Hause bleibst, dachte ich. Da werden Rinder nämlich meistens im Teigmantel serviert.

«Was jetzt?», fragte ich.

Joels Finger zuckten wie bei einem Revolverheld, der gleich seine Waffe zieht, dann riss er sich plötzlich die Lederjacke vom Leib. Ich wollte ihn noch darauf hinweisen, dass speziell dieses Kleidungsstück die Kühe vielleicht noch mehr verärgern könnte, als Joel sich plötzlich laut schreiend um die eigene Achse drehte, dabei die Jacke herumschwenkte und die Kühe so auseinandertrieb.

Nach einer kurzen Verschnaufpause drehte er sich zu mir um, rückte seinen Hut zurecht und streckte die Arme seitlich aus, so als wollte er sagen: Ich weiß gar nicht, was du willst!

«Ähm, Joel», sagte ich und zeigte hinter ihn.

Joel schaute sich um. Die Kühe hatten sich neu formiert und kamen langsam wieder auf uns zu.

«Okay, neuer Plan!», sagte Joel und rannte los.

«Warte!», rief ich und jagte hinter ihm her.

Wir sprinteten über die Weide und blickten dabei immer

wieder über die Schulter nach hinten. Die Kühe hatten die Verfolgung aufgenommen, aber da zwischen uns und ihnen ausreichend Abstand lag, brachen wir in nervöses Gelächter aus. Wir gelangten über den Zauntritt auf die andere Seite und brachen dort im hohen Gras zusammen, während die Kühe wenige Meter entfernt zum Stehen kamen, wütend schnaubten und sich gegenseitig gegen den Zaun stießen.

Es dauerte eine Ewigkeit, bis wir wieder zu Atem kamen, auch deshalb, weil wir uns vor Lachen gar nicht mehr einkriegten. Ich hatte ganz vergessen, wie das war. Uns in lächerliche Situationen zu bringen, war immer eine unserer Spezialitäten gewesen. Ganz aufgekratzt von diesem kleinen Abenteuer, richtete ich mich wieder auf.

Joel keuchte noch immer.

«Deine Cross-Country-Zeiten liegen offensichtlich lange hinter dir», sagte ich, aber der Scherz blieb mir im Hals stecken, als ich sah, wie schwer er atmete; er hyperventilierte fast. In der Hoffnung, dass er sich bald erholte, faselte ich irgendwas vor mich hin von wegen, wir könnten die Kühe doch in unsere Serie einbauen, aber je länger die Situation andauerte, desto unbehaglicher wurde mir zumute. Als ich ihn schon fragen wollte, ob alles in Ordnung sei, kam er wieder auf die Füße.

«Gute Idee», sagte er, immer noch japsend. «Das mit den Kühen, meine ich. Wollen wir?»

Er ging voraus, und ich folgte ihm, behielt ihn aber heimlich im Blick. Kurz darauf fing er wieder an, ernsthaft über die Serie zu sprechen, und tat so, als wäre nichts gewesen. Aber mir machte er nichts vor.

Irgendwas stimmte nicht.

KAPITEL VIERZEHN
JOEL

Ich konzentrierte mich ganz auf den Turm der St. Sampsons Church, der sich in der Ferne über den Bäumen erhob und dessen Ecktürmchen wie leichenstarre Finger in den Himmel aufragten. Je näher die Kirche kam, desto näher rückte das Ende unserer Tagesetappe, und das konnte ich kaum erwarten. Meine Füße fühlten sich so geschwollen und schwer an, als würde ich durch schwappendes Wasser waten. Möglicherweise hatte der plötzliche Sprint auf der Weide die Situation verschlimmert, aber ich hatte nicht erwartet, dass es mir so früh schon derart schlecht gehen würde. Ich hatte Theo mit meinen Ideen für die Serie gerade noch ablenken können. Aber wenn ich nicht bald anhalten und mich ausruhen konnte, würde ich echte Probleme bekommen.

Als Theo vorschlug, im Red Lion abzusteigen – dem erstbesten Pub, an dem wir in Cricklade vorbeikamen –, hätte ich ihn küssen können, auch wenn der Laden spießig aussah. Nachdem wir durch die Tür getreten waren, die uns direkt in den Schankraum führte, kehrte sofort Totenstille ein, wie immer, wenn sich jemand in diese Art von Wirtshaus verirrt, der nicht im Umkreis von zwanzig Metern geboren wurde.

Der Inhaber des Red Lion – ein Quadratschädel mit einer erschreckend ausdruckslosen Miene – führte uns über knarzende Stufen hinauf zu unserem Doppelzimmer. Ich gab mir Mühe, beim Treppensteigen nicht allzu laut zu schnaufen.

«Ich wohne gleich da drüben, nur damit Sie's wissen», sagte der Wirt und wies mit dem Kinn auf die Tür mit der Aufschrift «Privat», an deren Klinke eine Herrenjacke hing.

«Ist recht», sagte ich, obwohl ich mich fragte, warum er sich bemüßigt gefühlt hatte, uns darauf hinzuweisen.

Er musterte uns wie ein Handwerker, der eine schlecht gemauerte Wand begutachtet, und wirkte alles andere als angetan. «Ich wäre Ihnen dankbar, wenn Sie den Lärm nach dreiundzwanzig Uhr auf ein Minimum beschränken könnten. Und bitte schieben Sie die Betten nicht zusammen. Das macht der Teppich nicht mit.»

Ah, das erklärte alles.

Theo und ich wechselten einen Blick und rückten wortlos so eng zusammen, dass sich unsere Schultern berührten.

«Machen Sie sich keine Sorgen», sagte Theo. «Wir werden so leise sein, wie wir können.»

Der Mann machte einen Schritt nach hinten, so als könnten wir radioaktiv sein.

«Absolut», fügte ich hinzu, «wir werden uns jedenfalls bemühen.»

Der Wirt hastete jedoch schon wieder nach unten.

Das Zimmer war nicht nur feucht, sondern auch ungelüftet. Ich versuchte, eines der Fenster zu öffnen, aber es klemmte.

«Na, freust du dich, endlich mal aus dem weltoffenen liberalen London raus zu sein?», fragte Theo.

«Hmm, es macht mich ein bisschen nervös, dass ich schon eine ganze Weile kein Uber mehr gesehen hab», sagte ich. Aber in dem Moment, als ich das Wort Uber aussprach, überkam mich plötzlich eine gewaltige Erschöpfung, und ich musste mich am Türrahmen festhalten, was ich als lässiges Anlehnen zu tarnen versuchte.

«Ja, das glaub ich gern!», sagte Theo und schaute mich schief von der Seite an. Er sah nicht direkt besorgt aus, aber er schien auf jeden Fall mitbekommen zu haben, dass etwas nicht stimmte.

«Ist was?», fragte ich, entschlossen, meine Schwäche zu überspielen.

«Ja», sagte Theo. «Ich hatte gerade den Eindruck ... Ach, vergiss es.»

Während wir unsere Sachen auspackten, herrschte zunächst eine unbehagliche Stille, aber dann riss Theo ein paar Witzchen über den Wirt, und allmählich normalisierte sich die Stimmung wieder. Momente wie diese, in denen wir unversehens in unsere alten Rollen schlüpften, waren die reinste Wohltat. Und ich hoffte, sie waren ein gutes Zeichen für das, was vor uns lag.

«Ich bin am Verhungern», sagte Theo. Er gähnte und kratzte seine zerzausten Locken. «Wollen wir noch irgendwo was essen und uns dann an das erste Buch setzen? Uns sind heute ja schon jede Menge Sachen eingefallen.»

Es war deutlich herauszuhören, dass er es kaum erwarten konnte. Was mich daran erinnerte, wie sehr es darauf ankam, dass Jane Green gute Nachrichten für mich hatte. Das drängendere Problem war im Moment allerdings, dass ich nicht sicher war, ob ich es noch mal diese Treppe hinunterschaffen würde. Der Arzt hatte mich vor diesen Erschöpfungszuständen gewarnt. Auch, dass meine Beine anschwellen und wegen der sich darin stauenden Flüssigkeit wehtun würden, hatte er prognostiziert, aber dass es so bald passieren würde, war mir nicht klar gewesen.

«Und? Gehen wir los?», fragte Theo.

«Auf jeden Fall», sagte ich mit gespieltem Enthusiasmus. «Ich muss nur schnell noch duschen und jemanden anrufen.»

Theo nahm seine Geldbörse. «Alles klar. Dann trinke ich unten schon mal ein Bier und spiele auf der Jukebox lauter Songs von Kylie, um den Wirt zu ärgern.»

Als er die steile Treppe wieder hinabstieg, sah er aus wie

ein neugeborenes Fohlen, das seine ersten Schritte macht, so unbeholfen waren seine Bewegungen. Ich hatte den Eindruck, dass er sich bislang ganz gut amüsierte, und der Gedanke machte mich glücklich – bis ich zu dem Bad am Ende des Flurs rennen musste, um mich geräuschvoll in die Toilette zu übergeben.

Ich war gerade wieder zurück im Zimmer und wollte mich für ein paar Minuten hinlegen, als Amber anrief.

Beinahe wäre ich gar nicht rangegangen. Vielleicht wäre das auch vernünftig gewesen, aber was gerade passiert war, machte mir Angst, und ich musste dringend ihre Stimme hören.

«Gerade habe ich an dich gedacht, und schon rufst du an!», sagte ich aufgesetzt fröhlich. «Als hätte ich einen Geist heraufbeschworen.»

«Ha, das gefällt mir», sagte Amber. «Und was sind deine drei Wünsche?»

«Hmmm. Ein Mittel gegen den Hunger in der Welt.»

«Laaangweilig. Der nächste.»

«Okay, ich möchte fliegen können.»

«Auch nicht besonders originell, aber ich will dir diesen Wunsch trotzdem erfüllen. Und der dritte ...»

Ich machte eine Pause.

«Dass ich nicht zu Hause bleiben müsste und stattdessen mit dir zusammen sein könnte. Das tut mir echt leid.»

«Das muss dir nicht leidtun», erwiderte Amber bestimmt. «Irgendwie hatte ich mich innerlich schon dafür gewappnet, dass so was passieren könnte. Geht es deiner Mum immer noch so schlecht?»

«Sie ... macht gerade eine harte Zeit durch, ja.» Allmählich wünschte ich mir, mir wäre etwas eingefallen, wofür ich Mum nicht ständig instrumentalisieren musste.

«Mach dir keine Sorgen, Liebster, es wird noch andere Urlaube geben. Du bist da, wo du jetzt gebraucht wirst. Außerdem habe ich viel Spaß mit Charlotte.»

«Schön!», sagte ich. «Ist sie immer noch –?»

«Total durchgeknallt? Das kannst du wohl laut sagen. Ihr Sexleben ist wirklich ... außergewöhnlich.» Sie senkte ihre Stimme. «Neulich hat sie es mit einem Typen in einem Privatjet getrieben, Joel. *Natürlich* konnte ich mir da die Frage nicht verkneifen, ob er denn ein großes Triebwerk hatte, und sie hat *natürlich* nicht gecheckt, was ich meinte.»

Ich musste lachen. Ich liebte es, wenn Amber mir in entrüstetem Ton solche Geschichten erzählte. Dann nannte ich sie gern «mein Klatschweib», weil es so war, als unterhielte ich mich mit einer geschwätzigen Nachbarin, die genauestens darüber Bescheid wusste, was das neue Paar ein paar Türen weiter so trieb. Besonders gefiel mir, wie Amber in diesen Situationen Wörter wie «Dreier» oder «Orgie» oder, in diesem Fall, «Triebwerk» eher lautlos mit den Lippen formte als richtig aussprach.

Während sie weitererzählte, wanderten meine Gedanken unfreiwillig zu der Frage, wie oft ich diese Seite von ihr wohl noch erleben würde. Aber da ich das kaum aushielt, erinnerte ich mich daran, dass ich mir geschworen hatte, Amber um jeden Preis so lange wie irgend möglich ihre Unbeschwertheit zu bewahren. Sie berichtete von Charlottes weiteren Eroberungen und von dem Drehbuch für ein düsteres skandinavisches Drama, das man ihr zugeschickt hatte. Schließlich schwärmte sie mir von der Bäckerei im Nachbardorf vor, die von außen nach nicht viel aussah, in der man aber fantastisches Brot bekam, mit Rosmarin und Olivenöl, das ich *unbedingt* auch probieren musste. Und die ganze Zeit gab ich mir die allergrößte Mühe, nicht traurig zu klingen, wenn

Amber eine Zukunft beschrieb, von der ich wusste, dass wir sie nie erleben würden.

Als ich später die Kraft fand, zu Theo nach unten zu gehen, standen drei leere Pintgläser auf seinem Tisch. Nur wenige Jahre zuvor hätte dieser Anblick sofort Gelüste in mir geweckt, doch jetzt ließ er mich völlig kalt.

«Tut mir leid, ich wurde aufgehalten», sagte ich. «Wollen wir dann was essen gehen?»

«Klar», sagte Theo mit dem langsamen Blick von jemandem, der drei Bier auf leeren Magen getrunken hat.

Er stand auf, schaute durchs Fenster hinaus und dann wieder mich an. Er wirkte etwas besorgt.

«Ist irgendwas?», fragte ich.

«Nein, nichts – ich dachte nur … Willst du keine Jacke anziehen? Jetzt, wo die Sonne untergegangen ist, ist es bestimmt frisch draußen.»

Theos Wangen färbten sich zartrosa. Ich wollte mich spontan über seine mütterliche Art lustig machen, war aber froh, dass ich mir den Spruch gerade noch verkneifen konnte. Theo war bestimmt noch ziemlich weit davon entfernt, mich wieder als seinen Freund zu betrachten, und ein bisschen Besorgnis darüber, dass mir kalt werden könnte, konnte ich locker wegstecken.

«Da ist was dran», sagte ich. «Ich gehe schnell meine Jacke holen.» Oben in unserem Zimmer konnte ich sie jedoch nirgends finden und begriff frustriert, dass ich sie auf der Weide vergessen haben musste, als wir vor den Kühen geflohen waren.

Ich hatte mich schon damit abgefunden, ohne Schutz vor den abendlichen Temperaturen dazustehen, als ich an der Tür zur Wohnung des Wirts vorbeikam und plötzlich stutzte.

Es ist schon komisch, wie sich das moralische Empfinden eines Menschen verändert, wenn seine Tage gezählt sind. Erst bekommst du ein schlechtes Gewissen, wenn du kurz vor dem Mittagessen noch Kekse isst, und im nächsten Moment hängst du dir seelenruhig die Jacke eines Kneipiers über die Schultern und bist ein schamloser Krimineller im Gewand eines Hinterwäldlers.

KAPITEL FÜNFZEHN
THEO

Cricklade war eins dieser typisches Marktstädtchen, in denen sich Versicherungsunternehmen und Banken zwischen charmanten traditionellen Cotswold-Häusern versteckten. Als wir die Hauptgeschäftsstraße entlanggingen, fiel mir auf, wie schlecht Joel aussah, und vorher im Pub war zu hören gewesen, wie sich im oberen Stockwerk jemand übergeben hatte.

«Vorhin ist was Merkwürdiges passiert», sagte ich, während ich einen Mann mit einem Elektromobil vorbeiließ.

«Ja? Was denn?», fragte Joel.

«Irgendwem muss es oben im Pub sehr schlecht gegangen sein. Es klang, als hätte er sich die Seele aus dem Leib gekotzt. Das warst nicht zufällig du, oder?»

«Ich?», sagte Joel. «Nee, das muss einer aus einem anderen Zimmer gewesen sein. Wo möchtest du denn gern essen? Wie's aussieht, haben wir die Wahl zwischen einem angeranzten Laden und einem angeranzten Laden.»

«Such's dir aus.»

Ich war zu neunzig Prozent sicher, dass Joel log. Aber warum sollte er das tun? Erst als wir an einem Spirituosengeschäft vorbeikamen, fiel bei mir der Groschen. An den Gerüchten über Joels Lebensstil, die ich in der Zeitung gelesen hatte, musste mehr dran gewesen sein, als ich dachte. Verbunden mit seiner wächsernen Haut, der Kurzatmigkeit und der Übelkeit... Ich war kein Experte, aber das klang nach Entzugserscheinungen.

Vielleicht ging mich das auch gar nichts an. Ich war schließlich derjenige gewesen, der darauf bestanden hatte, dass keine ernsten Themen auf den Tisch kamen. Außerdem kannte ich Joel gut genug, um zu wissen, dass er mir wahrscheinlich ohnehin nicht die ganze Wahrheit erzählen würde, wenn ich ihn fragte. Plötzlich stand mir ein Bild von ihm als Jugendlicher vor Augen, wie er mich mit einer seltsamen Verzweiflung im Blick angesehen und mir gesagt hatte, ich solle ihn nie wieder fragen, ob es ihm gut gehe.

Wir entschieden uns schließlich für ein Restaurant namens *Jack's*, den einzigen Laden, in dem halbwegs was los war.

«Ich glaube, ich bleibe jetzt bei Wasser», sagte ich, ohne von der Speisekarte aufzusehen. «Ich bin immer noch ein bisschen dehydriert von der Wanderung.»

«Ja, ich auch», sagte Joel, und ich war ganz sicher, Erleichterung in seiner Stimme zu hören. Es würde schwer werden, jetzt nicht krampfhaft immer weiter Beweise zu suchen, die meine Theorie stützten.

Unser Kellner nahm die Entscheidung für Wasser weniger gut auf, vor allem, als ich Leitungswasser statt Mineralwasser bestellte.

«Und könnten Sie mir wohl bitte auch ein Besteck bringen?», fragte ich seltsam steif. Selbst was so eine normale Interaktion anging, war ich aus der Übung.

«Selbstverständlich», antwortete der Kellner mit einer Miene, als hätte ich ihn gebeten, Michelangelos *David* aus Baba Ghanoush zu formen, und das möglichst auf den Pimmel genau.

Ich erhaschte einen Blick auf Joel, und er schmunzelte. Wir schwiegen, während der Kellner mit aufreizender Langsamkeit unsere Weingläser abräumte, und ich war gefährlich nah dran loszukichern. Um mich abzulenken, nahm ich hektisch noch mal die Speisekarte zur Hand und brachte es fertig, sie mir dabei selbst ins Auge zu rammen. Als der Kellner schließlich ging, drückte ich mir die Hand aufs Gesicht.

«Alles in Ordnung?», fragte Joel und schaute mich verwirrt an, weil ich mein Auge betastete. Aber dann fiel mir eine Geschichte von früher ein, die mich meinen Schmerz vorübergehend vergessen ließ.

~

Erst als Joel sich zum fünften Mal im Klassenraum neben mich gesetzt und mit «Na, alles klar?» begrüßt hatte, begann ich, langsam darauf zu vertrauen, dass wir tatsächlich Freunde waren. Zuerst hatte ich Sorge gehabt, dass er mich im Musiktrakt gerettet hatte, würde unsere einzige Interaktion bleiben, aber – wie durch ein Wunder – schien er mich wirklich zu mögen. Ich ließ meine Bertie-Wooster-Aufmachung stillschweigend in der Versenkung verschwinden. Jetzt, wo ich eine Kostprobe davon bekommen hatte, wie es war, wie ein normaler Mensch behandelt zu werden, gab es für mich kein Zurück mehr ... was es umso schlimmer machte, dass mein Körper sich ausgerechnet diesen Moment aussuchte, um Verrat an mir zu begehen.

Nach einer Routineuntersuchung erklärte die Augenärztin meiner Mutter, dass mein Schielen sich eigentlich in der Zwischenzeit hätte von selbst regulieren müssen. Weil es das aber nicht getan hätte, sei nun eine Behandlung erforderlich. Sie rief eine Krankenschwester herein, die mir eine kleine Schachtel überreichte. Ich hielt sie im Schoß, während mich alle anschauten, und einen kurzen Moment lang fragte ich mich, ob die Schwester mir eine Schachtel mit Glasaugen gegeben hatte. Der wirkliche Inhalt war nicht viel besser: Augenpflaster. Selbst dass Alice zu Hause ein Bild von mir als verwegenem Piraten mit Augenklappe malte, konnte mich nicht trösten.

Wie erwartet konnte Darren sein Glück kaum fassen, als er mich am nächsten Morgen mit der Augenklappe sah. Plötzlich drängten sich ihm derart viele neue Möglichkeiten, mich zu hänseln und zu beleidigen, auf, dass es offenbar zu einem Kurzschluss in seinem Gehirn kam. Er stand sprachlos da und zeigte auf mich, wobei sein Arm ausschlug wie eine Wünschelrute, die auf Wasser stößt. «Der K-K... Knallkopf mit der Klappe», stieß er schließlich hervor. Es war nicht gerade sein größter Wurf, aber die Klasse brach trotzdem in Gelächter aus. Ich schlurfte mit gesenktem Kopf und brennend heißen Wangen zu meinem Tisch und versuchte, den Spott der anderen zu ignorieren. Joel war an diesem Tag ausnahmsweise vor mir eingetroffen. Er saß mit seinen Kopfhörern auf den Ohren da, ignorierte alle und wurde ignoriert, denn Darren und seine Truppe begegneten jemandem, der sich ihnen so mühelos widersetzte, mit Vorsicht. Ich betete, dass er etwas Tröstliches sagen würde – etwa, dass ich mir wegen dieser Idioten keine Gedanken machen sollte –, aber er schaute mich nur kurz an und widmete sich dann wieder seiner Musik.

Ich wusste, dass Darren mir am nächsten Morgen auflauern würde, und natürlich umringten er und seine Meute mich, als ich ins Klassenzimmer kam, riefen «Der Knallkopf mit der Klappe» im Chor und schubsten mich, während ich niedergeschlagen zu meinem Tisch schlich. Bei der Vorstellung, dass das ab jetzt mein Leben sein sollte, wünschte ich mir nur noch, der Boden würde sich auftun und mich verschlucken.

Joel war an diesem Tag wieder vor mir da. Er hatte den Kopf auf die Arme gelegt und schien trotz des ganzen Radaus zu schlafen. Ich setzte mich, schamrot im Gesicht, neben ihn und hielt den Blick starr geradeaus gerichtet. Er würde mir mit Sicherheit gleich sagen, dass er nicht mehr mein Freund sein könne, und ich hoffte, dass er es lieber früher als später hinter sich brachte.

«Na, alles klar?», sagte er mit gedämpfter Stimme.

Ich schaute weiter geradeaus. Vielleicht würde ich ihm auch zuvorkommen und ihm sagen, ich hätte beschlossen, dass wir nicht mehr befreundet sein könnten und er sich besser woanders hinsetzen solle. Aber dann richtete er sich auf, und die Klasse wurde plötzlich still. Als ich zu ihm hinschaute, sah ich, dass er eine schwarze Augenklappe trug, die meiner zum Verwechseln ähnlich war.

«Alles klar», sagte ich und versuchte, nicht zu blöde zu grinsen.

Ich riskierte einen Blick zu Darren. Er schaute mich finster an, richtig bedrohlich, aber zum ersten Mal überhaupt fand ich den Mut, ihm standzuhalten, bis er schließlich als Erster wegsah. Danach hat er mich nie wieder belästigt.

Joel schaute mich immer noch über den Tisch hinweg an. Ich hatte schon Jahre nicht mehr an diese Situation im Klassenzimmer gedacht.

«Weißt du noch …?», begann ich, beendete den Satz jedoch nicht.

«Weiß ich was noch?», fragte Joel.

«Ach nichts», sagte ich und beschloss, jetzt keine alten Geschichten aufzuwärmen. «Lass uns loslegen. Oh, du hast deinen Laptop gar nicht mitgebracht?»

«Sorry», sagte Joel. «Hab ihn im Zimmer vergessen. Aber macht ja nichts. Wenn wir uns erst mal nur die grobe Struktur vornehmen, können wir ja auch auf Servietten schreiben. Hast du einen Stift?»

Ich fand einen in meiner Jackentasche. Als Joel seine Papierserviette glatt strich, um etwas darauf zu schreiben, sah ich, dass er die Zungenspitze zwischen seine Lippen geschoben hatte, und schon fiel mir die nächste Geschichte von früher ein, so als wäre sie durch die vorige aus der Versenkung gelockt worden.

~

Eines kühlen Novembermittags wenige Wochen nach Joels Solidar-Aktion mit der Augenklappe hatte ich so viel Vertrauen in unsere Freundschaft gefasst, dass ich beschloss, ihn in meine Leidenschaft für Comedy einzuweihen. Es war ganz schön gewagt, zu versuchen, einen Zwölfjährigen mit einer Folge der Radio-Comedyserie *Round the Horne* aus dem Jahr 1967 zu beeindrucken, während alle anderen ein *FHM*-Heft herumreichten, das jemand mit in die Schule geschmuggelt hatte, oder Fußball spielten. Da ich die Folge auswendig kannte, behielt ich Joels Gesicht genau im Blick und versuchte, seine Reaktionen auf bestimmte Stellen vorauszuahnen. Zuerst war seine Miene genauso neutral wie immer, aber nach einer Weile fing er an zu grinsen. Ich war in meinem Leben noch nie so erleichtert gewesen.

Joel machte mich seinerseits mit der Musik bekannt, die er gern hörte, und auch wenn das alberne Rebellentum von Green Day bei mir nicht so auf Anklang stieß wie der Titelsong von *The Good Life*, meiner Lieblings-Sitcom, fand es doch auch einen gewissen Widerhall bei mir.

Eines Abends ließ ich in einem Gespräch mit Mum fallen, dass ich am Samstag vielleicht mal meinen Freund Joel mitbringen würde, ob das okay sei. Mum war so überrascht und aufgeregt, dass sie den Pulli, den sie gerade in der Hand hielt, falsch herum und mit der Innenseite nach außen anzog. Aus irgendeinem Grund war das das Lustigste, was Alice und ich je gesehen hatten, und wir kriegten uns gar nicht mehr ein vor Lachen. Sogar Mum stimmte nach einer Weile mit ein.

Dieser Zustand der Ausgelassenheit hielt bis zum Winter an. Es schneite seit Anfang Dezember, und Weihnachten sah zum ersten Mal in meinem Leben aus wie in der Fernsehwerbung.

Eines Abends waren Joel und ich in meinem Zimmer, und als ich mich umdrehte, sah ich, dass er eines der Schulhefte mit meinen Sketchen und Ideen in der Hand hielt.

«‹Stegosaurus trainiert für Wimbledon›», las er vor.

Ich versuchte, ihm das Heft zu entreißen, aber Joel hielt es von mir weg.

«Das ist nur blödes Zeug. Und außerdem schon uralt.»

«Gar nicht blöd», erwiderte Joel. «Nur nicht richtig.»

«Wieso? Was meinst du mit ‹nicht richtig›?»

«Na ja. Mit einem Tyrannosaurus sähe es doch viel lustiger aus. Stell dir nur mal den Schläger in seinen kurzen Armen vor.»

Nach kurzem Nachdenken musste ich ihm absolut recht geben.

Das war das erste Mal, dass wir zusammen schrieben – im Schneidersitz auf dem Fußboden meines Zimmers, und Joels Zungenspitze lugte zwischen seinen Lippen hervor, während wir Ideen und Witze in ebenjenes Heft kritzelten. Ich weiß nicht, ob wir einzeln genauso gut gewesen wären, aber wenn wir zusammensaßen und uns lustiges Zeug ausdachten, fluppte es nur so. Den Moment, in dem wir diesen Dinosaurier-Sketch fertigstellten, habe ich noch glasklar in Erinnerung, denn es fühlte sich ehrlich so an, als wären wir zwei Wissenschaftler in einem Labor, die sich nach der Entdeckung eines neuen chemischen Elements über ein Mikroskop beugen: *Professor, ich denke, Sie sollten sich das hier einmal anschauen ...*

~

Als wir nun in diesem Restaurant saßen – unser Essen war längst vergessen – und ich Joel dabei zusah, wie er mit konzentrierter Miene etwas notierte, überkam mich eine tiefe Melancholie. Auf unserer Wanderung hatte es sich zwischen uns, wie auch jetzt beim gemeinsamen Schreiben, momentweise angefühlt wie in alten Zeiten. Aber es war nicht dasselbe. Konnte es gar nicht sein.

Mein Blick fiel auf unser Spiegelbild im Fenster. Es war, als hätte ich eine außerkörperliche Erfahrung, als würden unsere Doppelgänger uns von draußen dabei zuschauen, wie wir schrieben und Unsinn redeten, als ob alles in bester Ordnung wäre. Und es schien so, als würde einer von uns beiden da draußen sich jeden Moment dem anderen zuwenden, nach drinnen zeigen und fragen, wie zum Teufel wir es eigentlich hingekriegt hatten, alles so fürchterlich zu vermasseln.

KAPITEL SECHZEHN
JOEL

Von Cricklade nach Lechlade, 10,8 Meilen (171,8 Meilen bis zum Themse-Sperrwerk in London)

«Oh, sieh mal, da ist ja sogar ein bisschen Fluss in dem Fluss», sagte Theo und zeigte auf das dünne Rinnsal. Auf unserer gestrigen Etappe war das Flussbett noch komplett trocken gewesen.

Heute waren wir direkt außerhalb von Kempsford schon an einer wunderschönen Wiese mit unzähligen Bienen und Schmetterlingen vorbeigekommen. Doch weil unsere Ideen für *The Regulars* nur so sprudelten, waren wir viel zu abgelenkt gewesen, um irgendetwas davon wirklich würdigen zu können. Ich war an das Neonlicht in überfüllten Räumen gewöhnt und daran, die gekränkten Egos anderer pflegen zu müssen, wenn ihre Vorschläge abgelehnt wurden. Hier draußen an der frischen Luft mit Theo schienen die Ideen so viel natürlicher zu fließen. Aber je besser wir vorankamen, desto besorgter war ich, weil ich noch nichts von Jane Green gehört hatte. Bei jedem anderen hätte ich das Stummbleiben darauf zurückgeführt, dass er wegen familiärer Probleme oder Ähnlichem nicht dazu kam, sich zu melden, aber hier ging es um Jane Green – die Frau, die mich sogar mal auf einer Beerdigung angerufen hatte, um mich nach meinen Wünschen für das Catering eines anstehenden Drehs zu fragen. (Es ist ziemlich schwer, sich zwischen Thunfisch und Schinken zu entscheiden, wenn im Hintergrund der Leichnam von Großtante Edith den Flammen übergeben wird.)

Von seinen skurrilen Ausrufen über den Wasserstand im

Flussbett abgesehen, wirkte Theo an diesem Morgen ein bisschen reservierter. Es schien fast so, als würde er sich selbst vorhalten, am Vorabend zu nett zu mir gewesen zu sein. Ich musste daran denken, dass er instinktiv hinter mir Schutz gesucht hatte, als die Kühe auf uns losgegangen waren. Es war angenehm, in unsere alten Rollen zurückzufallen; vermutlich weil sie uns so vertraut waren. Aber ich wollte nicht, dass Theo das Gefühl hatte, in meinem Schatten zu stehen. Viel lieber wäre es mir gewesen, wenn er die Führung übernommen und sich nicht an das gebunden gefühlt hätte, was ich wollte. Ein bisschen fühlte ich mich wie ein Vater, der seinem Sohn das Radfahren beibringt und hinter ihm herläuft und so tut, als würde er ihn weiter festhalten.

Wir passierten gerade eine Weide, die übers Wasser geneigt war wie jemand, der seine Zehen zu berühren versucht, als Theo mich plötzlich fragte, ob mir die Beine wehtäten. Ich musste mir auf die Zunge beißen. Die Schwellung war über Nacht kaum zurückgegangen und das Gehen von Beginn an schmerzvoll gewesen. Stattdessen sagte ich jedoch: «Ich bin ein bisschen steif heute, und du?»

«Ich sag mal so: Ich fühle mich, als wären die Tänzer von *Stomp* in meine Hose gekrochen und würden mit meinen Oberschenkeln für ihren nächsten Auftritt trainieren.»

«Hast du *Stomp* mal gesehen? Ich glaube nicht, dass die noch trainieren», sagte ich.

Wir gingen eine Weile schweigend weiter. Am Ende hatte so lange keiner mehr was gesagt, dass ich zuerst gar nicht wusste, worauf Theo sich bezog, als er «Ja, hab ich übrigens» sagte.

«In London. Ich war eingeladen», fügte er hinzu. «Aber in der Pause haben wir uns so gestritten, dass ich gegangen bin.»

«Du bist also ... wütend davongestampft?»

«Genau», sagte Theo. Die Erinnerung an jenen Abend beschäftigte ihn offenbar so sehr, dass er sich nicht mal über meinen schlechten Scherz mokierte.

«Also war's eine Ex?», fragte ich.

Theo bestätigte meine Vermutung mit einem Knurren. Nachdem er eine Zeit lang missmutig weitergetrottet war wie der Esel I-Ah aus *Pu der Bär*, seufzte er und sagte: «Sie war ... na ja ... so was wie meine ‹große Liebe›.»

Nie waren Gänsefüßchen mit düsterer Miene in die Luft gemalt worden.

«Wir haben uns vor zwei Jahren getrennt. Einvernehmlich ... Ach, was, stimmt gar nicht – sie hat mich verlassen.»

«Das tut mir leid», sagte ich. «Ich nehme an, dann war es was Ernstes. Habt ihr zusammengewohnt?»

«Ja. Im Norden von London. Highbury.»

«Wie jetzt, echt?»

«Ja, echt.»

«Wow.»

Theo runzelte die Stirn. «Ist das so schwer zu glauben?»

«Nein, gar nicht. Ich wusste nur nicht, dass wir in derselben Stadt gewohnt haben.»

«Ach so. Na ja, London ist ja auch ein bisschen größer als andere Städte.»

Ich beschloss, seinen Sarkasmus zu übergehen.

«Vielleicht kennst du sie sogar», sagte Theo. «Sie ist Castingdirektorin.»

«Ehrlich? Wie heißt sie denn?»

«Barbara. Barbara Nicholls. Aber sie nennt sich Babs.»

«Ha, toll, wie die aus *Acorn Antiques*!»

Theo lächelte traurig. «Ja, genau.»

Ich zermarterte mir das Hirn, aber abgesehen von ihrer

Namensvetterin aus dieser Comedyserie sagte mir der Name nichts.

«Und warum habt ihr euch ...?» Ich unterbrach mich. «Ich meine, du brauchst es mir natürlich nicht zu erzählen, wenn es dir ...»

«Warum haben wir was?», fragte Theo.

Wir schauten uns an, und über Theos Gesicht huschte ein Lächeln. Das war eine ungewohnte Situation für uns, kamen wir stillschweigend überein. Genau genommen sogar absolutes Neuland. Als Jugendliche hatten wir es um jeden Preis vermieden, über unsere Gefühle zu sprechen. Ich zumindest. Teilweise hing das wahrscheinlich damit zusammen, dass Dad mir vor seinem Auszug die Ansage gemacht hatte, ich sei jetzt «der Mann im Haus». Und auch mit Mike, gegen den mein Vater sogar noch fortschrittlich gewesen war.

Ich gehe nicht davon aus, dass meine Männergeneration die letzte sein wird, die unfähig ist, ihre Gefühle zum Ausdruck zu bringen – zumindest anderen Männern gegenüber. Ungelogen, mir fiel es schon immer leichter, mich Frauen zu öffnen, vor allem, wenn beide Gesprächspartner sich nicht kennen. Wenn Männer sich auf einer Party zum ersten Mal begegnen, liefern sie sich immer einen Wettstreit darum, wer den ersten Scherz reißt, und verbringen den Rest des Abends damit, sich gegenseitig hochzunehmen und ironische Sprüche abzulassen. So funktionieren im Grunde fast alle Männerfreundschaften, und davon abzuweichen, fühlt sich komplett unnatürlich an, so wie auf der falschen Straßenseite zu fahren oder mit nur einem Schuh zu gehen.

Dass sie einander niemals irgendwelche Schwächen zeigen, ist der Grund dafür, dass Männer jahrzehntelang befreundet sein können, ohne sich wirklich zu kennen. Denn selbst wenn sie mal eine Ausnahme machen – was fast ausschließlich unter Alkoholeinfluss geschieht – und einem Freund erzählen, dass sie Angst haben oder einsam oder deprimiert sind, müssen sie das, was sie rauslassen, in Sarkasmus oder Selbstironie verpacken. Weil es sonst so ist, wie aus einem Flugzeug springen, ohne zu wissen, ob dein Fallschirm sich öffnen wird. Darum bin ich nie sonderlich überrascht, wenn ein bis dahin langweiliger, bräsiger Typ auf einer Hochzeit auf einmal eine fantastische Rede hält. Du hast einen Cousin mittleren Alters, der sich sonst nur über Englands Torhüter-Probleme und die vielen Baustellen auf der Autobahn auslässt, und erwartest automatisch mehr von dem gleichen Gelaber, wenn der mit dem Messer an sein Champagnerglas klopft. Aber ehe du dich's versiehst, beschreibt er mit der Eloquenz eines Dichters, wie sehr er seine Tochter liebt und wie stolz er auf sie ist – und das nur, weil dies die einzigen fünfzehn Minuten in seinem Leben sind, in denen er mal offen seine Gefühle zeigen darf, ohne dass sieben andere Typen seines Alters ihn auffordern, die Klappe zu halten und noch einen zu trinken, während sie sich heimlich wünschen, so mutig zu sein, «Ja, ich auch» zu sagen.

Als Theo und ich nun eine Brücke über das widerstrebend dahinplätschernde Rinnsal unter uns überquerten und seine Rückfrage unbeantwortet in der Luft hing, wurde mir plötzlich klar, dass mir nicht mehr viel Zeit blieb, wenn ich etwas ändern und mich ihm mehr öffnen wollte als früher. Wären wir auch in unseren Zwanzigern weiter befreundet gewesen, hätten wir, glaube ich, irgendwann Fortschritte in dieser Richtung gemacht. Aber stattdessen war es so, als hätte einfach jemand die Pausentaste gedrückt. Im Grunde waren wir immer noch die Jugendlichen von damals, nun aber gefangen in den Körpern von zwei Dreißigjährigen. Zwar hatten wir inzwischen richtige Bartstoppeln im Gesicht, aber offen begegnen konnten wir uns immer noch nicht. Und da ich nicht mehr den Luxus genoss, Zeit zu haben, musste ich ein bisschen mehr Tempo machen.

«Warum habt ihr euch denn getrennt?», fragte ich in einem Ton, der irgendwo zwischen Reporter auf einer Pressekonferenz und altklugem Kind lag.

«Na ja», sagte Theo, nachdem er so lange geschwiegen hatte, dass ich schon dachte, er wollte meinen Plan vereiteln, «ich glaube, ich bin irgendwann selbstgefällig geworden. Ein bisschen so, als wäre ich auf Autopilot. Erst war ich so blöd, eine gute Stelle für etwas aufzugeben, was sich dann als Luftschloss erwies, und danach hab ich mich derart in diese Pleite reingesteigert, dass ich mich quasi ... um gar nichts mehr gekümmert habe. Was auch hieß, dass ich Babs als vollkommen selbstverständlich betrachtete. Ich hab dann noch versucht, sie zurückzugewinnen, indem ich ... nun ja, es wurde alles ziemlich dramatisch. Sagen wir einfach, ich hab's nur noch schlimmer gemacht.»

So wie ich Theo kannte, klang es verdächtig danach, dass er sich an einer übertrieben romantischen Geste versucht hatte und dabei übers Ziel hinausgeschossen war.

«Tut mir leid, das zu hören», sagte ich. «Und wie geht ihr jetzt damit um?»

Das war ungeschickt formuliert und klang so, als würde ich ihn zu einem unangenehmen medizinischen Eingriff befragen. *Verdammt, warum war das so schwer?*

«Hm, na ja ...», sagte Theo und machte ruckartige kreisende Bewegungen mit den Händen, wie ein jonglierender Roboter, der dringend geölt werden muss. «Wir waren seit der Uni zusammen gewesen, darum ...»

«Mein Gott, echt? Das ist ... wow, und ich dachte, ich hätte eine langfristige ...»

Ich unterbrach mich abrupt, aber Theo sagte, ohne mich anzuschauen: «Schon gut. Ich weiß, dass du mit Amber zusammen bist. Ist okay. Das macht mir nichts.»

Ambers Namen aus Theos Mund zu hören, überraschte mich – und fühlte sich an, als wäre ich gerade in ein Becken mit eiskaltem Wasser gesprungen.

«Wie ist es denn, nach all den Jahren noch zusammen zu sein?», fragte Theo.

Wir waren gerade um eine Hecke gebogen und fanden uns plötzlich in einem knallgelben Rapsfeld wieder. Ich konnte ihm nicht antworten. In meinem Hals hatte sich ein Kloß gebildet, und ich wusste, dass meine Stimme zittern würde, wenn ich es versuchte. Zu merken, wie sehr ich mich danach sehnte, Theo alles zu erzählen, war wie ein Schock für mich.

Aber Theo schien mein Schweigen so zu deuten, dass es mir widerstrebte, ihm zu antworten, denn er sagte: «Vielleicht sollten wir das Thema wechseln.» Dann ging er in das Rapsfeld hinein und zerteilte das leuchtende Gelb wie ein Messer ein Stück Butter.

Der Wanderweg führte uns eine Zeit lang von der Themse weg, und als wir ans Ufer zurückkehrten, war aus dem Rinnsal ein ernst zu nehmender Fluss geworden, der wunderschön in der Sonne funkelte.

«Ich fühle mich beschummelt», sagte Theo. «Das ist wie ein Zaubertrick oder so was – als hätte irgendwo jemand den Wasserhahn aufgedreht.»

Ich war drauf und dran, alle Vorsicht in den Wind zu schießen und ihn aufzufordern, mit mir abseits der offiziellen Strecke zurückzugehen und nach der Stelle zu suchen, wo das Wasser richtig zu fließen begann, doch die Erschöpfung, die den ganzen Tag im Hintergrund gelauert hatte, schlug jetzt zu, und ich fragte so beiläufig wie möglich, ob wir eine Pause einlegen könnten.

Theo nutzte die Gelegenheit, um sich einen geschützten Ort zum Pinkeln zu suchen, und ich setzte mich dankbar hin und massierte meine geschwollenen Beine.

Danach trank ich ein paar Schlucke Wasser und holte mein Handy raus, um nachzusehen, ob Jane sich gemeldet hatte. Mein Herz schlug sofort höher, als ich sah, dass sie genau in diesem Moment eine Nachricht tippte.

Sorry für die Funkstille. Neffchen hat Handy mit Marmite gekillt. Musste es entsorgen (Handy, nicht Neffchen, obwohl ... mal sehen). Wg Regulars noch nichts Neues. Bleibe am Ball. PS: Update zur Helm-Sache: Der Sack hat ihn in der Bahn liegen lassen. Nightmare on Helm Street. JGx

Das war nicht ganz das, was ich lesen wollte, aber wenigstens war es kein klares Nein.

Als Theo zurückkam, rappelte ich mich mühsam wieder auf und heuchelte Begeisterung, als wir weiterzogen.

Die nächsten Meilen führten uns an Orten vorbei, deren Namen für jeden Fremden, der sich gern über die Engländer lustig macht, ein gefundenes Fressen wären: Hannington Wick, Downington, Little Faringdon. Und die Themse wurde unterdessen immer breiter. In Inglesham passierten wir eine Art Meilenstein, denn das Round House auf der gegenüberliegenden Seite markiert die Stelle, ab der der Fluss mit Booten befahren werden kann.

Zu meiner Erleichterung war es diesmal Theo, der einen Boxenstopp vorschlug. Wir kabbelten uns gerade über die Frage, ob es wohl möglich wäre, vom Anfang des Flusses bis ganz zum Ende ein einziges Pu-Stöckchen-Spiel durchzuhalten, als mir plötzlich wie aus dem Nichts total schlecht wurde und ich hinter einen Baum rennen und mich übergeben musste. Diesmal hatte ich keine Chance, Theo etwas vorzumachen, weshalb ich beschloss, ihm zuvorzukommen.

«O Gott, ich glaube, ich hab gestern Abend irgendwas nicht vertragen», sagte ich, als ich zurückkam, und setzte mich neben Theo. «Der olle Jack nimmt's wohl nicht so genau mit der Hygiene.»

Ich wartete darauf, dass Theo etwas sagte, aber er zog einfach einen Stock, den er aufgehoben hatte, durchs Gras und warf ihn dann ins Wasser.

«Vielleicht sollte ich mal da anrufen und mich beschweren», fügte ich, genervt von Theos Schweigen, hinzu. Ich wollte einen Schluck Wasser trinken, aber meine Flasche war leer.

Theo reichte mir wortlos seine.

«Wir können noch ein bisschen hier sitzen bleiben», sagte er.

«Nein, alles gut», antwortete ich.

«Noch fünf Minuten? Mir ist das egal.»

«Nein, mir geht's gut, okay?», giftete ich zurück und bereute es sofort.

Theo hielt abwehrend die Hände hoch.

Der Moment ging schnell vorbei, aber ich konnte es mir nicht leisten, noch mal so einen Fehler zu machen. Schon jetzt war die Atmosphäre zwischen uns – die, wie ich fand, zwischendurch schon erstaunlich entspannt gewesen war – deutlich abgekühlt.

Doch dann passierte etwas, was meine Laune mehr hob, als ich in dieser Situation für möglich gehalten hätte: Ich erhielt eine weitere Nachricht von Jane:

Halt dein Handy fest. Bin gerade dem kleinen Kahlkopf über den Weg gelaufen, der jetzt die Abteilung leitet (na ja, hab ihn eher über den Haufen gerannt, der geht mir ja max. bis zum Bauchnabel).

Hab ihm deine Idee eingeträufelt, er war sofort angetan! Du bist auf der Siegerspur. Mehr in Kürze, mein Lieber, JGx

Ich stand auf, meine Übelkeit war sofort verflogen. Vielleicht würde es ja tatsächlich funktionieren. Theo und ich würden eine TV-Serie bekommen, und er würde nie irgendwas spitzkriegen. In dem Moment trieb ein Schwan majestätisch vorbei, und ich hätte Lust gehabt, ihm zu salutieren.

Ich schaute auf Theo hinunter. Er saß im Schneidersitz da und aß ein Sandwich, während der Wind durch seine Haare fuhr. Mich überkam eine Welle der Zuneigung für ihn, und ich hätte ihm gern in die Wange gekniffen wie eine italienische Großmutter. Ich schaffte es gerade noch, mich zu bremsen, aber ich konnte es kaum erwarten, die letzte Etappe des Tages zu laufen – um diese positive Energie zu nutzen und mit ihm zusammen weitere Ideen auszuhecken.

Ich räusperte mich und reichte Theo die Hand.

«Wollen wir?»

Nach kurzem Zögern ergriff er sie, und ich zog ihn auf die Füße.

KAPITEL SIEBZEHN
THEO

Ich konnte den Mann, der sich eben noch hinter einem Baum übergeben hatte, nicht so recht mit dem zusammenbringen, der nun federnden Schrittes neben mir herlief. Aber vielleicht brachte der Entzug ja solche Höhen und Tiefen mit sich.

Die Halfpenny Bridge von Lechlade war gerade in Sicht gekommen, als Joel die Ohren spitzte. «Hörst du das?»

Wir blieben stehen und lauschten. Von irgendwoher drifteten Musik und Stimmen zu uns. Joel spähte durch eine Lücke in der Hecke und winkte mich zu sich.

«Schau mal», sagte er und trat zur Seite, damit ich einen Blick riskieren konnte. Und ich sah ... die Vergangenheit. Ungefähr fünfzehn Männer liefen dort in Kettenhemden und Waffenröcken herum und diskutierten über irgendwas. An einem Spieß verbrutzelte ein Hähnchen. Irgendwer klampfte auf einer Laute.

«Was ... was passiert da?», fragte ich Joel, aber er war ebenso verdutzt wie ich.

Als zwei der Männer plötzlich brüllend ihre Schwerter zogen, drehten Joel und ich uns weg, damit uns unser Lachen nicht verriet.

«Es gibt nur eine Möglichkeit, es herauszufinden – komm!», sagte Joel und ging auf den Zauntritt zu, der auf die Wiese führte.

«Echt jetzt?», stöhnte ich.

«Komm schon, Theo, wo bleibt deine Abenteuerlust?»

Die Männer verstummten, als wir näher kamen. Und ich schwöre, ich hab gesehen, wie einer seine Hand auf das Heft seines Schwertes legte.

«Hallo», sagte Joel mit einem breiten Lächeln. «Wir haben uns nur gefragt, was Sie machen. Wir sind Journalisten und konnten unsere Neugier nicht bezähmen. Ich bin Mack, und das ist mein Fotograf, Rupert.»
Die Soldaten schmunzelten.
Rupert. Ausgerechnet diesen Namen musste er nehmen.
«Wir proben die Aufführung einer Schlacht», sagte der Größte von den Männern.
«Sie proben?», fragte ich.
Die Männer lachten.
«Ja, glauben Sie, wir kreuzen am Tag der Aufführung einfach so da auf und marschieren ein bisschen durch die Gegend?»
Ich schaffte es, mir die Antwort zu verkneifen.
«Macht es Ihnen was aus, wenn wir ein Weilchen zusehen?», fragte Joel. «Vielleicht steckt da ja eine Geschichte für uns drin.»
Die Soldaten tauschten Blicke aus. Der große Mann nickte.
«Setzen Sie sich da drüben hin.»
«Komm, Rupert», sagte Joel fröhlich und führte mich zu einem Baumstumpf, von dem aus wir den Schauplatz überblicken konnten.
Dunkle Wolken hatten sich herangeschlichen, und plötzlich fing es ohne Vorwarnung an zu gießen. Da wir uns nirgends unterstellen konnten, waren wir schnell nass bis auf die Haut. Die Schlacht-Nachsteller ließen sich nicht aus der Ruhe bringen, nur einer von ihnen schaute immer wieder zur Straße, wo sie alle ihre Autos geparkt hatten.
«Ich nehme nicht an, dass der durchschnittliche Angelsachse einen Kia Sportage zur Verfügung hatte», sagte ich.
«Schätze ich auch», sagte Joel. «Škoda Fabia, maximal.»
Wir schauten weiter im strömenden Regen zu.

«Das ist echt surreal», murmelte ich. «Was glaubst du, wie alt die alle sind?»

«Hmm», sagte Joel. «Ich tippe, die meisten von ihnen sind schon in Rente.»

Während ich die Männer dabei beobachtete, wie sie sich im Schwertkampf übten, bekam ich ein schlechtes Gewissen, weil ich vorher über sie gelacht hatte. Das alles war ein unschuldiger Spaß. Außerdem hatten sie wenigstens ein Hobby – und zwar eines, das sie offensichtlich glücklich machte. Um an den Punkt zu kommen, in Rente gehen und sich an einem regnerischen Nachmittag mit Kettenhemden und Hühnerbeinen verlustieren zu können, hatten sie vorher bestimmt alle ein erfolgreiches Leben geführt. Sie waren jeden Tag zur Arbeit erschienen, hatten sich reingekniet und waren drangeblieben bis zum Schluss. Und was hatte ich gemacht? Ich hatte im Grunde bei der ersten Hürde aufgegeben und seitdem nichts anderes getan, als mich darüber zu beklagen und anderen die Schuld an meinem Scheitern zu geben.

Und dann war da noch die Kameradschaft, die diese Männer verband. Wo würden meine Freunde herkommen, wenn ich mal in diesem Alter war? So ungern ich es auch zugab: Alice hatte wohl recht. Ich hatte mich so lange in der Gartenhütte verkrochen, dass ich ganz vergessen hatte, wie es war, mit Freunden unterwegs zu sein, neue Leute kennenzulernen – all die Möglichkeiten zu nutzen, die einem das echte Leben bot. Und wenn zu diesem echten Leben dazugehörte, dass man Met aus einem Humpen trank und an einem Montag um halb fünf Lieder aus alten Zeiten sang, dann war ich sofort dabei. Diese plötzliche Erkenntnis fühlte sich seltsam aufregend an. Ich wollte nicht behaupten, dass ich mein Zuhause nicht vermisste, obwohl erst wenige Tage vergangen waren – aber ich konnte jetzt sehen, wie sehr mein Leben zum Stillstand gekommen war, und zugleich wurde mir klar, dass ich die Räder wieder in Bewegung setzen konnte – angefangen mit *The Regulars*.

«Das ist ganz schön toll, findest du nicht?», sagte ich an Joel gewandt.

«Was? So zu tun, als wäre man ein Soldat aus früheren Zeiten?», fragte Joel.

«Ja, aber vor allem, wie glücklich sie alle sind. Es kommt einem so vor, als hätten sie die schweren Brocken des Lebens schon aus dem Weg geräumt. Sie haben die ganze Pendelei und die Meetings und Vorbereitungsmeetings zu den Meetings schon hinter sich gebracht. Vor ihnen liegt die pure Freiheit. Freust du dich nicht darauf, irgendwann mal an diesem Punkt anzukommen?»

Nachdem ich einen Moment auf Joels Antwort gewartet hatte, schaute ich zu ihm hinüber und sah, dass er die Männer mit einer merkwürdigen Sehnsucht betrachtete; seine neu erwachte Energie schien sich bereits verflüchtigt zu haben.

«Ja», sagte er mit heiserer Stimme. «Das wäre schön.»

In dem Moment rief einer der Soldaten uns zu: «Machen Sie jetzt Fotos für die Story, oder was?»

Eine Sekunde später war Joel auf den Beinen. Er schien erfreut über die Ablenkung zu sein. «Es macht dir doch nichts aus, wenn ich das übernehme, oder, Rupert?»

Ich schüttelte den Kopf.

Und erstaunlicherweise hatte Joel tatsächlich eine Kamera in seiner Tasche. Der Mann hatte keine regenfeste Jacke dabei, aber Platz für eine Spiegelreflexkamera, die aussah, als hätte sie ein kleines Vermögen gekostet. Als er freudig loszog, um den Fotografen zu mimen, fiel mir ein Zettel im Gras auf, der aus seiner Tasche gefallen sein musste. Ich griff danach, aber ein Windstoß wehte ihn in Richtung der anderen, sodass ich gezwungen war, mit peinlich unkoordinierten Bewegungen über die Grasfläche zu laufen, um ihn wieder einzufangen. Kurz bevor ich bei Joel angekommen war, schaffte ich es, meinen Fuß daraufzustellen.

Joel war schon voll in Action. Er forderte die Männer auf, sich in Positur zu stellen. Er hatte mich nicht kommen hören, aber als er mich neben sich sah, lächelte er. Es war nur ein kurzer Moment, aber in diesem Lächeln lag so viel Wärme und Zuneigung, dass es mich eigenartig berührte. Vermutlich ging es seit seinem plötzlichen Auftauchen mit meinen Gefühlen ihm gegenüber genauso auf und ab wie mit Joels Stimmung. Am ersten Tag hatte ich ihn abgrundtief gehasst – diese Dreistigkeit, unangekündigt einfach so aufzutauchen. Selbst nach all der Zeit war der Schmerz, den er mir und uns zugefügt hatte, immer noch sehr lebendig. Und doch ... konnte ich hier, in diesem Moment, nicht leugnen, wie gut es sich anfühlte, wieder mit ihm zusammen zu sein und mit ihm in den nächsten Schlamassel zu geraten.

Ich weiß, dass Spekulationen darüber, wie es in einem anderen Leben hätte laufen können, gefährlich sind, aber jetzt konnte ich nicht anders, als mich ihnen kurz einmal hinzugeben. Denn was, wenn es ein anderes Leben gegeben hätte, in dem die Sache mit Babs funktioniert hätte und Joel und ich immer noch so eng befreundet wären wie früher? Dann wäre ganz sicher der Tag gekommen, an dem ich ihn gebeten hätte, mein Trauzeuge zu werden. Ich stellte mir vor, wie er irgendwo auf einer Bank gesessen und seine Rede geschrieben hätte und wie er in der Kirche dann später seine Aufgabe, mein Ruhepol zu sein, erfüllt hätte – indem er meine Blume im Knopfloch zurechtgerückt und mich aufgefordert hätte, tief durchzuatmen und nicht zu vergessen, diesen Moment zu genießen. Eine Weile danach wäre er dann zu Besuch gekommen, hätte sein Patenkind hochgenommen und durch die Luft gewirbelt und meine halbherzigen Versuche ignoriert, ihn davon abzuhalten, es kurz vor dem Schlafengehen noch mal so aufzuputschen. All diese Momente, die sich in eine parallele Zukunft erstreckten, fühlten sich so zum Greifen nah an, dass es wehtat. War es denn so schrecklich abwegig, darüber nachzudenken, ob wir nicht doch noch einen Weg finden konnten, irgendwie in sie hinüberzuwechseln, oder in ein ähnliches Leben, selbst wenn Babs kein Teil davon war? In diesem Augenblick, in dem ich in der Wärme von Joels Lächeln schwelgte und eine große Zuneigung zu ihm verspürte, fühlte es sich so an, als könnte es uns vielleicht gelingen.

Aber dann sah ich, wie sich Joels Gesichtsausdruck allmählich wandelte. Es war, als ob jemand ein Porträt von ihm über eine offene Flamme gehalten hätte, bis die Leinwand aufriss und ein anderes, darunterliegendes Bild von ihm enthüllte – eines, das ein zutiefst erschrockenes Gesicht zeigte, aus dem alle Farbe gewichen war. In dem Moment senkte ich meinen Blick und sah, was auf dem Zettel stand, auf den ich meinen Fuß gestellt hatte.

Liste meiner letzten Wünsche.

KAPITEL ACHTZEHN
JOEL

«Gib mir das bitte», sagte ich. Meine Stimme war ruhig, aber ich fürchtete, dass meine zitternde Hand meine wahren Gefühle verriet.

Theo stand da und rührte sich nicht. Der Regen wurde stärker, und der Wind frischte auf.

«Was ist das?», fragte Theo.

«Nichts», sagte ich. «Nur ein anderes Projekt, an dem ich arbeite.» Weil das Blatt gefaltet war, waren nur diese vier Worte sichtbar. Das war schon schlimm genug, aber wenn Theo noch mehr von dem zu sehen bekam, was auf dem Zettel stand, war das alles hier vorbei. Ich wünschte mir mit aller Macht, dass der Regen zur Sintflut wurde und meine Worte unleserlich machte.

«Was für ein Projekt?», fragte Theo.

«Das ist ... Gib mir das einfach, und ich sag's dir, in Ordnung?»

Nach einer gefühlten Ewigkeit reichte Theo mir das Blatt, und ich stopfte es hinten in meine Hosentasche.

«Okay, hör zu», sagte ich. «Ich arbeite noch an einem anderen Fernsehprojekt. Details darf ich nicht nennen. Tut mir leid. Es sind ziemlich viele Promis an Bord.»

Theo zog die Augenbrauen hoch.

«Ja, glaub mir, ich weiß, wie angeberisch das gerade klingt, aber diese Leute und ihre Geheimhaltungsklauseln und all das ...»

«Verstehe», sagte Theo. Er klang enttäuscht – aber ich konnte nicht sagen, ob er dachte, ich wäre von unserer gemeinsamen Sache nicht überzeugt, oder ob einfach zu offensichtlich war, dass ich log. Darum legte ich lieber noch mal nach.

«Außerdem wollte ich nicht, dass du denkst, dass ich nebenher noch was anderes laufen habe.»

«Aha. Und wieso nicht?»

«Na ja, seien wir ehrlich. Wenn wir früher zusammen geschrieben haben, warst du immer genervt, wenn ich schon von was Neuem abgelenkt wurde, bevor wir richtig fertig waren. Erinnerst du dich?»

«Ich ... Ja, kann sein. Das ist mal vorgekommen, aber –»

«Mal? Du machst Witze, oder? Das war andauernd so!»

«Mein Gott, ich wusste gar nicht, dass das so ein wunder Punkt ist.»

Wenn ich ihn nur weiter ablenken konnte ...

«Hör zu, ich denke viel über diese Zeit nach, okay? Und das war immer einer unserer größten Streitpunkte. Ich wollte nicht, dass du sauer wirst, weil du denkst, dass ich nicht genügend an *The Regulars* glaube.»

Theo verschränkte seine Arme. «Ja, das hab ich verstanden. Es ist nur ... Ich hab das Gefühl, dass vielleicht irgendwas los ist bei dir, worüber du nicht –»

«Hey, hey, hey», sagte ich. «Hast *du* mir nicht diese kleine Ansprache gehalten, bevor wir aufgebrochen sind? Von wegen, du wolltest auf keinen Fall über ernste Themen reden? Das klingt aber jetzt ganz anders! Gar nichts ist bei mir ‹los›. Ich hab nur versucht, deine Gefühle nicht zu verletzen, okay? Außerdem solltest du dir gut überlegen, ob du dich wirklich auf *die* Schiene begeben willst.»

«Wie meinst du das?

«Na, ich könnte dich ja auch mal fragen, was bei *dir* so ‹los› ist. Wie ... ach, keine Ahnung – wo du eigentlich wohnst, zum Beispiel.»

Auf Theos Gesicht erschien ein trauriges Lächeln. «Touché!», sagte er. «Ich wohne in der Gartenhütte meiner Eltern.»

Das brachte mich aus der Spur. Ich hatte gehofft, wenn ich den Spieß umdrehte, würde Theo plötzlich schweigsam werden, und die Sache hätte sich erledigt.

«Um ehrlich zu sein, hab ich das Dorf schon ziemlich lange nicht mehr verlassen, geschweige denn die Gegend. Und wenn ich darüber nachdenke, wie weit ich gerade von zu Hause weg bin, wird mir sogar ein bisschen mulmig. Ach, und hab ich eigentlich schon meinen Job erwähnt, aus dem ich jetzt vielleicht rausfliege? Ich schreibe Tweets für eine Billig-Burger-Kette.»

«Hey, immer langsam», begann ich. «Du brauchst mir nicht ...»

«Ich weiß, wie das läuft, wenn ich dich frage, was in deinem Leben los ist, aber ich tu's trotzdem. Wenn du's mir nicht erzählen willst, dann ist das deine Entscheidung. Also, bevor wir weitergehen: Wenn du mir irgendwas sagen willst, egal was, dann ist das jetzt deine Chance.»

Der Wind peitschte über die Wiese und fuhr mir in die Kleider. Ich schaute Theo an und suchte nach Worten, aber es kam einfach nichts. Ich war mir nicht sicher, was er zu wissen glaubte, aber sein Tonfall ließ Schlimmes befürchten. Ich hatte mich schon vor langer Zeit damit abgefunden, dass er mich hasste, aber Mitleid in seiner Stimme zu hören, war noch mal eine ganz andere Nummer. Ich wollte nicht, dass dieser Wandertrip eine rührende Abschiedstour wurde, bei der Theo nur mir zuliebe mitmachte – dass er einem sterbenden Mann seinen letzten Wunsch erfüllte und ihm anschließend alle auf den Rücken klopften, weil er – trotz allem – so ein großes Opfer gebracht hatte. Ich wollte, dass das hier ein echtes Erlebnis wurde und sich zwischen uns wieder eine Verbindung herstellte, so wie früher.

Ich schaute ihm fest in die Augen.

«Mir geht's gut, okay? Pfadfinder-Ehrenwort. Ich war nur gestresst wegen diesem anderen Projekt. Können wir jetzt, wo du's weißt, zusehen, dass wir hier wegkommen, bevor wir noch absaufen auf diesem verfluchten Acker?»

Ich spürte, wie sich hinter mir etwas regte, und als ich mich umdrehte, erblickte ich ein angelsächsisches Bataillon mit gezückten Waffen, das ziemlich verwirrt aussah. Dann räusperte sich der große Mann.

«Werden wir jetzt für die Zeitung fotografiert, oder was?»

Als wir weiterzogen – und der Himmel aufklarte, als hätten Wind und Regen nur mal kurz haltgemacht, um unserem kleinen Drama beizuwohnen –, lief Theo ein ganzes Stück voraus. Mir war das recht. Ich musste mich ohnehin erst mal sammeln und darüber nachdenken, wie es jetzt weitergehen sollte. Theo schlurfte über den Pfad, als wäre er nicht dazu in der Lage, die Füße richtig anzuheben. Dann kam er plötzlich auf dem matschigen Untergrund ins Rutschen und ruderte wild mit den Armen, bis er sein Gleichgewicht wiederfand. Ich musste grinsen. Ob willentlich oder nicht – Theo hatte mich schon immer genau im richtigen Moment zum Lachen bringen können, selbst wenn die Situation überhaupt nicht danach war. Und ich hatte ihm nie gesagt, wie wichtig das früher für mich gewesen war – dass unsere hemmungslosen Lachanfälle Balsam für meine Seele waren in den Tagen, in denen meine Welt aus den Fugen geriet.

~

Mit vierzehn hatten wir die für männliche Teenies typische Großspurigkeit entwickelt und waren davon überzeugt, dass wir absolut alles wussten und die meisten anderen Menschen

Idioten waren. Die Lehrer fingen an, uns zu hassen, weil wir nur Unsinn im Kopf hatten. Ein Highlight war der Tag, an dem Mr Barnes, unser Biolehrer, brüllte: «Jetzt reicht's aber, ihr zwei! Ihr seid ein richtiges kleines Komikerduo, was?» Er wurde so sauer, dass er tatsächlich den Unterricht abbrach, wodurch Theo und ich kurzzeitig zu Helden der Klasse aufstiegen.

Ich war immer noch in Hochstimmung deswegen, als am selben Abend, während Mum und ich beim Essen saßen, wie aus dem Nichts plötzlich ein Teil unserer Küchendecke einbrach und eine Sturzflut aus Wasser und Putz auf uns niederging. Wenn diese Decke nur ein paar Tage länger gehalten hätte, hätte Mum unter den örtlichen Handwerkern die freie Auswahl gehabt. Aber so kam es, dass nur einer Zeit hatte. Mike fuhr am nächsten Morgen mit seinem rostigen Pick-up vor und ist im Grunde nie wieder gegangen. Es gebe noch andere Dinge, die wieder in Schuss gebracht werden müssten, behauptete er. Aber die meiste Zeit saß er in der Küche und trank kannenweise Tee, den Mum ihm kochte.

Eines Tages kam ich aus der Schule zurück und glaubte, Mum hysterisch weinen zu hören, aber als ich in die Küche gerannt kam, stellte sich heraus, dass sie über etwas lachte, was Mike gesagt hatte. Und kurze Zeit später teilte Mum mir mit, sie seien jetzt «zusammen».

«Zusammen?», fragte Theo mich. Er klang angeekelt.

Wir waren unten am Themsequellen-Denkmal und gingen unserem liebsten Zeitvertreib nach: Wir warfen Steine auf einen Baum. Von Theos Dad hatten wir ein bisschen Cider mitgehen lassen, und ich trank ihn möglichst schnell, um beduselt zu werden und nicht mehr an Mum und Mike denken zu müssen.

«Zusammen», bestätigte ich und schleuderte den nächsten Stein, so fest ich konnte. «Gestern Nacht hab ich sie dann ... gehört.»
«Wobei gehört?»
«Beim Scrabble-Spielen.»
«Echt?»
«Nein, Theo.»
«Aber was ... Oh.» Er verzog das Gesicht.
«Genau.»
«Urgh. Eklige Vorstellung.»
«Du sagst es. Und es kommt noch schlimmer. Sie hat gesagt, er zieht bei uns ein.»
«Shit. Echt jetzt?»
«Ja.»
«Oh.»
«Ja.»
Ich warf den nächsten Stein. Und dann noch einen. Mir war nicht klar, was genau mich an all dem eigentlich so wütend machte. Tief im Innern werde ich gewusst haben, dass Mum vielleicht irgendwann mit einem anderen zusammenkommt. Es war ja nicht so, dass Dad gestorben wäre und sie niemals darüber hinwegkommen würde. Vielleicht hatte sie vorher auch schon das ein oder andere Date gehabt, aber wir sprachen nie darüber.

Mit Mike hielt ziemlich buchstäblich Stabilität bei uns Einzug – er war jemand, der Sachen reparierte, zum Sperrmüll fuhr und zu IKEA. Er hatte selbst keine eigenen Kinder, strahlte in dieser frühen Phase aber durchaus etwas Väterliches aus und vermittelte den Eindruck, dass man bei ihm in guten Händen war. Vermutlich machte Mum sich Sorgen, dass mir so eine Männerfigur in meinem Leben fehlte. Mit vierzehn war ich faul und hatte keinerlei nennenswerten

Antrieb, und vielleicht glaubte Mum, Mikes Anwesenheit würde mir helfen. Aber ich konnte ihn von Anfang an nicht ausstehen. Ich hasste es, wie er mir zuzwinkerte. Ich hasste den Speckwulst in seinem Nacken und dass er mir dauernd auf die Schulter klopfte und auf Kumpel machte. Aber vor allem hatte ich einfach ganz stark das Gefühl, dass er Mum irgendwie ausnutzte. Und *deshalb* hatte ich eine solche Stinkwut im Bauch, dass mir, während ich da mit Theo saß und den dicksten Stein warf, den ich finden konnte, still die Tränen übers Gesicht liefen.

«Oh ... ähm», begann Theo. Aber mir war klar, dass bei mir alle Dämme brechen würden, wenn er mich fragte, ob alles okay war, und das wollte ich auf *keinen* Fall. Unsere Freundschaft war zum Lachen und Rumalbern gut und dazu, dem ganzen anderen Mist so oft es ging zu entfliehen. Ich wollte nicht, dass sie irgendwie kontaminiert wurde, dass sich wegen Mike zwischen Theo und mir etwas änderte, so wie er zu Hause alles veränderte.

«Komm, lass uns was anderes machen», schlug ich vor, bevor Theo mich irgendetwas fragen konnte.

Den restlichen Abend saßen wir Rücken an Rücken auf dem Boden und schrieben Sketche. Theos Einfluss zahlte sich nach zwei Jahren langsam aus, und es war jedes Mal ein echter Triumph für mich, wenn ich etwas schrieb, das ihn zum Lachen brachte. Es gab zwei Versionen seines Lachens: einmal das fiese Kichern, das mich immer an den Comic-Hund Meutrich erinnerte, und zum anderen das seltener gesichtete dröhnende Gelächter, bei dem seine Haare zitterten wie ein Baum im Wind.

An jenem Abend schrieben wir, als die Sonne unterging, einen Sketch über Reality-TV-Sendungen der Zukunft, die von Ansagern in ernstem Ton angekündigt werden sollten:

«Und als Nächstes auf Channel 4: *Großbritanniens blasierteste Babys.*»

«Bleiben Sie dran, denn jetzt folgt: *Der Schlachthof der Stars.*»

Auch als es dunkel wurde und wir in unseren T-Shirts froren, wünschte ich mir sehnlichst, wir könnten draußen bleiben, wir beide gegen den Rest der Welt. Aber Theo sagte, er müsse nach Hause, weil seine Eltern sich sonst Sorgen machten.

«Ja, klar», sagte ich und blickte ihm nach, als er über die Wiese davonlief, bis er nur noch ein Punkt in der Dunkelheit war. Dann ging ich in die entgegengesetzte Richtung davon. Ich beschloss, nicht den Zug zu nehmen. Ich wollte lieber frieren und hundemüde sein, als zu dem zurückzukehren, was zu Hause passierte.

In diesem Fall stellte sich heraus, dass Mum und Mike noch im Pub waren. Also legte ich mich ins Bett und wartete mit unguten Vorahnungen darauf, dass sie nach Hause kamen. Und tatsächlich gingen sie, kaum dass sie betrunken kichernd zurückkehrten, in Mums Zimmer hoch, und ich musste mir die Ohren zuhalten, um sie nicht zu hören, was aber nichts nützte. Und ehe ich mich's versah, zog ich die Fingerknöchel über die raue Stelle an meiner Wand und kratzte und schabte mit der Haut darüber, bis der Schmerz – wie ein schrilles weißes Rauschen – alles andere übertönte und ich mich endlich auf nichts anderes mehr konzentrieren konnte als auf das Pulsieren in meinen Fingern.

Es dauerte nicht lange, bis Mike sich bei uns eingenistet hatte wie eine eklige Zecke. Sein Geruch durchdrang das ganze Haus. Er hatte einen der Sessel umgedreht und vor den Fernseher gezogen, den Mum bald nur noch «Mikes Sessel» nannte. Und offenbar fand er, dass er sich lange genug von seiner Schokoladenseite gezeigt hatte, denn jetzt verpasste er mir bei jeder Gelegenheit einen Anschiss, weil ich zu spät nach Hause kam, oder beschwerte sich bei Mum, wenn das Essen noch nicht auf dem Tisch stand – als lebten wir in den verdammten Fünfzigern.

Eines Abends hörte ich sie laut streiten und kam in die Küche, als sie gerade aufhörten – aber obwohl Mike offenkundig Zeit gehabt hatte, seine Hand von Mums Arm zu nehmen, war deutlich der Abdruck zu sehen, wo er sie gepackt hatte.

«Was ist los, Mum?», fragte ich.

«Nichts, Schatz», erwiderte sie, summte vor sich hin und machte sich daran, die Arbeitsfläche abzuwischen, bevor sie mich hinausscheuchte.

Ein paar Wochen später passierte dasselbe noch mal – nur, dass ich Mike diesmal mit seiner Hand um Mums Handgelenk erwischte.

«Lass sie los, verdammt!», rief ich, machte einen Schritt auf ihn zu und versuchte, mich groß zu machen.

Mum erkannte sofort, worauf das hinauslaufen würde, und stellte sich vor mich.

«Jetzt beruhigen wir uns alle erst mal, ja?», sagte sie.

«Nein», giftete Mike zurück. Ich sah, dass er die Hände zu Fäusten geballt hatte.

«Warum gehst du nicht einen Moment an die frische Luft, während ich mit Joel rede.» Mum klang nervös. Ich hasste es, diesen Ton in ihrer Stimme zu hören.

Mike ging widerwillig durch die Hintertür hinaus.

«Joel...», begann Mum, aber ich ließ sie stehen und rannte nach oben. Es war klar, dass sie versuchen würde, Mikes Verhalten zu rechtfertigen, aber ich konnte einfach nicht verstehen, warum. Schwer atmend blieb ich neben meinem Bett stehen, dann übermannte mich die Wut, und ich schlug wieder und wieder auf die Wand ein, bis ich meine Hand nicht mehr spürte.

Natürlich schenkte Mike Mum danach einen Blumenstrauß und mir eine PlayStation. Er behauptete, er habe viel Stress bei der Arbeit gehabt und werde sein Temperament aber jetzt im Zaum halten. Ich ließ die PlayStation in der Verpackung. Ich wusste, dass es nur eine Frage der Zeit war, bis es wieder passierte.

Und tatsächlich lieferten sie sich, als der Winter kam, wieder heftige Schreiduelle. Ich ekelte mich vor mir selbst, weil ich mich feige oben in meinem Zimmer verkroch. Dads Bemerkung, dass ich jetzt der Mann im Haus sei, erschien mir wie der reinste Hohn. Von dem Punkt an war die Atmosphäre bei uns mit latenter Gewalt aufladen. Es gab eine neue Regel, die besagte, dass ich jeden Abend zum Essen zu Hause sein musste. Allerdings verstand ich nicht, warum bei den Mahlzeiten geschwiegen wurde. Mike saß bis spätabends in seinem Wohnzimmersessel, schaute sich alte Kriegsfilme an und rauchte. Ich hasste diesen Geruch von kaltem Rauch.

Eines Abends warf Mike beim Essen ein Glas an die Wand, weil ihm gerade ein Auftrag abgesagt worden war, der ihm einen ganzen Monat Arbeit beschert hätte. Als Mum die Scherben aufkehrte und sich dabei in den Finger schnitt, nannte er sie einen Tölpel. Ich stand sofort auf, und Mike auch, aber Mum schaute mich mit einer solchen Verzweiflung im Blick an, dass ich mich wieder hinsetzte, das Essen auf meinem Teller hin und her schob und mich zusammennahm, um nicht zu weinen.

All die Schuldgefühle, all die Scham – all die Kraft, die es mich kostete, zu verbergen, wie unglücklich ich war und wie sehr ich es Mum durchaus auch übel nahm, dass sie Mike in unser Leben gelassen hatte. Ich wollte nur noch fliehen. Die

Rettung lieferte einer unserer Mitschüler – Tom –, der, wie sich herausstellte, einen schwunghaften Handel mit Gras betrieb. Ich schaffte es, Theo weiszumachen, dass wir noch kreativer sein würden, wenn wir uns beim Schreiben bekifften.

«Bei Lenny Bruce hat es auch funktioniert», überlegte Theo laut.

Es rieselte feiner Schnee vom Himmel, und wir zitterten, als wir zu unserer üblichen Stelle an der Themsequelle gingen. Über geteilte Kopfhörer hörten wir uns Lennys *Berkeley Concert* an. Als die Kassette zu Ende war, waren Theos Augen halb geschlossen, und er hatte ein so albernes Lächeln im Gesicht, dass ich anfing zu kichern.

«Was?», fragte er. «Was ist denn so lustig?»

Ich gab mir alle Mühe, es ihm zu erklären, aber je fragender er mich anschaute, desto heftiger musste ich lachen, und bald kriegten wir uns beide nicht mehr ein. Mit meinem besten Freund auf dieser Wiese zu sitzen und zu lachen, bis ich Bauchschmerzen bekam, war genau das, was ich brauchte. In diesem Moment waren Mike und die ganze Horrorshow zu Hause so weit weg, als wären sie auf einem anderen Planeten. Und als Theo dann auf den Stein des Denkmals sprang und davon anfing, dass wir eines Tages den Themsepfad gehen sollten, mag ich ihn zwar aufgezogen haben mit seinem Gerede über «Schlampen» und weil er ein Akkordeon mitnehmen wollte. Aber in Wahrheit dachte ich, dass wahrscheinlich immer alles erträglich sein würde, solange ich Theo hatte – der Mensch, der mir helfen konnte zu entfliehen, wenn alles andere schieflief. Ich legte meinen Arm über seine Schultern, und wir gingen, benebelt und schwankend, davon – und ließen uns erst wieder los, als wir vor seinem Elternhaus ankamen.

Dort gab es Pizza für alle, und ich musste aufpassen, dass ich vor seinen Eltern nicht zu stoned rüberkam. Seine Schwester Alice kannte ich bis dahin kaum, sie war erst elf, aber Theo gegenüber war sie so herrlich spöttisch und sarkastisch, dass ich mich auch halb totgelacht hätte, wenn ich nicht high gewesen wäre. Sie saß am Küchentisch und zeichnete eine grandiose Karikatur von Theo mit der kurzen, genialen Bildunterschrift: «Theodore D. Poosevelt». Ich brüllte vor Lachen, als sie mir das Blatt unter dem Tisch zuschob. Theo bekam mit, was los war, und versuchte noch, es mir aus der Hand zu reißen, aber ich reichte es zurück an Alice, sie rannte los, und die beiden lieferten sich eine heiße Verfolgungsjagd. Theos Mum, Angie, gab sich alle Mühe, die beiden zu bändigen, aber auch sie musste lachen – vor allem als Geoff, Theos Dad, auf einer imaginären Trompete den Benny-Hill-Song spielte.

Als sich alles wieder beruhigt hatte, versuchte Angie, mich zu überreden, noch zum Eis zu bleiben, aber ich wusste, dass mit jeder Sekunde, die ich mich später zwang, in die Dunkelheit hinauszugehen und nach Hause aufzubrechen, nur eine umso härtere Strafe auf mich wartete. Also bedankte ich mich bei Theos Eltern für die Einladung und forderte Alice auf, nicht nachzulassen und weiter schön frech zu ihrem Bruder zu sein.

Als ich schon an der Tür war, sagte Theo, er habe noch was für mich, und überreichte mir ein Päckchen, das in endlos viele Lagen Geschenkpapier und Paketband verpackt war.

«Ein vorgezogenes Weihnachtsgeschenk», erklärte er. «Dann bis morgen.»

Meine Freude über dieses unerwartete Geschenk währte nicht lange. Als ich zu Hause durch die Tür kam, wusste ich sofort, dass ich in Schwierigkeiten war.

«Wir wollten doch zusammen essen wie eine richtige Familie», sagte Mum, während Mike mit verschränkten Armen am Tisch saß und vor Wut kochte.

«Wir sind aber keine Familie», sagte ich. Ich drückte mich an ihr vorbei und wollte zur Treppe laufen, aber Mike sprang auf und hielt mich am Arm fest.

«Deine Mum möchte, dass du dich hinsetzt.»

Ich schaute Mum an.

«Mike», sagte sie. «Ist schon okay.»

«Nein, es ist, verdammt noch mal, nicht okay», sagte Mike leise und hielt weiter meinen Arm umklammert. Es herrschte kurz Stille.

Ich hörte das Blut in meinen Ohren rauschen, als ich begriff, dass Mike seine Wut an jemandem auslassen musste und dass es entweder mich oder Mum treffen würde.

«Mike», sagte Mum in einem flehenden Ton, «das ist wirklich nicht nötig, lass ihn gehen. Ich bin nicht sauer, wir können doch an einem anderen Abend zusammen essen.»

Ich fasste einen Entschluss. Mike würde Mum heute Abend nicht anrühren. Aber als ich mich gerade anspannte – um keine Ahnung was zu tun –, ließ Mike mich los.

«Glaubt ihr, an euch verschwende ich meine Energie?», zischte er und nahm seine Schlüssel vom Sideboard.

«Oh, du gehst noch aus, Liebling?», sagte Mum.

«Pub», knurrte Mike und knallte die Tür hinter sich zu.

Mum schlug sofort ihren «Alles in Butter»-Tonfall an und wollte wissen, wie es in der Schule gewesen sei, aber ich schüttelte nur den Kopf und stapfte die Treppe hoch. Ich legte mich aufs Bett und drehte meine Musik auf, um die Weihnachtslieder zu übertönen, die von unten heraufdrangen. Es folgte ein kurzer, ungleicher Rap-Battle: N.W.A. gegen den King's College Choir:

«Straight outta Compton ...»
»... Alles schläft, einsam wacht.»

Als das Bedürfnis, meine Fingerknöchel an der Wand entlangzuratschen, unwiderstehlich wurde, fiel mir auf, dass ich etwas in der Hand hielt. Es war das Geschenk von Theo. Er hatte es so fest eingepackt, dass ich eine Ecke mit den Zähnen aufreißen und das Papier zerfetzen musste. Heraus kam ein Hefter von der Größe eines Taschenbuchs. Er enthielt sämtliche Texte, die wir je zusammen geschrieben hatten – Drehbücher, Sketche, halb ausgegorene Ideen. Theo hatte alles ordentlich zusammengestellt.

Ich drehte das Heft um und schaute mir das Cover an. Unter einer Zeichnung von Theo und mir, die Alice gemacht hatte, stand: *Joel & Theo: Ein richtiges kleines Komikerduo.*

KAPITEL NEUNZEHN
THEO

Als wir Lechlade erreichten, hatten die Regenwolken sich komplett verzogen, und wir legten das letzte Stück mit Blick auf einen glutroten Sonnenuntergang zurück. Über uns zogen Gänse in einer perfekten Keilformation über den Himmel, die sich in dem klaren, träge dahinfließenden Fluss neben uns spiegelte. Aber das alles fühlte sich falsch an. Es hätte besser gepasst, wenn es weitergeregnet hätte.

Wir hatten kaum ein Wort gewechselt, seit wir die Schlacht-Nachsteller verlassen hatten. Zwischendurch wurde der Pfad über eine längere Strecke so schmal, dass wir hintereinandergehen mussten, und Joel fiel ein ganzes Stück zurück. Während der ganzen Zeit versuchte ich verzweifelt, aus unserem Gespräch auf der Wiese schlau zu werden. Ich wollte Joel ja glauben, dass diese Sache mit den «Letzten Wünschen» wirklich nur irgendein anderes Projekt war, aber er hatte derart entsetzt über meine Entdeckung ausgesehen, dass mehr dahinterstecken musste. Mein innerer Kampf setzte sich fort, bis wir die Hauptstraße von Lechlade erreichten, wo Joel wieder in die Rolle des jovialen Journalisten Mack zurückfiel.

«Na, wie wär's heute mit Fish & Chips?», fragte er, sich die Hände reibend.

«Klar.»

«Das ist ja so ein geiles Zeug!», fuhr Joel, laut pfeifend, fort. Aber seine gute Laune wirkte stark gekünstelt, so als wäre er ein Schauspieler, der eine hochtourige Komödie am Laufen zu halten versucht, obwohl er sich bei seinem letzten gespielten Sturz ein Bein gebrochen hat.

Während ich in der Imbissbude stand und beobachtete, wie

Joel dem Mann hinter dem Tresen ein fröhliches Gespräch aufdrängte, musste ich plötzlich wieder an unseren Abschied neulich am Bahnhof von Kemble denken. Auch an diesem Tag hatte ich das Gefühl gehabt, dass er etwas vor mir verbarg. Und dann waren da ja auch noch die Gerüchte über sein Alkoholproblem. Ich hatte mal eine Doku über Alkoholiker gesehen, und die Betroffenen hatten sich als ersten Schritt auf dem Weg zur Heilung mit den Menschen ausgesöhnt, die sie in der Vergangenheit nicht gut behandelt hatten. Ob das hinter dieser seltsamen Wunschliste steckte?

Joel lachte laut über einen Witz, den er selbst gemacht hatte, dann drehte er sich zu mir um, zeigte auf die Würstchen im Teigmantel und ließ verführerisch seine Augenbrauen tanzen. Ich lächelte schwach, aber ich musste nach draußen gehen. Mir war übel von der Hitze und dem Frittierfett-Geruch, vor allem aber von Joels Theaterspiel.

Als er schließlich rauskam, drückte er mir meine Fish & Chips in die Hand und fing dann übergangslos an, mir seine neueste Idee für unsere Serie zu präsentieren. Er holte nicht ein einziges Mal Luft, bis wir in unserem schäbigen Bed & Breakfast eingecheckt hatten und von einer Frau zu unserem Zimmer geführt wurden, die uns mit dem Satz «Sind Sie vom Gesundheitsamt?» begrüßte.

«Nein, sind wir nicht, meine Gute, also kein Grund zur Sorge», schnurrte Joel.

Die Frau beäugte ihn misstrauisch, als ob Joel ein Gentleman-Dieb wäre, der es auf ihre Juwelen abgesehen hatte. Dann geleitete sie uns mit quälender Langsamkeit zu unserem Zimmer, während Joel permanent weiterschwafelte.

«Lass uns noch eine Schreib-Session einlegen», sagte er, sobald wir im Zimmer waren, und schaufelte sich Pommes in den Mund. Sein Tonfall sollte mir vermitteln, wie viel Elan er noch hatte, aber er sah furchtbar müde aus – vor allem jetzt, wo er sich aufs Bett gelegt hatte.

«Vielleicht später», sagte ich. «Oder gleich morgen früh als Erstes?» Ich brachte es nicht fertig, ihn noch länger auf den Beinen zu halten. Das Schreiben erschien plötzlich unwichtig.

«Klar», sagte Joel, warf eine Fritte hoch und fing sie mit dem Mund auf. «Ganz wie du meinst.»

Er stellte den Fernseher an und zappte sich zu einem stumpfsinnigen Actionfilm durch, in dem mehr geballert als geredet wurde.

Ich aß ein bisschen was von meinen Fish & Chips, war aber nicht allzu hungrig. Danach ging ich ins Bad, um mir die Hände zu waschen, und betrachtete mich im Spiegel. Wenn das die Miene war, die Joel sah – verkniffen vor lauter Sorge und Unbehagen –, dann war es kein Wunder, dass er um jeden Preis versuchte, so zu tun, als wäre alles in bester Ordnung.

Als ich aus dem Bad kam, war Joel eingeschlafen. Er schnarchte. Ich nahm ihm die Fish & Chips aus der Hand, stellte den Film leiser und beobachtete ihn eine Weile, bis er sich rührte. Dann schlüpfte ich aus dem Zimmer. Am Ende des Flurs war ein Fenster, von dem aus man auf den Fluss hinausschauen konnte. Dort setzte ich mich hin. Ich fragte mich, ob Alice noch wach war, und beschloss, mein Glück zu versuchen.

«Wenn das nicht Paul Theroux ist», sagte sie, als sie abhob. «Na ja, wenn Paul Theroux aussehen würde wie ein ungemachtes Bett, das mit einem Wischmopp gekreuzt wurde.»

Ich fühlte mich sofort besser.

«Wie geht's?», fragte ich.

«Ganz okay. Es gab ein kleines Drama auf dem Basketballplatz. Irgendein Hornochse hat mir den Ball voll an den Kopf geknallt.»

«Scheiße, echt? Geht es dir denn gut?» Ich hatte sofort ein schlechtes Gewissen, weil ich nicht da war, um nach ihr zu sehen.

«Ich werd's überleben. Erst hatte ich ein bisschen Angst, dass ich wie James Cracknell ende, dieser Ruderer. Der hat auf einer seiner bekloppten Wohltätigkeitsreisen mal auf exakt die gleiche Stelle einen Schlag gekriegt und hatte dann diese Sache, wo man nichts riechen und schmecken kann.

«Ambrosie.»

Alice seufzte. «Nein, Theo, das ist ein Obstdessert und heißt Ambrosia. Die Erkrankung nennt sich *Anosmie*.»

«Oh.»

«Aber egal. Viel wichtiger ist doch, wie zum Teufel es *dir* geht. Wie ist es denn so auf großer Fahrt?»

Ich wusste gar nicht, wo ich anfangen sollte. «Na ja, eigentlich lief alles ganz gut. Aber dann ist heute was ... Merkwürdiges passiert.»

«Bin ganz Ohr.»

«Ich ... Ich weiß auch nicht, aber kann sein, dass Joel Alkoholiker ist.»

«Wie, im Ernst?»

«Ja. Ich meine, ich kannte schon ein paar Gerüchte in der Richtung, aber da ging's eher darum, dass er dauernd Party macht und so. Heute ist ihm aber ein Zettel runtergefallen, und da stand was von ‹letzten Wünschen› drauf.»

«O Gott, echt?»

«Ja. Mir hat er allerdings erzählt, das wäre nur ein Projekt, an dem er arbeitet. Er hätte nur nicht gewollt, dass ich denke, er wäre nicht bei der Sache.»

«Aber du glaubst ihm nicht?»

Ich rief mir noch mal ins Gedächtnis, wie trotzig Joel mich auf dieser Wiese angesehen hatte.

«Ich weiß es nicht», sagte ich. «Die Sache ist – es wäre typisch für ihn.»

«Wie meinst du das?»

Ich warf einen Blick über die Schulter, um mich zu vergewissern, dass die Tür zu unserem Zimmer noch immer geschlossen war.

«Früher, als wir noch Kinder waren, da war irgendwann hundertprozentig mal was mit ihm, aber er hat nie einen Ton gesagt. Einmal hab ich ihn sogar darauf angesprochen, aber …» Ich verstummte. Das Problem war, dass das nur eine Geschichte war, die ich mir über die Jahre eingeredet hatte, um mich besser zu fühlen. Dieses «Einmal» war der Teil, wofür ich mich schämte.

Ich kann mich nicht mehr erinnern, wann genau sich bei mir das Gefühl einstellte, dass Joel innerlich auf dem Rückzug war. Aber ich war sofort davon überzeugt, dass es meine Schuld war. Jetzt, wo wir fünfzehn waren, war mein fehlendes soziales Prestige zu einem Problem für ihn geworden, und er suchte offensichtlich nach einem Weg, mich loszuwerden. Dass ich wie eine Klette an ihm hing, bremste ihn in seiner Entwicklung.

Ab diesem Zeitpunkt suchte ich ständig nach Anzeichen dafür, dass er sich langweilte oder genervt war, wenn wir zusammen waren. Wenn ich nur das kleinste bisschen Unruhe an ihm bemerkte, rasselte ich sofort eine Reihe von Vorschlägen runter, was wir anderes machen könnten, obwohl die Möglichkeiten beschränkt waren.

«Wollen wir zum Golfplatz gehen und was rauchen?»

«Ach, nö.»

«Wir könnten gucken, ob wir in der Bar vom Rugbyclub bedient werden.»

«Keinen Bock.»

«Kino?»

«Siehe oben.»

«Sag's einfach, wenn dir langweilig ist oder so.»

«Wie könnte ich mich langweilen, Theo? Ich meine, wir könnten in Rio sein oder in New York, aber wir sind hier. In Kemble. Die Stadt, die nachts acht Stunden Schlaf bekommt.»

Ich lachte mit, konnte aber einfach nicht anders, als es persönlich zu nehmen. Mir war zwar klar, dass es immer weniger Spaß machte, mit mir zusammen zu sein, je paranoider ich wurde, aber ich konnte nichts dagegen tun. Die Aussicht, ihn zu verlieren, versetzte mich in helle Panik. Schließlich ging es um *Joel*, den Menschen, der mich davor bewahrt hatte, ewig immer nur am Seitenaus des Lebens zu stehen – den einzigen Mitschüler, der mir eine Chance gegeben hatte. Ich musste daran denken, wie er mir die Papierhandtücher gereicht hatte, damit ich mir die Seife aus den Augen wischen konnte, und daran, wie ich Darrens hasserfülltem Blick im Klassenzimmer standgehalten hatte – was einzig und allein Joels Wohlwollen mir gegenüber zu verdanken gewesen war. Nun gab es ganz offensichtlich etwas, was er mir verschwieg, und ich musste einen Weg finden, die Sache in Ordnung zu bringen, was immer es war. Ich beschloss, ihn das nächste Mal darauf anzusprechen, egal, wie sehr es mir eigentlich widerstrebte. Und wie sich zeigte, brauchte ich nicht lange zu warten.

Eines Tages ging ich in der Mittagspause zu unserem üblichen Treffpunkt, aber Joel war nicht da. Ich fand ihn schließlich bei den Schließfächern. Er starrte ins Leere und nahm die beiden Mädchen gar nicht wahr, die über ihn kicherten, weil er geistesabwesend einfach nur so dastand.

«Hallo, jemand zu Hause?», sagte ich und wedelte mit der Hand vor seinem Gesicht herum.

Er blinzelte erschrocken, als wäre ich gerade aus dem Nichts vor ihm aufgetaucht.

«Ich dachte, wir wollten was schreiben», sagte ich.

«Ach ja, richtig», antwortete Joel. «Sorry, vergessen.»

«Wo warst du denn? Einfach nur hier?», fragte ich und schaute mich in dem leeren Gang um.

«Hier und da, ja.»

Joel kratzte sich am Kinn, und ich schnappte nach Luft.

«O Mann, was ist denn mit deiner Hand passiert?», fragte ich. Seine Fingerknöchel waren lila verfärbt und mit Schorf überzogen.

«Ach nichts. Alles gut», sagte er rasch und krempelte seinen Ärmel herunter. «Komm, lass uns gehen.»

Wir gingen schweigend durch den Gang. Ich versuchte, noch mal einen Blick auf seine Hand zu erhaschen, aber er hielt den Ärmel unten fest und schaute – scheinbar auf die Tür am anderen Ende des Gangs konzentriert – verbissen geradeaus. Wir waren schon fast an dem leeren Klassenzimmer angekommen, in dem wir üblicherweise schrieben, und Joel ging ein kleines Stück vor mir, da platzte ich plötzlich heraus: «Ist alles in Ordnung, Joel? Geht es dir gut?»

Er blieb vor der Tür stehen, schaute sich aber nicht um. Es war so, als hätten meine Worte ihn zu Stein erstarren lassen. Dann drehte er sich langsam zu mir um. Seine Augen waren feucht, und er verzog ganz seltsam die Lippen, um zu verhindern, dass sie bebten.

«Stell mir bitte nie wieder so eine beknackte Frage», sagte er schließlich mit einer Stimme, die tiefer klang und schärfer als sonst. Dann drehte er sich um und ging ins Klassenzimmer.

Ich blieb, vollkommen verunsichert, noch ein paar Sekunden draußen stehen. So hatte ich Joel noch nie erlebt. Es war beängstigend, wie aufgebracht er war. Aber hinter all diesem Trotz war da gleichzeitig etwas in seinem Blick gewesen, das mich anflehte, seine Antwort zu ignorieren und weiterzufragen ...

Als ich den Mut fand, die Tür zu öffnen, hatte Joel seine Tränen abgewischt.

«Gut», sagte er plötzlich geschäftsmäßig. «Heute tüten wir dieses Ding endlich mal ein, oder?»

«Ich ...» Aber ich war zu feige, und meine Schultern sanken nach unten. «Ja», sagte ich, «bringen wir's zu Ende.» Damit drehte ich mich um und schloss die Tür hinter mir.

~

Ich hatte lange über diesen Moment nachgedacht und brauchte eine Sekunde, bis ich kapierte, dass Alice meinen Namen rief.

«Halloooo? Theo? Bist du noch dran?»

«Ja, sorry, ich bin noch da», sagte ich schnell, war aber mit einem Bein noch in der Vergangenheit. Wäre ich doch damals stärker gewesen. Ich hätte insistieren sollen, egal, wie unmöglich es mir erschien. Dann hätte ich wenigstens das Richtige getan, auch wenn unsere Freundschaft in seinen Augen schon passé war. Vielleicht war ich zu streng mit meinem fünfzehnjährigen Ich, aber trotzdem: War es nicht so, dass ich den ganzen Mist, der danach kam, hätte verhindern können, wenn ich nur ein bisschen mutiger gewesen wäre?

«Ach, na ja», sagte Alice. «Du klingst, als wärst du irgendwie in Gedanken. Vielleicht vertiefen wir das ein andermal,

Brüderchen. Ich hoffe, ihr zwei kriegt es hin, reinen Tisch zwischen euch zu machen.»

«Ja», sagte ich, «ich auch.»

Ich wollte mich schon verabschieden, als Alice sagte: «Aber ich bin doch neugierig. Wie war's denn bislang so? Fühlt es sich nicht seltsam an?»

«Doch, irgendwie schon», erwiderte ich. «Aber zugleich auch total vertraut. Und es ist lustig. Mir fällt plötzlich alles Mögliche ein, woran ich schon Jahre nicht mehr gedacht habe. Sogar ohne dass wir darüber reden.»

«Aha? Was denn zum Beispiel?»

Ich konnte mich nicht überwinden, ihr zu erzählen, woran ich eben gedacht hatte. Dafür berichtete ich ihr von dem Tag, an dem Joel aus Solidarität mit mir eine Augenklappe getragen hatte.

«Wow, das hatte ich auch komplett vergessen», sagte Alice lachend. «Wie lange kanntet ihr euch damals schon? Zwei Wochen?»

«Nicht mal», sagte ich.

Alice gähnte, und ich musste auch gähnen.

«Gott, echt verrückt, wie die Dinge sich manchmal entwickeln, findest du nicht?», fragte Alice.

«Wie meinst du das?»

«Na ja, stell dir doch nur mal vor: In einem alternativen Universum gibt es eine andere Version von dir, die nie einen Freund in der Schule hatte und, angezogen wie eine Figur von P. G. Wodehouse, weiter ein Dasein als einsamer Sonderling gefristet hat. Auch mich gibt es da in einer anderen Version, und ich kann noch gehen.»

KAPITEL ZWANZIG
JOEL

Ich schreckte aus dem Schlaf hoch und wusste nicht, wo ich war. Irgendwann stellten meine Augen auf den Fernseher scharf, in dem gerade jemand aus einem brennenden Auto floh. Ich schaute um mich, aber Theo war weg. Ich konnte mich nicht erinnern, meine Fish & Chips auf die Kommode gelegt zu haben. Hatte er das gemacht?

Ich schaute auf mein Handy und las eine Nachricht von Mum: *Wie kommt ihr voran? Und hast du noch mal über «Plan B» nachgedacht?* Bevor ich meine Gedanken sortieren konnte, ereignete sich im Fernsehen die nächste völlig aberwitzige Explosion, und ich zappte weiter, um etwas weniger Hektisches zu finden. Aber sofort wünschte ich mir, ich hätte es nicht getan, denn plötzlich erblickte ich Amber vor mir. Ich hatte in eine Wiederholung eines Dramas auf ITV geschaltet. Es war eine ihrer ersten Rollen, eine Studentin, die einen Dozenten erpresst. Während ich ihr dabei zusah, wie sie durch einen Gang eilte, fühlte ich mich an den Moment unserer allerersten Begegnung erinnert.

~

Es war an dem Tag im Jahr, an dem wir – zu wohltätigen Zwecken – ausnahmsweise mal ohne Uniform zur Schule kommen durften. Gegen eine Spende von 50 Pence konnten wir anziehen, was wir wollten – solange es in einem vernünftigen Rahmen blieb. Diese Einschränkung bekam Theo leidvoll zu spüren; er musste sich noch mal umziehen, weil er ein T-Shirt mit einem Bill-Hicks-Zitat trug: *If you're in marketing or advertising ... kill yourself.*

«Wo hast du das überhaupt her?», fragte ich.
«Hab's auf einer Website gefunden», sagte Theo.
«Du hast ... eine *Werbung* dafür gesehen?»
«Ja, wieso?»
«Na ja, ist das nicht ... Ach, vergiss es.»

Anders als der Rest der Schule hatte ich mir nicht die Mühe gemacht, etwas Ausgefallenes oder Interessantes anzuziehen, sondern trug meine übliche schwarze Jeans und ein Hoodie. Theo war wegen dieser ganzen Aktion niedlicherweise so aufgeregt, dass er neben mir hersprang wie ein Flummi. Meine Gedanken schweiften ab, während er ohne Punkt und Komma über eine neue Sitcom redete, die er entdeckt hatte.

Wir waren gerade in den Hauptflur abgebogen, als mein Blick von etwas Gelbem angezogen wurde. Ein Mädchen in einem karierten gelben Rock und dazu passendem Blazer kam auf uns zu. Ich hatte damals keine Ahnung, dass es sich bei diesem Outfit um eine Hommage an *Clueless* handelte. Und ich könnte mir vorstellen, dass der Fußboden an der Stelle, wo mir die Kinnlade runterfiel, noch immer schwer mitgenommen aussieht.

Das Mädchen und ich schauten uns an, und ab diesem Moment waren unsere Blicke wie eingerastet, ein Lenkflugkörper unterwegs zu seinem programmierten Ziel. Mein Gang durch diesen Flur wurden die längsten zwanzig Sekunden meines Lebens. Als sie mich anlächelte – verschmitzt, nonchalant und schüchtern, alles zugleich –, wurde mir das Gehen unmöglich. Wie funktionierte das noch mal? Erst der linke Fuß, dann der rechte? Ich versuchte, mich zu erinnern, ob ich sie schon mal gesehen hatte. Aber das hätte ich ganz bestimmt nicht vergessen.

«Hallo», sagte sie, als sie an uns vorbeikam.

«Halley», antwortete ich – eine Mischung aus Hallo und

Hey. Ich kniff die Augen zu. Wie konnte es sein, dass ich ein einfaches «Hallo» nicht richtig herausbekam? Ein leichter Hauch von ihrem Parfüm streifte mich. Es roch nach Zitrusfrüchten, Orangenblüten oder so? Gab es so was? Ich hatte keine Ahnung. Aber genauso wenig ahnte ich damals, dass es in meinem zukünftigen Leben immer wieder passieren würde, dass mich – in der U-Bahn während der Rushhour oder in einem Restaurant – plötzlich dieser Geruch anwehte und ich dann jedes Mal in diesen speziellen Moment zurückkatapultiert werden würde.

Als sie vorbei war, zwang ich mich, bis drei zu zählen, dann schaute ich mich um. Ihre schwingenden Haare verrieten mir, dass sie sich eine Sekunde vorher zu mir umgedreht hatte. Zu gern hätte ich die Zeit zurückgespult und noch mal einen Versuch gehabt, aber Theo stieß mich an und fragte, ob ich ihm überhaupt zugehört hätte. Und der Moment war vorbei.

Ein paar Tage später war ich wie üblich in der Mittagspause mit Theo verabredet. Aber ich hatte in der Nacht davor kaum geschlafen, weil Mike betrunken mit einer brennenden Zigarette in seinem Sessel eingeschlafen war und ihn beinahe in Brand gesteckt hätte. Ich wollte mich nur noch irgendwo verkriechen und ein paar Minuten die Augen zumachen. Also erzählte ich Theo, dass ich mich krank fühlte und nach Hause gehen würde, und versteckte mich dann an einem Ort, den ich vorher ausgekundschaftet hatte – in einer Ecke der Turnhalle unter dem großen Trampolin. An diesem abgelegenen Fleckchen hoffte ich, von niemandem gestört zu werden. Ich legte eine CD ein, die Theo mir geschenkt hatte, lehnte mich zurück, schloss die Augen und kratzte an meinen schrundigen Knöcheln herum. Aber nur wenige Minuten später hörte ich jemanden kommen.

«Hey, das ist doch mein Platz!»

Ich zuckte zusammen und schlug mir den Ellenbogen an der Wand an. Es war das Mädchen aus dem Gang.

«Tut mir leid», sagte ich. «Ich kann mich verziehen, wenn du willst.»

«Nein, keine Sorge. Aber kann ich mich zu dir setzen?»

«Klar», sagte ich und gab mir allergrößte Mühe zu verbergen, wie euphorisch mich dieser Zufall stimmte. Denn so bekam ich eine Gelegenheit, meinen «Halley»-Ausrutscher wettzumachen.

Sie kroch zu mir unter das Trampolin, setzte sich mir gegenüber und streckte ihre Beine spiegelbildlich zu meinen aus.

«Ich bin übrigens Amber», sagte sie und kramte ein Buch aus ihrer Tasche. «Ich bin neu hier.»

«Ich bin Joel», sagte ich. «Ich bin nicht neu hier. Na ja, jedenfalls nicht ganz.»

«Freut mich sehr, dich kennenzulernen, Joel.»

Es lag etwas verführerisch Erwachsenes in der Art, wie sie das sagte.

«Was hörst du?», fragte sie.

«Ähm ... eine Band. Slipknot heißt sie», sagte ich in der Hoffnung, dass sie die CD-Hülle neben meinen Füßen nicht sah, auf der *Fawlty Towers* stand.

Amber rümpfte die Nase und schlug ihr Buch auf.

«Was liest du?», fragte ich.

Sie zeigte mir das Cover. Das Buch hieß *Die Arbeit des Schauspielers an sich selbst* und war von jemandem namens Stanislawski.

«Cool», sagte ich.

«Kennst du ihn?»

«Ich ... Klar. War der nicht neulich bei Graham Norton in der Sendung?»

«Das glaube ich kaum», sagte Amber, «er ist seit achtzig Jahren tot.»

«Ach so, ja. Dann hab ich ihn wohl verwechselt.»

Amber kniff die Augen zusammen und versuchte herauszufinden, ob das ein Scherz sein sollte oder nicht.

«Dann willst du Schauspielerin werden?», fragte ich, wobei ich es möglicherweise mit der Ernsthaftigkeit übertrieb, um den schlechten Eindruck von gerade wieder wettzumachen.

«Ich *werde* Schauspielerin», antwortete Amber grinsend. Es war nichts Hochnäsiges oder Arrogantes an der Art, wie sie das sagte, sondern drückte schlicht Selbstbewusstsein aus.

Dann tauschten wir uns über unsere Lieblingsserien aus. Ich zählte die obskursten und ausgefallensten auf, die mir einfielen, egal, ob ich sie tatsächlich gesehen hatte oder nicht, und Amber notierte sich ein paar davon hinten in ihre Ausgabe von *Die Arbeit des Schauspielers an sich selbst*, die im Übrigen voller Kritzeleien und Notizen war. Sie schrieb also in Bücher rein. Nicht mal vor Literatur hatte sie Respekt. Ich sah, dass ihre Krawatte so gebunden war, dass das schmale Ende vor dem breiten hing, und beschloss, meine in Zukunft auch so zu tragen.

«Oje, das sieht schlimm aus», sagte Amber. Ich brauchte einen Moment, um zu begreifen, dass sie meine Fingerknöchel meinte.

«Ach das, halb so wild», sagte ich, versteckte meine Hand aber nicht. Das erschien mir zu offensichtlich, und ich wollte unerwünschte Fragen vermeiden.

«Bist du sicher? Warte mal, ich hab da was, das dir helfen könnte.» Sie griff in ihre Tasche und holte eine kleine Tube heraus. «Gib mir deine Hand.»

«W-was?», sagte ich.

«Gib mir deine Hand, komm schon.» Amber zog die Augenbrauen hoch und sah mich erwartungsvoll an.

Als sie schließlich nach meiner Hand griff, hatte ich mehr Sorge, dass sie schweißnass sein könnte, als davor, wie meine Knöchel aussahen. Sie nahm meine Hand vorsichtig in ihre, drückte mit ihrer anderen Hand ein bisschen Salbe auf meine Finger und verrieb sie mit grazilen kleinen kreisförmigen Bewegungen. Die Salbe wirkte sofort kühlend und beruhigend. Ich blickte hoch. Amber beobachtete mich aufmerksam. Nun schaute sie weg, wurde ein bisschen rot und strich sich die Haare hinters Ohr.

«Fertig», sagte sie und packte die Tube wieder weg.

«Danke», sagte ich. «Fühlt sich gleich, äh, besser an.»

«Gut.» Dann fügte sie im Tonfall einer besorgten, freundlichen Ärztin hinzu: «Kann ich sonst noch etwas für Sie tun?»

Ich schüttelte den Kopf.

«Bist du auf MSN?», fragte Amber.

Mein Gott, wer *war* dieses Mädchen? War MSN dasselbe wie Ecstasy?

«Ähh, nein», sagte ich. «Aber ich rauche öfter mal was.»

Amber lachte, und ich lachte mit, obwohl ich keine Ahnung hatte, worüber. Dann kritzelte sie etwas in ihr Buch, riss dann ein Stück von der Seite ab und reichte es mir.

«Das ist mein Benutzername. Fügst du mich später hinzu?»

«Auf jeden Fall», sagte ich. Es schien sehr wichtig zu sein, dass ich zustimmte. Wovon sie sprach, konnte ich ja später noch rausfinden.

«Bis dann!» Amber kroch unter dem Trampolin hervor.

In dem Moment läutete die Glocke zum Mittagessen, und ich schaute auf den Papierfetzen. Amber hatte «Xx_Kleine-Elfe_xX» daraufgeschrieben. Ich steckte die kostbare Beute in meine Hosentasche. Dann ging ich wie benommen zum Klassenraum und fand Theo am gewohnten Ort.

«Hallo», sagte ich.

«Hallo. Äh, warte mal. Ich dachte, du wärst krank und nach Hause gegangen?»

«Ja, wollte ich auch», sagte ich, plötzlich krächzend. «Aber dann war mir der Weg doch zu weit.»

«Okay. Und wo hast du gesteckt?»

Ich legte die Hand auf meine Hosentasche mit dem Zettel und beugte meine gesalbten Finger. «Ich war ... nirgendwo.»

Ein Monat verstrich. Seit ich herausgefunden hatte, dass MSN ein Messenger-Dienst war, und Xx_KleineElfe_xX als Kontakt hinzugefügt hatte, hatte ich das Gefühl, ein Doppelleben zu führen, von dem Theo nichts wusste. Ich wartete abends immer, bis Mum und Mike nach oben gegangen waren, dann setzte ich mich an den Computer im Wohnzimmer und chattete stundenlang mit Amber, manchmal sogar so lange, dass ich nur wenige Stunden vor Unterrichtsbeginn übermüdet ins Bett kroch.

Die indirekte Online-Kommunikation machte es mir leichter, mich zu öffnen, und das bedeutete, dass ich die Gedanken sortieren konnte, die ungeordnet durch meinen Kopf kreisten. Trotzdem wusste ich nicht, was ich antworten sollte, als eines Nachts Ambers Frage «Was ist denn eigentlich mit deinen Händen passiert?» auf dem Bildschirm erschien. Ich muss ein Dutzend verschiedene Antworten eingetippt haben. Mal tat ich meine verwundeten Fingerknöchel als Folge eines Unfalls ab, mal behauptete ich, ich sei in eine Schlägerei verwickelt worden, und mal stellte ich sie – und das war die abstruseste Ausrede von allen – als eine seltene tropische Hautkrankheit dar. Aber nachdem ich alle diese Entwürfe dann doch wieder gelöscht hatte, blieb als einzige Option, ihr die Wahrheit zu sagen.

«Das mache ich, um mich besser zu fühlen», schrieb ich.

Ich starrte auf den Bildschirm und blinzelte den Schmerz weg, während ich auf Ambers Antwort wartete.

«So was in der Art dachte ich mir schon», schrieb sie. «Es ist in Ordnung, wenn du es mir nicht erzählen möchtest. Aber du kannst, wenn du willst ...»

Also tat ich es, erst noch zaghaft, aber ehe ich mich's versah, flogen meine Finger so schnell über die Tastatur, als schrieben sie ganz von selbst. Je mehr ich preisgab, je mehr ich mich von all der Schuld und Scham befreite, desto mehr fühlte es sich an, wie aus einem faulig stinkenden See aufzutauchen und an die Oberfläche zu steigen, wo ich endlich wieder atmen konnte.

Es half, dass Amber ebenfalls von schmerzhaften Erfahrungen zu berichten hatte. Wenn man Probleme hat, ist es leichter, mit anderen zu reden, die auch Probleme haben, begriff ich. Amber war seit ihrem zwölften Lebensjahr in Therapie. Damals hatte sie entdeckt, dass sie adoptiert war, und war sofort mit dem nächsten Zug nach London abgehauen, bis ihr das Geld ausging und sie zu Hause anrufen musste. Sie hatte ihre biologische Mutter erst vor wenigen Wochen kennengelernt.

«Das war vielleicht merkwürdig», schrieb sie mir. «Wir sehen uns total ähnlich. Sie hat sogar genau die gleiche Sitzhaltung wie ich. Es fühlte sich an, als würde ich mit einer anderen Version von mir selbst reden, die aus der Zukunft zu Besuch ist. Es war zwar ganz nett, aber ich weiß nicht, ob ich regelmäßig Kontakt zu ihr haben möchte. Schrecklich verwirrend, das alles.»

Ich gab mir große Mühe, sie zu trösten, hatte aber nicht das

Gefühl, dass mir die richtigen Worte zur Verfügung standen. Dabei wünschte ich mir, ihren Schmerz auf eine ähnliche Art lindern zu können, wie sie meinen mit ihrer Salbe für meine Finger. Meine beste Art der Unterstützung war, sie abzulenken. Also schickte ich ihr eine Reihe von (rückblickend betrachtet grauenhaften) Playlists und suchte nach Büchern über die Schauspielkunst, die ihr noch in ihrer Sammlung fehlten. Eines von einer gewissen Uta Hagen bestellte ich sogar antiquarisch im Internet, und es dauerte Wochen, bis es aus Amerika eintraf.

Ganz beiläufig, so, als ob es mir gerade zufällig wieder eingefallen wäre, holte ich es am nächsten Tag aus meiner Tasche und überreichte es ihr mit den Worten, ich sei zufällig in einem Charity Shop darüber gestolpert. Das war bei dem vierten unserer nun zu regelmäßigen Treffen gewordenen Rendezvous unter dem Trampolin. Ich hatte Ausreden erfinden müssen, damit Theo keinen Wind davon bekam. Mein schlechtes Gewissen ihm gegenüber beruhigte ich, indem ich mir einredete, dass diese Treffen im Grunde ja nichts an unserer Freundschaft änderten. Gut, ich schrieb vielleicht nicht mehr so viel mit ihm wie vorher. Aber er schien genauso fröhlich allein damit weiterzumachen, solange ich nachher alles las, was er mir zeigte. Ich wusste, dass er es nicht verstanden hätte, wenn ich ihm erzählt hätte, dass ich mich mit Amber traf, und hatte das Gefühl, dass es so das Beste für alle war.

An dem Morgen unseres vierten Treffens hatte ich mich im Unterricht kaum konzentrieren können. War es normal, so nervös zu sein?, fragte ich mich. Und dass ich so oft an sie dachte? Immer wenn ich es tat, verspürte ich einen fast schmerzhaften Druck im Magen, wie ein Gewicht, das ich mit mir herumtrug. Das verstand ich damals nicht. Wenn sie mich anlächelte, hatte ich manchmal das Gefühl, dass mein Hirn kollabierte wie ein sterbender Stern. Warum war etwas so Aufregendes zugleich so schmerzhaft und verwirrend?

Am Abend chatteten wir wieder spät auf MSN.

«Danke noch mal für das Buch», schrieb Amber. «Ich liebe es jetzt schon.»

Ich boxte in die Luft. Meine Mühe hatte sich ausgezahlt.

Die nächste Nachricht erschien auf dem Bildschirm.

«Gehst du am Samstag zu Chrissy Price' Party?»

«Ja, glaub schon», schrieb ich zurück. (Ich hatte keine Ahnung, wer Chrissy Price war oder dass sie eine Party schmiss, aber wenn Amber hinging, würde ich es auch tun.)

Dann fragte Amber mich wie aus heiterem Himmel nach Theo.

«Ihr zwei steckt immer zusammen. Ist er so was wie dein bester Freund?»

«Ja», schrieb ich. Ich war ein bisschen beunruhigt, weil ich nicht wusste, warum Amber das fragte, ob sie etwas Bestimmtes damit bezweckte. Theo war zwar ein bisschen versponnen, aber das durfte nur ich denken. Und ich konnte mich nicht mit einem Mädchen treffen, das schlecht über ihn sprach.

«Ich mag ihn», schrieb sie. «Er ist immer total lustig in Englisch.»

Mir fiel ein Stein vom Herzen. «Ja, er ist der Beste», antwortete ich.

«Hast du ihm auch von Mike und all dem erzählt?»

«Nein.»

«Was? Warum denn nicht? Du hast doch gerade gesagt, er wäre dein bester Freund ...»

«Ja, aber über so was reden wir nicht.»

«Und warum nicht?»

«Na ja ... Theo ist auf eine Art ziemlich naiv. Er führt so ein nettes normales Leben mit seiner Familie, die total liebenswert ist. Er würde gar nicht wissen, was er dazu sagen soll. Außerdem möchte ich nicht, dass er mich für verkorkst hält.»

«Du bist ja süß», schrieb Amber. «Aber ich finde trotzdem, dass du ihm von Mike erzählen solltest. Du kannst ja nicht ewig so tun, als wäre alles in Ordnung, oder?»

In diesem Moment spürte ich jemanden hinter mir. Mike hatte mich bespitzelt und meinen Chat mitgelesen. Er knallte das Wasserglas auf den Tisch, das er sich offenbar aus der Küche geholt hatte, riss mir den Kopfhörer von den Ohren, packte mich und stieß mich gegen die Wand.

«Wage es ja nicht, mich vor irgendwem schlechtzumachen! Was in diesem Haus passiert, geht nur mich und deine Mutter was an. Verstanden?»

«Lass mich los!», sagte ich und blickte ihn wütend an. Ich glaube, ich habe noch nie jemanden so gehasst wie ihn in diesem Moment.

Eine Tür schlug, und Mum erschien auf der Bildfläche. Als sie sah, was los war, wurde sie kreidebleich.

«Hör auf, Mike!», sagte sie, kam entschlossen näher und umfasste seinen Arm. Aber Mike nahm kaum Notiz von ihr. Weil ich sah, wie wütend er war, versuchte ich, Mum mit Blicken zu signalisieren, dass alles in Ordnung sei, doch sie grub ihre Nägel in seinen Arm und versuchte, ihn wegzuzerren. Mike riss instinktiv seinen Arm zurück und erwischte Mum mit dem Ellenbogen im Gesicht. Sie sank zu Boden und hielt sich die Nase. Als sie so in ihrem Nachthemd dasaß und ihr Gesicht mit den Händen bedeckte, sah sie fast aus wie ein Kind. Mike ließ mich los, und ich kauerte mich neben Mum und warf meine Arme um sie. Kurz darauf hörte ich, wie Mike das Stromkabel aus dem Computer riss.

«Das war ein Unfall», sagte er zu uns und ging; das Kabel nahm er mit.

Während ich Mum in meinen Armen hielt, stellte ich mir vor, wie ich später mit meiner kaputten Hand über die raue Stelle an der Wand reiben und wie sehr mich das beruhigen würde. Aber dann dachte ich an Amber, und das Bedürfnis, mich selbst zu verletzen, schwand. Am Wochenende war diese Party. Dort würde ich sie treffen. Wenn ich stark war und bis dahin durchhielt, dann wurde vielleicht alles gut.

KAPITEL EINUNDZWANZIG
THEO

Von Lechlade nach Newbridge, 16,4 Meilen (161 Meilen bis zum Themse-Sperrwerk in London)

«Alles in Ordnung?», fragte ich Joel, bevor wir nach Newbridge aufbrachen. Er sah furchtbar aus an diesem Morgen. Seine Haut war wächsern, und er hatte dunkle Ränder unter den Augen. Ich hatte den Eindruck, dass er besser im Bett geblieben wäre.

Als ich am Vorabend zurück zu unserem Zimmer gekommen war, hatte ich gedacht, er würde telefonieren, weil ich seine Stimme hörte, aber als ich die Tür aufmachte, lag der Raum im Dunkeln, und ich begriff, dass er im Schlaf redete. «Hätte es dir sagen müssen, hätte es dir sagen müssen», wiederholte er immer wieder. Weil er gar nicht mehr aufhörte, schaltete ich das Licht an, und als auch das nicht half, stupste ich ihn an, bis er aufwachte. Er blinzelte verwirrt ins Licht, bis er mich schließlich erkannte. Er wirkte erschrocken und ängstlich.

«Du hast schlecht geträumt», sagte ich und tat so, als müsste ich noch etwas aus meiner bereits ausgepackten Tasche holen.

«Oh, tut mir leid», grummelte Joel und drehte sich von mir weg. Als ich das Licht ausgemacht und ins Bett gestiegen war, hatte er schon wieder tief und fest geschlafen, ich jedoch lag die ganze Nacht wach, lauschte auf das ferne Plätschern der Themse und fragte mich, was das zu bedeuten hatte.

«Ja, mir geht's gut», sagte Joel jetzt, streckte seine Arme aus und ließ seine Fingerknöchel knacken. «Aber diese Lebensmittelvergiftung ist noch nicht ganz auskuriert. Wahrscheinlich sehe ich schlimmer aus, als ich mich fühle.»

Er zog seinen Rucksack auf und marschierte voraus.

Wir liefen über einen staubigen Pfad zum Fluss, der in der frühen Morgensonne glitzerte. Ein Boot tuckerte vorbei. Am Bug saß ein Springer Spaniel, den Blick starr geradeaus gerichtet wie ein ehrenwerter Kapitän. Joel setzte seine Wanderführer-Maske fort und legte es offensichtlich darauf an, keine Stille entstehen zu lassen, in der ich auch mal hätte zu Wort kommen können.

«Heute spazieren wir an allerlei bemerkenswerten Dingen vorbei, Theo. An der Statue von Old Father Thames zum Beispiel. Sie steht an der ersten Schleuse auf unserem Weg, der St John's Lock. Danach sehen wir die alte Radcot Bridge. Sie wurde im zwölften Jahrhundert erbaut und ist damit die älteste Themsebrücke überhaupt.»

Der Weg, auf dem wir gingen, war inzwischen etwas breiter geworden, was zur Folge hatte, dass wir dauernd Radfahrern ausweichen mussten. Nach ungefähr einer Stunde wies Joel mich auf eine Pillbox hin, einen kleinen ebenerdigen Bunker aus dem Zweiten Weltkrieg. Allerdings war er so ziemlich das Uninteressanteste auf der Strecke, denn unser Weg führte durch eine abgelegene Gegend und entsprechend wilde Natur.

«Wollen wir mal eine kleine Verschnaufpause einlegen?», fragte ich und wünschte mir, weniger wie ein wohlmeinender Aushilfslehrer zu klingen.

Wir fanden eine flache Stelle im Gras und schauten auf den Fluss. Joel kratzte sich die ganze Zeit gedankenverloren die Beine und Arme, als wären sie von Mücken zerstochen, und warf noch zwei Tabletten «gegen Heuschnupfen» ein. Ich wollte gerade meinen Mut zusammennehmen und ihn fragen, was eigentlich wirklich mit ihm los sei, als uns das Läuten einer Fahrradklingel verriet, dass wir nicht allein waren.

Der Radler sah aus wie Ende fünfzig. Er hatte einen kahlen

Schädel und Augenbrauen, die nach außen hin immer buschiger wurden, was so wirkte, als versuchten sie zu fliehen.

«Hallo!», sagte er. «Ich bin Bob. Wie geht's?»

«Hallo», sagten Joel und ich wie aus einem Mund.

«Haben Sie Lust auf ein Eis?», fragte der Mann.

«Eis?», wiederholte Joel unsicher.

Es war nicht ersichtlich, wo der Mann besagtes Eis hernehmen wollte. Aber dann drehte er sein Rad so, dass wir es von der Seite sahen, und klopfte auf eine daran befestigte Box. «B & B's Eis» stand in grellpinken Buchstaben darauf. Es war nicht nur das erste Eis-Fahrrad, das ich je gesehen hatte, sondern auch noch ein Tandem.

«Also? Wollen Sie eins? Ich hab alles da. Himbeereis, Vanille im Hörnchen, was Sie wollen.»

«Für mich nicht, danke», sagte ich und schaute zu Joel hin.

«Für mich auch nicht, sorry.»

«Okay», sagte der Mann und sah plötzlich niedergeschlagen aus. Als wir uns gerade wieder dem Fluss zuwenden wollten, sagte er: «Es ist nämlich so, dass mich meine Frau verlassen hat. Wir waren zusammen unterwegs und haben nebenbei das Eis verkauft. Ich hab dafür meinen Job an den Nagel gehängt und alles. Ich war IT-Berater. Wir wollten die Gegend entdecken. Und ein Stück den Themsepfad laufen. Mein Schwager hatte die Idee. Der steht auf so was. Tja, aber in Lechlade hatte sie schon genug. Und jetzt steh ich hier und muss das Zeug verticken.»

«Eiskalt», sagte Joel. Und als der Mann ihn scharf ansah, fügte er hinzu: «Ihre Frau, meine ich.»

«Betty», sagte er und schaute uns an, als müssten wir sie kennen, wenn er uns ihren Vornamen nennt, so als wäre sie ein brasilianischer Fußballstar. Der arme Kerl.

Es folgte eine lähmende Stille, in der weder Joel noch ich

wussten, was wir sagen sollten. Ich brach das Schweigen schließlich, indem ich mich entschuldigte, um im Schutz eines Baums «die Pflanzen zu wässern». Auf dem Rückweg überlegte ich, ob ich mir schnell eine Ausrede ausdenken sollte, um Joel von diesem Typen loszueisen, der ihn bestimmt wieder in ein Gespräch verwickelt hatte. Doch als ich bei ihnen ankam, lachten die beiden, als wären sie alte Freunde. Ich war sofort sauer, denn meine Abwesenheit schien diesen Wechsel ins fröhliche Fach überhaupt erst ermöglicht zu haben. Eigentlich hätte ich mir denken können, dass Joel diesen Mann sofort in seinen Bann ziehen würde. Und auch, dass mich das über die Maßen nerven und eifersüchtig machen würde. Aber vor allem, so dachte ich, als ich den Eismann glücklich mit einem Bündel Zwanzig-Pfund-Noten von dannen ziehen sah, hätte ich wissen können, dass Joel Thompson, wenn er hörte, dass so ein kurioses Eis-Fahrrad zu haben war, sofort bereit sein würde, jeden Preis dafür zu zahlen.

KAPITEL ZWEIUNDZWANZIG
JOEL

Nein», sagte Theo. «Auf gar keinen Fall!»

«Ach, komm schon – schau es dir doch erst mal an!» Ich präsentierte ihm das Rad wie den großen Preis in einer Tombola und strich über den hellblauen Rahmen.

«Und was machen wir jetzt *damit*?» Theo tippte auf die Eisbox, die hinten an dem Tandem befestigt war.

«Ich hab ihm das Eis *und* das Rad abgekauft. Wir können es essen. Wir brauchen es nicht zu verkaufen oder so was.»

«Nein, das wäre ja auch zu durchgeknallt. Stattdessen fahren wir mit dem Tandem eines von seiner Frau getrennten Eismanns durchs halbe Land, das ist wirklich sehr viel vernünftiger.»

War das gut. Wenn er so rumzeterte, gefiel Theo mir am besten.

«Hör zu», sagte ich. «Wie wär's, wenn wir es einfach mal ausprobieren? Wenn's dir nicht gefällt, können wir's ja weiterverkaufen.»

«Na, dann viel Erfolg!», erwiderte Theo schnaubend. «*Du* kannst ja fahren. Ich laufe.»

«Okay, okay, ist ja gut.» Ich hielt die Hände hoch, um zu signalisieren, dass ich mich geschlagen gab. Ich wartete, bis Theo mir den Rücken zudrehte, dann rief ich: «Wer zuerst da ist!», und schob das Rad an, um schwungvoll aufzuspringen. Doch ich schaffte es nur mit Ach und Krach, auf den vorderen Sitz zu klettern, ohne das Gleichgewicht zu verlieren. Heftig schlingernd bog ich auf den matschigen Weg ein, und meine Füße rutschten von den Pedalen ab. Aber als ich einmal in Schwung war, glitt ich ruhig dahin und brauchte kaum noch zu strampeln, was meinen Beinen genau die Erholung verschaffte, nach der ich mich gesehnt hatte.

Ich hörte Theo keuchend und fluchend hinter mir herrennen.

«Verflucht noch mal!», rief er. «Jetzt lass mich schon mitfahren!»

«Ich dachte, du wolltest nicht», rief ich über die Schulter.

«Lass den Scheiß und fahr langsamer, Joel!»

«Na schön.»

Ich hielt an und ließ ihn hinter mir aufsitzen, dann starteten wir. Zuerst geriet die Fahrt noch etwas wackelig, aber schon bald fanden wir unseren Rhythmus.

«So was Albernes», sagte Theo. Kurz darauf hörte ich, wie er den Deckel von der Eisbox hochzog. «Ich hoffe für dich, dass da auch ordentlich was drin ist.»

Nachdem er noch eine Weile weitergegrummelt hatte, konnte ich ihn überreden, auf den vorderen Platz zu wechseln. So funktionierte es noch viel besser. Da ich jetzt unbeobachtet war, konnte ich meine Füße auf die Pedale stellen, ihn aber den Großteil der Arbeit machen lassen, was mir wertvolle Zeit verschaffte, um wieder zu Atem zu kommen. Zwanzig Minuten später flogen wir förmlich dahin – und Theos Haare flatterten herrlich im Wind.

«Also gut, ich geb's zu», sagte Theo mit dem Mund voller Eis. «Das macht echt verdammt Spaß.»

So radelten wir weiter und legten uns in die Kurven, die der Fluss beschrieb. Lange Zeit begleiteten uns nur vereinzelte Enten, doch allmählich kamen immer mehr Kanalboote in Sicht. Ich sog den Geruch von Diesel und Holzrauch ein und winkte den Bootsfahrern im Vorbeifahren fröhlich zu. Wir näherten uns einem weißhaarigen Paar, das Zeitung lesend an Deck seines Bootes saß und neben sich eine Flasche Champagner in einem Eimer kühlte.

«Ahoi, Sie da!», rief der Mann in dem wahrscheinlich blasiertesten Tonfall, den ich je gehört habe. «Dürfte ich wohl bei Ihnen ein Eis erstehen?»

Wir wurden etwas langsamer, und ich öffnete die Box.

«Bitte sehr, Sie sind eingeladen!», rief ich und warf ihnen zwei Magnums zu.

Der Mann fing sie auf und salutierte, und ich erwiderte die Geste.

«Ich fühle mich, als wären wir in *Der Wind in den Weiden*», meinte Theo lachend.

«Tut, tuuut! Der weite Weg, die staubige Straße!», rief ich, und wir nahmen wieder Fahrt auf.

Das war das echte Leben. Wir hatten die Sonne im Rücken, und neben uns schlitterten Gänse lustig übers Wasser. Es war, als ob das ganze Flussufer uns anfeuern wollte. Ich wünschte mir von ganzem Herzen, so lange wie möglich in diesem Moment mit meinem Freund verweilen zu können. Denn hier kreisten meine Gedanken nicht in jeder wachen Minute darum, wie krank ich war oder wie viel Zeit mir noch blieb.

Hier war Freiheit.

KAPITEL DREIUNDZWANZIG
THEO

In Newbridge ergatterten wir mit viel Glück ein Zimmer im *Rose Revived*, einem wunderbaren kleinen Gasthaus direkt am Flussufer. Wenn man Joels Wanderführer glauben durfte, hatte Oliver Cromwell dort schon das eine oder andere Bier geschlürft, also beschloss ich, seinem Beispiel zu folgen, solange es noch hell war. Joel sagte mir, er werde gleich nachkommen, aber als er nach einer Stunde immer noch nicht aufgetaucht war, ging ich zurück nach oben. Ich war seltsam nervös, weil ich nicht wusste, was mich dort erwarten würde, aber Joel war einfach aufs Bett gesunken und schlief tief und fest.

Ich überlegte, ob ich ihn wecken sollte, aber er hatte den Schlaf offensichtlich nötig. Also holte ich stattdessen Stift und Papier aus meinem Rucksack und ging wieder nach unten. Am Tresen besorgte ich mir ein Pint und setzte mich in einen Sessel vor den nicht brennenden Kamin. Eigentlich hatte ich vorgehabt, ein bisschen zu schreiben, aber ich konnte mich nicht konzentrieren. Also versuchte ich, Alice zu erreichen. Sie ging nicht ans Telefon. Nachdem ich noch ein paar Bier getrunken hatte, beschlich mich ein Gefühl von Einsamkeit. Ich wusste, dass es am vernünftigsten wäre, ins Bett zu gehen, aber mich beschäftigten noch viele unerfreuliche Gedanken. Der Barmann war bereits dazu übergegangen, mir immer gleich ein frisches Bier hinzustellen, wenn mein altes zur Neige ging, und es war einfacher, nicht Nein zu sagen.

Auf einem Tisch neben dem Kamin entdeckte ich zwischen Broschüren und Landkarten einige Gratispostkarten. Ich zupfte eine aus dem Korb und legte gleich los.

Meine liebe Schwester,
ich schreibe dir in angespannter Stimmung, obwohl wir heute gut vorangekommen sind. Du wärst hin und weg von dieser Gegend. Die Natur umgibt uns hier in all ihrer Pracht und Herrlichkeit. Erst heute Morgen sah ich, wie sich ein Moorhuhn auf eine Dose Red Bull entleerte. Welch herrlicher Anblick!
Ich wollte dir noch etwas sagen. Vor Kurzem ist mir das Bild wieder eingefallen, das du damals nach dem Fledermaus-Drama im Klubhaus für mich gemalt hast. Du warst, und bist, wirklich sehr talentiert. Und du warst schon immer besser darin, auf mich aufzupassen, als umgekehrt. Was mir sehr leidtut.
Ich fürchte, damit ist mein Jahreskontingent an aufrichtigen Worten erschöpft, sodass nur noch eins zu sagen bleibt: Glaubst du, der Postbote liest das hier gerade? Ich wette, ja. Und ich frage mich, ob er von dem letzten Postboten gehört hat, der alle unsere Postkarten gelesen hat. Ein Jammer, dass er dann diesen «Unfall» hatte. Schlimme Sache.
Dein dich liebender und zugegebenermaßen betrunkener Bruder,
   Theodore D. Poosevelt

Der Barmann läutete zur letzten Runde. Ich beschloss, mir ein letztes Bier zu gönnen, und damit es nicht so allein war, bestellte ich dazu noch einen Scotch. Der herbe Geschmack von Letzterem erinnerte mich an Edinburgh und daran, wie wir uns vor unserem Auftritt in der Dagda Bar Mut angetrunken hatten. Und unweigerlich kehrten meine Gedanken zu Babs zurück. Ich fragte mich, was sie jetzt gerade machte. Ob sie noch wach war ...

Ich holte mein Handy aus der Tasche – ganz langsam, so als versuchte ich, vor mir selbst zu verbergen, was ich tat, und formulierte eine Nachricht.

> *Hey. Wollte mich für den Anruf von neulich entschuldigen. Es ist gerade alles ein bisschen abgedreht. Ich bin auf einer Art Reise. Mit Joel Thompson. Keine Ahnung, ob du ihn kennst?*

Den letzten Satz löschte ich wieder. Und als ich mir vorstellte, wie Alice mir den Kopf waschen würde, wenn sie von der SMS erfuhr, löschte ich alles. Das hielt mich jedoch nicht davon ab, in Gedanken zu jenen letzten Monaten zurückzukehren – und zu den katastrophalen Fehlentscheidungen, die ich damals getroffen hatte. Warum ich das Ende nicht kommen sah, werde ich nie verstehen. Ich war damals wie ein Blinder, der auf einen Abgrund zutaumelt.

～

Nachdem ich meine feste Stelle auf das falsche Versprechen hin aufgegeben hatte, dass ich als Autor für die Comedy-Redaktion von Sky arbeiten könnte, musste ich die Hosen runterlassen und Babs erzählen, dass ich bald ohne Einkommen dastehen würde.

«Kannst du denn nicht in deinen alten Job zurück?», fragte sie. Ich hatte unerwähnt gelassen, dass ich die Stelle bei dem «Schweineunternehmen» auf so selten dämliche Art und Weise gekündigt hatte, dass damit alle Brücken hinter mir abgebrochen waren. Stattdessen murmelte ich etwas von einer Umstrukturierung der Abteilung, die eine Rückkehr unmöglich mache.

«Ich bin sicher, du findest bald was anderes», tröstete Babs mich. Mein Kopf lag auf ihrem Schoß, während sie mit den Händen durch meine Haare fuhr und sie anschließend wieder entwirrte. Wir pflegten unsere Sonntagabend-Tradition, die so ging, dass wir Kerzen anzündeten, Wein tranken und uns auf Babs' Plattenspieler – einem wunderschönen altehrwürdigen Gerät, das ihr Vater ihr vermacht hatte – ein ganzes Album von vorn bis hinten anhörten. Unsere winzige Mietwohnung war vollgestopft mit tollen Stücken wie diesem – und alle gehörten Babs, die das meiste davon bei ihren Streifzügen über den Spitalfields Market aufgespürt hatte. Ich fühlte mich sehr erwachsen, weil ich zu denen gehörte, die ihre Becher statt auf einen Couchtisch auf eine Kiste stellten, die aussah, als wäre sie zuletzt zum Abwerfen von Hilfsgütern in Vietnam verwendet worden.

«Ich weiß nicht so recht, was die Suche nach einem anderen Job angeht ...», sagte ich, um meine Fühler auszustrecken.

«Wie, überlegst du, dir nichts Neues zu suchen? Willst du unter die Selbstversorger gehen? Da müssen wir aber erst den Vermieter fragen, und der lässt uns ja nicht mal Poster aufhängen.»

«Aber wir machen's trotzdem.»

«Stimmt.»

«Nein, die Sache ist die. Ich glaube, ich möchte mich dem Schreiben widmen. Um zu sehen, wie weit ich damit komme.»

«Wie, einfach so auf gut Glück?»

«Ja.»

Babs spielte weiter mit meinen Haaren, sagte aber nichts.

«Findest du die Idee so schlecht?»

«Das hab ich nicht gesagt.»

«Aber du hast es auch nicht *nicht* gesagt.»

Jetzt nahm Babs ihre Hand aus meinen Haaren.

«Hör zu, ich werd dir nicht sagen, was du tun sollst. Wenn du schreiben willst, schön, dann schreib. Aber ich werde dir nicht die Erlaubnis dazu erteilen. Das musst du schon selbst entscheiden. Du bist schließlich siebenundzwanzig und so ...»

«Autsch», sagte ich. «Siebenundzwanzig. Das klingt schon richtig angejahrt. So als sollte ich schon richtig was geleistet haben.»

«Du hast vorhin die Mülleimer ausgeleert.»

«Ja, allerdings. Wenn man bedenkt, was da drin war, war das ganz schön ritterlich von mir. Ich dachte allerdings eher an eine kreative Leistung. Wie soll ich sonst an einer Überdosis sterben und es trotzdem in die Schlagzeilen schaffen – weil ich tragischerweise ein neues Mitglied des Klub 27 geworden bin.»

«Des was?»

«Des Klub 27 – du weißt schon, die ganzen Leute, die in dem Alter gestorben sind.»

«Ach ja. Wer war das noch mal? Janis Joplin.»

«Hendrix ...»

«Ken Cobain.»

«Bitte? *Ken Cobain?*»

«Ja, der Sänger von Nirvana.»

Ich drehte mich zu Babs um.

«Oh», sagte sie und schloss die Augen. «Ich hab's wieder getan, ich hab einen falschen Namen gesagt, stimmt's?» Und die nächsten zwanzig Minuten zog ich sie damit auf, dass Ken Cobain wie der Schreiner von nebenan klang, und Babs rächte sich, indem sie meine Füße gefangen nahm und mich kitzelte, bis ich die weiße Fahne schwenkte.

Wenn ich die Zeit doch bloß an dieser Stelle anhalten und dahin zurückgehen könnte. *Das ist es!*, würde ich zu mir sagen, mich bei den Schultern nehmen und durchrütteln.

Besser wird's nicht mehr! Vielleicht hätte ich mir dann einfach eine neue feste Stelle gesucht und nebenher ein bisschen geschrieben – ohne dass es gleich zu so einer Obsession geworden wäre.

Aber so las ich wenig später auf einer Comedy-Website, dass Joel seine eigene Sitcom zur besten Sendezeit bekam, in der zufällig auch noch seine «langjährige Lebensgefährtin» Amber Crossley die Hauptrolle übernahm. Das verkraftete mein fragiles kleines Ego nicht. *Ich sollte diese Comedy bekommen*, dachte ich in meinen dunkleren Momenten. Aber ich würde es ihm schon noch zeigen.

Zuerst hielt ich diese Obsession sorgsam vor Babs geheim und gab mich demonstrativ selbstlos und romantisch: Ich kochte jeden Abend für sie, wenn sie nach einem langen Tag im Büro nach Hause kam; ich schmuggelte an den meisten Tagen alberne Zettelchen in ihre Handtasche, die sie zum Lachen bringen sollten; ich stand an den Wochenenden früh auf und holte uns Kaffees und die Sonntagszeitung. Aber als die Monate ins Land zogen und immer mehr Absagen für mein Drehbuch eintrudelten, war das so, als hinge ich an einem Tropf, der mir schlechte Laune und Verbitterung einflößte. Nun lag ich tagsüber immer häufiger auf dem Sofa, schaute mir hasserfüllt Joels Serie an und versuchte dann, eigene Ideen zu entwickeln. Wenn Babs von der Arbeit kam, hatte ich Mühe, mich in eine aufrechte Position zu bringen. Sie zog nach dem Reinkommen immer die Vorhänge auf, und ich tat so, als müsste ich mich vor dem Tageslicht schützen wie ein Vampir. Beim ersten Mal lachte sie darüber, beim fünften nicht mehr.

Einmal ertappte sie mich mit einem Bier in der Hand schlafend auf dem Sofa, als sie mittags nach Hause kam, weil sie etwas vergessen hatte. Damals hatten wir den ersten von vielen Streits darüber, was ich eigentlich tagsüber wirklich mit meiner Zeit machte. Babs forderte mich auf, mir langsam etwas einfallen zu lassen, wie ich zur Miete beitragen könnte. Und ich hatte nichts Besseres zu tun, als ihr vorzuwerfen, sie ersticke meine Kreativität, indem sie mich zwinge, über Geld nachzudenken. Sie bat mich, ihr keine Zettel mehr in ihre Handtasche zu stecken – das nerve langsam.

Damals hätte in meinem Schädel ein ohrenbetäubender Alarm losschrillen müssen. Aber ich steckte zu tief in meiner Besessenheit von Joel und seinem unverschämten Glück. Als er für seine Serie dann eines Tages auch noch einen der renommiertesten Preise der Branche erhielt, war das Maß voll. Ich sollte an jenem Abend zu einer Party mit viel Medienrummel kommen, die Babs' Firma ausrichtete. Als ich in der seelenlosen, aggressiv beleuchteten Bar ankam, hatte ich bereits leicht einen sitzen, weil ich vorher – zum Runterkommen – ein paar Bier in der verranzten Kneipe gegenüber gezischt hatte. Der Rest des Abends liegt für mich im Nebel. Ich erinnere mich noch daran, dass ich gestolpert bin und einen Drink verschüttet habe – an verstohlene Seitenblicke, als ich eine Anekdote zum Besten gab, die ich preisverdächtig fand, den Umstehenden aber aus unerfindlichen Gründen nicht mal ein Lächeln entlockte. Als ich am nächsten Morgen mit dem Gefühl aufwachte, meine Zunge wäre in der Nacht mit Rauputz überzogen worden, saß Babs am Fußende des Bettes. Das war nie ein gutes Zeichen.

«Morgen», krächzte ich.

Babs schaute mich erwartungsvoll an.

«Ähm, tut mir leid?», startete ich den ersten Versuch.

«Ernsthafte Entschuldigungen werden ohne Fragezeichen am Ende übermittelt. Danke, dass du mir einen wirklich wichtigen Abend ruiniert hast.»

«Mist, hab ich das?», sagte ich. Das Zimmer drehte sich ganz fürchterlich um mich. «Es tut mir wirklich leid. Ich bin ein Idiot.»

Ich griff nach Babs' Hand, aber sie stand auf und verschränkte die Arme.

«Ich bin diese Entschuldigungen so verdammt leid, Theo. Ich weiß ehrlich nicht, ob ich ... Ich gehe jetzt raus. Bis später.»

Als sie die Wohnungstür zuknallte, fuhr mir endlich der heilsame Schreck in die Glieder, den ich dringend brauchte. Herrgott noch mal, was zum Teufel machte ich denn? Die Worte, die Babs nicht ausgesprochen hatte, waren ziemlich offensichtlich «... das noch länger aushalte» oder «... noch mit dir zusammen sein kann» oder irgendeine andere schreckliche Kombination, aus der hervorging, dass sie an Trennung dachte. Aber das kam gar nicht infrage. Ich würde das einzig Gute in meinem Leben nicht einfach ziehen lassen. Ich brauchte einen Plan. Etwas, das deutlich zum Ausdruck brachte, wie wichtig sie mir war. *Eine große Geste.*

Eine Woche später stand ich mit einer Schachtel Kreide draußen vor ihrem Büro nahe der Great Portland Street. Als ich mich daranmachte, auf die Fahrbahn zu malen, blieben einige Passanten – in der Hauptsache Touristen – stehen, um zu sehen, was das werden sollte. Vielleicht hielten sie mich für einen von denen, die auf der Millennium Bridge Kaugummis übermalten, um sie in Kunst zu verwandeln, oder für eine Art Banksy, der ein beißend satirisches Werk erschaffen würde – Thatcher, nur mit dem Gesicht einer Ente oder so. *Fehlanzeige*, hätte ich ihnen am liebsten gesagt, *ich bin einfach nur ein verliebter Esel.*

Als die Buchstaben, die ich auf die Straße geschrieben hatte, mit jedem Übermalen allmählich besser hervortraten, sammelte sich eine kleine Zuschauerschar. Ich sah, wie zwei japanische Touristen nach Luft schnappten, und lächelte achselzuckend. «Vielleicht sagt sie ja Nein», sagte ich.

Nach Vollendung meines Werks trat ich einen Schritt zurück, blickte zu ihrem Fenster im vierten Stock hoch und wählte die Nummer ihres Büroanschlusses.

«Hallo?»

«Hi, ich bin's, Theo.»

«O hallo. Gut, dass du anrufst. Ich wollte dich bitten, Klopapier aus dem Co-op mitzubringen, falls du vorhast ... das Haus zu verlassen.»

«Klar, mach ich», sagte ich, den Seitenhieb überhörend. «Aber vorher wollte ich dich noch was fragen.»

Ich hörte Babs tippen. «Ja, was denn?», fragte sie abgelenkt klingend.

«Warum kommst du nicht ans Fenster? Dann kannst du es sehen.»

«Fenster? Bist du ...? Warte.»

Ich blinzelte in den vierten Stock hoch. Das Fenster reflektierte das Sonnenlicht, sodass ich nicht sehen konnte, ob da oben jemand war. Ich schaute wieder auf die Straße. Würde Babs lesen können, was da stand? Die Buchstaben waren ziemlich groß. BABS, WILLST DU MICH HEIRATEN? PS: FRAGT THEO. Ich war wahnsinnig stolz auf mich, vor allem auf das lustige Postskriptum. Was für eine glänzende Heiratsantrags-Geschichte das abgeben würde. Und wenn ein paar Leute Fotos machen und die dann auf Twitter oder BuzzFeed oder in den Lokalnachrichten landen würden, dann wäre das eine nette Ergänzung.

Ich war immer noch am Telefon. Im Hintergrund waren aufgeregte Stimmen zu hören. Einige laute Ausrufe, Gelächter. Dann hörte ich, dass Babs den Hörer wieder in die Hand nahm, und hielt den Atem an.

«Wasch das ab, Theo», sagte sie. Dann legte sie auf.

Es kann nicht viele Aufgaben geben, die schmachvoller sind, als den eigenen Heiratsantrag von einer viel befahrenen Seitenstraße abzuwischen und dabei vor den Umstehenden so zu tun, als hätte sie Ja gesagt. Als ich es endlich geschafft hatte, suchte ich das nächstgelegene Pub auf und ließ mich volllaufen, als gäb's kein Morgen.

Irgendwie hab ich trotzdem zurück zu unserer Wohnung in Highbury gefunden, jedoch nur um festzustellen, dass mich ein mysteriöses Kraftfeld daran hinderte, das Schlüsselloch zu treffen. Als ich mir anschaute, wie dünn die Glasscheibe über dem Türgriff war, erschien mir nichts naheliegender, als sie mit dem Ellenbogen zu durchstoßen. Ich wickelte nicht mal meine Jacke um den Arm. Das Knirschen, mit dem die Scheibe nachgab, erschien mir so leise – ich hatte einen Höllenlärm erwartet, wie bei diesen Soundeffekten im Radio. Entsprechend überrascht war ich, als ich das Blut bemerkte, das so schnell austrat, dass es meinen Arm in Sekundenschnelle bedeckte. Das alles erschien mir so absurd, dass ich lachen musste, mein Gleichgewicht verlor und nach hinten kippte.

So fand Babs mich: Ich lag rücklings auf dem Boden und malte einen einflügeligen Blutengel auf den Beton.

Mein Arm wurde mit achtundzwanzig Stichen genäht.

Babs wartete sechs Wochen, dann warf sie mich raus.

Verdient hatte ich keine zwei Minuten.

Der Barmann rüttelte mich vorsichtig wach. Als ich die Treppe hochwankte, sah ich mit einer Deutlichkeit, die mir seit der Trennung abhandengekommen war, wie lachhaft es nach all dem war zu glauben, ich hätte je eine Chance gehabt, Babs zurückzugewinnen. Ich hatte die völlig falschen Prioritäten gesetzt, und jetzt musste ich mit den Konsequenzen leben. Plötzlich fiel mir wieder ein, mit welchen Worten Joel sein Leben im Showgeschäft zusammengefasst hatte: «Es ist ... ganz okay». Und dafür hatte ich alles weggeworfen? Warum hatte ich so lange gebraucht, um das zu erkennen? Weil ich es nicht wissen wollte, vermutete ich. All meine Reue und die falschen Entscheidungen, die ich getroffen hatte, zielten darauf ab, Aufmerksamkeit zu bekommen, wie ein Kind, das sich zu wenig beachtet fühlte. *Seht mich an! He, seht mich an!*

Ich blieb noch eine Weile draußen vor dem Zimmer stehen und dachte über Joel nach und darüber, was er mir wohl verheimlichte. Die Geschichte mit dem Eis heute war ein Ablenkungsmanöver gewesen, wurde mir jetzt klar. Und ich war viel zu leicht darauf hereingefallen. Ich nahm ihm seine Ausreden, was diese Liste mit letzten Wünschen anging, nicht länger ab. An der Sache musste mehr dran sein. Hatte er sich noch nicht aus den Fängen der Sucht befreit? Konnte da noch etwas Schlimmeres sein? Was, wenn das alles nur ein weiteres Beispiel dafür war, dass er dichtmachte, sobald ich herauszufinden versuchte, wie es ihm ging ... und ich es wieder einfach geschehen ließ? Es war durchaus möglich, dass ich in einigen Jahren an diesen Moment zurückdenken und nachts wachliegen würde, weil ich es versäumt hatte, das Richtige zu tun.

Ich schaute zu der flackernden Glühbirne hoch, die über mir hing. *Nein*, dachte ich. *Diesmal nicht.* Von jetzt an würde es anders laufen. Und morgen würde es damit losgehen, dass ich Joel die Wahrheit entlockte.

KAPITEL VIERUNDZWANZIG
JOEL

Ich erwachte kurz nach Sonnenaufgang. Theo schnarchte leise vor sich hin und blies bei jedem Ausatmen ein Haarbüschel aus seinem Gesicht hoch. Da ich nicht mehr einschlafen konnte, beschloss ich, nach draußen zu gehen. Ich warf mir die geklaute Jacke über, lieh mir Theos Schlappen aus und tappte aus dem Haus.

Die Brücke hatte kleine Ausbuchtungen, in die man als Fußgänger treten konnte, um dem Verkehr auszuweichen; ich stellte mich in die in der Mitte, lehnte mich nach vorn und ließ den Blick über meine Gefilde schweifen. Die Sonne war noch nicht durch die Wolken gebrochen, und über dem Fluss, der so reglos wirkte, als wartete er mit dem Weiterfließen, bis der Tag anbrach, hing ein zarter Nebelschleier. Am Nordufer lag ein schnittiges königsblaues Boot. Vor zwei Jahren, als *Tooth* immer beliebter wurde und die Paparazzi Amber aufzulauern begannen, hatten wir ernsthaft überlegt, uns so ein Boot anzuschaffen und immer in Bewegung zu bleiben.

«Selbst wenn sie uns finden», sagte sie damals, während sie eine Erdbeere auf eine Gabel spießte (und so tat, als wollte sie sie mir in den Mund schieben, sie dann aber selbst aß), «können sie uns zwar verfolgen wie Diana und Dodi, aber das Schlimmste, was passieren kann, ist, dass wir gegen einen Schwan fahren oder so was.»

Bei der Erinnerung daran musste ich lächeln. Und wie aufs Stichwort vibrierte mein Handy, weil eine Nachricht von ihr gekommen war.

Hey. Bin jetzt auf dem Heimweg.

Mist!

Die Nachricht ging noch weiter:
Charlotte ist mit einem total widerlichen Typen mit einer Jacht abgezogen, und ich hab keine Lust, allein hier rumzuhängen. Sitze im Taxi zum Flughafen. Bist du schon wieder in London? Wenn nicht, komme ich nach Kemble. Ewig her, seit ich deine Ma besucht hab. Ich weiß, dass sie mit mir nie richtig warm geworden ist, aber würde mich freuen, sie zu sehen. X
O nein, verdammt!
Ohne genauer darüber nachzudenken, was ich ihr sagen würde, rief ich sie an.
«Hallo, Liebster, hast du meine Nachricht bekommen?»
«Hallo, ja – ich wollte nur sagen: Bist du sicher, dass du nicht noch bis zum Wochenende bleiben möchtest? Warum versuchst du nicht einfach, noch ein paar Tage auszuspannen?»
Ich hörte selbst die Verzweiflung in meiner Stimme. Ich hätte noch warten und mir etwas überlegen sollen, bevor ich sie anrief.
«Ich bleib nicht allein hier, Joel. Nachts wird es hier echt ziemlich unheimlich – es ist so still. Und letzte Nacht hätte ich schwören können, dass ich draußen vor dem Haus Stimmen gehört habe.»
«Ja, aber ...», sagte ich, krampfhaft nach einem Argument suchend, «... es ist doch schon alles bezahlt.»
«Oh», sagte Amber, «wenn das deine Sorge ist, entspann dich, ich zahle dir deine Hälfte zurück.»
«Nein, nein, tut mir leid, das ist nicht der ... Klar kommst du zurück, wenn du dich da nicht sicher fühlst, wenn du nicht zufrieden bist.»
Im Hintergrund hörte man ein Hupkonzert und empörte italienische Ausrufe. Es klang so elegant und gefühlvoll, selbst wenn sie einander eindeutig Beleidigungen an den Kopf warfen.

«Also, wo soll ich denn hinkommen – Bristol oder London? Ich hab noch nicht gebucht.»

«London», sagte ich schnell. «Ich versuche, in ein paar Tagen zurück zu sein. Das hängt von Mum ab.»

«Oh, die Arme! Und du Armer, dass du damit umgehen musst. Bist du sicher, dass ich nicht kommen und dich ein bisschen entlasten soll? Vielleicht habe ich so ja ausnahmsweise mal eine Chance, deine Mutter zu beeindrucken?»

«Nein, ehrlich, das brauchst du nicht, es ist alles in Ordnung.»

«Aber –»

«Es ist okay, Amber! Fahr einfach schon mal nach Hause, und ich komme zu dir, sobald ich kann.»

Ich hielt mich mit meiner freien Hand an der Brüstung fest und hätte nicht übel Lust gehabt, mein Handy ins Wasser zu schleudern. Mum vorzuschieben, war so ziemlich das Hinterletzte. Ich wünschte, ich hätte mir von Anfang an etwas Besseres einfallen lassen.

«Joel», sagte Amber. Ihre Stimme war fest, aber ich hörte ihre Sorge heraus. «Ich frage dich das nur noch dieses eine Mal, okay? Sei also bitte nicht sauer. Du hast mir versprochen, dass du es mir sagst, wenn du wieder mit dem Trinken anfängst. Das war Teil unserer Abmachung. Also, bitte ... Sagst du mir die Wahrheit?»

Ich schaute auf den Fluss hinaus. Im gleichen Moment stieß ein Reiher herab und trieb mit seinen Flügeln den Nebel auseinander. Mein Bein fing an zu jucken. Heute Morgen war es eher wie ein Puckern tief im Inneren, so wie sich früher am Morgen danach meine Fingerknöchel angefühlt hatten. Wie lange konnte ich den Schein wohl noch aufrechterhalten? Wie viele Tage konnte ich das hier wirklich noch durchhalten? Aber dann stellte ich mir die Alternative vor, sah schon vor mir, wie sich Ambers heiße Tränen mit meinen vermischen würden, wenn sie in meinen Armen liegen und ich ihr erzählen würde, dass das Leben, das wir uns aufgebaut hatten, in Auflösung begriffen war.

«Ich schwöre dir, dass ich keinen Tropfen angerührt habe. Ich war nicht mal in Versuchung.» Meine Stimme klang monoton, wie eine aufgenommene Nachricht. Aber ich hörte, wie Amber die angehaltene Luft ausstieß, und sog sie ein – wie ein Taucher Druckluft von einem anderen annimmt, wenn seine Flasche leer ist.

«Tut mir leid, dass ich noch mal fragen musste», sagte Amber. «Ich bin so stolz darauf, dass du stark bleibst. Und ich liebe dich, okay?»

«Ich liebe dich auch», sagte ich.

Der Reiher hatte eine Runde gedreht und landete nun auf einer Rasenfläche am Flussufer. Dort verharrte er, als würde er Porträt sitzen, reglos wie eine Statue – das i-Tüpfelchen auf dem Bild. Einen Augenblick lang war alles vollkommen still. Doch dann ließ ein Tumult in den nahe gelegenen Büschen den Reiher auffliegen; wild mit den Flügeln schlagend, zog er über mich hinweg und stieß dabei einen einzelnen erstickten Schrei aus.

KAPITEL FÜNFUNDZWANZIG
THEO

Von Newbridge nach Oxford, 13,5 Meilen (144,6 Meilen zum Themse-Sperrwerk in London)

«Was für eine Sauerei», sagte Joel, als wir in die Box schauten, die jetzt ein Eiscreme-Friedhof war.

«Hm, wenn man bedenkt, wie das mit den Temperaturen so funktioniert, hätten wir wohl damit rechnen sollen, dass das passiert», sagte ich.

Am Ende mussten wir alles komplett wegschmeißen, und die anschließend erforderliche Säuberungsaktion fraß einen guten Teil unserer Zeit.

«Wir könnten heute doch einfach hier bleiben», schlug ich vor. «Wir suchen uns ein Café, widmen uns den restlichen Tag nur dem Schreiben und übernachten noch mal hier im Pub.» Ich hoffte, Joel würde glauben, dass ich mit dem Schreiben vorankommen und deshalb noch bleiben wollte. In Wirklichkeit dachte ich, dass ich ihn vielleicht leichter dazu bringen konnte, sich mir zu öffnen, wenn wir uns mal einen Tag lang gegenübersaßen, anstatt ständig in Bewegung zu sein. Aber Joel war nicht interessiert. Schlimmer noch, seine gestrige gute Laune war spurlos verschwunden.

Als wir losradelten, kam es mir so vor, als täte er nur so, als ob – als wäre er gar nicht dazu in der Lage, kraftvoll in die Pedale zu treten. Und auf meine Versuche, ein Gespräch in Gang zu bringen, bekam ich nur einsilbige Antworten. Mehr als eine Stunde lang wechselten wir kein Wort miteinander, und das Schweigen wurde erst gebrochen, als Joel in gequältem Ton fragte: «Wie weit ist es noch bis Oxford?»

«Nur noch ungefähr eine Meile, glaube ich», antwortete ich.

Es war zwar noch mindestens doppelt so weit, aber ich hielt es für das Beste, die Wahrheit großzügig auszulegen.

Bei Bablock Hythe, einem alten Flussübergang, den laut Joels Wanderführer schon die Römer genutzt hatten, legten wir eine Verschnaufpause ein. Während ich zusah, wie Joel durch das Buch blätterte, versuchte ich, den bestmöglichen Anknüpfungspunkt für ein Gespräch zu finden. Doch es fühlte sich unmöglich an. Nach sechs Pints und einem Scotch konnte man gut Pläne schmieden, aber bei Licht betrachtet sah die Welt ganz anders aus.

«Ich muss dich mal was fragen», begann ich schließlich.

Joel schaute nicht von seinem Wanderführer auf.

«Ja? Was denn?» Er steckte seinen Daumen in den Mund und kaute an dem Nagel herum.

Mein Puls beschleunigte sich. Ich schaute ins Wasser hinunter und ließ die Schwerkraft arbeiten und spürte, wie sich das Brett unter meinem Gewicht neigte. Gleich würde ich springen müssen ...

Aber als ich gerade etwas sagen wollte, ertönte eine Fahrradklingel, und jemand rief: «Einen schönen guten Morgen! Sie haben aber ein schickes Rad!»

Ein Mann mit einem schmalen, kantigen Gesicht und einem Rasierbrand, der so schlimm war, dass es auch ein Bart hätte sein können, war von seinem Rad gesprungen und schob es in unsere Richtung. Als er näher kam, sah ich, dass seine Radlerhose so eng saß, dass es schon vom Hinsehen wehtat.

«Was für ein herrlicher Tag, die Herren», sagte er, die Hände in die Hüften gestemmt und das Gemächt himmelwärts gereckt wie eine Zimmerpflanze, die sich nach der Sonne ausrichtet. «Sind Sie zufällig auch auf dem Themsepfad unterwegs?»

«Ja», murmelten wir unisono.

«Spitzenmäßig! Haben die Herren was dagegen, wenn ich mich Ihnen auf dieser Etappe anschließe? Aus zwei mach drei sozusagen?»

Joel und ich schauten uns an. Die Stille dehnte sich peinlich lange aus.

«Na ja ...», sagte ich, brach dann aber ab.

«Wenn Sie wollen», fügte Joel hinzu. Das war eine bewusst unhöfliche Reaktion, aber der Mann – der sich als Colin vorstellte – ließ sich davon nicht beirren.

Und so setzten wir unsere Fahrt mit Colin im Schlepptau fort. Wenn ich geglaubt hatte, er würde die Rolle des stillen Begleiters spielen, hatte ich mich gründlich getäuscht. Denn kaum waren wir aufgebrochen, setzte er zu einer erschöpfenden Darstellung der Lokalgeschichte an, gefolgt von einem Vortrag über die Tier- und Pflanzenwelt rechts und links des Weges.

«Wenn der nicht bald die Klappe hält, ertränke ich mich im Fluss», murmelte Joel.

«Dazu müsstest du aber erst an den Weidenröschen und Gauklerblumen vorbei», erwiderte ich.

Colins Gequatsche war gnadenlos, er bombardierte uns mit Informationen, bis wir kapitulierten. Den ganzen restlichen Tag folgte er uns; er klebte an uns wie eine Seepocke am Rumpf eines Bootes. Ich machte mir zunehmend Sorgen um Joel. Als wir eine Pause einlegten, sank er ins Gras wie eine Marionette, der man die Fäden durchgeschnitten hat, um sich dann so heftig an Armen und Beinen zu kratzen wie ein Hund mit Flöhen. Mir reichte es jetzt. Ich musste herausfinden, was los war, und das bedeutete, dass wir Colin loswerden mussten.

«He», flüsterte ich Joel zu, als er vor mir aufs Rad stieg. «Wollen wir zusehen, dass wir den abgehängt kriegen?»

«Nichts lieber als das. Ich wollte das ja schon den ganzen Tag, ich wusste nur nicht, ob du es auch willst.»

Na schön, dachte ich. *Wie du meinst.*

Wir erhöhten das Tempo, erst ganz allmählich, aber schon bald rasten wir förmlich.

«He, die Herren!», rief Collin uns spürbar genervt hinterher. «Fahren Sie doch langsamer in Gottes Namen! Ah, verdammt!»

Ich blickte zurück und sah, dass er zur Seite gekippt und ins hohe Gras gefallen war, aber, nun ja, ich konnte nicht sagen, dass er mir leidtat. Inzwischen flogen wir in einem Tempo dahin, das angesichts der Unebenheiten und hoch stehenden Baumwurzeln auf dem Weg ans Halsbrecherische grenzte.

«Ich glaube, wir können jetzt mal wieder langsamer werden», sagte ich schnaufend. Aber Joel strampelte wie ein Besessener weiter. Ich lehnte mich im gleichen Moment zur Seite, als Joel seinen Blick dem Fluss zuwandte, und sah, dass sein Gesicht zur Grimasse verzerrt war; ihm lief Rotz aus der Nase, und seine Augen waren feucht.

«Joel, jetzt komm schon, lass uns einfach –»

«Nein!»

«Aber du hast doch offensichtlich Schmerzen!»

«Mir geht's gut!»

«Sei nicht albern.»

Da Joel die Kontrolle über die Bremsen hatte, blieb mir nichts anders übrig, als unser Tempo zu verlangsamen, indem ich die Füße über den Boden schleifen ließ. Dabei knickte ich mit dem linken Fuß um und schrie auf vor Schmerz, aber Joel fuhr weiter. Irgendwann hatte ich keine andere Wahl mehr, als mich zur Seite zu lehnen und das Rad mit meinem Gewicht in Schräglage zu bringen. Wir steuerten geradewegs ins hohe Gras und kamen dann mit einem Ruck zum Stehen.

Joel stieg ab, schnappte laut nach Luft und ließ sich auf die Knie fallen. Dann stützte er sich mit den Händen auf dem Boden ab und würgte. Ich humpelte zu ihm und wollte ihm helfen, doch er schüttelte mich ab. Mit dem Handrücken wischte er sich Erbrochenes vom Mund ab.

«Komm», sagte er nach einem Moment. «Auf nach Oxford!» Sein aggressiver Blick gab mir zu verstehen, dass ich es nicht wagen sollte, seinen Aktionismus zu hinterfragen.

Ich stand einfach nur da, sah ihn an und spürte, wie mir Tränen in die Augen schossen.

«Joel», sagte ich. «Bitte … kannst du mir nicht einfach sagen, was los ist?»

Joel hielt den Kopf gesenkt.

«Joel», sagte ich leise. «Ich weiß, dass ich am Anfang gesagt hab, dass ich nicht über ernste Themen reden will, aber … das ist doch einfach nur verblödet. Bitte! Bitte, rede mit mir! Ich weiß, dass es dir nicht gut geht.»

Langsam, ganz langsam hob Joel den Blick. Er wirkte schockiert, so als könne er nicht fassen, was gerade passierte. Und als ich ihm in die Augen sah, kam hinter der Gegenwart plötzlich die Vergangenheit zum Vorschein, so wie wenn man Pauspapier anhebt und das Original darunter enthüllt. Denn ich erinnerte mich sofort daran, dass ich Joel bislang nur ein einziges Mal so verängstigt gesehen hatte – in der Nacht, die alles veränderte.

Chrissy Price' Party war nur für geladene Gäste, aber Joel war verdächtig gut informiert und zuversichtlich, dass wir reingelassen würden.

«Wer hat dich denn eingeladen?», fragte ich ihn.

«Ach, niemand Spezielles», antwortete er.

«Aber normalerweise funktioniert das mit Einladungen ein bisschen anders, oder?», sagte ich. «Was, wenn wir nicht reinkommen? Hast du was Offizielles? Eine gedruckte Einladung?»

Ich konnte Joel förmlich bis zehn zählen hören.

«Theo, entspann dich einfach, ja?»

«Ich soll mich entspannen? Ich? Kennen wir uns?»

Joel seufzte. «Das ist eine Hausparty in einer Sackgasse um die Ecke vom Gemeindezentrum und nicht die Oscar-Verleihung, wir kommen da schon rein, okay?»

Er zog seine Jacke aus und schob sie sich unter den Arm. Dabei fiel mir auf, dass er blaue Flecken am Hals hatte, und zwar an beiden Seiten. Es sah aus, als hätte ihn da jemand zu fest angefasst.

«Heute Mittag schreiben wir das Drehbuch fertig, okay?», sagte Joel. «Was haben wir noch gesagt, wie es heißen soll?»

«*The Regulars*», erwiderte ich abgelenkt. Joel musste bemerkt haben, wie ich die Flecken an seinem Hals anstarrte, denn er zog seine Jacke gleich wieder an.

«Ja, stimmt ja», sagte er. «Ach, gerade fällt mir ein, dass ich heute Mittag gar keine Zeit habe. Ich muss zum Zahnarzt. Das holen wir dann in den nächsten Tagen nach.»

Ich schaute Joel nach, als er davonging, und blieb noch lange mitten in dem Gang stehen. Die Leute um mich herum wichen mir aus wie Fische den Wasserpflanzen am Ufer, während ich spürte, wie mein Freund mir entglitt. Seit dem Tag, an dem er mir gesagt hatte, ich solle ihn nie mehr fragen, ob es ihm gut gehe, war es zwischen uns nicht mehr wie vorher. Ich hatte gehofft, dass nach ein paar Wochen wieder alles beim Alten sein würde – wir zwei gegen den Rest der Welt, das «kleine Komikerduo». Aber stattdessen fühlte sich es eher so an, als wäre die Distanz zwischen uns größer geworden, und ich war mir sicher, dass Momente wie der eben, in denen ich Panik wegen irgendwas schob, was eigentlich Spaß machen sollte, Teil des Problems waren. So gesehen bekam die Party eine ganz neue Bedeutung – vielleicht sollte ich Joel mal zeigen, dass ich lustig sein konnte und nicht so verkrampft. Vielleicht konnte ich die Dinge auf die Weise wieder ins Lot bringen.

Diese Hoffnung führte dazu, dass ich am Tag der Party das reinste Nervenbündel war. Sie und die kleine List, die ich Mum und Dad gegenüber anwenden musste. Sie wollten an dem Abend ins Theater und hatten mich – zu Alice' großer Empörung – gebeten, auf meine Schwester aufzupassen. Alice war darüber so erbost, dass sie mindestens vierzehn Mal hintereinander «Ich bin dreizehn!» ausrief. Am Ende nahm ich sie beiseite und erzählte ihr, dass wir nur so tun würden, als bliebe ich zu Hause, um Babysitter zu spielen. Ich wartete, bis Dads Auto von der Auffahrt auf die Straße abgebogen war, dann rannte ich nach oben und machte mich für die Party fertig. Anschließend nahm ich ein paar Dosen Cider aus dem Kühlschrank, steckte sie in eine Plastiktüte und ging zu Alice, die wie üblich über ihrem Zeichenblock saß.

«Also», sagte ich. «Was sagst du Mum und Dad noch mal, wenn sie früher zurück sind als ich?»

Ohne aufzuschauen, antwortete Alice: «Dass du mit den Gallaghers im Eulenreservat von Little Somerford bist und dir Drogen reinpfeifst.»

«*Alice!*»

Sie seufzte und schaute hoch. «O Gott! Was hast du denn mit deinen Haaren gemacht, Theo?»

«Ach nichts», sagte ich. Und dann: «Warum? Sieht es so schlimm aus?»

Alice lachte, wie ich sie noch nie hatte lachen sehen.

«Du siehst aus wie der Löwe aus *Der Zauberer von Oz*!», sagte sie prustend.

Ich lief zu dem Spiegel im Flur. Die Ergebnisse meiner etwas übereilten Färbe-Aktion hatten oben im Bad noch ganz okay ausgesehen – doch jetzt erkannte ich das ganze Ausmaß der Katastrophe: Meine Haarspitzen waren dunkelorange, während der Rest meiner Haare ein ungesundes Gelb angenommen hatte.

«Ach, halt den Schnabel!», sagte ich und versuchte, mir nichts anmerken zu lassen. «Und denk dran: Wenn Mum und Dad vor mir da sind, sag ihnen, dass ich nur schnell zu Joel musste, um ein Schulbuch zurückzugeben, das ich mir geliehen hab.»

«Sehr glaubwürdig», sagte Alice und wischte sich die Augen trocken.

Ich schnaubte unwillig und ging zur Tür. Und nachdem ich mich noch ein letztes Mal mit «Cool Water» von Davidoff eingesprüht hatte, schlüpfte ich aufgeregt hinaus in den lauen Sommerabend.

Als ich am Haus von Chrissys Eltern ankam, war das einzige Lebenszeichen weit und breit der Fernseher des Nachbarn, in dem *Countdown* lief. Nichts deutete auf eine Party hin.

Ich ging ins Haus und durch die Diele und schaute verlegen weg, als ich an jemandem vorbeikam, den ich nicht kannte, weil ich nicht wusste, ob ich ihn grüßen sollte oder nicht. Als ich an einer offenen Tür vorbeikam, packte mich jemand und zog mich ins Zimmer.

«Ach du meine Güte! Was hast du denn mit deinen Haaren gemacht, Theo?» Es war Joel.

Er wirkte schon ziemlich betrunken – jedenfalls betrunkener als die neun anderen in dem Raum. Alle standen im Viereck; sie drückten sich an die Wände, als dürfte man die Mitte des Zimmers nicht betreten.

Es dauerte eine Weile – exakt so lange, wie ich brauchte, um zwei Cider zu trinken –, bis die Feier in Schwung kam. Aber der Höhepunkt der allmählichen Steigerung hin zu einem Abend, der den Namen Party wirklich verdiente, war erst erreicht, als Tom Pritchard, unser Gras-/Bratensoßen-Dealer, eine kleine Flasche Wodka auf ex trank und den Inhalt gleich anschließend in mehreren spektakulär hohen Bögen aus dem Wohnzimmerfenster erbrach. Sein älterer Bruder Mark kam kurz darauf in einem passenderweise kotzgelben Auto angefahren. Aber statt Tom nach Hause zu bringen, sorgte er nur dafür, dass er sich das Gesicht wusch, und schickte ihn dann Wodka-Nachschub kaufen.

Immer mehr Leute strömten ins Haus, die Musik wurde aufgedreht, und irgendwer zündete im Bad einen Joint an. Joel war maulig gewesen, als ich kam, aber seitdem hatte seine Laune sich merklich aufgehellt. Der Cider floss weiter, und bald hatte ich mein schlimm aussehendes Löwenhaar und auch meine lästige Schüchternheit komplett vergessen. Joel und ich tanzten zu der Mucke von grottigen lokalen Bands, die aus den Lautsprechern plärrte, und während wir, die Arme um unsere Schultern gelegt, auf und ab hüpften, fühlte sich alles wieder richtig an – wieder normal. Joel und ich gegen den Rest der Welt. Plötzlich überkam mich das überwältigende Bedürfnis, ihm zu sagen, was er mir bedeutete. Aber je mehr ich versuchte, es – über die Musik hinweg schreiend – in Worte zu fassen, desto weniger Sinn ergab das, was ich sagte.

«Was?», rief Joel. Nach dem ungefähr zehnten Versuch merkte ich, dass er die Geduld verlor. Er wirkte mit einem Mal abgelenkt, schaute sich dauernd um, so als wartete er auf jemanden, und kippte den Alk praktisch wie Wasser in sich rein. Als er sich irgendwann einfach umdrehte und aus dem Wohnzimmer ging, versuchte ich, ihm zu folgen, und rief ihm zu, er solle warten.

«Ich geh nur mal pinkeln, okay?»

«Aber es ist wichtig!», lallte ich.

«Was denn? Was musst du mir sagen, was nicht drei Minuten warten kann?»

Es war mir peinlich, dass er mich so anranzte. Und das machte es mir nur umso schwerer, ihm zu sagen, was ich sagen wollte.

«Ich ... ich ...»

«*Was?*»

Ich schaute zu Boden. «Ich wollte dir nur sagen, dass ich, äh ... nie einen richtigen Freund hatte, bis du kamst. Ich war so ein verdammter Loser, und ich weiß, dass ich es auch immer noch bin. Ich weiß, dass der ganze Comedy-Kram total nerdig und peinlich ist, aber solange du mein Freund bist, bin ich wenigstens nicht mehr so ein Freak. Mit dir zusammen zu schreiben oder auch einfach nur rumzublödeln, ist einfach das Allerbeste. Ich hätte nie gedacht, dass ich mal so was haben würde und ...» Die Worte purzelten alle in der falschen Reihenfolge aus mir heraus.

Ich hob den Blick und sah Joel nervös an. Ich hoffte, dass er lächeln oder, besser noch, etwas Nettes erwidern würde. Aber er schaute mich gar nicht an. Er sah jemanden an, der hinter mir stand. Als ich mich umdrehte, stand Amber Crossley oben an der Treppe. Ich kannte Amber aus meinem Englischkurs – sie wurde ausnahmslos jede Stunde rausgeschickt, weil sie auf ihrem Handy rumspielte, aber sie konnte mit Abstand am besten vorlesen, egal, welches Buch oder Stück wir gerade durchnahmen.

Amber kam die Treppe herunter. Verlegen schaute sie zwischen uns hin und her und sagte: «Da wären wir ja alle.»

«Hallo», sagte Joel und strich sich die Haare zurück, wie ich es ihn noch nie hatte tun sehen. «Theo kennst du ja. Theo, das ist Amber.»

«Hallo, Amber», sagte ich, aber weil ich Schluckauf hatte, klang es wie «Am-hick-ber».

«Nein, nein, *Amber*», korrigierte sie mich, als hätte ich nicht richtig gehört. Und wahrscheinlich hätte ich geglaubt, dass sie sich über mich lustig machte, wenn sie nicht anschließend gelächelt hätte. Und sie hatte ein umwerfendes Lächeln.

«Los, ihr zwei», sagte sie lachend, «lasst uns was rauchen gehen.»

Ich hatte mich in meinem ganzen Leben noch nie so darauf konzentrieren müssen, einfach nur aufrecht stehen zu bleiben. Joel baute mit dem Gras, das Amber mitgebracht hatte, eine Tüte, und als ich an der Reihe war, nahm ich den kürzestmöglichen Zug. Wir standen im Garten und ignorierten einige andere Gäste, die auf dem Trampolin in der Ecke herumhopsten. Ich lallte jetzt noch schlimmer, aber Amber nickte höflich, so als spräche sie mit einem älteren Verwandten in einem Pflegeheim. Das Nächste, was ich mitbekam, war, dass sie mich wach rüttelte. Ich war offenbar am Gartenschuppen lehnend, mit den Händen in den Taschen, weggedämmert. Amber führte ihr Gesicht ganz dicht an meines heran.

«Alles in Ordnung mit dir?», fragte sie. Es dauerte einen Moment, bis ich antworten konnte. Ich glaube nicht, dass ich einem Mädchen jemals so nahe gekommen war. Und ganz sicher keinem, das so hübsch war wie Amber.

«Ja, alles gut», brachte ich schließlich heraus und gähnte

übertrieben, so als wäre ich nur eingeschlafen, weil mich diese bourgeoise Veranstaltung so langweilte.

«Bin ganz deiner Meinung», sagte sie.

«Wo ist Joel denn hin?», fragte ich.

«Er ist ... weiß ich gerade nicht so genau, aber hör mal, hättest du nicht Lust, uns noch ein bisschen Gras zu besorgen? Von uns hat keiner mehr was, und Joel meinte, du hättest vielleicht noch was zu Hause?»

«Ja, stimmt», sagte ich.

Als ich mich nicht vom Fleck rührte, zog Amber die Augenbrauen hoch.

«Ach so ... Ich soll es jetzt gleich holen?», fragte ich.

Amber strahlte und drückte meine Hand.

«Ausgezeichnete Arbeit, Soldat», erwiderte sie, und ich salutierte.

Ich stolperte zurück durchs Haus und in den Vorgarten und hob mein Fahrrad vom Rasen auf. Es gefiel mir, auf einer Mission zu sein. Ich wollte sie unbedingt zur Zufriedenheit erfüllen und Amber und Joel möglichst beeindrucken. Erst als ich mich aufs Rad geschwungen hatte, fiel mir wieder ein, dass ich den kleinen Vorrat, den ich besaß, zu Hause in meine Socke gesteckt hatte – für den Fall, dass Alice in meiner Abwesenheit meine Sachen durchwühlte. Grinsend stellte ich mir vor, wie begeistert Joel und Amber sein würden. Ich sah schon vor mir, wie sie mich hochheben und jubelnd auf ihren Schultern herumtragen würden.

Als ich mich wieder dem Hause zuwandte, rannte ein Mädchen vorbei und kotzte genau in dem Moment in die Hecke, als im Nachbargarten ein Schäferhund wütend zu kläffen begann. Ich legte mein Fahrrad neben Mark Pritchards Auto ab und bahnte mir einen Weg durch den vollgestopften Flur, in dem es nach Schweiß und verschüttetem Bier stank. Einige

Jungs rauften sich auf dem Boden des Hauswirtschaftsraums. Ich musste über sie hinwegspringen, um zur Hintertür zu gelangen, und stand schließlich wieder im Garten. Und da fiel mein Blick auf Joel. Er lag auf dem Trampolin, und er war nicht allein. Denn er hielt Amber in den Armen.

Auf einmal verstand ich. Darum hatten sie mich also weggeschickt. Darum hatte Joel dauernd in der Mittagspause keine Zeit gehabt, und darum machte er um alles ein Geheimnis. Warum hatte ich so lange gebraucht, um zu kapieren, dass all das mit einem Mädchen zusammenhing?

Plötzlich wollte ich, so schnell ich konnte, von Joel weg. Ich nahm vage wahr, dass hinter mir einige Aufregung entstand. Ich glaubte, Joel meinen Namen rufen zu hören, drängte mich aber, entschlossen, mich nicht umzudrehen, erneut einmal quer durchs Haus. Draußen angekommen, riss ich mein Rad vom Rasen hoch und fuhr los. Ich trat so kräftig in die Pedale, dass die Muskeln in meinen Beinen brannten, aber ich ließ nicht nach. Mein Vorderlicht erfasste Motten und andere Insekten, die über die Straße schwirrten. Die weißen Markierungen auf der Fahrbahn flogen an mir vorüber, dasselbe Bild immer wieder und wieder, so als radelte ich in Endlosschleife durch den immer gleichen Filmausschnitt. Ich geriet ins Schleudern und wäre beinahe gestürzt, fing mich aber wieder. Dann hörte ich ein hupendes Auto hinter mir. Aber ich fuhr nicht an den Rand, um es vorbeizulassen. Es konnte verdammt noch mal warten.

Als ich um die letzte Ecke zu unserem Haus bog, sprang direkt vor mir ein Reh mit schreckgeweiteten Augen über die Straße. Ich riss den Lenker instinktiv nach links, und plötzlich tauchte Alice im Lichtkegel meiner Fahrradbeleuchtung auf; sie radelte, weiß wie ein Gespenst, aus der entgegengesetzten Richtung auf mich zu. Ich sah noch, wie ein überraschter Ausdruck über ihr Gesicht huschte, dann machte das Auto hinter mir eine Vollbremsung, und als Nächstes hörte ich ein schreckliches Krachen und Knirschen.

Mit zitternden Beinen stieg ich ab, in meinen Ohren rauschte das Blut. Ich fiel neben Alice auf die Knie; sie lag mit geschlossenen Augen auf dem Rücken und sah ganz friedlich aus, so als schliefe sie. Ihr Helm war ihr vom Kopf gerutscht, und es klaffte einen riesiger Spalt darin. Die Autotüren wurden geöffnet. Ich blickte mich um und schirmte meine Augen vor dem blendenden Licht der Scheinwerfer ab. Als ich eine gelbe Tür sah, begriff ich, dass es das Auto von Toms Bruder war. Und davor standen, als Silhouetten vor der Motorhaube, Amber und Joel.

TEIL DREI

KAPITEL SECHSUNDZWANZIG
THEO

Die Zeit, die ich im Warteraum der Notaufnahme in Gloucester verbracht habe, verfolgt mich bis heute. Ich träume regelmäßig davon und sehe dann immer dasselbe: einen Mann, dem Blut aus der Nase in eine umgedrehte Kappe tropft; ein Kind im Schlafanzug, dem zwei Karottenenden aus der Nase ragen; eine Frau mit einem blutverschmierten Partyhütchen auf dem Kopf. In dem Traum wiederholen sie wie mechanische Puppen immer wieder dieselben Bewegungen, bis sie mir zum Schluss allesamt ruckartig den Kopf zuwenden und mich anstarren. Das ist der Moment, in dem ich aus dem Schlaf hochschrecke.

Alice wurde gleich eilig durchgeschleust. Dad begleitete sie. Mum und ich blieben im Warteraum, aber Mum konnte nicht still sitzen. Sie stand dauernd auf und lief mit verschränkten Armen schluchzend auf und ab. Als sie sich irgendwann wieder neben mich setzte, lehnte ich meinen Kopf an ihre Schulter, und weil das, warum auch immer, dazu führte, dass sie einen Moment aufhörte zu weinen, verharrte ich vollkommen reglos in dieser Position.

Zuerst sah es so aus, als würde Alice vom Hals abwärts jedes Gefühl verlieren. Aber nach ein paar Tagen konnte sie ihre Arme wieder spüren.

«Das ist wegen ihres Malens», sagte Mum unter Tränen lachend. «Das lässt sie sich von nichts und niemandem nehmen.»

Als ihre Reha begann, verbrachte ich jede Minute, die man mich ließ, in Alice' Krankenzimmer. Und in all der Zeit habe ich sie nur zweimal weinen sehen. Dass sie tapferer war als ich, hatte ich schon immer gewusst. Aber ab da war mir klar, dass sie eine Superheldin war. Zum Teil wegen der Entschlossenheit, mit der sie neue Kraft aufbaute, vor allem aber, weil sie nur sechs Wochen nach dem Unfall von selbst auf Joel zu sprechen kam.

«Wo wollte er eigentlich hinfahren?», fragte sie eines Morgens fast beiläufig.

Ich beschloss, ihr nicht die Wahrheit zu sagen – wenigstens nicht das, was ich für die Wahrheit hielt, nämlich, dass er mir nachgefahren war, um sich zu erklären oder zu entschuldigen. Denn das hätte in meinen Augen alles nur noch schlimmer gemacht.

«Keine Ahnung», sagte ich. «Wahrscheinlich wollte er einfach eine kleine Spritztour mit dem Auto von Toms Bruder machen. Irgendwer muss ihn angestiftet haben. Nicht, dass ich ihn verteidigen will oder so.»

Alice verzog schmerzhaft das Gesicht, während sie sich in ihrem Bett hochdrückte.

«Hast du ihn seitdem mal getroffen?», fragte sie.

«Nein», antwortete ich. «Werde ich auch nicht. Versprochen.»

Alice schloss die Augen und lehnte ihren Kopf zurück.

«Ich hab nichts dagegen, dass ihr euch seht», sagte sie. «Es war ja keine Absicht.»

«Ja, na ja, aber darum geht's nicht, oder?», sagte ich. «Du kannst nicht mehr laufen wegen dem Schwachkopf.»

«Danke, dass du mich daran erinnerst, Brüderchen.»

«Tut mir leid.» Ich nahm ihre Hand. Ein Windstoß wehte herein, und die Jalousien schlugen klappernd gegen das offene Fenster.

«Hat er versucht, dich anzurufen?», fragte Alice.

Ich zögerte, bevor ich ihr mein Handy zeigte. Hundertachtundzwanzig verpasste Anrufe wurden angezeigt. Vier waren allein von diesem Morgen.

«O mein Gott», sagte sie. «War er bei uns am Haus?»
«Glaub ich nicht.»
«Ist wahrscheinlich auch besser so. Mum würde ihm bestimmt mit ihrer Kasserolle eins überbraten.»

Ich lächelte, aber nicht lange, weil Alice ihre Position noch mal änderte und erneut vor Schmerz zusammenzuckte.

«Bist du nicht ...?» Ich zögerte.
«Was?»
«Bist du nicht sauer auf ihn?»
«Ich war sauer auf ihn», sagte Alice nach einer kurzen Pause. «Aber ich hab beschlossen, es nicht mehr zu sein. Weil es nichts bringt.»

Nach einem Moment stand ich auf und trat ans Fenster. Ich hielt es nicht aus, dass meine dreizehnjährige Schwester die Situation so ruhig und stoisch hinnahm. Wo blieben die Wut- und Schreianfälle darüber, wie ungerecht das alles war? Wollte sie denn nicht, dass ich hinging und Joel windelweich prügelte? Wollte sie keine Rache für das, was er ihr angetan hatte?

«Weißt du, es ist in Ordnung, sauer zu sein», sagte ich und drehte mich wieder zu ihr um. «Und ehrlich gesagt wäre es mir sogar lieber, du wärst es.»

Alice runzelte die Stirn. «Aber wieso?»
«Na, sieh dich doch mal an! Sieh dir an, was er mit dir gemacht hat!»

Alice löste ein Gummi von ihrem Handgelenk und band sich die Haare hoch. «Danke, dass du mich zum zweiten Mal daran erinnerst. Hör zu, wenn du dich weiter aufregst, möchte ich, dass du gehst, bitte.»

«Aber –»
«Andernfalls müsste ich mal für kleine Mädchen.»
«Oh.»
«Hilfst du mir in den Streitwagen?»

So hatte Alice ihren Rollstuhl getauft. Wir hatten lange üben müssen, aber jetzt hatten wir schon Routine darin, sie vom Bett in den Stuhl zu bugsieren.

«Alles gut?», fragte ich, nachdem das Manöver geglückt war, und bückte mich, um eine verirrte Fluse von einem der Rollstuhlräder zu zupfen.

Alice nickte. Ich wollte mich gerade wieder aufrichten, als sie sagte: «Natürlich bin ich wütend auf ihn, Theo.»

Als ich sie anschaute, glänzten Tränen in ihren Augen. Mir war noch nie aufgefallen, wie leuchtend blau sie waren. Ich nahm ihre Hand.

«Ich wünschte, es wäre nicht passiert», sagte sie. «Ich muss mich in jeder wachen Sekunde zusammenreißen, damit ich mir nicht dauernd ausmale, wie beschissen mein Leben von jetzt an sein wird. Meine Freunde benehmen sich so komisch, wenn sie mich besuchen kommen, weil sie nicht wissen, wie sie sich verhalten sollen. Das ist echt furchtbar. Aber du musst mir helfen, indem du nicht wütend wirst. Weil das erinnert mich nämlich nur daran, dass gar nichts in Ordnung ist. Und je mehr ich mir vormachen kann, es wäre alles gut, desto mehr wird am Ende auch gut sein. Okay?»

Ich schluckte schwer.

«Okay», sagte ich.

«Gut.» Sie wischte sich mit dem Ärmel über die Augen und klatschte dann in die Hände, so als wollte sie das Thema vom Tisch wischen und mir signalisieren, dass wir zum letzten Mal darüber gesprochen hatten.

«Und wo das ja jetzt geklärt ist: Vorwärts, Fahrer! Vorwärts!»

In der *Turf Tavern* in Oxford herrschte ausgelassenes Treiben. Studenten in College-Hoodies kippten Pints und Shots in sich rein. Ein junger Typ in Cordhose hatte sich am Tresen eines dieser riesengroßen Yardgläser voll Bier bestellt und schüttete das meiste davon über sein Shirt. Da alle schreien mussten, um sich Gehör zu verschaffen, schien die Lautstärke exponentiell zuzunehmen; irgendwann würde einfach das Dach des Gebäudes wegfliegen. Joel und ich saßen in einer kleinen Nische und betrachteten den Trubel schweigend.

Es war jetzt eine Stunde her, dass ich hilflos zugesehen hatte, wie er den Mund sinnlos auf- und wieder zugeklappt hatte, während sich neben ihm langsam das Vorderrad des auf der Seite liegenden Tandems drehte und die Speichen das Sonnenlicht reflektierten.

«Lass uns einfach nach Oxford fahren», hatte er schließlich matt gesagt. «Wir reden dann da.»

Und nun saßen wir also hier, Seite an Seite, jeder eine unberührte Cola vor sich, und schwiegen. Fast so, als lieferten wir uns einen Wettstreit darum, wer am stillsten sein konnte. Es fühlte sich so an, als müssten wir nichts machen, solange wir uns nicht rührten und das Chaos um uns herum alles andere übertönte. Auf einmal war mir alles zu viel – erst recht, als ich sah, dass Joels Tasche neben mir auf dem Tisch lag und die «Letzter-Wunsch-Liste», mit einem schmutzigen Abdruck meines Stiefels verunziert, herauslugte. Ich schloss die Augen. In diesem Moment wollte ich nur noch mit dem Kopfhörer auf den Ohren in der Gartenhütte liegen und mir das echte Leben vom Leib halten.

«Ich hole uns ein paar Chips», sagte Joel schließlich, um die verfahrene Situation aufzulösen. Beim Aufstehen verzog er das Gesicht vor Anstrengung. Als er zum Tresen ging –

Kopf zwischen die Schultern gezogen, Hände in den Hosentaschen –, war es, als wäre er wieder sechzehn.

~

Nach meinem Gespräch mit Alice dauerte es noch einen ganzen Monat, bis ich Joel wiedersah. Ich hatte mir angewöhnt, nach der Schule zur Themsequelle zu gehen, um ein bisschen meine Ruhe zu haben, bevor ich nach Hause kam oder ins Krankenhaus fuhr. Es war ein kalter Septembernachmittag, und durchs Gras fuhr ein kühler Wind. Ich sah ihn zu spät, um ihm noch aus dem Weg zu gehen. Also blieb ich, das Kinn auf die angezogenen Knie gestützt, einfach sitzen und versuchte, so zu tun, als wäre er nicht da.

«Darf ich mich setzen?», fragte er. An seinem Kinn wuchs ein kümmerliches Bärtchen. Er hatte dunkle Ringe unter den Augen, und seine Hände waren zerschundener denn je.

Ich antwortete nicht, aber er setzte sich trotzdem – an meine Seite, aber mit einem unnatürlich weiten Abstand zwischen uns. Ich erwartete, dass er zu einem Monolog über die Party ansetzen würde, dass er versuchen würde, sich rauszureden, oder sagen würde, wie leid es ihm tue. Aber es kam nichts davon. Vielleicht hatte er so eine Rede vorbereitet, konnte sich aber nicht durchringen, sie zu halten; jedenfalls saßen wir am Ende einfach nur da und redeten gar nicht. Nach einer Weile steckte er einen Joint an. Er bot ihn mir an, aber ich lehnte ab, beim zweiten Mal auch, aber beim dritten Mal nahm ich ihn. Irgendwann später, ich weiß nicht, nach wie langer Zeit, verabschiedete er sich und ging.

Am nächsten Tag passierte dasselbe. Und am Tag danach und dann eine Woche lang jeden Tag, und nie wechselten wir ein Wort. Ich war immer noch schrecklich aufgebracht und durch den Wind. Hätte ich Alice nicht versprochen, nicht wütend zu sein, wäre ich, glaube ich, auf ihn losgegangen, einfach um das Druckventil zu öffnen und meine Aggressionen rauszulassen. Der Joint trug wahrscheinlich dazu bei, dass ich es nicht tat; er nahm dem Ganzen die Spitze.

Als ich schließlich das erste Mal doch etwas sagte, war es gar keine bewusste Entscheidung. Ich antwortete einfach automatisch auf Joels traditionelle Begrüßung.

«Na, alles klar?»

«Alles klar.»

Er erschrak derart über meine Antwort, dass ich fast lächeln musste. Ich sah, wie er um Fassung rang. Dass ich ihn begrüßt hatte, war das grüne Licht, das er brauchte, und er holte zu einer Entschuldigung aus, bis ich meine Hand hob und ihn stoppte.

«Bitte nicht», sagte ich. «Irgendwann vielleicht. Aber nicht jetzt.»

«Okay», sagte Joel. «Wenn du es so willst.»

Ich merkte, dass er trotzdem noch etwas sagen wollte, doch er schien zu dem Entschluss zu kommen, dass meine Reaktion schon Sieg genug war. Ich erinnere mich nicht mehr, wer damit angefangen hat, aber einer von uns erzählte von einer neuen Serie in der BBC. Am Anfang des Gesprächs war es, als wären wir Fremde. Unsere Unterhaltung geriet immer wieder ins Stocken, oder wir fingen gleichzeitig an zu reden. Alles wirkte plötzlich fremd und ungewohnt. Es war fast so, wie wenn man nach den Ferien zurück in die Schule kommt und vergessen hat, wie man schreibt. Dann machte ich einen blöden Scherz, über den er lachen musste, und der Knoten schien geplatzt zu sein. Aber wie er mich anschaute, nachdem er gelacht hatte, brach mir fast das Herz. In seinem Blick lag eine unfassbar große Erleichterung darüber, dass vielleicht nicht alles verloren war. Ehe ich wusste, wie mir geschah, weinten wir beide. Wir rückten mit gesenkten Köpfen aufeinander zu, und als wir uns in der Mitte trafen, legten wir die Arme umeinander, verbunden durch unsere Traurigkeit. Kurze Zeit später setzte Befangenheit ein, und wir lösten uns wieder voneinander.

Joel schniefte und räusperte sich. Dann hob er einen Stein vom Boden auf und warf ihn gegen das Themsequellendenkmal.

«Weißt du noch, wie wir uns vorgenommen haben, den Themsepfad zusammen zu gehen?», fragte er.

«Ja», sagte ich. «Weiß ich noch.»

Joel warf den nächsten Stein. Schniefte wieder.

«Willst du's immer noch machen?», fragte er.

Ich spreizte meine Zehen in den Turnschuhen und spürte, wie der Stoff sich dehnte.

«Ja», antwortete ich. «Eines Tages.»

Das sagte ich, weil damals schon irgendwie klar war, dass wir gerade auch um unsere Freundschaft geweint hatten. Zwischen uns hatte sich eine riesige Kluft aufgetan, aber indem wir uns etwas versprachen, das so weit weg erschien wie ein winziger Punkt am Horizont, ließen wir Raum für die Hoffnung, dass der Bruch zwischen uns vielleicht eines Tages heilen konnte – dass wir wieder zueinanderfinden konnten, wenn genügend Zeit vergangen war.

Als ich Joel da am Tresen stehen sah, die Chips in der einen Hand und sein Telefon in der anderen, fragte ich mich, ob dieser Moment womöglich jetzt gekommen war, egal wie peinlich oder schmerzhaft er sein würde. Joel hatte sich zum

Rand des Tresens bewegt und lauschte angespannt jemandem am anderen Ende der Leitung. Ich presste meine Hände im Schoß zusammen und klammerte mich an den Gedanken, dass das vielleicht der Punkt war, ab dem es bergauf ging. Aber dann schaute Joel auf einmal zu mir hin, bleich, ängstlich, und ich sah, wie ihm das Telefon aus der Hand glitt.

KAPITEL SIEBENUNDZWANZIG
JOEL

Selbst nachdem mein Telefon auf den Boden gefallen war, konnte ich noch hören, wie Jane Green meinen Namen rief. Sie hatte mir gerade in ihrer typisch phlegmatischen Art mitgeteilt, dass nun doch nichts aus *The Regulars* werden würde: «Ich bring die kahlköpfige Flachpfeife um, wenn ich sie das nächste Mal sehe.»

Als ich zu Theo hinübersah, schaute er mich unverwandt an wie ein treuherziges Hündchen, das nicht verstehen kann, warum sein eben noch freundliches Herrchen es gerade angeschrien hat – es war, als wüsste er es bereits. Es dauerte eine gefühlte Ewigkeit, bis ich wieder an unserem Platz war, und unterwegs fragte ich mich, wie ich ihm die schlechte Neuigkeit beibringen sollte. Ich taumelte leicht, mir war heiß und schwummrig.

«Alles in Ordnung?», fragte Theo und stand auf.

Ich stützte mich auf den Tisch.

«Lass uns hier abhauen», sagte ich.

In Oxfords Innenstadt war es ruhig, bis auf einzelne Grüppchen angeheiterter, ausgelassener Studenten, die Bier aus Dosen tranken und die Gehsteige blockierten. Janes Nachricht hatte mich in einen Abgrund gestoßen, und der Anblick all der Youngster, die gerade diesen glücklichen Moment durchlebten – an der Schwelle zum Erwachsensein, aber noch ohne die dazugehörige Verantwortung – und ihr ganzes Leben noch vor sich hatten, gab mir den Rest. Als wir an einem Spirituosenladen vorbeikamen, blieb ich so abrupt stehen, als wäre ich beim Gefängnisausbruch von einem Suchscheinwerfer erfasst worden. Theo war so in Gedanken, dass er einfach weiterging.

Ich wandte mich der Auslage dazu. Von den Schnapsflaschen ging eine ungeheure Anziehung aus. *Wenn du dich schon selbst zerstören willst, dann wenigstens mit Schmackes*, schienen sie zu flüstern. Ich machte einen Schritt auf die Eingangstür zu. Aber dann leuchtete plötzlich ein Bild von Amber vor meinem inneren Auge auf, wie sie allein zwischen all den Paaren und Familien am Gepäckband stand und geduldig auf ihren Koffer wartete. Ich blieb stehen. Die Flaschen verloren sofort ihren Zauber, ihre Sirenengesänge verstummten.

Ich hörte eine Bremse quietschen und schaute auf die andere Straßenseite, wo Theo gerade von einem Radfahrer angepöbelt wurde. Zu meinem Entsetzen erkannte ich Colin. Er war so ziemlich der letzte Mensch, den wir jetzt gebrauchen konnten. Ich stellte mich in einen Hauseingang und beobachtete, wie er Theo in ein Gespräch zu verwickeln versuchte, aber Theo sagte ihm – ganz ruhig, so als würde er ihm den Weg beschreiben –, er solle sich verziehen. Colin schüttelte den Kopf wie ein enttäuschter Lehrer und fuhr weiter.

Ich überquerte die Straße und gesellte mich zu Theo. Wir gingen schweigend ein Stück weiter, bis wir auf einer Brücke stehen blieben und auf den trüben Fluss hinunterschauten. Am anderen Ufer stand ein Pub mit der Aufschrift «The Head of the Thames» – Themsequelle.

«Na ja, das ist ja wohl ein bisschen anmaßend, oder?», sagte Theo. «Immerhin ist das doch der einzige Ruhm, den Kemble für sich in Anspruch nehmen kann.»

«Ja, ganz schön unfair, so was», erwiderte ich.

Theo sah mich an und schaute dann zu dem Laden zurück, vor dem ich stehen geblieben war.

«Die Antwort ist ja», sagte ich. «Es stimmt. Ich bin Alkoholiker. Aber ich bin seit fünf Jahren trocken.»

«Oh», sagte Theo verwirrt. «Aber dann ...»

«Da war der Schaden schon angerichtet.»

«Was meinst du damit?», fragte Theo. Diesmal lag ein leichtes Zittern in seiner Stimme, und ich begriff, dass er Angst hatte. Ich wünschte nur, es würde anders gehen als so – dass er es verstehen würde, ohne dass ich es aussprechen musste.

«Ich bin krank, Theo», sagte ich schließlich.

Einige Sekunden vergingen. Theo schaute starr geradeaus. Ich fragte mich, ob ich so leise gesprochen hatte, dass er mich vielleicht nicht gehört hatte. Aber dann sagte er: «Und was ist es? Was ... fehlt dir?»

Ich blickte in das gleichgültig dahinfließende Wasser unter uns und fragte mich, wie kalt es wohl war. Wie tief.

«Ich hab Leberzirrhose», sagte ich. «Fortgeschrittenes Stadium.»

Theo schaute weiter geradeaus. «Die letzten Wünsche?», fragte er.

In dem Moment gingen zwei Jungs hinter uns vorbei. Einer von ihnen kickte eine Flasche, die laut klirrend im Rinnstein landete. Sein Freund bejubelte ihn. Dieser einfache, lockere Austausch, den nur männliche Teenager kennen, zauberte mir ein Lächeln ins Gesicht.

«Ich fürchte, ja», sagte ich schließlich.

Theo schnappte laut nach Luft. Es klang, als hätte er einen Schrei unterdrückt.

«Verdammt, Joel. Leberzirrhose ...»

«Ja, ich weiß. Lebern sind echte Arschlöcher.»

Theo scharrte mit dem Fuß über den Boden. «Und das kommt nur vom ... du weißt schon ... vom Trinken und so?»

«Na ja, das ist kompliziert», sagte ich. «Es kommt vor allem vom Trinken. Aber ich bin früher mal die Treppe runtergefallen und hab mir einen ziemlich schlimmen Leberriss zugezogen. Davon hat sie sich im Grunde nie richtig erholt.»

Jetzt drehte Theo sich mir zu. «Das wusste ich gar nicht», sagte er. «Dass du die Treppe runtergefallen bist, meine ich.»

«Ja, das ist passiert, nachdem wir ... du weißt schon ... getrennte Wege gegangen sind.»

Es kam Wind auf. Der Kragen meiner Jacke flatterte gegen mein Ohr. Theo schaute die ganze Zeit dorthin, so als würde er jeden Moment die Hand ausstrecken und den Kragen nach unten klappen.

«Aber diese Liste mit den letzten Wünschen», sagte er. «Heißt das ...?» Er schwenkte den Arm durch die Luft wie ein unschlüssiger Dirigent und konnte den Gedanken nicht zu Ende führen.

«Sagen wir so: Es sieht nicht gut aus», antwortete ich.

«Aber was ist mit einer Transplantation?», fragte er, plötzlich ganz ernst. «Ich meine ... Entschuldige, du und deine Ärzte habt bestimmt selbst schon an so was gedacht.»

«Ich stehe auf einer Warteliste», sagte ich.

«Das ist doch gut, oder?»

«Ja, wäre es, wenn ich nicht so weit unten stünde.»

«Oh.»

«Ja. Das ist ein bisschen so, wie wenn man versucht, Tickets für Glastonbury zu bekommen, nur hängt ein bisschen mehr davon ab, und, ähm, tja ... ich fürchte, ich weiß nicht, ob meine Zeit ausreicht.»

Ich umklammerte das Brückengeländer und wünschte mir, ich könnte etwas Optimistischeres sagen. Mir wurde klar, dass es Momente wie dieser waren – wenn man dem anderen Zuversicht vermitteln wollte, aber einem ums Verrecken nicht die richtigen Worte einfielen –, in denen man sich als Mensch noch untauglicher fühlte als ohnehin schon.

«Und es gibt echt sonst nichts, was man tun kann?», fragte Theo und wandte seinen Blick erneut dem Fluss zu.

Nachdem ich einen Augenblick lang vergeblich darauf gehofft hatte, dass er wieder mich anschauen würde, sagte ich: «Nein, nichts», und gab mir alle Mühe, Mums Stimme in meinem Kopf zu ignorieren. *Was ist mit Plan B?*

Eine gefühlte Ewigkeit standen wir wieder einfach nur stumm da. Diesmal brach Theo das Schweigen.

«Das tut mir leid», sagte er.

«Ja, äh, mir auch.»

«Das muss dir aber doch nicht leidtun, Joel. O Mann.»

«Nein», sagte ich. «Das sicher nicht. Aber ich muss dir noch was anderes beichten. Es geht um *The Regulars*.»

«Was ist damit?», fragte Theo. «Kann das nicht warten? Ich weiß, dass wir hinter dem Zeitplan sind, aber – »

«Nein, das ist es nicht.» Ich holte tief Luft. «Neulich in Kemble, als ich das erste Mal zu dir kam und du gesagt hast, du würdest nicht mitwandern, da hab ich irgendwie Panik gekriegt. Ich wollte unbedingt, dass du mitkommst, damit wir noch ein letztes Mal was zusammen aushecken, bevor ich … Und die BBC wollte wirklich eine neue Serie von mir – ich schwöre! –, aber wir hatten noch nichts Konkretes besprochen. Nachdem wir geredet hatten, hab ich gleich meine Redakteurin Jane angerufen und ihr *The Regulars* vorgeschlagen, und es sah ganz danach aus, als könnte nichts mehr schiefgehen. Aber jetzt hat Jane mich gerade angerufen und … nun ja, es hat sich rausgestellt, dass Channel 4 vor einer Weile schon einen ähnlichen Stoff in Auftrag gegeben hat. Es tut mir wirklich leid, Theo. Wenn ich die Zeit zurückdrehen könnte, würde ich das anders angehen … Das gilt auch für eine Menge andere Dinge.»

Theo schien in rasender Folge von einem Gemütszustand in den nächsten zu fallen.

«Schon okay», war alles, was er sagte, aber es klang kühl und gleichgültig.

Wir schauten wieder schweigend aufs Wasser. Dabei stach mir ein Gegenstand ins Auge, der unter der Brücke hindurchtrieb. Ein gelber Haushaltshandschuh. Er bewegte sich langsam hin und her, so als winkte er mir resigniert zu.

Es war wahrscheinlich noch zu früh, irgendwas dazu zu sagen, aber ich fragte mich, ob wir unsere Wanderung jetzt, wo alles auf dem Tisch lag, trotzdem fortsetzen konnten. Dann würde ich nicht mehr so tun müssen, als wäre ich nicht erschöpft, und Theo würde vielleicht bereitwillig für uns beide in die Pedale treten. Vor meinem inneren Auge sah ich schon, wie wir ans Ziel kamen – total zufrieden mit uns selbst, weil wir die ganze Tour absolviert und unser Versprechen eingelöst hatten; vielleicht würden wir uns sogar kurz umarmen. *Wir haben's geschafft! Unser letzter Triumph.*

«Ich glaub's einfach nicht», sagte Theo. Er verschränkte seine Arme auf dem Geländer, legte sein Kinn darauf und schaute in die Ferne.

Ich streckte vorsichtig den Arm aus und klopfte ihm auf den Rücken. Ich würde ihm so viel Zeit lassen, wie er brauchte.

«Ist okay», sagte ich. «Scheiß Lebern, was?»

Wenn ich in diesem Moment den Blick von ihm abgewandt hätte, hätte ich es vielleicht gar nicht mitbekommen. Aber so sah ich es – das kleine Fünkchen Verwirrung in Theos Miene über das, was ich gerade gesagt hatte.

«Oh, sorry», sagte ich. «Du meintest die Serie und nicht mich.»

«Nein», antwortete Theo. «Nein, ich ... Das ist nicht ...»

Ich wartete. Aber er machte sich nicht einmal die Mühe, die Lüge auszuformulieren.

«Wow», sagte ich mit einem freudlosen Lachen, das ich kaum als mein eigenes erkannte. «Theo, das ist selbst für deine Verhältnisse ... Verdammt, ich fass es nicht! Na ja, jedenfalls gut zu wissen, wo deine Prioritäten liegen.»

«Nein, Joel, ich –»

«Man sieht sich. Tut mir echt leid, dass dich das so mitnimmt.»

Damit ließ ich ihn stehen. Ich wollte nur noch so weit weg von ihm, wie ich konnte. Einen Augenblick später hörte ich, wie er hinter mir hergetrampelt kam. Er packte meine Schultern, aber ich schüttelte ihn ab.

«Das hab ich nicht gemeint, ich schwör's!», sagte er mit bebender Stimme. Aber mir war egal, was er jetzt noch sagte. Er konnte protestieren, so viel er wollte – ich wusste, was ich gesehen hatte.

Ich drehte mich zu ihm um. «Du hast mir mehr als deutlich gemacht, worum es dir geht. Und jetzt lass mich, verdammt noch mal, in Ruhe, okay?»

Er tat mir leid. Wie sollte er es je zu was bringen im Leben, wenn er derart egozentrisch war? Vorhin auf dieser Brücke hatte ich eine Sekunde darüber nachgedacht, ihn um Hilfe zu bitten. Nun, ich war froh, dass ich mir das gespart hatte.

«Bitte», sagte er. «Lass es mich dir doch erk...»

«Nein. Du brauchst mir nichts zu erklären, okay? Das hier war ein Fehler, von Anfang an. Das ist mir jetzt klar. Ich wünschte nur, ich hätte es früher begriffen – das hätte uns beiden einigen Kummer erspart.»

Ich hielt inne, wartete auf Theos Reaktion, wappnete mich dafür, dass er sich an mich klammern und mir sagen würde, dass ich nicht gehen sollte. Aber als ich einen Schritt zurück machte, rührte Theo sich nicht von der Stelle und sagte keinen Ton. Offenbar fand er es leichter, mich einfach gehen zu lassen.

KAPITEL ACHTUNDZWANZIG
THEO

Ich lief so lange immer wieder im Kreis, bis ich jedes Zeitgefühl verloren hatte. Als ich endlich unsere Unterkunft wiederfand, waren die Straßen wie leer gefegt. *Die Straßen waren wie leer gefegt, und mein Freund würde sterben.* Und das Schlimmste war, dass er glaubte, das Nicht-Zustandekommen einer blöden Fernsehserie würde mir mehr ausmachen als das, was mit ihm passierte. Es stimmte: Ich konnte nicht abstreiten, dass die Hiobsbotschaft über *The Regulars* kurzzeitig meine Gedanken beherrscht hatte. Und Joel hatte es bemerkt. Er hatte mich in dem Moment so sehr verachtet, dass ich ihn ziehen ließ, weil mir alles andere zwecklos erschien. Jetzt wurde mir zur Gewissheit, dass ich keine Chance mehr bekommen würde, die Sache zwischen uns wieder ins Lot zu bringen, denn als ich zu unserem Bed & Breakfast kam und die Treppe hochstieg, wusste ich, noch ehe ich die Tür aufstieß und seinen Namen rief, dass er nicht mehr da sein würde.

KAPITEL NEUNUNDZWANZIG
JOEL

Ich schleppte mich in Marylebone aus dem Zug und beschloss, mir ein Uber nach Peckham zu gönnen. Das war vermutlich das Gute am Sterben: Man hörte auf, sich über Dinge wie Geld Gedanken zu machen.

In der Wohnung war es kalt und feucht, als ich ankam. Ich hatte in einer merkwürdigen, zwar produktiven, aber einsamen Phase in London dort gewohnt. Nachdem Amber und ich zusammen nach Hampstead gezogen waren, hatte ich sie als Büro behalten, aber insgeheim war mir klar gewesen, dass das ein Vorwand war. Ich hatte immer das Gefühl gehabt, dass es noch mal eine Zeit geben würde, in der ich hier Zuflucht suchen würde. Und genau das wollte ich jetzt. Mich hier einschließen. Nicht über Theo nachdenken oder darüber, dass Amber auf dem Heimflug war, ich aber noch immer nicht den Mut hatte, sie zu treffen.

Ich duschte, um mich aufzuwärmen, und setzte mich dabei hin, um meine geschwollenen Beine und mit Blasen übersäten Füße zu waschen. Beim Abtrocknen fiel mein Blick in den Spiegel. Ich hatte es in der letzten Zeit, so gut es ging, vermieden, mich im Spiegel anzuschauen, und erschrak darüber, wie ausgemergelt und erschöpft ich aussah. Was für ein dummer Fehler diese Wanderung gewesen war. Wie viele kostbare Tage hatte ich dabei vergeudet, und all das sollte umsonst gewesen sein? Ich hätte Theo gar nicht erst aufsuchen sollen. Weder jetzt noch nach Alice' Unfall.

Ich hätte mich einfach von ihm fernhalten sollen.

Nach dem Unfall bekam ich fünfzehn Monate in einer Jugendstrafanstalt aufgebrummt, die allerdings zur Bewährung ausgesetzt wurden. Weil ich vorher nie mit dem Gesetz in Konflikt gekommen war, ließ der Richter Milde walten. Die hundertneunzig Stunden gemeinnützige Arbeit wurden mir nicht erlassen, aber sie fielen für mich nicht weiter ins Gewicht. Der letzte Teil der Strafe bestand in einer Entschädigungszahlung an das Opfer in Höhe von 2750 Pfund. Als ob das irgendetwas aufgewogen hätte. Gemessen an dem, was passiert war, war es ein beschämend kleiner Betrag, aber nicht mal den konnte ich aufbringen, und Mum auch nicht. Aber Mike konnte es. Nach dem Streit, bei dem er mich gegen die Wand geschubst und ihr seinen Ellbogen ins Gesicht gestoßen hatte, hatte Mum Andeutungen gemacht, dass sie ihn bitten wollte auszuziehen – Unfall hin oder her. Aber nach dieser Geschichte hatte er uns beide nun nur umso fester im Griff.

Zum zweiten Mal in meinem Leben kam eine Schule zu dem Schluss, dass sie nichts mehr mit mir zu tun haben wollte. Obwohl meine Noten ganz ordentlich waren, entschied Atherton sang- und klanglos, dass ich meine Laufbahn an einer anderen Schule fortsetzen sollte. Ich bekam einen Platz an einem College auf der anderen Seite der Grafschaft, weil Mum dort mit jemandem aus dem Schulausschuss befreundet war. Während die anderen Jugendlichen meines Alters in den Ferien im Park faulenzten oder am Fluss rumalberten, leistete ich meine gemeinnützige Arbeit ab, die darin bestand, dass ich mit einer Warnweste bekleidet Müll am Straßenrand aufsammelte. Jedes Mal, wenn ich die Greifzange zusammendrückte, rissen die frischen Krusten an meinen Fingerknöcheln wieder auf. Ich genoss den Schmerz beinahe. So demoralisierend das alles auch war, war es doch immer noch besser als der Therapeut, zu dem man mich schickte. Alan, ein aschfahler, sonderbar magerer Typ, fragte mich stets, wie es mir gehe. Ich sagte daraufhin immer, es gehe mir gut, und er sagte, das glaube er nicht ... dann saßen wir schweigend da, und er wartete darauf, dass ich erzählte, wie es mir wirklich ging, was ich aber nicht tat, weshalb das alles komplett sinnlos war.

Obwohl ich seit dem Unfall mit kaum jemandem gesprochen hatte, kannte ich die Gerüchte, die kursierten. Die Geschichten über die Party hatten sich inzwischen so weit verselbstständigt, dass allgemein angenommen wurde, ich hätte die Schwester meines Freundes nach einem Streit wegen eines Mädchens absichtlich überfahren. Mir war egal, was die Leute über mich dachten, ich hatte es nicht besser verdient. Aber zu wissen, dass Alice nie wieder gehen konnte und Theo und seine Familie sehr litten, brach mir das Herz. Sechs Wochen lang rief ich jeden Tag bei Theo an. Er nahm nie ab. Eines Tages betrank ich mich und ging zu seinem Haus, aber ich hatte nicht den Mut, an die Tür zu klopfen.

Auch Amber hatte ich seit dem Unfall nicht mehr gesehen. Wir schickten uns jeden Tag Nachrichten, und irgendwann schrieb sie, sie wolle mich treffen. Zuerst erschien es mir zu sehr wie ein Verrat an Theo. Aber je mehr Tage vergingen, desto stärker spürte ich, wie ich die Kontrolle verlor. Ich war so von Selbsthass zerfressen, dass es mir Angst machte, darüber nachzudenken, was ich womöglich als Nächstes tun würde, und nur wenn ich Amber traf, konnte diese Dynamik durchbrochen werden.

Wir verabredeten, uns bei ihr zu Hause zu treffen, wenn ihre Eltern unterwegs waren. Als sie die Tür aufmachte, hätte ich sie fast nicht erkannt. Sie hatte sich die Haare weißblond gefärbt. Ihre Nägel waren schwarz lackiert. Aber nicht nur das hatte sich verändert. Wir waren nicht mehr dieselben beiden Jugendlichen, die verstohlene Zusammenkünfte unter dem Trampolin zelebriert hatten. Es war, als hätten wir uns beide gehäutet.

Amber führte mich ins Wohnzimmer und kam dann mit Weißwein zurück, den sie entkorkte und in zwei langstielige, teuer aussehende Gläser füllte. Es hatte was Absurdes, mit einem Weinglas in der Hand auf einem makellosen weißen Sofa zu sitzen und so zu tun, als wären wir erwachsen. Wir tranken den Wein wie Wasser. Danach fühlte ich mich ruhiger. Und das Reden wurde leichter.

«Ich kann kaum noch schlafen», gestand ich.

«Ich auch nicht», sagte Amber. «Ich sehe dauernd Alice' Gesicht vor mir, im Moment des ...» Sie beendete den Satz nicht und zog die Knie an die Brust. «Und ich muss immer daran denken, dass das alles nicht passiert wäre, wenn Toms blöder Bruder nicht mit seinem Auto da angekommen wäre. Mein Gott, ich meine, ich wäre um ein Haar gar nicht zu der Party gegangen. Mum hatte Wind davon bekommen und hat versucht, mich davon abzuhalten. Hätte ich bloß auf sie gehört, dann wäre das alles nicht passiert!» Sie fing an zu weinen, zuerst noch verhalten – sie tupfte sich die Tränen mit den Fingern ab –, aber dann schluchzte sie plötzlich laut auf und sank gegen mich.

Zuerst saß ich nur steif da und reagierte gar nicht auf sie. Ich glaube, weil wir uns zuletzt in Chrissys Garten nahegekommen waren. Es fühlte sich irgendwie falsch an. Aber dann legte ich meine Arme um sie, zog sie an mich und sog den Duft ihrer nach Holzrauch riechenden Haare ein.

«Ich kann es immer noch nicht glauben», sagte sie mit erstickter Stimme an meinem Hals. «Ich kann nicht glauben, was du ...»

Ich wollte etwas sagen, aber Amber legte ihre Hände an mein Gesicht, und mir verschlug es die Sprache. Ihre Stirn lehnte an meiner, unser Atem synchronisierte sich. So blieben wir eine Zeit lang, saßen einfach nur still ineinander versunken da. Ich weiß gar nicht, wer wen zuerst geküsst hat. Ich spürte nur, dass ich, solange wir so weitermachten, weder an die Party noch an Mike oder sonst irgendetwas denken musste. Wir taumelten heftig atmend nach oben in ihr Zimmer und blieben alle paar Schritte stehen, um uns zu küssen.

Anschließend lagen wir einander zugewandt auf ihrem Bett und lauschten dem Regen, der sanft gegen das Fenster klopfte.

«Alles in Ordnung?», fragte ich.

«Ja», sagte Amber. «Das kam nur ... unerwartet.»

«Ja», murmelte ich. Und nach einem Moment: «Du weißt aber, dass ich nicht hergekommen bin, weil mir so was vorschwebte, oder?»

«Ich weiß», sagte Amber. «Das meinte ich auch nicht. Ich dachte zwar, dass wir es vielleicht tun würden, eines Tages. Aber ich hab es mir anders vorgestellt. Eher mit irgendeinem blöden Song im Hintergrund und Kerzen oder so. Aber ich bin froh, dass es nicht so war.»

«Ja, ich auch», sagte ich.

Ich drehte mich auf den Rücken, und Amber ruckelte ein Stück nach unten und legte ihren Kopf auf meine Brust.

Als ich durch ihr Haar strich, fiel mir auf, wie ruhig ich war – wie richtig sich das alles anfühlte: das Gewicht von Ambers Kopf auf meiner Brust, ihre Körperwärme. Es kam mir vor, als wäre ich bis zu diesem Moment mit einer Glasscherbe in der Fußsohle herumgelaufen, und jetzt war sie plötzlich weg.

«Ich will lieber heute als morgen hier weg», sagte Amber.

Zuerst antwortete ich nicht. Wir hatten zwar schon mal darüber geredet, dass wir nicht unser ganzes Leben in Kemble verbringen wollten, aber das hier war mehr als eine unbedachte Bemerkung in einem Gespräch, in dem wir uns gegenseitig mit unserer rebellischen Gesinnung übertrumpfen wollten – das hier fühlte sich ernst an.

«Ist das also der Plan? Ich meine, endgültig?»

«Ja, ich hab fest vor, auf die Schauspielschule zu gehen. Eine in London, wenn sie mich nehmen.»

«Werden sie», sagte ich. «Definitiv.»

Wir schwiegen einen Moment. Die unbeantwortete Frage hing in der Luft.

London. Das konnte ein Neustart für uns beide sein. Alles hinter mir zu lassen, war vielleicht die einzige Option, die mir noch blieb.

Nach einer Weile schlief Amber ein. Ich schaute an die Decke. An der Tapete klebten weiße Sterne, die anfingen zu leuchten, als es draußen dämmerte. Und zum ersten Mal seit Langem regte sich leise Hoffnung in mir.

KAPITEL DREISSIG
THEO

Beim Aufwachen fühlte ich mich erschlagen und desorientiert. Als ich die Beine aus dem Bett schwang, spürte ich etwas unter meinem Fuß. Ich hob einen Zettel vom Boden auf und seufzte laut, denn es war eine Nachricht von Joel. Sie musste vom Bett geweht sein, als ich ins Zimmer gekommen war.

> *Theo,*
> *es tut mir leid, alles. Du warst mir ein toller Freund,*
> *und das werde ich nie vergessen. Ich hätte nicht wütend*
> *werden sollen. Es ist nicht deine Schuld.*
> *Joel*
>
> *PS: Ich schicke das Drehbuch an Jane Green von der BBC,*
> *nur für den Fall, dass sie es sich doch noch mal anders*
> *überlegen.*
> *PPS: Das Tandem lasse ich im Hof stehen. Denke nicht,*
> *dass es in den Zug passt.*
> *PPPS: Tut mir leid, dass ich die Wand beschädigt habe.*
> *Die Rechnung kannst du an mich schicken: Apartment 4,*
> *121 Prospect House, Peckham Rye.*

Ich brauchte einen Moment, um zu begreifen, was er meinte – dann entdeckte ich die faustgroße Delle in der billigen Rigipswand zwischen Schlafzimmer und Bad. Als ich sie genauer untersuchte, stellte ich mir vor, wie sauer Joel gewesen sein musste, um derart fest zuzuschlagen. Ich blieb lange dort stehen, lauschte den Geräuschen der Stadt und wünschte mir, die Zeit zurückdrehen zu können. Statt mit einer verletzten, blutenden Hand diesen Brief zu schreiben, hätte Joel mir auch erzählen können, was in den kommenden Wochen auf ihn zukam, während ich ihn beruhigt hätte, so gut ich konnte.

Was zum Teufel hatte ich getan?

Beim Auschecken berichtete ich der gleichgültigen Dame am Empfang von der beschädigten Wand. Dann holte ich das Rad und rief, während ich es zum Fluss runterschob, Alice an. Ich wusste nicht, was ich ihr sagen würde – ich wollte nur ihre Stimme hören. Sie ging nicht dran, schickte mir aber gleich darauf eine SMS:

Sorry, Mr Wanderlust, kann grad nicht sprechen. Sitze beim Brunch.

Ich schaute das Tandem an, das ich im Gras abgelegt hatte. Selbst wenn man zu zweit war, war es schon ein albernes Teil, aber jetzt sah es geradezu tragisch aus. Es war, als läge ein Fluch darauf – Bob, der Eismann, hatte sich davon befreit, und jetzt war es an mir, den nächsten arglosen Deppen zu finden, dem ich es unterjubeln konnte.

Alice schrieb noch einmal:

Okay, du hast mich weichgeklopft mit deiner penetranten Fragerei. Ja, es ist Dan Bisley. Und ich bin sterbensnervös.

Ich tippte eine Antwort ein, aber ich fühlte mich benommen, wie auf Autopilot.

Brauchst nicht nervös zu sein – du bist super.

Weiß ich doch, Theo. Aber irgendwas kann hier nicht stimmen. Er kommt nämlich sehr «nett» rüber. Macht mich misstrauisch. Viell. knalle ich ihm eine Wurst an den Kopf, nur um sicherzugehen, dass er kein Roboter ist.

Vielleicht besser nicht, antwortete ich.

Zu spät. Er kommt gerade vom Klo zurück. Ziele mit einer Bratwurstschnecke auf ihn. Drei ... zwei ... eins ...

Gut für sie, dachte ich, während mir durch den Kopf ging,

dass Alice dadurch, dass ich nicht ständig um sie war, offenbar mal den Kopf frei und die Zeit hatte, etwas für sich selbst zu tun.

Ich schaute einem Ruderer zu, der so ruhig durchs Wasser glitt, dass er kaum Bewegung hineinbrachte. Ich trat näher ans Ufer – das Wasser war schwarz und ölig; zu trüb, als dass man das Flussbett hätte sehen können.

Schließlich stieg ich mühsam auf das Tandem. Die schreckliche Leere auf dem Sitz hinter mir war mir nur allzu bewusst. Unweit von mir zeigte ein Schild an, dass London vor mir lag und Kemble hinter mir. Ich hatte keine Ahnung, welche Richtung ich einschlagen sollte, und zog Joels Briefchen aus der Hosentasche. Dann hörte ich hinter mir ein Geräusch – eine Art erstickten Schrei. Einen kurzen Moment lang dachte ich, es wäre Joel – und dass all das vielleicht nur ein ausgeklügelter Scherz gewesen war, über den ich sehr lange sehr wütend sein würde, bis ich irgendwann auch die lustige Seite sehen konnte. Aber dann stieß plötzlich etwas Hartes gegen mich, der Zettel flog mir aus der Hand, und ich stürzte mitsamt Fahrrad und Tasche auf das faulige, ölige Wasser zu. Bevor ich hineinfiel, sah ich gerade noch, dass mein Angreifer hastig das Weite suchte.

Es war Colin.

KAPITEL EINUNDDREISSIG
JOEL

Ich erwachte im Morgengrauen in Peckham. Als ich die Vorhänge aufzog, schaute ich in einen wolkenlosen Himmel, und strahlender Sonnenschein vergoldete das Laub der Bäume im Park. Ich fragte mich, was Theo wohl gerade machte. Ich erwartete, dass er in die tröstenden Arme seiner Familie geflohen war und ihr eine Geschichte auftischen würde, die erklärte, warum wir unsere Wanderung vorzeitig abgebrochen hatten. In gewisser Hinsicht war ich ihm für sein Verhalten dankbar, denn es hatte mir gezeigt, dass es ein sinnloses Unterfangen war, die Wunden der Vergangenheit heilen zu wollen. Ich hätte mich darauf konzentrieren sollen, meine stetig knapper werdende Zeit mit etwas Lohnenswerterem zu füllen. Als ich am Fenster stand, zog ein Passagierflugzeug über den Himmel, dessen Fahrgestell in der Sonne glänzte. Und sofort fiel mir die Wunschliste wieder ein.

Den restlichen Morgen verbrachte ich, von Website zu Website springend, am Laptop. Meine selbst auferlegte Regel, dass Geld bei meiner Reise mit Mum keine Rolle spielen und es nur darum gehen sollte, so viel Spaß und Luxus wie möglich unterzubringen, eröffnete aufregende Möglichkeiten. Dann rief ich Mum an.

«Joel! Ich hab mir schon solche Sorgen gemacht. Geht es dir gut?»

«Ja, aber wir mussten die Wanderung abbrechen.»

«Oh ... wie schade», sagte Mum, nicht ganz überzeugend.

«Aber als Nächstes steht ein viel spannenderes Abenteuer auf dem Programm», sagte ich.

«Abenteuer? Ach, Joel, das ist doch wirklich das Letzte, was du jetzt –»

In diesem Moment erklang Fado aus meinem Laptop, und ich hielt das Telefon vor den Lautsprecher. Nach einer Weile führte ich das Handy wieder an mein Ohr.

«Ich weiß gar nicht, was ich sagen soll», sagte Mum.

Wie ich vorhergesehen hatte, brachte sie all die Gründe vor, die dagegen sprachen, dass sie nach Lissabon reiste – sie wollte nicht, dass ich so viel Geld für sie ausgab; sie hatte ein Treffen mit ihrer Lesegruppe; die Pflanzen mussten gegossen werden. Aber ich wusste, dass ich sie mit der Musik angefixt hatte, und spürte, wie ihr Widerstand bröckelte, als ich das Meer ins Spiel brachte, die Musik, das Essen ... Auch wenn es zehn Jahre später kam als eigentlich versprochen – ich würde endlich mit ihr auf Reisen gehen.

Seit dem Unfall mit Alice waren zwei Jahre vergangen. Trotz unserer Quasi-Aussöhnung an der Themsequelle hatten Theo und ich uns auseinandergelebt. Wir trafen uns zwar noch hin und wieder, aber der Schaden war nicht wiedergutzumachen, und es war nur die Frage, wer von uns beiden als Erster den Stecker ziehen würde. Eines Abends, als Mike nicht zu Hause war, lud ich Theo zu uns ein. Wir wollten uns zusammen eine neue Sitcom anschauen, die an dem Abend anlief. Aber gleich in der ersten Szene passierte ein Autounfall, der auf Lacher abzielte. Während das Studiopublikum johlte, schwiegen wir peinlich berührt. Sobald die Folge zu Ende war, schaltete ich den Fernseher aus, und Theo sagte, dass er jetzt wohl besser gehen sollte. Das war das sang- und klanglose Ende unserer Freundschaft, ohne große Worte oder Lobreden. Wir sagten zwar beide «bis bald», aber es war klar, dass keiner von uns es auch so meinte.

Ein paar Wochen später sah ich ihn zufällig in der Stadt, mit Alice im Rollstuhl. Ich wechselte die Straßenseite, um ihnen nicht zu begegnen, denn ich schämte mich und fühlte mich schuldig. Stattdessen beobachtete ich sie auf ihrem Weg über die Hauptstraße. Es war einfach unrealistisch, sich vorzustellen, ich könnte an ihrem Leben teilnehmen, als wenn nichts passiert wäre. Nach diesem Tag sah ich Theo lange Zeit gar nicht mehr.

Dass unsere Freundschaft auf der Strecke geblieben war, bedeutete auch das Ende unseres Schreibens. Ideen ganz alleine voranzutreiben, war Neuland für mich, aber ich stellte fest, dass ich es gerne tat – und sei es nur, um mich abzulenken. Ich verbrachte jede freie Minute mit Amber. Wir besetzten jeder eine Ecke des Sofas, und während sie alles las, was je über Schauspielerei und Theater geschrieben worden war, entwarf ich Drehbücher und schickte sogar auf gut Glück einige Sketche an die Verantwortlichen von Serien, die gerade ausgestrahlt wurden. Ich empfand es als befreiend, die gesamte kreative Kontrolle zu haben – auch wenn das zugegebenermaßen lächerlich aufgeblasen klingt, wenn man bedenkt, dass ich mir vor allem Witzchen über Dachse und Marmelade ausdachte.

Auf der Suche nach Weiterbildungen besuchte ich die Website des BBC Writers' Room und entdeckte, dass sie einen Nachwuchswettbewerb veranstalteten. Dem Sieger winkte ein Praktikum im Writers' Room von *Get in the Van!*, einer Sketch-Show, die auf einem neuen digitalen Kanal getestet wurde. Von Amber ermutigt, stürzte ich mich in dieses Projekt, und wann immer die Arbeit für die Schule es zuließ, feilte ich an einem Drehbuch über einen Bandwettbewerb auf dem Land herum.

Ich hatte überhaupt nicht mehr daran gedacht, als ich

im Juli, am Morgen meines achtzehnten Geburtstags, eine E-Mail von einer Frau namens Jane Green von der BBC bekam, die mir ziemlich kurz angebunden zu meinem Sieg bei dem Wettbewerb gratulierte und mir mitteilte, dass ich mich Anfang Oktober wegen meines vierwöchigen Praktikums im Writers' Room bei ihr in London melden solle. Amber hatte sich in der Zwischenzeit an verschiedenen Schauspielschulen beworben, und an diesem Tag war ihr viertes Vorsprechen, an der Mountview Academy in London. Ich beschloss, ihr keine Nachricht zu schicken für den Fall, dass sie selbst keine guten Neuigkeiten hatte. Stattdessen ging ich allein ins *The Thames Head*, um feierlich ein Pint auf meinen Sieg zu leeren, und versuchte zu ignorieren, wie seltsam es sich anfühlte, diesen wichtigen Schritt ohne Theo zu vollziehen.

Einige Pints später und inzwischen angenehm beduselt, bekam ich einen Anruf von Amber – die Mountview hatte sie aufgenommen. Ich brach in so lauten Jubel aus, dass alle Einheimischen sich auf ihren Barhockern zu mir umdrehten und mich mit Blicken töteten, weil ich ihnen die miese Stimmung verdarb. Aber ich war zu stolz auf Amber, um mich davon beeindrucken zu lassen.

An diesem Abend gingen wir zu dem Golfplatz, von dem aus man das Dorf überblickte. Amber brachte ein Zelt und Decken mit, und wir stießen unter dem Sternenhimmel mit billigem Cider auf unsere Erfolge an.

«Hast du deiner Mum von London erzählt?», fragte Amber.

«Ja», sagte ich.

«Und wie hat sie es aufgenommen?»

«Ach, ungefähr so, wie es zu erwarten war.» In Wahrheit hatte ich Mum zwar von dem Monat erzählt, den ich im Writers' Room verbringen durfte. Aber sie wusste nicht, dass Amber und ich uns dauerhaft in London niederlassen wollten, was, natürlich, bedeutete, dass ich sie allein lassen würde ...

Seit Mike die Entschädigung für Alice bezahlt und sich dadurch uns gegenüber in eine überlegene Position gebracht hatte, wirkte er in gewisser Weise besänftigt. Vermutlich drehte es sich bei all dem um Macht. Seit einiger Zeit verdonnerte er mich regelmäßig dazu, kleinere Arbeiten für ihn zu erledigen – Geräte und Baumaterial durch die Gegend zu schleppen oder ihm was zum Lunch zu besorgen – alles natürlich unbezahlt, und da ich ihm etwas schuldig war, konnte ich mich nicht verweigern. Aber jetzt hatte ich die Chance, ihm für immer zu entkommen.

Als ich endlich den Mut aufbrachte, Mum zu erzählen, dass ich ausziehen würde, brach sie sofort in Tränen aus. Doch als ich Abbitte leisten und ihr versichern wollte, dass ich doch gleich nach dem Praktikum wiederkam, bremste sie mich.

«Nein – das ist nicht der Grund, warum ich ... Ich bin einfach so stolz auf dich.» Sie legte die Hände vors Gesicht.

Genau in dem Moment knirschten die Reifen von Mikes Pick-up in der Auffahrt. Mum und ich wechselten einen Blick. Wie würde er reagieren? In Mums Augen flackerte Angst auf.

«Mum», sagte ich und nahm ihre Hände. «Warum kommst du nicht mit nach London? Du brauchst nicht hierzubleiben. Wir könnten uns einfach absetzen – alle beide!»

Aber bevor Mum antworten konnte, kam Mike herein. Er knallte die Tür so kräftig zu, dass das ganze Haus bebte.

«Dieser bulgarische Wichser hat mir mit seinen Billigangeboten heute zwei Jobs vor der Nase weggeschnappt!», brüllte er zur Begrüßung, als er in die Küche gestürmt kam.

So wie Mum und ich dastanden und ihn einfach nur anschauten, wirkten wir verdächtig, das war klar. Genauso gut hätten wir Fluchtpläne auf dem Küchentisch ausgebreitet haben können.

«Was ist hier los?», fragte Mike und warf die Schlüssel auf die Arbeitsfläche, wo sie liegen blieben wie zerbrochenes Glas.

«Nichts», murmelte ich.

Mikes Blick flog zwischen mir und Mum hin und her.

«Kommt schon», sagte er. «Raus damit!»

Ich schaute Mum an. «Hast du nicht gesagt, du wolltest dich hinlegen? Warum gehst du nicht hoch und ruhst dich ein bisschen aus?»

«Ich ... ach, na ja.»

«Ist schon in Ordnung, geh ruhig», sagte ich und zwang mich zu lächeln. Ich führte Mum in die Diele und schob sie, immer hinter ihr bleibend, die Treppe hoch.

Dann hörte ich, wie die unterste Stufe unter Mikes Gewicht quietschte.

«Zwingt mich nicht, euch noch mal zu fragen», sagte er leise. «Was ist los?»

Ich blieb oben an der Treppe stehen und überwand mich dazu, mich zu ihm umzudrehen.

«Mum und ich ziehen nach London», sagte ich. «Das Geld zahle ich dir in Raten zurück.»

Mike betrachtete mich schweigend und kratzte sich am Kinn; das Schaben seiner Nägel über die Bartstoppeln klang wie das Anzünden eines Streichholzes. Als er die Treppe hochkam, ballte ich die Fäuste und zwang mich, aufrecht stehen zu bleiben, aber in meinen Augen sammelten sich Tränen der Angst und des Hasses.

«Klar, dass du flennst», sagte Mike höhnisch. «Was für ein Waschlappen!»

Ich hörte, wie Mum ihre Schlafzimmertür öffnete, und es

war, als wäre ein Startschuss gefallen – denn ich würde nicht zulassen, dass er ihr noch mal wehtat; weder heute noch jemals. Ich stürzte mich auf Mike, der jetzt fast oben angekommen war, und versuchte, einen Treffer zu landen, indem ich meine Fäuste wild in seine Richtung schwang. Aber Mike trat einfach einen Schritt zur Seite, und ich streifte ihn kaum, während mein Schwung mich die Treppe hinunterkatapultierte. Ich krachte ungebremst mit der rechten Körperseite auf die Kanten der Stufen und rutschte so nach unten, bevor ich schließlich mit dem Kopf aufschlug.

Als ich wieder zu mir kam, wollte ich mich sofort aufrichten, aber dann spürte ich Mums Hand auf meiner Schulter. Sie sagte mir in einem beruhigenden Ton, dass alles gut sei, und drückte mich sanft wieder nach unten.

«Wo bin ich?», krächzte ich.

«Im Krankenhaus, Schatz. Aber es ist nichts passiert, es ist alles in Ordnung.»

«Wo ist Mike?», fragte ich aufgeregt, aber Mum machte leise «Schhh!» und sagte: «Er ist weg. Mach dir keine Sorgen. Er ist gegangen.» Meine Augenlider flatterten und schlossen sich wieder.

Nachdem die Ärzte ihre Untersuchungen abgeschlossen und mir aufgetragen hatten, mich auszuruhen, setzte Mum sich an mein Bett und erklärte mir, wie die Dinge standen. Wie es schien, hatte Mike seit Langem seinen Abgang geplant. Er wollte sich mit seinem Bruder zusammentun und eine Bar in Málaga aufmachen. Sein Ticket war bereits gebucht, und er zählte schon die Tage. Er war nach meinem Sturz nicht geblieben, vermutlich, weil er fürchtete, dass Fragen gestellt werden würden. Aber weder Mum noch ich dachten an die Polizei – wir wollten nur noch, dass es vorüberging. Erst später ergaben die CT-Scans und Röntgenbilder, dass der Sturz zu Prellungen im Bauchraum, einer gebrochenen Rippe und einem Leberriss geführt hatte. Ich mochte ja geglaubt haben, dass die ganze Sache vorbei war, doch Mikes letzter Zug – dass er zur Seite getreten war, um meinen Schlägen auszuweichen – war unwillentlich sein brutalster gewesen.

Sie behielten mich noch ein paar Tage im Krankenhaus. Amber kam zu Besuch, aber wegen der hohen Schmerzmitteldosen, die man mir verabreichte, nahm ich alles nur verschwommen wahr. Ich weiß nur noch, dass sie mich sanft küsste und sich – absurderweise – Sorgen machte, weil meine aufgesprungenen Lippen so hässlich aussahen.

Am nächsten Abend, als ich schon wieder etwas mehr bei Sinnen war, saß Mum, als ich aufwachte, an meinem Bett. Sie weinte extra leise, weil sie mich nicht wecken wollte.

«Hey, Mum, es ist alles gut», murmelte ich. «Nicht weinen!» Ich streckte die Hand nach ihr aus, und sie wärmte sie in ihrer und drückte sie an ihre Wange. Sie versuchte, etwas zu sagen, aber jedes Mal, wenn sie den Mund aufmachte, kamen nur Schluchzer heraus.

«Ich fühle mich schrecklich, weil es dir wegen mir so schlecht ergangen ist», sagte sie. «Ich hätte dich beschützen sollen.»

Ich versuchte, mich aufzusetzen. «Mum, bitte.»

Sie zitterte so stark, als wäre sie gerade aus eiskaltem Wasser gezogen worden. Ich versuchte weiter, ihr gut zuzureden und ihr klarzumachen, dass ich ihr keine Schuld gab und dass ich sie liebte. Doch immer wenn ich den Mund aufmachte, geriet sie nur noch weiter aus der Fassung. Am Ende rückte ich in meinem Bett so weit nach hinten, dass neben mir genug Platz war, um sie sanft zu mir hinzuziehen. Sie legte sich neben mich, und ich streichelte ihren Arm, um sie zu beruhigen. So blieben wir liegen, bis es draußen dunkel wurde und die Straßenlampe vor dem Fenster das Zimmer in ein sattes orangefarbenes Licht tauchte. Ich war immer noch ratlos, was ich Mum sagen sollte. Ich wollte einfach einen Schlussstrich unter all das ziehen – und an eine Zukunft denken, in der wir wieder eine Familie sein konnten, nur wir zwei.

«Mum», sagte ich.

«Ja, Schatz?»

«Wenn du in Urlaub fahren könntest – ganz egal, wohin. Was würdest du dir aussuchen?»

Mum drückte sich vom Bett hoch. Ihr Gesicht war tränenverschmiert.

«Was?», fragte sie, als sie mich lächeln sah. «Ist es meine Schminke? Sehe ich aus wie ein Panda?»

«Ich fürchte ja. Aber wie ein sehr bezaubernder Panda.»

Mum lachte, dann schniefte sie und wischte sich über die Augen.

«Und ...?»

«Na ja, ich wollte immer schon nach Portugal. Dein Opa hat immer so begeistert davon erzählt. Er war so alt wie du, als er mal einen Sommer in Lissabon verbracht hat.»

«Dann lass uns hinfahren», sagte ich. «Wir beide. Wir könnten alle seine Lieblingsplätze besuchen, wenn du sie kennst.»

Mum schaute aus dem Fenster und schloss die Augen vor dem orangen Licht. Es sah aus, als hielte sie ihr Gesicht in die Sonne. Als wären wir bereits dort.

Am nächsten Tag wurde ich aus dem Krankenhaus entlassen, blieb aber noch zwei Wochen zur Genesung zu Hause. Jetzt, wo Mike weg war, wirkte das ganze Haus heller, so als dürfte endlich wieder die Sonne hineinscheinen. Als ich wieder fit war, überredete ich Mum als Erstes, mit mir zum

Sperrmüll zu fahren. Dort hielten wir uns an den Händen, schoben gemeinsam «Mikes Sessel» über den Rand des Containers und sahen zu, wie er krachend unten landete.

Ich wünschte, ich hätte länger bei Mum bleiben können, um unsere neu gewonnene Freiheit zu genießen, aber bald darauf mussten Amber und ich für London packen. Während ich meine letzten Sachen zusammensuchte und dabei immer wieder zusammenzuckte, weil meine Rippenverletzung noch wehtat, erschien Amber auf der Türschwelle. Sie wirkte unsicher, ob sie reinkommen und mir helfen sollte. Vermutlich vor allem wegen des auffällig kühlen Lächelns, mit dem Mum sie begrüßt hatte. Der Unfall mit Alice lag wie ein Schatten über allem, und ich wusste auch, dass Mum dachte, Amber hätte mich gedrängt, mit ihr nach London zu gehen. Ich versuchte, ihr zu erklären, dass das nicht stimmte und dass Amber für mich da gewesen war, als es mit Mike am schlimmsten war, aber das half nicht viel.

«Du solltest sie mal besser kennenlernen», sagte ich, als Amber uns allein ließ, damit wir uns verabschieden konnten. «Du kannst immer noch nach London kommen – das Angebot steht.»

Mum umarmte mich so fest, wie sie es sich angesichts meiner Verletzungen traute. Dann schnickte sie eine Fluse von meiner Schulter und schaute mich an. «Ich bin sicher, dass ihr euch sehr gernhabt», sagte sie. «Und London wird eine tolle Erfahrung für euch beide sein. Aber lass dich zu nichts Unbedachtem hinreißen. Die erste Liebe kann sehr stark sein, doch denk immer daran, wie jung du noch bist.»

Ich sagte nichts dazu. Ich wollte nicht im Streit gehen, und ich wusste, dass sie nur versuchte, mich zu beschützen. Also sagte ich stattdessen: «Bestell ein paar Urlaubsprospekte und lies alles über Lissabon, was du kriegen kannst, okay?

Wenn wir jetzt anzufangen zu sparen, können wir vielleicht nächsten Sommer buchen. Na, wie klingt das?»

«Das wär toll», sagte Mum und umarmte mich wieder. Diesmal konnte sie sich nicht zurückhalten und drückte mich etwas fester, aber ich zeigte ihr nicht, dass es wehtat.

Dann lud ich meine letzte Tasche in den Wagen von Ambers Cousin und setzte mich zu Amber auf den Rücksitz. Als wir anfuhren, schaute ich noch mal zu Mum und rief: «Eine letzte Sache noch!»

«Ja, Schatz?»

«Nur damit du's weißt: Deine Brille steckt in deinem Haar!» Damit fuhren wir los, und ich winkte, bis wir um die Ecke gebogen und außer Sicht waren. Ich versuchte, nicht an den Moment zu denken, in dem sie die Tür hinter sich schließen und allein sein würde mit all den unschönen Erinnerungen daran, was in diesem Haus geschehen war. Wir würden bald wieder hierher zurückkommen, sagte ich mir. Aus den Augen hieß ja nicht aus dem Sinn.

Amber und ich entschieden uns schließlich für eine Schlafcouch in der Nähe von Morden am äußersten südlichen Ende der Northern Line. Unsere Mitbewohner – die wir weniger häufig sahen als die ebenfalls dort ansässigen Mäuse – machten ebenfalls in Kunst und hatten genauso wenig Kohle wie wir. Wir waren zwar ständig blank, aber ich liebte es trotzdem, mit Amber die Stadt zu erkunden – obwohl wir nicht viel anderes machen konnten, als durch die Straßen zu wandern, bis unsere müden Füße uns in ein Pub führten, wo wir uns den ganzen Abend an einem Getränk festhielten. Wenn wir den Tag mit Schreiben und Schauspielen verbracht hatten, trafen wir uns abends häufig an der South Bank. In der Bar des British Film Institute bedienten wir uns schamlos an den Drinks von anderen, wenn sie gerade nicht hinguckten, versuchten dann, uns in einen der Kinosäle im unteren Stockwerk zu stehlen, und schauten uns an, was immer dort gerade lief. Anschließend spazierten wir an der Themse entlang, spielten unsere Lieblingsszenen aus dem Arthaus-Film nach, den wir gerade gesehen hatten, und schauten uns den Sonnenuntergang an, bevor wir in die letzte U-Bahn nach Hause stiegen.

Ich gab mir alle Mühe, Mike zu vergessen, hatte aber immer wieder Albträume. Mindestens einmal in der Woche träumte ich, dass er Mum durch einen Flur verfolgte, der immer enger und enger wurde – wie in einem dieser Gemälde mit falschen Perspektiven –, und wenn es nicht mehr weiterging, packte Mike sie. In dem Moment wachte ich ruckartig auf, manchmal schreiend. Amber beruhigte mich dann, indem sie sich eng an mich schmiegte und mit mir wach blieb, bis ich schließlich wieder in den Schlaf driftete. Jedes Mal, wenn ich so aufschreckte und ihre Umarmung spürte, bekam ich Angst davor, was passieren würde, wenn sie einmal nicht da war. Mit all dem allein fertigwerden zu müssen, erschien mir undenkbar.

In Kemble war die Zeit im Schneckentempo dahingekrochen, doch in London verging sie wie im Flug. Ehe ich mich's versah, waren zwei Jahre vergangen. Ich hatte während meines Praktikums so viel Eindruck auf Jane Green gemacht, dass sie mich anschließend gleich in andere Schreibteams steckte, und bei diesen Jobs verdiente ich gerade genug, um klarzukommen. Da ich gut zehn Jahre jünger war als die anderen Autoren, begegnete man mir natürlich mit gehörigem Misstrauen, das gelegentlich an Feindseligkeit grenzte. Aber das steigerte meine Entschlossenheit, mich zu beweisen, nur noch. Allerdings wetteiferten wir häufiger im Pub als am Schreibtisch miteinander, was für mich okay war, weil ich schneller als die Kollegen morgens wieder fit war und so einen Startvorteil hatte. Ich stellte fest, dass die Albträume häufiger auftraten, wenn ich ein paar Abende lang nichts getrunken hatte. Aber glücklicherweise kam das immer seltener vor, denn es gab immer irgendwo eine Party – entweder bei unseren Mitbewohnern oder bei einem von Ambers Freunden von der Schauspielschule. Selbst am Sonntag gönnten wir uns, um das Wochenende ausklingen zu lassen, Bloody Marys in unserer Stammkneipe, gingen dann zu billigem Rotwein über und spielten eine anarchische Form von Scrabble, bei der wir die Regeln großzügig auslegten. Ich war in stetigem Wechsel entweder betrunken oder verkatert, aber solange Amber da war, war alles in Ordnung. Sie war wie das beste Mittel gegen Kater und der beste Cocktail in einer Person.

«Reizend», erwiderte sie lachend, als ich ihr das eines Morgens sagte. «Du klingst schon wie so ein grässlicher Typ aus einem Bukowski-Text. Als Nächstes nennst du mich wahrscheinlich ein ‹fabelhaftes Weib›.»

Wir gingen bald zu anderen Themen über, aber als wir später auf dem Sofa lagen, drehte sie sich zu mir hin und sagte: «Was du da vorhin über mich gesagt hast. Das mit dem Cocktail. Das denkst du doch nicht wirklich, oder?»

«Nein, natürlich nicht. Ich wollte nur sagen, dass du mich immer glücklich machst, egal, was du tust – das ist alles. Ich weiß nicht, was ich ohne dich machen würde.»

Amber schien zu erstarren. Damals verstand ich nicht, warum ihr das zu denken geben sollte. Ging es in Beziehungen nicht genau darum? Sollte es nicht so sein, dass man ohne den anderen verloren war? Als ich die nächste Flasche Chianti aus dem Laden an der Ecke entkorkte, hatte ich keine

Ahnung, dass dieses Gespräch der erste feine Riss in einem zugefrorenen See war und ich mich auf dünnes Eis begab.

Nach dem Abschluss ihrer Schauspielausbildung bekam Amber bereits kleinere Rollen am Theater, und hin und wieder wurde sie auch für TV-Spots engagiert. Die nahm ich auf und ließ sie in Endlosschleife laufen, vor allem, wenn sie abends nicht da war und ich allein zu Hause ausharrte. Dann zog ich mir eine Flasche Wein rein und staunte darüber, dass die Frau, die da im Fernsehen verdutzt einer Abführtablette mit menschlichen Gesichtszügen gegenüberstand, meine Freundin war. Als ich sie das erste Mal auf der Bühne sah – im Young Vic, wo sie Portias Dienerin in *Der Kaufmann von Venedig* spielte –, war ich irre stolz auf sie. Sogar so stolz, dass ich beinahe gewalttätig geworden wäre, als der Typ neben mir genau in dem Moment, in dem sie ihren Text sprach, laut knisternd ein Bonbon auspackte – in meinen Ohren klang es so, als würde er ein Feuerwerk abbrennen. An den nächsten Abenden ging ich wieder hin, und auch zur Nachmittagsvorstellung am Samstag, doch Ambers Möglichkeiten, mich in den Saal zu schmuggeln, waren begrenzt.

Ich vermisste sie schrecklich, wenn sie arbeitete, und füllte die Leere, indem ich in den Pub floh. Mit einigen Leuten von der Arbeit ging ich regelmäßig was trinken – vor allem jetzt, wo ich meine Fähigkeiten als Autor und noch dazu ein solides Wissen über Radio-Sitcoms aus den Fünfzigerjahren unter Beweis gestellt hatte. Irgendwen konnte ich immer überreden, mit mir in einer Kneipe zu versacken. Ich timte es immer so, dass ich zu Hause eintrudelte, wenn Amber aus dem Theater kam. Es stellte sich heraus, dass sie mit ihrer Bemerkung über Bukowski ins Schwarze getroffen hatte, denn insgeheim romantisierte ich unser Leben – der versoffene Schriftsteller, der zu seinem West-End-Star nach Hause kommt. Ich liebte dieses Abenteuer, das wir lebten – außer an den Tagen, an denen Amber unterwegs war.

Im August unseres vierten Jahres in der Stadt verabredete sie sich mit Charlotte, einer Freundin von der Mountview, zu einem Kurzurlaub. Ich stimmte ein Klagelied darüber an, wie sehr ich sie vermissen würde, rutschte auf den Knien über den Boden und schlang meine Arme um ihre Beine.

«Fünf Tage wirst du ja wohl ohne mich überleben», sagte sie lachend.

Ich hielt sie so lange weiter umklammert, bis sie sich irgendwann nicht mehr sicher war, ob ich Spaß machte.

«Warum fährst du nicht mal deine Mum besuchen?», sagte sie, als ich sie zur U-Bahn brachte.

«Ja, ich werd drüber nachdenken», antwortete ich. Seit wir nach London gezogen waren, war ich nur selten in Kemble gewesen. Ich hasste es, wieder in diesem Haus zu sein. Die Heiterkeit, die nach Mikes Weggang Einzug gehalten hatte, hatte gelitten, und Mum sah bei jedem Besuch wieder so viel älter aus. Je größer meine Schuldgefühle wurden, weil ich nicht zu ihr fuhr, desto schwerer wurde es, in den Zug zu steigen.

In dem Moment, in dem Amber in die U-Bahn-Station eintauchte, verschickte ich eine Sammel-SMS, um zu fragen, wer mit mir einen trinken ging. Ein Typ namens Danny, von dem ich nur noch wusste, dass ich ihn ein paar Wochen zuvor bei einer Kneipentour kennengelernt hatte, antwortete mir, er fahre für ein paar Tage zum Comedy-Festival nach Edinburgh – wo er hoffe, sich auf möglichst vielen Partys umsonst volllaufen lassen zu können. Ob ich ihn nicht begleiten wolle, sein Freund habe gerade abgesagt.

«Bin dabei», schrieb ich, ohne nachzudenken, zurück.

Ich traf ihn noch am selben Nachmittag am Bahnhof King's

Cross, und wir fingen schon auf der Fahrt an zu trinken. Der Rest des Tages rauschte an mir vorbei, während wir von Pub zu Pub zogen. Ich habe vage im Kopf, dass ich bei einer Show an der falschen Stelle gelacht habe und mit einem Freund des Darstellers Streit bekam, als ich mich verdrücken wollte. Irgendwann wurde ich von Danny wach gerüttelt, der mir zu erklären versuchte, dass ich im Schlaf geschrien hätte. Im ersten Moment war ich so verwirrt und verängstigt, dass ich ihm beinahe eine verpasst hätte.

Am nächsten Morgen war es kalt und ich noch wie benommen – in diesem seltsamen Dämmerzustand zwischen betrunken und verkatert. Als ich auf die Straßen von Edinburgh hinaustrat, trug ich Sonnenbrille, weil selbst das bisschen Sonnenlicht, das sich durch die grauen Wolken kämpfte, schon zu viel war. Überall liefen Horden von Touristen herum und Leute, die Flyer verteilten, und es herrschte so ein Gedränge, dass ich Platzangst bekam. War es noch zu früh für einen Drink? Ich wusste, dass es mir dann besser gehen würde. Aber es war noch nichts offen.

Jede Straße, in die ich einbog, war voll von Touristen. Ich geriet auf dem unebenen Kopfsteinpflaster ins Stolpern, als ich mich an einem Australier vorbeischob, der seinen gelangweilten Teenie-Söhnen zu erklären versuchte, was Haggis war. Vier putzmuntere Studenten, die Werbung für Shows an diesem Abend machten und Infomaterial verteilten, ignorierte ich einfach. Einer von ihnen bestand aber derart aufdringlich darauf, dass ich ihm und seinem marktschreierischen Gerede zuhörte, dass ich ihn wegstieß und laut beschimpfte. Als ich mich anschließend entschuldigen wollte, wurde ich wiederum von seinen Freunden weggeschubst. Ich spürte, wie mir die Luft wegblieb, und hatte plötzlich ein Flimmern vor den Augen. Ich schaffte es gerade noch um die Ecke in eine ruhige Seitenstraße, stützte die Hände auf die Knie und atmete tief ein. Um nicht umzukippen, konzentrierte ich mich auf den Flyer, der vor mir auf dem Asphalt lag. Ich starrte auf die Gesichter von drei Comedians, die mit lustig verzogenen Gesichtern in die Kamera blickten. Und plötzlich sah ich, dass einer dieser drei unverkennbar Theo war.

Ich zog den Flyer vom Asphalt ab. Über dem Foto stand: *Das große Finale des 19. landesweiten Studenten-Comedy-Wettbewerbs! Sheffield Revue gegen Cambridge Footlights.* Ich holte mein Handy raus und zuckte zusammen, als ich den neuen Sprung in dem Display sah. Hinter dem kaputten Plastik konnte ich gerade noch das Datum erkennen. Das Finale sollte an diesem Abend stattfinden.

KAPITEL ZWEIUNDDREISSIG
THEO

Die Dame am Empfang unseres B&B schnappte laut nach Luft, als ich hereinkam. Sie waren es dort gewöhnt, dass das kleine Türglöckchen jugendlich frisch aussehende Touristen ankündigte, nicht dieses morastige Monster, das gerade die Schwelle überschritten hatte.

Ich triefte von schlickigem Flusswasser, meine Haare waren mit Schlamm und Schleim überzogen. Ich wollte der Rezeptionistin erklären, dass kein Grund zur Sorge bestand, aber meine klappernden Zähne straften mich Lügen, und meine kleine Hannibal-Lecter-Einlage war bestimmt auch nicht förderlich. Sobald ich der Sprache wieder mächtig war, machte ich der Dame gegen einige Widerstände klar, dass ich der Mann war, der gerade erst ausgecheckt hatte.

«Ja, na ja, tut mir leid, aber ich kann Ihnen nicht weiterhelfen», sagte sie. «Das verstößt gegen die Richtlinien», fügte sie mit einem dürren Lächeln hinzu.

«Für *solche* Fälle haben Sie Richtlinien?», fragte ich.

Das Lächeln der Rezeptionistin flackerte kurz und erstarb dann. Sie schielte auf das Telefon neben sich, als erwöge sie, eine Art Notfall-Wachdienst anzurufen.

«Bitte», sagte ich. «Ich möchte nur kurz duschen und mich irgendwo aufhalten, wo ich meine Kleider ein bisschen trocknen kann. Ich bezahle auch ...» Ich griff nach meinem Geldbeutel, aber er war nicht da. «O Gott ...» Panisch wühlte ich in meinen Hosen- und Jackentaschen, meine Finger kribbelten vor Kälte. Schließlich zog ich einen Stoß durchgeweichter Scheine heraus und bot sie dar, wie ein Kleinkind seiner Mutter am Strand nassen Sand als Geschenk präsentiert.

«Ich fürchte, ich kann Ihnen nicht helfen», wiederholte

sie, die Nase rümpfend. «Wenn Sie jetzt so freundlich wären ...»

Ich trat so würdevoll wie möglich den Rückzug an, was angesichts des quatschenden Wassers in meinen Schuhen schwer war. Draußen lief ich, um mich aufzuwärmen, an der Kathedrale vorbei und ziellos immer weiter, bis ich irgendwann zu der Brücke kam, auf der Joel und ich uns zerstritten hatten. Ich legte meine Hände auf die Brüstung und wünschte mir sehnlichst, die letzten zwölf Stunden zurückdrehen zu können, um die Szene noch einmal zu durchleben – und diesmal alles anders zu machen.

Als ein Hausboot vorbeituckerte, fiel mir plötzlich ein, dass dies das zweite Mal gewesen war, dass Joel und ich bei Einbruch der Dunkelheit auf einer Brücke Streit bekommen hatten. Nur war beim ersten Mal ich derjenige gewesen, der ihn stehen gelassen hatte.

~

«In wenigen Minuten erreichen wir Edinburgh Waverley. Alles aussteigen! Bitte alles aussteigen!»

Ich konnte es noch immer nicht fassen. Ich war wirklich hier, beim Edinburgh Fringe, der Mutter aller Comedy-Festivals. Und das nicht als Besucher, sondern als Teilnehmer – bei nichts Geringerem als dem Finale des Studenten-Comedy-Wettbewerbs! In meinem ersten Jahr bei der Sheffield Revue waren wir ins Viertelfinale gekommen, im nächsten ins Halbfinale – und jetzt, endlich, in meinem dritten und letzten Jahr, hatten wir es bis ganz zum Ende geschafft. Wenn wir Cambridge im Finale schlagen konnten, winkte die Chance, mit einer der größten Produktionsfirmen Londons einen TV-Piloten zu entwickeln. Es ging also um die Wurst.

Aber so aufregend ich das auch fand – es war nichts verglichen mit meiner Freude darüber, dass Babs kurz hinter York erstmals zugelassen hatte, dass ich in der Öffentlichkeit ihre Hand hielt. Obwohl wir schon drei Jahre zusammen waren, war ihre Bestimmung, dass wir öffentlich keinerlei Zärtlichkeiten austauschten, bis zum heutigen Tag in Kraft geblieben.

Ich hatte mich gleich bei unserer ersten Begegnung unsterblich in sie verliebt und am nächsten Tag sofort beschlossen, sie offensiv und selbstbewusst um ein Date zu bitten, wie es meine Art war. Und nur fünfeinhalb Wochen und vier abgebrochene Versuche später tat ich es dann sogar. Die erste Hälfte meiner Frage hatte ich noch einigermaßen unfallfrei rausgebracht, doch dann befand ich mich im freien Fall und redete nur noch wirres Zeug. Babs schaute mich verwirrt an wie jemand, der vor einem Werk der modernen Kunst steht: Ist das unglaublich komplex und brillant, und ich blicke es nur nicht, oder ist das einfach ein Dildo, der um einen Wok geschnallt ist …?

«Geht es dir gut, Theo? Du redest irgendwie in Zungen.»

«Ha! Nein, alles gut! Ich wollte dich nur fragen, ob du vielleicht, eventuell irgendwann mal, na ja, Lust hättest, was essen zu gehen oder so.»

Auf Babs' Gesicht erschien ein breites Lächeln.

«Mit mir», fügte ich hinzu.

«Danke für die Präzisierung», sagte Babs. «Ich dachte schon, das wird nichts mehr. Klar, ich weiß ja, dass Jungs oft nicht so die Blitzmerker sind, wenn's ums Signale-Deuten geht, aber ich hab dich neulich immerhin geküsst. Und da, wo ich herkomme, gilt das als ziemlich scharf rangehen.»

Ich schaute sie nur stumm an, und sie verdrehte die Augen.

Dann hakte sie sich bei mir unter, als würde sie einem alten Tattergreis über die Straße helfen.

«Wohin führst du mich denn aus?», fragte Babs.

Hmm. So weit hatte ich noch gar nicht gedacht.

Und wie sich zeigte, führte ich sie geradewegs in die Hölle. Ich hatte nicht den leisesten Schimmer gehabt, was für eine Art von Restaurant ich auswählen sollte, und so versuchte ich mein Glück bei einem, das vage «Fusion» versprach – dem Geschmack nach eine nukleare. Die Kellner waren der Horror, die Musik zu laut. Und es gab zwar durchaus eine stimmungsvolle Beleuchtung, nur war es leider die Stimmung «Geburtstagsparty für Siebenjährige in einem Bowlingcenter in der Provinz». Erstaunlicherweise störte sich Babs jedoch nicht daran. Mit jeder neuen boshaften Bemerkung unseres spitzzüngigen Kellners und jedem neuen grässlichen Song, der aus den Lautsprechern drang, schien sie das Ganze nur immer lustiger zu finden. Als wir nach einem Krug warmer Margaritas betrunken das Lokal verließen, entschuldigte ich mich tausendfach bei ihr. Sie bremste mich jedoch und sagte: «Hör zu, ich liebe es, wenn Dinge so schrecklich danebengehen, dass sie irgendwie schon wieder gut sind – also entspann dich. Nichts ist schöner, als aus einer Pleite doch noch das Beste zu machen.»

Wir bogen um eine Ecke und kamen an einer Bar vorbei, aus der laute Indie-Musik drang.

«Los, komm!», sagte Babs und nahm meinen Arm. Kurze Zeit später standen wir zwischen den schmuddelig aussehenden Indie-Fans auf der Tanzfläche, tranken Bier aus Plastikbechern und tanzten in diesem Stil, der von ironisch bis ernst das ganze Spektrum durchläuft. Dann legte der DJ «Love Will Tear Us Apart» auf.

«Also, wenn schon Klischee, dann aber auch richtig ...»,

schrie Babs mir ins Ohr, und bevor ich sie fragen konnte, wie sie das meinte, küsste sie mich, und mir schwanden die Sinne. Das Lagerbier, das undefinierbare Essen und der Zigarettenrauch konnten mir nichts mehr anhaben, denn das war der beste Kuss, den ich je bekommen hatte – und ist bis heute unübertroffen.

Zwei Wochen später schliefen wir zum ersten Mal miteinander – nach der Hälfte eines Films, von dem ich nicht mehr weiß, wie er hieß; aber wenn ich bedenke, wie nervös ich war, wusste ich es damals wahrscheinlich auch nicht. Als ich mich danach in meinem schmalen Bett aufstützte und ein Strahl der aufgehenden Sonne durch einen Spalt in den Vorhängen direkt auf die Sommersprossen auf Babs' Schulter fiel, fragte ich mich, ob Babs wohl gerade dasselbe dachte wie ich: dass nichts anderes mehr zählte, dass unser Einswerden alles andere trivial erscheinen ließ und dass ich mich noch nie so im Einklang mit der Schönheit der Welt gefühlt hatte. Aber genau in diesem Moment gab Babs mir einen festen Klaps auf den Po.

«Genug jetzt, du Spanner!», sagte sie, dann schlief sie ein.

Oh.

Während ich – nun darüber aufgeklärt, dass Babs vielleicht nicht ganz so romantisch veranlagt war wie ich, aber dennoch überglücklich – dort lag, fiel mir wieder ein, was sie bei unserem ersten Date gesagt hatte: dass nichts schöner sei, als aus einer Pleite doch noch das Beste zu machen. Ich lauschte ihrem Atem und stellte fest, wie anders ich mich jetzt schon fühlte, wenn ich an den von Unsicherheit und Zweifeln geplagten Jungen zurückdachte, als der ich an die Uni gekommen war. Vielleicht, so hoffte ich, würde Babs auch aus mir das Beste machen.

Ich glaube nicht, dass wir in den nächsten drei Jahren auch nur eine Nacht getrennt verbracht haben. Nicht einmal, als wir aus unseren Studentenwohnheimen ausgezogen waren und uns zu den WGs des jeweils anderen hinbemühen mussten. In der Sheffield Revue hatten wir unsere Positionen zementiert, was ich für Schicksal hielt – unsere aufblühende Romanze hatte unvermeidlich zu unserem Erfolg geführt –, Babs jedoch einfach darauf zurückführte, dass sich nur sieben Leute beworben hatten.

Der Dritte in unserem Trio war ein großer blonder Typ namens Luke, der hauchdünn war und Wahnsinns-Wangenknochen hatte, ungefähr so wie Bowies Thin White Duke. Unser «Mentor» – und ich setze das bewusst in Anführungsstriche – war ein Mann namens Steve, ein schmerbäuchiger ehemaliger Comedy-Autor mit schütterem Haar, der nun halbtags Lehrveranstaltungen im Fach Englisch gab. Babs, Luke und ich dachten uns Sketche aus und spielten sie Steve dann vor. Bestenfalls fand er sie nicht völlig indiskutabel. Wenn er sie gar nicht ertrug, schlug er noch während unseres Vortrags wild mit den Armen durch die Luft, als wollte er die Existenz unserer Worte für immer auslöschen. Irgendwann hatten wir genug Material für ein fünfundvierzigminütiges Programm zusammen.

Der landesweite Studenten-Comedy-Wettbewerb umfasste frühe Runden, in denen rivalisierende Unis gegeneinander antraten und das Publikum seinen Favoriten per Abstimmung zum Sieger kürte. Ich weiß noch, wie ich vor unserem ersten Auftritt gegen Hull in der Garderobe auf und ab lief und mich in Stimmung zu bringen versuchte. Ich konnte das Publikum im Saal nicht hören, aber ich war mir sicher, dass es das reinste Tollhaus war – die rumschreienden Betrunkenen im Londoner *Comedy Store* kombiniert mit der unerbittlichen

Atmosphäre eines Rap Battles in Detroit. Als wir schließlich auf die Bühne rausgingen, herrschte eher eine Stimmung wie in der Stadtbibliothek – und bei den meisten späteren Auftritten war es nicht anders.

Wahrscheinlich hatten wir es in jenem Jahr nicht besser verdient, als im Achtelfinale auszuscheiden, aber als wir im zweiten Jahr im Halbfinale rausflogen, war ich bitter enttäuscht. Im dritten Jahr schafften wir es endlich bis ins große Finale – und diesmal waren wir reif dafür. Da das Semester im Juni endete, mussten wir allerdings mehrere Monate warten, bevor es nach Edinburgh ging. Babs' Eltern hatten ein Ferienhäuschen in Northumberland, und da sie selbst nach Kanada wollten, konnten Babs und ich den Sommer in dem kleinen Cottage am Meer verbringen. Tagsüber gingen wir am Strand spazieren oder machten Ausflüge auf die Farne-Inseln, um uns die Papageientaucher anzusehen. Abends kochten wir auf dem Aga-Herd und setzten uns zum Lesen vor den Holzofen. Als ich jünger gewesen war, hatte ich diese Art von Häuslichkeit verachtet. Aber die warmen Nächte mit Babs in dieser Küche, in denen ich alle paar Minuten abgelenkt war, weil ich ihren Nacken küssen wollte – ich glaube, sie waren die glücklichsten meines Lebens. Ich hatte mich dort sogar so wohlgefühlt, dass ich mir insgeheim gewünscht hatte, wir könnten noch bleiben, als Edinburgh näher rückte. Aber als wir in den Bahnhof Edinburgh Waverley einfuhren, wurde ich schlagartig wieder nervös und schrecklich aufgeregt. Nur noch ein gelungener Auftritt, und wir würden von jedem Talentmanager und Fernsehredakteur in der Stadt hofiert werden. Jetzt ging es um alles oder nichts.

Um zu unserer Unterkunft zu kommen, mussten wir den Spießrutenlauf in der Royal Mile hinter uns bringen. Wir kämpften uns, so schnell wir konnten, durch die Horden von Studenten, die dort Flyer verteilten, und die vielen Straßenkünstler mit ihren flotten Sprüchen.

«Jonglier einfach weiter und verpiss dich mit deinem Einrad», knurrte Babs.

«Heirate mich», sagte ich, glücklicherweise nur in Gedanken.

Die Unterkunft selbst war ähnlich grauenhaft, wie ich es geträumt hatte. Ich hatte vorher etliche Interviews gelesen, in denen Comedians über Edinburgh und das Festival sprachen, und in jedem davon waren unangenehme Begegnungen mit Mäusen und Asbest erwähnt worden – oder nackte Matratzen mit Flecken undefinierbaren Ursprungs. Tja, und das war jetzt unsere eigene kleine Horrorshow. Unser Apartment war feucht wie eine Höhle und, nachdem die einzige funktionierende Glühbirne explodiert war, auch genauso dunkel. Auf der Arbeitsfläche in der Küche lag unerklärlicherweise eine einzelne Ofenkartoffel; Luke zeigte darauf wie ein Seefahrer, der die Neue Welt entdeckt hat.

Es war fast zu perfekt.

Das Finale fand in einem schmuddeligen Pub namens *The Tron* statt. Um ehrlich zu sein, war ich ein bisschen enttäuscht, weil ich etwas – wenigstens ansatzweise – Glanzvolleres erwartet hatte. Aber in wenigen Minuten war Showbeginn, die Zuschauer hielten bereits laut und ausgelassen Einzug. Binnen Kurzem war das Lokal brechend voll, und es lag eine gehörige Spannung in der Luft. In dem Moment fühlte es sich plötzlich so an, als könnte dies wirklich der Anfang von etwas Neuem werden. Das war genau die Art von intimem Veranstaltungsort, die ein Filmteam für eine Doku über das Leben eines Künstlers noch mal aufsuchen würde, um die spezielle Atmosphäre einzufangen: der Ort, an dem alles begann. Als sich auf einmal diese spezielle Fantasie bei mir einstellte, musste ich auf die Backstage-Toilette rennen und mich übergeben.

Nach einem alles andere als herzlichen Münzwurf zwischen den beiden Teams entschieden sich die beiden Jungs von den Cambridge Footlights (die natürlich Tristan und Hugo hießen) dafür, als Erste aufzutreten. Wir schauten ihnen zu, indem wir durch einen Vorhang an der Seitenbühne spähten. Dass wir gegen starke Konkurrenz antreten mussten, war uns von Anfang an klar gewesen.

Wenn wir allerdings darauf gehofft hatten, Steve würde uns hinter der Bühne mit einer aufrüttelnden Rede im Stil britischer Underdog-Filme bis in die Haarspitzen motivieren, wurden wir bitter enttäuscht. Unser «Mentor» hatte sich an den kostenlosen alkoholischen Backstage-Getränken schadlos gehalten und schlief tief und fest unter seinem Mantel. Also saßen wir schweigend da wie stoische Zivilisten in einem Luftschutzunterstand, während die Lacher von nebenan einschlugen wie Bomben. Schließlich verbeugten sich die Cambridge-Jungs ein letztes Mal unter begeistertem Applaus. Babs, Luke und ich tauschten entschlossene Blicke aus. Die Show begann.

Auf der winzigen Bühne war es so heiß, dass ich kurz glaubte, ich würde ohnmächtig. Unser Timing stimmte von Anfang an nicht richtig, und Babs verpatzte eine Stelle, an der sie sich vorher noch nie verhaspelt hatte. Die Reaktionen aus dem Publikum waren bestenfalls höflich. In meinem Kreuz sammelte sich bereits der Schweiß. Meine Hände waren feucht.

Ein kurzer Solo-Sketch von Luke, in dem er einen schwermütigen Tierarzt mimte, fand schon mehr Anklang. Und dann löste unsere Nummer mit den wichtigtuerischen Weinkennern den – Gott sei Dank – größten Jubel des Abends aus. Wir eilten zu einem schnellen Kostümwechsel hinter die Bühne. Babs reckte breit grinsend den Daumen hoch, und ich fühlte mich zum ersten Mal, seit wir die Bühne betreten hatten, entspannt. Es klappte doch.

Von dem Moment an lief es wie geschmiert. Selbst bei dem Sketch mit den griesgrämigen Grashüpfern, der im Halbfinale überhaupt nicht gezündet hatte, wurde gelacht, und dann kamen die Lacher einfach immer weiter, eine herrliche Welle nach der anderen. Vor allem Babs war in absoluter Bestform. Bei ihrem Solo-Sketch, in dem sie eine cholerische Pfarrerin spielte, reagierte sie so schlagfertig und gehässig auf die Wortmeldung eines sorgfältig ausgesuchten Zuschauers in der ersten Reihe, dass ich beinahe meinen Einsatz verpasst hätte. Ein irrer Moment: Ich guckte meiner Angebeteten dabei zu, wie sie als Geistliche verkleidet einen ängstlich in Deckung gehenden Fremden zur Schnecke machte, und genau dabei wurde mir klar, dass ich mich mit Haut und Haaren in sie verliebt hatte.

Dann waren wir bei unserem Schluss-Sketch angekommen – Napoleon bei einer öffentlichen Rede. Während wir hinten die Outfits wechselten, ließen wir vorn als Pausenfüller eine Parodie auf eine Werbung für eine Billigfluglinie laufen, die wir vorher aufgenommen hatten. Als ich hinter der Bühne stand und meine Uniformjacke zurechtrückte, hatte ich das klare Bauchgefühl, dass wir unsere letzte Nummer heute besser abliefern würden denn je. Wir würden die Bude rocken.

Ich musste als Erster raus und stolzierte mit einer Extraportion Großtuerei auf die Bühne. Dann sah ich auf die Menge hinunter, schaute der Reihe nach allen Zuschauern kurz in die Augen und nickte dabei jedes Mal selbstzufrieden, so als wüsste ich etwas, was sie nicht wussten. Schon allein dafür erntete ich Lachsalven. Es war, als würde ein Feuerwerk abbrennen. Und es war ansteckend. So sehr, dass ich ein Risiko einging, einfach weiter auf und ab schritt und noch einmal mit jedem aus dem Publikum Blickkontakt aufnahm, während das Gelächter immer weiter anschwoll. Ich war bei meinem allerletzten Durchgang durch die Zuschauerreihen, als ich ihn sah. Joel.

Er saß mit einem Bier in der Hand in der letzten Reihe, schaute mich direkt an und lächelte. Plötzlich stand ich nicht mehr auf der Bühne. Ich saß Rücken an Rücken mit Joel im taufeuchten Gras. Warf Steine auf das Themsedenkmal. Kniete neben Alice auf dem rissigen Asphalt.

Mein Spiel mit dem Publikum zog sich nun schon zu lange hin. Das Gelächter ebbte ab. Die Leute wurden ungeduldig. Ich hörte, wie sich jemand räusperte und ein anderer seinem Sitznachbarn etwas zuflüsterte. Meine Augen stellten wieder auf Joel scharf, und ich spürte, wie sich mir der Magen umdrehte. Joel hielt die Hand vor den Mund. Sein Lächeln war verschwunden, und jetzt sah es für alle Welt so aus, als wollte er ein spöttisches Grinsen verbergen.

«Theo!», zischte Babs hinter dem Vorhang, und es folgten einige erleichterte Lacher. Vielleicht glaubten sie, dass die Verzögerung Absicht war.

Wahrscheinlich hätte ich alles retten können, wenn ich in dem Moment weitergespielt hätte. Ich versuchte auch, den Anfang meines Texts zu sagen, aber meine Zunge fühlte sich schlaff und belegt an. Mein Mund wurde sekündlich trockener und mein Körper langsam taub. Es war, als hätte mir jemand einen giftigen Pfeil in den Hals geschossen. Einfach nur dazustehen oder auch nur zu atmen, wurde immer schwerer – und die Stille immer bedrückender. Schließlich brachte ich doch ein paar Worte heraus, aber in dem Moment waren Luke und Babs schon neben mir und umfassten meine Arme, um mich von der Bühne zu führen.

«Entschuldigen Sie, Sir, Sie scheinen in den falschen Sketch geraten zu sein», sagte Luke, und seine – nicht zur Rolle passende – Wut war deutlich herauszuhören. Ein paar Leute kicherten, aber höhnisch.

«Wir sind gleich zurück, verehrtes Publikum», sagte Babs in einem seltsamen, angestrengten «Comedy-Ton», den ich noch nie bei ihr gehört hatte.

Sie hatten mich schon fast von der Bühne bugsiert. Rückblickend betrachtet, hätten sie sich vielleicht von dem Schreck erholen und das Publikum wieder auf unsere Seite ziehen können, wenn ich zugelassen hätte, dass sie mich hinter den Vorhang führten. Aber in der letzten Sekunde riss ich mich von Luke los und war entschlossen weiterzumachen.

«Theo!», zischte Luke, nun ganz unumwunden verärgert.

Ich wandte mich Babs zu, aber sie hatte die Augen geschlossen. Und da wusste ich, dass es vorbei war.

Ich fühlte, wie meine Schultern nach unten sanken. «Bitte», sagte ich in einem letzten schwachen Versuch. «Ich kann immer noch ...»

Jemand aus dem Publikum warf ein Glas um, das unendlich lange über den Holzboden rollte, bevor es liegen blieb. Ich blickte in den Saal und sah, dass Joel aufgestanden war und zum Ausgang ging. Schlagartig wütend, drängte ich mich an Luke vorbei hinter den Vorhang und lief in die Garderobe, wo Steve mit einer Riesentüte Doritos in der Hand saß.

«Fertig?», fragte er mit dem Mund voller Chips. «Klang, als wär's gut gelaufen.»

Aber ich beachtete ihn gar nicht. Ich rannte an ihm vorbei die Treppe runter, stürmte auf die Straße raus und blieb, gierig nach Luft schnappend, stehen – gerade rechtzeitig, um noch die letzten Akkorde unseres musikalischen Rausschmeißers über einer Runde sarkastischem Applaus mitzukriegen und zu sehen, wie Joel mit hochgeklapptem Jackenkragen hastig um die Ecke verschwand, wie jemand, der von einem Tatort flieht.

KAPITEL DREIUNDDREISSIG
JOEL

Es heißt, dass man in Edinburgh an jedem beliebigen Tag Wetterphänomene aus allen Jahreszeiten geboten bekommt. Als Theo mich an der North Bridge einholte, war das Rad ungefähr bei Mitte Februar stehen geblieben: sintflutartiger Eisregen, angetrieben von einem böigen Wind.

«He!», rief Theo.

Ich hielt den Kopf gesenkt und ging weiter. Da ich den ganzen Tag ordentlich gezecht hatte, war ich allerdings zu wackelig auf den Beinen, um so schnell abhauen zu können, wie ich es gern getan hätte.

«Verdammt noch mal, Joel, ich weiß, dass du mich hören kannst!»

Das war's dann wohl. Ich blieb langsam stehen und drehte mich um.

«Na, alles klar?», sagte ich. «Hör zu, Kumpel, ich –»

«Nenn mich nicht ‹Kumpel›», sagte Theo verächtlich. «Was zum Teufel machst du hier?»

«Na ja, ich ... hab euren Flyer gesehen und wollte mir die Show anschauen.» Ich kramte in meiner Jackentasche nach dem Flyer, ohne zu wissen, was ich damit beweisen wollte.

«Gut», sagte Theo durch zusammengebissene Zähne. «Ich dachte, du wärst nur gekommen, um dich hinten hinzusetzen und dich über uns lustig zu machen.»

«Was? O Gott, nein, natürlich nicht! Ich ... wollte es einfach nur sehen – euch unterstützen.» Das klang alles verkehrt. Ich musste mich total konzentrieren, um nicht zu lallen, und sah Theo an, dass er mir das nicht abnahm.

«Ach, und darum hast du so höhnisch gelacht, als ich dich angesehen hab? Dieses überhebliche Grinsen! Du konntest dein Glück wohl nicht fassen. Dass ich so ein kleines Licht bin. Reicht's dir nicht, dass du in London *meinen* verdammten Traum lebst? Ja, ich hab gelesen, dass du dieses Ding bei der BBC gewonnen hast. Ich weiß, was für eine große Nummer du jetzt bist.»

«Theo ...»

«Was?»

Ein Windstoß klatschte uns eiskaltes Regenwasser ins Gesicht.

Wie konnte ich ihm bloß verständlich machen, dass ich ihn nicht ausgelacht hatte – dass ich, im Gegenteil, wahnsinnig stolz gewesen war und mich so gefreut hatte, meinen alten Freund zu sehen, dass ich mich zusammenreißen musste, um nicht in Tränen auszubrechen. Theo, mit seinem Dackelblick und seiner Sturmfrisur.

«Ich wollte einfach nur eure Show sehen, das ist alles», brachte ich heraus und war froh, dass Wind und Regen noch stärker wurden, weil Theo so das Zittern in meiner Stimme nicht hörte.

«Du bist extra gekommen, um mich rauszubringen», knurrte Theo und stieß mich weg. Und in dem Zustand, in dem ich war, verlor ich beinahe das Gleichgewicht.

«Nein, ehrlich – das ist nicht wahr!»

Der Regen prasselte munter weiter, und wir mussten zur Seite gehen, um eine Familie vorbeizulassen. Ich ertrug es nicht, Theo so zu sehen, und versuchte, mich bei der Gelegenheit abzusetzen, aber er packte meinen Arm und riss mich zurück.

«Warum willst du eigentlich unbedingt mein Leben ruinieren?»

«Das will ich doch gar nicht, Theo! Ich hab einfach nur ...»

«Was?»

«Ich hab dich auf diesem Flyer gesehen und gemerkt, wie sehr ich dich vermisst hab, okay?»

Das schien Theo aus dem Konzept zu bringen. Ich sah, wie seine Wut kurz verrauchte. Als er wieder etwas sagte, klang er traurig.

«Du hast mich ... Okay, na schön, aber ... hättest du nicht einfach anrufen können? Oder eine Nachricht schicken? Alles, aber doch nicht einfach da auftauchen! Dir ist schon klar, dass wir ...» Er zeigte zurück in die Richtung, wo das *The Tron* lag. «Ich bin sicher, wir hätten gewonnen.»

«Auf jeden Fall! Ihr wart großartig, ehrlich!»

Theo reagierte gar nicht auf mein Kompliment.

«Du weißt genau, wie sehr ich dich vergöttert habe», sagte er. «Die Geschichte im Musiktrakt – als du mich vor den anderen gerettet hast. Daran muss ich ganz oft denken.»

Ich machte einen Schritt auf ihn zu. «Ja, aber dasselbe hättest du auch für –»

«Und dann wünsche ich mir immer, du wärst nicht da gewesen!», unterbrach Theo mich, lauter werdend. «Klar, ich hätte eine Abreibung bekommen, und bestimmt auch mehr als eine. Ich wäre weiter der Freak mit den bescheuerten Klamotten gewesen, den alle scheiße finden. Aber wenigstens hätte ich dann nicht jahrelang am Rockschoß von einem gehangen, der mich gar nicht wollte. Und meine Schwester könnte wenigstens noch ... noch ...» Er weinte jetzt, und seine Tränen vermischten sich mit dem Regen. Ein Krankenwagen raste mit heulender Sirene vorbei.

Vielleicht lag es am Alkohol, vielleicht auch an dem, was Theo sagte, und seiner Riesenwut, die mich schockierte, aber in dem Moment, als er Alice erwähnte, wollte ich nur noch, dass er die Wahrheit erfuhr.

«Du weißt, dass ich mir nie verzeihen werde, was in dieser

Nacht passiert ist», sagte ich. «Aber es gibt noch etwas, was du darüber wissen solltest.»

Theo wischte sich mit dem Ärmel die Tränen ab. Als ich seine Schwester erwähnte, blieb er stocksteif stehen und starrte mich nur an. Die Stadt schien zu verschwinden. Es gab nur noch uns und den Regen und den eisigen Wind.

«Was meinst du damit?», fragte Theo.

«Ich bin ... Es war ...»

Ich versuchte, mir nicht vorzustellen, wie Alice auf die Motorhaube geknallt war. Nicht an das schreckliche Geräusch von damals zu denken.

Theo ballte die Fäuste.

«*Was*, Joel?»

Aber ich konnte das nicht tun. Ich hatte mir geschworen, es niemals jemandem zu sagen.

«Es tut mir einfach so leid», sagte ich stattdessen.

Theo wartete einen Augenblick, weil er dachte, ich würde noch mehr sagen. Als klar war, dass ich es nicht tun würde, schüttelte er langsam den Kopf. Dann ließ er seinen Blick an mir auf- und abwandern, wie um abzuschätzen, wie groß sein Hass auf mich war.

«Na, vielen Dank», sagte er. Seine Stimme klang hohl, der Kampfgeist war verpufft. «Aber ich fürchte, das ändert gar nichts. Und könntest du mir bitte einen Gefallen tun?»

Ich wusste, was er jetzt sagen würde, aber das machte es nicht leichter, es sich anhören.

«Versprich mir, dass du nie wieder in meine Nähe oder die meiner Familie kommst.»

Und damit war Theo weg, verschwand im Gedränge der Touristen.

Über dem Schloss explodierten Feuerwerkskörper, und violette und grüne Funken fielen wie Splitter durch den Nachthimmel. Aber ich nahm sie kaum wahr, denn ich fragte mich, was passiert wäre, wenn ich es durchgezogen hätte – wenn ich Theo die Wahrheit gesagt hätte. Dass nicht ich in dieser Nacht hinter dem Steuer gesessen hatte. Sondern Amber.

KAPITEL VIERUNDDREISSIG
THEO

Ich ging quatschenden Schrittes zu der Stelle zurück, an der ich unverhofft baden gegangen war. Das Rad und meine Siebensachen waren im Fluss verschwunden, und meine Lust, nach ihnen zu tauchen, hielt sich in Grenzen. Das Einzige, was mir geblieben war, war mein Handy, das ich bei dem Sturz in der Hosentasche gehabt hatte und das irreparabel beschädigt zu sein schien. Ich sah, dass der Zettel, den der Wind im Gras hin und her wehte, Joels Nachricht an mich war, und bückte mich, um ihn aufzuheben.

Ich überlegte, dass es wohl das Vernünftigste wäre, wenn ich mit meinem verbliebenen Geld ein Zugticket nach Hause kaufen würde. Aber was dann? Einfach weitermachen, als wäre die ganze Wanderung nur ein Traum gewesen – und vergessen, was Joel mir erzählt hatte? Es war undenkbar, einfach so zu tun, als wenn nichts gewesen wäre. Andererseits: Hatte ich denn eine andere Wahl?

Weil ich erneut vor Kälte zitterte, ging ich einfach den Pfad entlang, als wollte ich die Wanderung fortsetzen. Solange ich weiterlief, musste ich keine wie auch immer geartete Entscheidung treffen. Ich setzte einfach einen Fuß vor den anderen, auf mehr brauchte ich mich nicht zu konzentrieren. Bald erreichte ich Abingdon, wo der Fluss deutlich breiter wurde, so als öffnete er die Arme, um mich zu empfangen. Obwohl sich an meinen Fersen zwei schmerzhafte Blasen gebildet hatten und ich dringend eine warme Mahlzeit brauchte, ging ich weiter. Wenn ich stehen blieb, musste ich den Tatsachen ins Auge sehen, und diesen Moment wollte ich so lange hinauszögern wie nur irgend möglich.

Als ich in das Örtchen Clifton Hampden kam, war es schon

so dunkel, dass ich kaum die Hand vor Augen sah. Meine Füße brachten mich um. Jeder Schritt war eine Qual. Durch einen Anruf bei der Bank an einem Münzfernsprecher in Culham war es mir gelungen, mir ein bisschen zusätzliches Geld zu organisieren, aber ich konnte mich einfach nicht überwinden, die B&Bs abzuklappern, denn dann hätte ich ihnen mein Erscheinungsbild erklären müssen. Also schlüpfte ich, als ich am Ufer ein angebundenes Ruderboot entdeckte, zitternd unter dessen Abdeckplane, legte mich hin und driftete zumindest zeitweise in einen unruhigen Schlaf.

Erst in Henley knickte ich schließlich ein. Von Clifton Hampden bis dorthin war ich zwei Tage lang kontinuierlich immer weitergelaufen. Ich war erschöpft, aber immer wenn ich stehen geblieben war, und sei es auch nur für ein, zwei Augenblicke, waren meine Gedanken sofort nach Oxford zurückgekehrt und ich hatte Joel wieder wütend von mir wegmarschieren sehen. Also hatte ich meinen Weg einfach immer weiter fortgesetzt. Aber nach noch einer Nacht in einem Bootsversteck, in dem ich halb erfroren war, während filmreifer, sintflutartiger Regen auf mich einprasselte, bekam ich Krämpfe in den Beinen und beschloss, klein beizugeben und lieber in den Pub zu gehen.

Ich fand ein Lokal, das selbst so schäbig war, dass sich niemand darum scherte, wie ich aussah, und ließ mich in einer Ecke nieder, um mich an einem Guinness festzuhalten. Im Fernseher lief Snooker. Was für ein sterbenslangweiliges Spiel, dachte ich zuerst. Wer guckt sich bloß so einen Mist an?

Aber zwei Stunden später konnte ich nicht fassen, dass Higgins eine einfache Schwarze vom Spot verschossen hatte, und das in einem derart nervenzerfetzenden Moment dieses entscheidenden Frames. Die Übertragung endete, und damit war eine willkommene Ablenkung futsch.

«Noch eins?», fragte der Barmann.

«Ja, danke», sagte ich.

Er brachte mir ein frisches Pint, und ich legte eine Ansammlung schmutziger Münzen auf den Tisch, die er verächtlich in seine Hand schob. Da fiel mir Rex wieder ein – der Junge aus dem Studentenwohnheim –, der an meinem ersten Abend an der Uni sein Snake Bite, eine Mischung aus Cider und Bier, ebenfalls mit kleinen Münzen bezahlt hatte. Was der wohl jetzt machte? Wahrscheinlich war er Banker geworden oder so. Einen Moment lang wärmte ich mich voller Häme an dem Gedanken, was für ein Arschkriecher er bestimmt heute war. Aber dann kam mir ein ganz anderer Gedanke. Wahrscheinlich hatte er auch eine junge Familie. Ein Haus am Stadtrand. Freunde. Und was zur Hölle hatte ich?

In dem Moment schaute ich wieder auf den Bildschirm und sah den vertrauten Vorspann von *The Tooth Hurts*. Es lief eine Wiederholung des letztjährigen Weihnachtsspecials, eine völlig überdrehte Posse, in der Karen und ihr Chef Nigel zu einem Zahnärzte-Kongress nach Italien fliegen, am Flughafen aber vom falschen Fahrer abgeholt werden und sich plötzlich in der unangenehmen Lage wiederfinden, ein Weihnachtsessen für die Mafia kochen müssen. Ich hatte die Inhaltsangabe in der Zeitung gelesen, aber aus irgendeinem Grund war das die erste Folge, die anzuschauen ich mich nicht hatte überwinden können.

Der Fernseher war stumm gestellt, aber es gab Untertitel. «[Publikum lacht]» wurde dauernd eingeblendet, was fast schon ironisch wirkte, obwohl ich zugeben musste, dass es eine der besseren Folgen war, vor allem weil sie ihre eigene haarsträubende Grundidee auf die Schippe nahm. Tatsächlich schaute ich sogar so gebannt zu, dass ich zwei Alte am Tresen mit bösen Blicken zum Schweigen brachte, als sie anfingen, sich zu kabbeln. Je länger die Folge lief, desto mehr veränderte sich ihr Ton. Viele Szenen waren richtiggehend ernst – der Tradition folgend, dass Weihnachtsspecials von Sitcoms eher erbaulich sein sollten.

Nun waren wir an einer Stelle angekommen, die offenbar der Höhepunkt sein sollte. Ambers Figur Karen hatte ihre Schwester Meryl angerufen, weil sie einen Rat brauchte, denn sie hatte sich – was das Publikum schon lange wusste, ihr allerdings gerade erst aufgegangen war – in Nigel verliebt, war jedoch leider mit dem langweiligen Brian verheiratet. Ich versuchte, mir vorzustellen, wie Joel all das geschrieben hatte. Hatte er irgendwo ein Büro? Hatte er es einfach in seiner Wohnung gemacht? Vielleicht schaute er sich die Wiederholung auch gerade an.

Karen auf dem Bildschirm weinte.

«Was soll ich bloß tun, Meryl?», schluchzte sie.

«Hör zu, Kaz», sagte Meryl. «Die Welt ist schon ein komischer Ort. Du, ich, wir alle bekommen von klein an eingeimpft, wie unser Leben aussehen soll: Sucht euch eine Arbeit. Kauft ein Haus. Heiratet. Gründet eine Familie. Aber für alles, was danach kommt, gibt es dann keinen brauchbaren Plan mehr. Man plant ja nicht, den Menschen, den man geheiratet hat, plötzlich nicht mehr zu lieben. Oder dass die Kinder, die man bekommen hat, einen hassen. Oder dass man seinen Job verliert. Ich meine, guck mich an, um Himmels willen. Ich bin eine wandelnde Werbung dafür, wie man nicht leben soll. Aber weißt du was? Das Einzige, was ich bedaure, ist, dass mir Leute, die mir mal etwas bedeutet haben im Leben, irgendwie abhandengekommen sind. Denn die Menschen, mit denen einen wirklich was verbindet – die

die Welt von Schwarz-Weiß in Technicolor verwandeln –, sind die, die man niemals aufgeben darf. Ich hatte in der Schule eine Freundin, Chloe. Wir waren unzertrennlich. Sind immer überall zusammen hingegangen. Aber dann wurden wir älter und verkrachten uns und redeten nicht mehr miteinander. Das ist jetzt zwanzig Jahre her, und weißt du was? Ich denke immer noch an sie. Ich wünschte, ich hätte mehr für diese Freundschaft gekämpft. Ich wünschte, ich hätte ihr gesagt, wie viel sie mir bedeutet. Also, was Nigel angeht –»

Aber der Rest von Meryls Monolog würde warten müssen. Ich hatte mein Bier unberührt stehen gelassen und war aus dem Pub gegangen, wo mir die abendliche Kälte entgegenschlug. Seit Meryl die Menschen erwähnt hatte, die einem «irgendwie abhandengekommen sind», hatte ich wie vom Donner gerührt dagesessen, aber jetzt lief ich zielstrebig weiter, ohne auf meine schmerzenden Füße zu achten. Ich wusste nicht, ob Joel diese Szene extra geschrieben hatte in der Hoffnung, dass ich sie sah, aber wie auch immer, jedes einzelne Wort darin hatte mich elektrisiert. Vorhin war ich drauf und dran gewesen, wieder in meinem üblichen Selbstmitleid zu versinken. Denn war das nicht auch sehr viel einfacher, als zu akzeptieren, dass all das hier auch mein Fehler sein konnte und ich überdies die Möglichkeit hatte, *aktiv* etwas zu unternehmen? Es war an der Zeit, dem Denken eine andere Richtung zu geben.

Ich hatte gerade noch genug Bargeld, um ein Zugticket nach London zu erstehen. Ich wusste nicht, wie viel Zeit Joel noch blieb, aber ich würde auf gar keinen Fall zulassen, dass unser Streit in Oxford das letzte Gespräch blieb, das wir je geführt hatten. Ich würde die Dinge zwischen uns wieder in Ordnung bringen, koste es, was es wolle. Ich hoffte nur, dass er es mich versuchen ließ, bevor es zu spät war.

KAPITEL FÜNFUNDDREISSIG
JOEL

Laurie Lee beschreibt in seinem autobiografischen Roman *An einem hellen Morgen ging ich fort*, wie er im Sommer 1934 seine Heimat Gloucestershire verlässt und mit nichts als den Sachen auf seinem Rücken, einer Violine und einem Stock über London bis nach Spanien geht. Neunzig Jahre später wartete ich auf ein Taxi, das uns zum Bahnhof bringen sollte, von wo aus wir nach Gatwick fuhren, um dann nach Lissabon zu fliegen – mit nichts als einem neuen iPhone, einem Laptop, Adaptern für Euro-Steckdosen, zwei Paar bequemen Schuhen, Allwetterkleidern – denn man konnte ja nie wissen –, einem laminierten Reiseplan für Anreise und Unterkunft, einem Reisekissen, einem Ersatz-Reisekissen, Kopfhörern mit Geräuschunterdrückung ... und meiner Mum. Lee und ich waren wahre Brüder im Geiste.

Mum war am Vorabend nach Peckham gekommen. Weil ihr Zug Verspätung hatte, waren wir in dem Pub an der Ecke gelandet, wo man um die Zeit noch was zu essen bekam – und in dem Mum einfach alles, von den rechteckigen Tellern bis zu den Wassergläsern, «todschick» gefunden hatte.

Das Taxi zum Bahnhof fuhr pünktlich um kurz nach sieben vor. Es war ein kalter, grauer Tag, und über dem Park gegenüber von meiner Wohnung hing Nebel. Ich musste den Fahrer bitten zu warten, weil Mum noch schnell zum Café an der Ecke gehen wollte, um Kaffee und ein Sandwich zu holen. Zuerst dachte ich, das sollte für uns sein, obwohl wir durchaus gefrühstückt hatten, doch dann sah ich, wie sie die Straße überquerte und beides vor einer Bank abstellte, auf der ein Obdachloser schlief.

Als wir ins Taxi einstiegen, nahm Mum meine Hand.

«Ich weiß, dass ich versprochen habe, nicht mehr zu fragen, aber bist du dir auch wirklich sicher, dass du das willst?»

Mit sorgenvoller Miene suchte sie in meinem Blick nach Anzeichen für die leiseste Spur eines Zweifels. Ich beteuerte lächelnd, dass alles gut sei, obwohl mir nach dem Aufstehen extrem übel gewesen war. Ich hatte Angst vor dem Flug.

Ich lehnte den Kopf gegen den Sitz und schaute auf die Uhr. Amber war jetzt wahrscheinlich auf dem Weg zu ihren Proben. Sie war aus Italien zurück und würde als Nächstes das diesjährige Weihnachtsspecial von *Tooth* drehen. Als ich sie angerufen und ihr gesagt hatte, dass ich ein paar Tage mit Mum verreisen würde, damit sie endlich auf andere Gedanken kam, hatte ich gespürt, dass sie mit ihrer Geduld ziemlich am Ende war.

«Natürlich», hatte sie gesagt, obwohl sie offensichtlich enttäuscht war. Und ich konnte es ihr nicht verübeln. Sie war zu ihrer Arbeit zurückgekehrt, in eine graue, verhangene Stadt und in ein leeres Haus, während ich plötzlich in die entgegengesetzte Richtung davonflog, einem klaren Himmel und sonnig warmen Kiesstränden entgegen. Ich hoffte, dass eine Woche mit viel Ruhe, Sonne und Erholung wieder ein bisschen Farbe in mein Gesicht bringen und meinen Verfall ein wenig aufhalten würde. Aber wenn ich zurückkam, würde ich Amber die Wahrheit sagen müssen, das war mir klar.

Während der Fahrt schloss ich die Augen und fragte mich, ob dieses Gespräch schlimmer oder weniger schlimm werden würde als das damals, als ich dachte, ich hätte Amber für immer verloren ...

Ich hatte es vielleicht selbst nicht gemerkt, aber in den vier Jahren nach der Begegnung mit Theo auf dieser Brücke in Edinburgh hatte ich immer schneller den Boden unter den Füßen verloren und war nun kurz davor, die Endgeschwindigkeit zu erreichen. Von außen wäre man niemals darauf gekommen, denn karrieremäßig lief es gut für mich, und für einen Fünfundzwanzigjährigen lebte ich auf großem Fuß. An den meisten Abenden zog ich mit einer wechselnden Crew von Fernsehleuten um die Häuser, die an meinen Lippen hingen, und mein Prestige ließ nichts zu wünschen übrig. Aber in Wahrheit fühlte ich mich nur dann nicht elend, wenn ich einen Drink in der Hand hielt. Morgens, wenn ich nüchtern war, spürte ich die nackte Angst im Nacken, sobald ich zur Haustür rausging. Es ist dasselbe Gefühl, wie wenn man merkt, dass die Flut schneller steigt, als man gedacht hat, und weiß, dass man jetzt schnell sein muss, um nicht vom Land abgeschnitten zu werden. Und wenn ich irgendwann das erste Bier intus hatte, war es, als hätte ich das rettende Ufer erreicht; dann hatte ich eine Atempause von den schäumenden Wellen, die mir jetzt eine Zeit lang nicht mehr gefährlich werden konnten.

Amber hatte vorgeschlagen, dass wir, jetzt, wo wir beide gutes Geld verdienten, aus der Wohnung in Morden auszogen, aber ich wollte nicht so recht. Für mich klang das nach zu viel Verantwortung. Tief im Innersten gefiel es mir mit unseren inzwischen festen Mitbewohnern – einem norwegischen Paar namens Emil und Markus und einem Kiffer namens Chris – in dieser leicht verranzten Bude. Weil die drei im selben Alter waren wie ich und trotzdem dauernd saufen und sich zudröhnen wollten, mein Verhalten also quasi legitimierten.

Amber bekam inzwischen regelmäßig ganz passable Fernsehrollen und erarbeitete sich so nach und nach ein Renommee. Das führte dazu, dass sie häufig für Dreharbeiten unterwegs war. Auch früher hatte ich es in solchen Fällen schwer gefunden, von ihr getrennt zu sein, aber wenigstens war es da noch darum gegangen, dass ich sie *vermisst* hatte. Heute ging es einzig und allein darum, dass ich sie *brauchte*. Deshalb reagierte ich häufig sauer, wenn sie verreiste, manchmal auch trotzig, und wenn sie dann weg war, trank ich jedes Mal umso mehr.

Einmal, als Amber in Cardiff drehte, habe ich – unterstützt von dem Koks, das Markus organisiert hatte – fast einen ganzen Monat lang durchgesoffen. An dem Abend, bevor Amber zurückkam, spitzte sich die Lage dann zu. Normalerweise hätte ich am Tag vor ihrer Rückkehr mit dem Trinken aufgehört, aber ich musste mich irgendwie mit der Zeit verschätzt haben. Ich schreckte hoch, als Amber die Wohnungstür aufschloss. Ich saß in den Klamotten vom Vortag am Küchentisch, wo ich mit dem Kopf auf den Armen eingeschlafen war, und hatte einen ekligen Geschmack im Mund – von kalten Pommes und Erbrochenem. Überall standen leere Dosen und Flaschen rum. Neben mir auf dem Tisch lag meine mit weißem Puder bedeckte Kreditkarte. Ich versuchte, meine Hand darüberzulegen, aber Amber hatte sie bereits gesehen. Sie stand mit verschränkten Armen an der Arbeitsfläche.

«Wie, kein ‹Hallo, Schatz, ich bin wieder da›?», sagte ich. Das sollte komisch sein, ging aber nach hinten los.

«Möchtest du mir erklären, was hier los ist?», fragte Amber wie eine Lehrerin, die ihren Schüler bei irgendwelchem Unfug ertappt.

Ich kratzte mich am Hinterkopf und merkte, wie fettig meine Haare waren.

«Oh, äh – ich hatte nur ein paar Bekannte da. Aber erzähl

mir doch lieber, was du erlebt hast. Ist Cardiff wirklich so toll, wie man immer hört?»

«Bitte versuch jetzt nicht, das Thema zu wechseln. Du bist nicht halb so charmant, wie du glaubst. Ich meine, sieh dich nur mal an.»

«Mir geht's prima», sagte ich, stand auf und zwang mich zu lächeln. «Hör zu, okay, ich hab's vielleicht ein bisschen übertrieben – aber ich mach hier jetzt kurz sauber, und dann gehen wir was essen. Richtig schön essen.» Ich wollte zu ihr gehen, aber Amber machte einen Schritt zurück.

«Ohne mich. Ich weiß ehrlich nicht mehr, ob ich überhaupt noch irgendwas von dem hier will.»

Ich spürte, wie Panik in mir aufstieg. «Hey, komm schon, jetzt übertreib mal nicht. Das ist doch jetzt wirklich nicht nötig.»

«Sag du mir nicht, was ich tun oder lassen soll», sagte Amber. «Du tust so, als wäre das ein Ausrutscher. Aber das geht jetzt schon seit Gott weiß wie lange jeden Abend so.»

«Das ist jetzt wirklich nicht fair», sagte ich. «Warum legst du dich nicht in die Badewanne, während ich hier für Ordnung sorge, und dann gehen wir aus.»

«Kann ich nicht, das Bad ist nämlich völlig verdreckt. Die ganze Wohnung ist ein Dreckloch. Das ist, als würde ich im Zimmer von einem chaotischen Teenie wohnen.»

Ich warf die Hände in die Luft. «Ich hab doch gesagt, ich mache sauber!»

«Ja, aber das ist offensichtlich nicht der entscheidende Punkt, oder?»

«Keine Ahnung! Ich weiß nicht, was in dich gefahren ist.»

Amber schaute noch einmal durch die ganze Küche und zwang mich so, ihrem Blick zu folgen und zu registrieren, wie es dort aussah. «Geht das immer so, wenn ich weg bin?», fragte sie.

Ich ließ mich seufzend zurück auf den Stuhl fallen. Um ein Haar hätte ich nach einer offenen Wodkaflasche gegriffen, konnte mich aber gerade noch bremsen.

«Sag mir die Wahrheit, Joel.»

Ich spürte, wie Wut in mir aufkam und meine Angst überlagerte. Ich konnte es nicht leiden, so verhört zu werden.

Als klar war, dass sie keine Antwort bekommen würde, nahm Amber ihre Schlüssel und ging zur Tür. Dort blieb sie noch mal stehen und drehte sich zu mir um.

«Ich ertrage es nicht, dich so zu sehen», sagte sie.

Als sie die Tür zumachte, murmelte ich, laut genug, dass sie es hören konnte: «Ja, sicher – lass mich nur wieder allein.»

Sie stieß die Tür wieder auf. «Ah, jetzt verstehe ich! Alles klar. Das ist also alles *mein* Fehler! Wenn du es so rumdrehst, macht es das sehr viel einfacher für dich, nicht wahr? Aber weißt du was? Ich bin es leid, deine Krankenschwester zu spielen, Joel. Unsere Beziehung ist schon lange aus dem Lot. Ich … ich glaub, ich brauch mal eine Pause von dir. Und versuch nicht, mich zu kontaktieren, verstanden?»

Plötzlich spürte ich ein riesiges Gewicht auf meiner Brust; es fühlte sich an, als würde ich in einen Schraubstock gespannt.

«Nein, warte!», sagte ich und sprang auf. «Sag doch nicht so was – gib mir noch eine Chance, bitte! Ich reiß mich zusammen, es kommt nie wieder vor, versprochen!»

Ich versuchte, sie festzuhalten, aber sie schlug meine Hand weg.

«Hör auf!», sagte sie. «Bitte lass das.»

Ich wich zurück und stolperte fast über eine Flasche. Meine Hand brannte an der Stelle, wo Ambers Schlag gelandet war, und dieser Schmerz ließ mich, von den selbstzerstörerischen Kräften in mir noch zusätzlich befeuert, zu dem fiesesten Gegenschlag ausholen, der mir nur einfallen konnte.

«Ach so? Dann war's das wohl, was? Und das nach allem, was ich damals für dich getan habe.»

Die Tür schlug zu, und ich hörte Amber laut schluchzen, während sie weglief. Ich blieb noch einen Moment ganz still sitzen – dann sprang ich auf und rannte auf die Straße hinaus. Panisch schaute ich mich nach allen Seiten um und rief Ambers Namen, aber sie war weg. Ich trottete in die Wohnung zurück. Während ich so dasaß in dem Müllhaufen von einer Küche, fiel mir nur ein Mensch ein, den ich anrufen konnte.

Am nächsten Tag traf ich in Kemble ein. In dem Moment, in dem Mum die Tür aufmachte und mich in ihre Arme zog, fing ich an zu weinen. Ich schluchzte so heftig, dass ich Angst bekam, nie wieder damit aufhören zu können. Und als ich es schließlich doch tat, war ich so erschöpft, dass ich mich aufs Sofa legen musste. Mum deckte mich zu, setzte sich neben mich und fuhr mir sanft durch die Haare. Während der nächsten drei Wochen tupfte sie mir die Stirn trocken und rieb mir über den Rücken, wenn das Zittern einsetzte. Sie kochte mir Suppen und Eintöpfe, und wenn ich mich gut genug fühlte, ging sie mit mir bis ans Ende der Straße und zurück. Ich schämte mich unglaublich dafür, dass sie mich so sehen musste, und ich weiß nicht, was ich ohne sie gemacht hätte. Oder vielleicht doch. Denn es wäre einfach gewesen, auf dem Weg der Selbstzerstörung weiterzugehen …

Nach einem Monat war ich wieder fit genug, um allein rauszugehen. Ich machte lange Spaziergänge und sog die Landluft so tief ein, wie ich nur konnte, in der Hoffnung, dass sie mich reinigen würde. Nur einmal wäre ich beinahe rückfällig geworden – eine geschlagene Dreiviertelstunde stand ich wie angewurzelt und zitternd im Regen draußen vor dem *The Thames Head*. Aber ich schaffte es vorbeizugehen. Als ich mich später zu Hause in der Badewanne aufwärmte, erlaubte ich mir einen kurzen Moment lang, stolz auf mich zu sein, aber dann dachte ich daran, dass Amber immer noch nicht auf meine Anrufe reagierte, und sofort hatte ich wieder das Gefühl, dass alles zu spät war.

Ich sagte meinen nächsten Auftrag ab und war froh, dass ich aufgehört hatte, Party zu machen, bevor ich auch noch den Rest von dem verschleudert hatte, was ich in London verdient hatte. Mit der Zeit gewöhnte ich mir an, gleich nach Sonnenaufgang aufzustehen und den ganzen Morgen spazieren zu gehen, immer ein kleines Stückchen weiter. Es machte mir Spaß, vor allen anderen auf den Beinen zu sein – wenn man von dem einen oder anderen Hundebesitzer mal absah. Alles war so friedlich. Und plötzlich genoss ich die Langeweile, die mir früher ein Graus gewesen war. Ich kaufte mir ein Pedometer und zählte meine Schritte – erst die Gesamtzahl und dann die Schritte, die ich am Tag gemacht hatte, bevor ich zum ersten Mal an einen Drink gedacht hatte. Dasselbe probierte ich mit meinen Gedanken an Amber, aber dabei funktionierte es nicht. Ich vermisste sie immer noch schrecklich. Ich war Gift für sie gewesen, und sie hatte die ganze Zeit nichts anderes getan, als mich zu lieben. In meinen schwächeren Momenten war ich in Versuchung, ihr Nachrichten zu schicken und ihr zu schreiben, welche Etappenziele ich bereits erreicht hatte. *Schon drei Monate ohne Alkohol.* Aber mir war klar, dass das noch gar nichts war. Und es machte auch nicht wieder gut, wie ich sie behandelt hatte. Das Trinken hatte vielleicht alles schlimmer gemacht, aber es war nicht die Ursache für mein Verhalten, sondern es war die Quittung dafür, dass ich mich nie mit dem auseinandergesetzt hatte, was unter all dem verborgen lag.

Nach sechs Monaten traf ich den Entschluss, nach London zurückzugehen. Mein Geld war fast aufgebraucht, und ich musste meine Arbeit wieder aufnehmen.

«Bist du dir sicher, Schatz?», fragte Mum. «Du kannst so lange bleiben, wie du willst.»

Es tat mir im Herzen weh, sie das sagen zu hören. Aus ihrem Mund klang es, als wäre das alles ganz normal gewesen. Als wäre ich über Weihnachten zu Besuch gewesen, und sie würde mich einladen, auch noch über Silvester zu bleiben. Es hatte mich beruhigt zu sehen, dass Mum wieder zu sich selbst gefunden hatte. Sie hatte einen Buchzirkel gegründet und arbeitete zweimal die Woche ehrenamtlich in einem Charity Shop, wodurch sie neue Freunde gefunden hatte. Der Garten, den sie neu für sich entdeckt hatte, war ihr ganzer Stolz. Doch obwohl es uns beiden jetzt besser ging, hatten wir noch immer nicht richtig miteinander geredet – nicht über die Gründe dafür, dass ich in so einem Zustand nach Hause gekommen war, und noch viel weniger über Mike oder den Unfall. Ich weiß nicht, ob Mum fürchtete, dass ich sofort dichtmachen und in den Pub rennen würde, wenn sie die alten Geschichten ausgraben würde. Vielleicht wäre es ja so gewesen. Aber am Ende reiste ich ab, ohne dass wir uns auch nur annähernd gegenseitig das Herz ausgeschüttet hatten.

Glücklicherweise hatte mein guter Ruf als Autor nicht gelitten, und ich bekam bei meiner Rückkehr nach London gleich wieder einen Auftrag. So konnte ich es mir leisten, die Wohnung in Peckham zu mieten, die ich später kaufte. Ich hatte einen Schreibtisch am Fenster, von dem aus ich den Park überschauen konnte, und schrieb und schrieb, als hinge mein Leben davon ab. Ich war so produktiv, dass manchmal

Tage vergingen, ohne dass ich jemanden sah. Wenn man weder trinkt noch darüber nachdenkt zu trinken, scheint die Zeit endlos zu sein.

Einmal war ich beim Zahnarzt, und dieser Besuch geriet zur Farce, als der Arzt und seine Assistentin sich im Nebenzimmer plötzlich lautstark zofften, während ich mit weit aufgesperrtem Mund im Behandlungsstuhl saß – so als wäre mir vor Schreck über das, was ich da hörte, die Kinnlade runtergeklappt. Zu Hause setzte ich mich sofort hin und schrieb fieberhaft auf, was ich soeben erlebt hatte. Der Streit hatte sehr dramatisch geklungen, und als der Zahnarzt zurückkam und vor mir so tun musste, als ob alles in Ordnung wäre, war zu spüren gewesen, wie schwer ihm das fiel. Ich wollte eine Serie schreiben, die genau dieses Pathos des So-tun-als-Ob einfing. Als ich Jane die Idee pitchte, fand sie sie zu düster, zu bedrückend. Ob ich offen für eine Zusammenarbeit sei, um den richtigen Ton zu finden? Früher hätte ich bei so einem Vorschlag erst einmal die Flucht ergriffen und im Pub ein paar Bier gekippt, um ihn dann – von meinen Weggefährten für meine Unbestechlichkeit beklatscht – in Bausch und Bogen von mir zu weisen. Aber ich begriff, dass das alles Blödsinn war. Das hier war das echte Leben, da musste man Kompromisse schließen.

Während ich auf meine zukünftigen Mitarbeiter wartete, bekam ich eine Nachricht von Markus, meinem ehemaligen Mitbewohner. Er hatte Emil einen Antrag gemacht, und für Ende des Monats war eine Verlobungsparty geplant. Ob ich auch kommen wolle? Ich brauchte eine Weile für meine Antwort. Es hatte ein paar Situationen mit Alkohol in Griffweite gegeben, die ich nur mit Mühe gemeistert hatte, aber das war nicht der Grund meines Zögerns. Es hing eher damit zusammen, dass Amber bestimmt auch da sein würde.

Am Abend der Feier ging ich dreimal um den Block, bevor ich die Bar betrat. Ich trank eimerweise Sprudelwasser und bekam jedes Mal, wenn die Tür aufging, fast einen Herzinfarkt. Ich unterhielt mich mit Markus' Schwester Astrid, einer großen, aparten Frau, die innerhalb von zehn Minuten ungefähr achtmal sagte, sie langweile sich so unfassbar, ob ich nicht ein Tipp hätte, wo sie ein bisschen Koks herbekäme – als mir jemand auf die Schulter tippte.

«Hi», sagte Amber mit einem schüchternen Grinsen.

«Hey – hallo!», antwortete ich allzu überschwänglich und mit einer Fröhlichkeit, die ‹Alles ganz normal, oder?› suggerieren sollte.

Wir umarmten uns etwas unbeholfen und mit Luftküsschen, wie Fremde, die sich zum ersten Mal begegnen. Bevor ich noch irgendetwas sagen konnte, hatte Emil mir Amber schon entrissen, um sie irgendwem vorzustellen, und das war's dann erst mal. Sie war wie eine Sternschnuppe, die durch den Nachthimmel rast.

Ich schaffte es, mich von Astrid loszueisen, und ging auf die Dachterrasse; sie leerte sich gerade, weil es angefangen hatte zu regnen. Ich rauchte eine Zigarette in der kühlen Abendluft. Das war ein Trick, auf den ich verfallen war. So konnte ich nach draußen zu fliehen, wann immer das Verlangen nach einem Drink überhandzunehmen drohte. Ich hatte mir gerade die zweite angesteckt, als ich hörte, wie die Glastür aufgeschoben wurde, und Amber hinaustrat.

«Kann ich eine bei dir schnorren?»

«Klar», sagte ich und hielt ihr das Päckchen hin.

Nachdem ich mehrmals vergeblich versucht hatte, ihr Feuer zu geben, sagte Amber: «Warte, vielleicht geht es so besser», und zog mich sanft an der Schulter zu sich hin, um ihre Zigarette an der anzuzünden, die zwischen meinen Lippen steckte. Dann drehte sie sich um und schaute durch die Glastür ins Innere. «Toll, das mit Emil und Markus, oder?»

«Sehr erwachsen», sagte ich.

«War die Frau, mit der du vorhin gesprochen hast, Markus' Schwester?»

«Ja. Astrid.»

«Sie wirkte sympathisch. Sehr hübsch. Ich wette, sie macht Yoga.»

«Kann sein», sagte ich. «Aber so weit sind wir gar nicht gekommen.»

Unten auf der Straße brüllten sich ein Biker und ein Taxifahrer an.

«Ach, London», sagte Amber. «Wie ich dich vermisst habe. Du mit deinem Regen und deiner aggressiven Stimmung.»

Den Zeitungen hatte ich entnommen, dass Amber in den letzten Monaten zu Dreharbeiten für einen düsteren Krimi in Berlin gewesen war.

«Wie ist Deutschland denn so?», fragte ich.

«Ach, na ja», sagte Amber und wirbelte ihre Hand durch die Luft.

«Deutsch?»

«Deutsch.»

«Dachte ich mir irgendwie.»

Amber zitterte, weil ihr kalt wurde. Ich wollte meine Jacke ausziehen, aber sie schüttelte den Kopf.

«Du siehst übrigens gut aus», sagte Amber. Ich bemerkte, dass sie auf mein Glas schielte, und musste mich zusammennehmen, um ihr nicht gleich zu erzählen, wie lange ich schon trocken war.

«Mir lag eben auf der Zunge zu sagen, dass du aussiehst wie ein Filmstar», gab ich zurück. «Aber das ist ja nichts Neues.»

Einen Moment lang sagte keiner von uns beiden mehr was, aber dann sah ich, wie Ambers Mund sich zu einem Lächeln verzog, und knickte ein.

«Okay, in meinem Kopf klang es nicht halb so plump, wie es sich gerade angehört hat.»

Amber lachte. «Das ist es gar nicht. Ich dachte nur gerade, wie albern es ist, das Wort ‹Filmstar› in einem Atemzug mit mir zu nennen. Die Serie, in die ich gerade Blut, Schweiß und Tränen investiert habe, wird garantiert ein Reinfall, und der Regisseur – François – ist ein Albtraum.»

«Warum?», fragte ich.

Amber drückte ihre Zigarette aus.

«Weil er Regieanweisungen gibt, die ungefähr so klingen.» Sie legte ihre Hände auf meine Schultern und machte ein schmerzverzerrtes Gesicht. «‹Amber, das ist niesch *Wahr-eit*. Wo ist dein *Wahr-eit*, Liebling?›»

«O Gott», sagte ich. «Und wo ist dein *Wahr-eit*?»

Amber zuckte die Achseln und wandte sich wieder der Stadt zu. «Weiß der Himmel. Aber wo auch immer sie gerade ist – sie erzählt auf jeden Fall überall rum, dass es ein Fehler war, die Rolle anzunehmen, und ich besser in London geblieben wäre.»

Ich wollte einen Schluck Wasser trinken, aber mein Glas war leer.

«Na ja, zu irgendwas wird's gut gewesen sein», sagte ich. «Aber sollte ich bei deiner Entscheidung irgendeine Rolle gespielt haben, tut es mir leid.»

«Nein, hast du nicht», antwortete Amber. Sie sagte das ganz ohne Vorwurf, es war einfach eine Feststellung.

In dem Moment ging die Glastür wieder auf. Es war Markus.

«Heeyyy, ihr zwei!», lallte er, torkelte zu uns hin und legte seine Arme um uns. Ich roch den Tequila in seinem Atem.

«Warum seid ihr nicht drinnen und tanzt, wenn ich fragen darf?»

«Ah», sagte Amber. «Tut mir leid, aber mir ist grade eingefallen, dass ich mir beide Fußgelenke gebrochen habe.»

Markus schaute mich an. «Joooel?»

«Ich fürchte, ich auch – verrückter Zufall, was?»

Markus warf theatralisch den Kopf in den Nacken. «Ach, ihr wieder! Es ist genau wie früher. Immer drückt ihr euch am Rand rum. Und immer *zusammen*.» Er verpasste uns beiden einen Nasenstüber und kicherte in sich hinein. Dann hörte er einen Song, den er kannte, und dancete wieder rein, wo im selben Moment Emil erschien und ihm in die Arme sprang. Amber und ich schauten zu, wie die beiden tanzten und die anderen Gäste einen Kreis um sie bildeten, um sie anzufeuern.

«Sie sehen so glücklich aus», sagte Amber, herzlich, aber auch unverkennbar traurig. Sie zitterte wieder, und mir war klar, dass wir über kurz oder lang reingehen mussten.

Schon seit Amber auf die Dachterrasse gekommen war, überlegte ich, wie ich sie für alles, was passiert war, um Verzeihung bitten könnte, aber alles, was mir in den Sinn kam, erschien mir zu banal.

«Also», sagte ich. «Ich möchte mich bei dir entschuldigen, aber ich weiß gar nicht, wo ich anfangen soll. Und ich weiß nicht mal, ob du es hören willst.»

Amber verzog keine Miene. Sie hatte das offenbar erwartet.

«Würde es helfen, wenn ich vorauszusagen versuche, was du sagen willst?», fragte sie.

Ich lachte nervös. «Keine Ahnung, ja, vielleicht.»

Amber holte Luft, als wollte sie für eine Rolle vorsprechen. Aber was sie dann sagte, klang bedächtig und sanft.

«Du möchtest mir sagen, dass es dir leidtut, dass du deinen

Schmerz an mir ausgelassen hast. Dass du mich geliebt hast, aber aus den falschen Gründen – weil ein großer Teil meiner Anziehung für dich darin lag, dass ich dir eine Fluchtmöglichkeit geboten habe, als dein Leben schwierig wurde.»

Amber schaute mich an, als würde sie fragen: ‹Richtig bis hierhin?›, und ich nickte.

«Du möchtest sagen, dass deine Trinkerei ausgeufert ist und du den Alk immer mehr gebraucht hast, je schlimmer es wurde, bis du dich am Ende selbst kaum noch wiedererkannt hast – vor allem als du das über Alice' Unfall gesagt hast bei unserem Streit. Du wolltest dich so gründlich wie möglich selbst zerstören, darum musstest du dem Menschen, den du am meisten geliebt hast, das Schlimmste an den Kopf knallen, was dir einfiel.»

Ich hatte das komische Bedürfnis, mein Glas fallen zu lassen, um zu sehen, ob es zerbrach, denn ich fühlte mich wie in einem Traum. «Aber das ist genau ... fast wörtlich. Wie hast du –?»

«Weil ich dich kenne, Joel. Weil ich dich liebe.»

Mein Herz setzte kurz aus, weil sie in der Gegenwart sprach. «Oh», war alles, was ich herausbrachte.

«Ich wusste, dass ich dich an dem Abend verlassen musste», sagte Amber. «Ich hätte bleiben und versuchen können, dich vom Trinken abzubringen. Hätte für die Klinik oder Therapie zahlen und dafür sorgen können, dass du die Termine auch wahrnimmst und auf Kurs bleibst, aber –»

Jetzt war ich an der Reihe: «Aber das hätte bedeutet, dass ich es für dich tue anstatt für mich selbst. Und es wäre immer etwas in mir zurückgeblieben, ein verkommener Rest, der nur darauf gewartet hätte, alles wieder kaputtzumachen. Und der es dir verübelt hätte, dass du mich gezwungen hast, gesund zu werden.»

Amber nickte. «Ja, so ungefähr», sagte sie.

In der Bar entstand plötzlich ein Riesentumult, und wir sahen, wie sich alle hintereinander aufreihten und die Taille ihres Vordermanns umfassten.

«Wow», sagte Amber. «Also, eine Polonaise habe ich nicht vorausgesehen.»

«Ich auch nicht. Aber das hat fast schon wieder was, findest du nicht?»

In dem Moment kamen Astrid und ein ebenfalls arrogant wirkender Freund auf die Terrasse – eindeutig keine Polonaise-Fans –, und Astrid holte ein verräterisches Plastiktütchen hervor.

Ich drehte mich Amber zu. «Weißt du, diesen Satz wollte ich immer schon mal sagen, aber bis jetzt gab es einfach nie den passenden Moment dafür.»

«Welchen Satz?», fragte Amber.

Ich bot ihr meinen Arm an, und Amber hakte sich bei mir unter.

«Wollen wir gehen?», sagte ich.

Wir mussten erst warten, bis die Polonaise vorbeigezogen war, und es war, wie an einem Bahnübergang zu stehen, wenn gerade ein schwer beladener Güterzug durchfährt. Als wir schließlich unten auf der Straße standen, war es noch ein bisschen kälter als oben. Und diesmal nahm Amber die angebotene Jacke an, was mir mehr Hoffnung machte als alles andere.

Wir liefen nach Süden, Richtung Fluss, plauderten über Gott und die Welt, wechselten alle zehn Sekunden das Thema, kamen vom Hölzchen aufs Stöckchen, von Ernstem zu Banalem, waren mal tiefsinnig, mal ironisch, mal albern und mal erwachsen. Wir redeten so, wie nur zwei Menschen miteinander reden, die sich sehr vertraut sind, aber lange getrennt waren. Denn sie haben das Gefühl, dass die Zeit niemals ausreicht, um alles zu sagen, weil es immer wieder einen neuen Einfall gibt, der sie in eine neue Richtung lenkt.

Als die Luft schließlich raus war, waren wir die South Bank auf und ab gelaufen und standen auf einem der kleinen Piere, die vor dem Oxo Tower auf den Fluss hinausragen. Es war bereits früher Morgen, und als ich mich umsah, waren wir praktisch die einzigen Menschen weit und breit. Die letzten Nachtschwärmer waren nach Hause gefahren und die morgendlichen Jogger noch nicht auf der Bildfläche erschienen. Als ich mich auf die Brüstung des Piers stützte, legte Amber ihren Kopf an meine Schulter. Es tat so gut, wieder ihre Berührung zu spüren. Ich nahm mir vor, den Augenblick nicht zu verderben, indem ich sie fragte, ob sie sich eine Zukunft für uns vorstellen konnte, aber ehe ich mich's versah, war mir der Satz doch rausgerutscht. «Wenn du aus Berlin zurück bist, glaubst du, dass wir dann –»

Aber Amber drückte meinen Arm, um mich zu bremsen, und wir blieben stumm dort stehen und lauschten dem sanften Plätschern des Wassers. Irgendwann hob Amber den Kopf von meiner Schulter.

«Ich brauche noch Zeit», sagte sie.

«Natürlich.»

Sie hatte nicht Nein gesagt. Das war alles, was zählte.

Dann streckte sie sich und drückte mir einen Kuss auf die Wange. «Ich bin so froh, dass es dir besser geht.»

Es vergingen weitere sechs Monate, in denen ich Amber weder sah noch von ihr hörte. Irgendwann schickte ich ihr eine E-Mail und bat sie um ihre Adresse in Berlin, und wir fingen an, uns Briefe zu schreiben. Ich schrieb, bis ich einen Krampf in der Hand bekam. So fiel es mir leichter, mich zu öffnen – und ihr wenigstens ansatzweise zu erklären, warum ich überhaupt in diese Lage geraten war.

In all der Zeit verabredete ich mich fast nie privat mit Leuten von der Arbeit. Mir gingen die Leute auf den Wecker, die mir sagten, ich solle doch «wenigstens *ein* Glas mittrinken». Ich hatte nie wirklich Lust, meine Wohnung zu verlassen, aber natürlich fühlte ich mich auch einsam so ganz ohne jede Gesellschaft. Nach einer Woche ohne einen Brief von Amber verspürte ich eine gefährliche Verlockung, als ich an einem Pub vorbeikam. Auch wenn ich letztlich stark blieb, machte mir das immer noch Angst. Am nächsten Tag vereinbarte ich meine erste Therapiesitzung.

Eine Woche später saß ich im Wartezimmer, als auf meinem Handy eine Nachricht von Jane Green aufpoppte.

Hoffe, du sitzt, mein Junge. The Tooth Hurts hat offiziell grünes Licht bekommen!

Ich stand auf und setzte mich wieder hin, und das dreimal hintereinander. Ein anderer Patient beäugte mich nervös.

Ab da betrachtete ich dieses Wartezimmer als meinen Glücksort, denn auch wenn die Sitzungen schmerzhaft waren und ich mich danach immer fix und alle fühlte, hatte ich hier schließlich die gute Nachricht von Jane bekommen. Und vor meinem sechsten Termin bekam ich dann die nächste Nachricht, die mich von meinem Platz hochschnellen ließ wie ein Springteufel. Diesmal war sie von Amber.

Hey. Heute ist was Lustiges passiert. Mir wurde die Hauptrolle in einer BBC-Sitcom angeboten. Und wie ich hörte, bist du mit von der Partie. Fliege morgen zu einem Meeting ein. Abends essen?

Das Taxi kam ruckartig zum Stehen, und ich schlug die Augen auf. Der Fahrer murmelte eine Entschuldigung. Ein Fuchs – der Grund für unseren Halt – trottete über die Straße.

«Der kleine Kerl sieht aus, als wäre er auf dem Weg zur Arbeit», sagte Mum. Sie hielt ihre Handtasche auf dem Schoß und tippte darauf herum, während sie die Stadt an sich vorbeiziehen sah. Sie trug einen Sonnenhut mit breiter Krempe, den sie sich extra für den Urlaub gekauft hatte. Während sie aus dem Fenster schaute, streifte ein Sonnenstrahl, der sich durch die Wolken gekämpft hatte, ihr Gesicht. In dem Moment konnte ich mir vorstellen, wie sie ausgesehen hatte, als sie jung war – jünger als ich jetzt. Und mir wurde schlagartig bewusst, wie wenig ich über diese Zeit ihres Lebens wusste. Ich konnte mich nicht mal erinnern, jemals Fotos von ihr aus der Zeit vor meiner Geburt gesehen zu haben. Ich nahm mir fest vor, in diesem Urlaub eine Brücke in diese Vergangenheit zu schlagen und so viel über sie herauszufinden, wie ich konnte.

«Der Hut steht dir wirklich gut», sagte ich.

Mum strahlte, und ihre Wangen überzog eine zarte Röte. «Oh, danke.»

Als sie wieder aus dem Fenster schaute, lächelte sie noch. Es war ein Lächeln, bei dem mir das Herz aufging und das mir gleichzeitig einen Stich versetzte.

KAPITEL SECHSUNDDREISSIG
THEO

Ich erwachte auf einer Parkbank in Peckham und war so steif gefroren, dass ich mich kaum bewegen konnte. Nachdem ich mich hochgerappelt hatte, sah ich, dass ein Kaffee und ein Sandwich vor der Bank abgestellt worden waren – vermutlich für mich. Doch als ich – darüber hinwegsehend, was das für mich und mein Leben bedeutete – genüsslich in das Sandwich beißen wollte, bemerkte ich eine Bank weiter jemanden, der das Essen offensichtlich noch viel dringender brauchte als ich, und überließ es ihm.

Die Zugfahrt am Vorabend hatte etwas Surreales gehabt. Ich hatte einen ganzen Vierertisch für mich allein – wenigstens ein Vorteil, wenn man riecht und aussieht wie ein Flussmonster – und nickte dauernd ein, nur um bei jedem Schwanken des Zuges wieder hochzuschrecken. Ich erinnere mich, dass ich irgendwann wach wurde und aus dem Fenster schaute. Wegen der Dunkelheit konnte ich nur vage Umrisse erkennen, und irgendwie sah es für mich kurz so aus, als würden wir durch Wasser fahren – bis ich begriff, dass das in der Brise wogende Gras auf den Feldern da draußen nur genauso aussah wie die vom Wind gekräuselte Oberfläche eines Sees. Als Nächstes weckte mich, gefühlt nur wenige Augenblicke später, eine Reinigungskraft unsanft mit einer Müllzange und ließ mich wissen, dass wir in London waren. Beim Aussteigen fiel mein Blick auf ein Werbeplakat für die Dreharbeiten zum diesjährigen Weihnachtsspecial von *The Tooth Hurts*, für die man Eintrittskarten kaufen konnte. Dass für diese Studio-Aufnahmen mit einem eigenen Plakat geworben wurde, zeigte, was für ein Riesenerfolg die Serie war – so etwas hatte ich noch nie gesehen.

Ich verspürte einen Anflug von Nostalgie. In London aus dem Zug zu steigen, hatte doch immer was Erhebendes, vor allem wenn man unter den schmiedeeisernen Bögen am Bahnhof Paddington hindurchschritt. In dem Moment flog eine Taube so dicht an mir vorbei, dass ihr Flügel meinen Mund streifte, und erinnerte mich daran, wie sehr ich diese blöde Stadt und alles, wofür sie stand, hasste. Ich wischte mir mit dem Ärmel über den Mund – wobei ich Taube durch Fluss ersetzte – und zog dann den Zettel aus der Tasche, den Joel mir in Oxford hinterlassen hatte: *Tut mir leid, dass ich die Wand beschädigt habe. Die Rechnung kannst du an mich schicken: Apartment 4, 121 Prospect House, Peckham Rye.* Da mein Handy keinen Mucks mehr von sich gab, seit es mit Flusswasser getauft worden war, musste ich einen wenig begeisterten Fremden bitten, mir sein Telefon zu leihen, damit ich nachschauen konnte, wo Joels Straße genau lag. Danach ging ich zur U-Bahn und las auf der Rolltreppe nach unten noch mal den Rest seiner Nachricht. *Du warst mir ein toller Freund, und das werde ich nie vergessen.* «Warst» ein toller Freund. Das war der Teil, der wehtat. Joel hatte offenkundig beschlossen, dass unsere kurz wiederbelebte Freundschaft nun endgültig beendet war. Und wie hätte ich ihm das nach dieser Sache in Oxford verübeln können? Ich hatte keine Ahnung, was ich tun würde, wenn ich bei ihm ankam. Was, wenn er sich weigerte, mich reinzulassen? Aber dann fiel mir wieder ein, wie er plötzlich bei uns in Kemble aufgetaucht war und seinen Fuß in die Tür gestellt hatte, damit ich sie nicht zuschlagen konnte. Er hatte damals nicht aufgegeben, dann würde ich es jetzt auch nicht tun.

Aber nachdem ich an diesem Abend achtmal bei ihm geklingelt hatte, ohne dass etwas passierte, fiel mir nichts ein, was ich sonst noch hätte tun können. Entweder war Joel nicht da – dann hatte ich keine Ahnung, wo ich nach ihm suchen sollte – oder, schlimmer noch, er war da, wusste, dass ich draußen stand, und wollte mich nicht sehen. Eine dritte, noch schlimmere Möglichkeit geisterte durch meinen Kopf: Was, wenn sein Zustand sich nach seiner Abreise rapide verschlechtert hatte? Was, wenn die Wanderung zu viel für seinen Körper gewesen war? Sofort hatte ich mit den Fäusten auf alle anderen Klingeln eingehämmert, aber die wenigen Bewohner, die reagierten, sagten mir, sie könnten mir nicht weiterhelfen. Ratlos und erschöpft war ich schließlich auf die andere Straßenseite geschlichen und hatte mich auf eine Bank gelegt. Irgendwer hatte eine überdimensionierte alte Fleecejacke dort liegen lassen. Ohne weiter darüber nachzudenken, hatte ich mich hingelegt, die Jacke über mich gebreitet wie eine Decke und gehofft, dass mir im Schlaf eine Lösung einfallen würde.

Während ich nun die Arme über den Kopf reckte, um das Blut wieder in Fluss zu bringen, betete ich, dass der Morgen mir mehr Glück bringen würde. Dann überquerte ich die Straße, um ein letztes Mal bei Joel zu klingeln. Doch wieder passierte nichts. Den Rest des Morgens verbrachte ich damit, langsame Runden durch den Park zu drehen und mir zu wünschen, dass die Sonne endlich durch die Wolkendecke brach. Irgendwann lehnte ich mich an das Bushäuschen und überlegte, wie es weitergehen sollte. Ich wollte auf keinen Fall jetzt schon aufgeben, wusste aber auch nicht, was ich sonst tun konnte. Und noch bitterer war, dass ich kein Geld für die Rückfahrt nach Kemble hatte. Wenn ich mich geschlagen geben musste, würde mir nichts anderes übrig bleiben, als Alice, Mum oder Dad anzurufen und sie um Hilfe zu bitten. Was für eine Schmach.

In diesem Moment hörte ich, wie eine Frau an der Bushaltestelle zu einer anderen sagte: «Bist du auch sicher, dass du die Karten hast?»

«Zum hundertsten Mal: Ja, ich hab die Tickets», erwiderte die Freundin. «Ist dir eigentlich klar, dass wir ungefähr vier Stunden zu früh dran sind?»

«Tut mir leid, ich bin einfach superaufgeregt. Ich war noch nie bei so einem Studio-Dings, und ich kann an nichts anderes mehr denken als daran, ob Karen und Nigel sich kriegen.»

Ich drehte mich um und starrte sie an. Die beiden schauten sich kurz an, wandten sich dann ab und rückten enger zusammen – das typische Verhalten, das Londoner an den Tag legen, um jedweder Interaktion mit unliebsamen Fremden aus dem Weg zu gehen. Aber ich wusste bereits, worüber sie sprachen. Über die Aufzeichnung des Weihnachtsspecials von *The Tooth Hurts*. Und der einzige Mensch auf der Welt, der mir vielleicht helfen konnte, Joel zu finden, würde dort sein. Ich war noch nicht am Ende.

Drei Stunden später kam das vertraute Gebäude der BBC-Fernsehstudios in Sicht. Ich hatte versucht, ohne Fahrschein in den Bus zu kommen, indem ich die beiden Frauen als Schutzschild benutzte, aber der Fahrer hatte mein Manöver durchschaut und mich rausgeschmissen. Ohne Geld für ein Taxi blieb mir also keine andere Wahl, als zu Fuß zur BBC zu laufen. Das letzte Stück des Weges war eine Qual gewesen. Einer meiner Wanderstiefel – die nicht für ein Bad in der Themse gemacht waren – löste sich auf, und die Sohle klappte bei jedem Schritt auf wie ein Mund in einem Zeichentrickfilm. An meinen Zehen und Fersen bildete sich eine Blase nach der anderen. Ich schwitzte aus allen Poren, und der Schweißgeruch vermischte sich mit dem Mief meiner flusswasserdurchtränkten Kleider zu einer ganz besonderen Duftnote. *Eau de Kanal, pour homme.*

Vor dem Gebäude tummelten sich Paparazzi, die lachend zusammenstanden und rauchten. Ich reihte mich gerade ganz hinten in die Schlange der Ticketbesitzer ein, als sich die Türen öffneten. Als ich schließlich ins Gebäude und an die Spitze der Schlange gelangt war, fiel mir auf, dass ich keinen Plan hatte, was ich als Nächstes tun würde. Also blickte ich einfach starr geradeaus und versuchte, mich an dem Mann mit dem BBC-Ausweis um den Hals vorbeizumogeln, der die Tickets kontrollierte.

«Entschuldigen Sie, Sir, kann ich Ihre Eintrittskarte sehen?»

Ich reagierte erst in letzter Sekunde und gab mich ganz lässig. «Wie bitte?»

«Ihre Eintrittskarte, bitte», wiederholte er lächelnd, aber entschieden und musterte meine schmutzigen Kleider.

«Oh, nein, ich brauche keine.»

Der Security-Mann legte die Hände zusammen und verschränkte seine Finger. «Ich fürchte, doch.»

Ich stieß ein irres, hohes Lachen aus. «Nein, nein – ich hab mich nicht deutlich genug ausgedrückt. Ich brauche keine Karte, weil ich ein alter Freund von Joel Thompson bin. Und Amber», fügte ich hinzu. «Amber Crossley?»

«Ja, mir ist schon klar, wer das ist.» Das Lächeln war verschwunden. «Haben Sie einen Besucherausweis?»

Ich klopfte theatralisch meine Taschen ab – erst die linke, dann die rechte Hosentasche, dann die Innentasche der Jacke für den Fall, dass der Ausweis sich zwischen meinem silbernen Zigarettenetui und meinem seidenen Taschentuch versteckte – und zog schließlich mit einer Hand einen feuchten Dreckklumpen heraus.

«Ich fürchte, nein», versuchte ich es jetzt in einem möglichst blasierten Ton. Doch ich war ja kein wichtiger Produzent mit Termin beim Generaldirektor, sondern ein ekliges Sumpfmonster, und die Atmosphäre veränderte sich subtil, aber merklich, als ein zweiter Mann mit einem Ausweis am Umhängeband erschien und mich zur Seite führte.

Das sah nicht gut aus.

«Bitte», sagte ich, «rufen Sie Amber doch an! Mein Name ist Theo Hern. Sie wird sich an mich erinnern.»

«Ich fürchte, das geht nicht», sagte der Mann. «Die Darsteller sind so kurz vor Drehbeginn nicht erreichbar.»

Verzweifelte Situationen erforderten verzweifelte Maßnahmen. Ich senkte die Stimme. «Hören Sie, ich schwöre, ich bin nicht verrückt. Ich kenne Amber. Und ich muss dringend mit ihr sprechen, weil ein gemeinsamer Freund von uns schwer krank ist und Hilfe braucht. Sie ist die Einzige, die mir helfen kann, ihn zu finden. Also bitte, ich flehe Sie an.»

Der Mann lächelte mitfühlend, und in mir glomm ein Fünkchen Hoffnung auf. Doch es war offensichtlich das Lächeln, das er für all die Spinner und Fantasten bereithielt, die behaupteten, Amber Crossley zu kennen. Wie viele Männer hatte er wohl schon aus dem Gebäude werfen müssen, weil sie ihm sagten: *Sie verstehen mich nicht, Amber und ich sind füreinander bestimmt – sie wird es sehr bald merken, ich weiß es einfach!?*

«Bitte, Sir», sagte der Mann und zeigte auf den Ausgang. Dass er so nett war, leise zu sprechen, um mich nicht unnötig zu demütigen, machte es noch schlimmer.

Meine Schultern sanken nach unten. Ich gab auf. Damit ich die Blicke und das höhnische Grinsen der Nachzügler nicht sah, die mit ihren Eintrittskarten anstanden, schlich ich mit gesenktem Kopf zur Drehtür. Doch auf dem Weg dorthin traf mich plötzlich ein Schwall kalter Luft, und Kamera-Blitzlichter blendeten mich. Ich hielt die Hand vor die Augen und prallte prompt mit jemandem zusammen, der aus der entgegengesetzten Richtung angehetzt kam.

«Sorry», grummelte ich und bückte mich, um das Telefon aufzuheben, das ich der fremden Person gerade aus der Hand geschlagen hatte. Aber als ich mich wieder aufrichtete, sah ich, dass die Person mir so fremd gar nicht war; ich hatte sie nur sehr lange nicht gesehen.

«Ist in Ordnung, er gehört zu mir», sagte Amber Crossley.

Vor lauter Erleichterung über unser Zusammentreffen hatte ich vorübergehend vergessen, wie ich aussah. Und als ich nach einem glücklichen Aufschrei mit ausgestreckten Armen auf sie zugegangen war, um sie zu begrüßen, war das für die Jungs von der Security quasi Alarmstufe Rot gewesen. Sie hatten mich gewaltsam von ihr weggerissen und in einen Nebenraum verfrachtet.

«Entspann dich, Reggie. Das ist Theo, ein alter Schulfreund von mir. Er sieht nur ... normalerweise ... ein bisschen anders aus.»

Ich lächelte schwach.

Da ich offensichtlich doch keine Gefahr für Amber darstellte, ließ der Wachmann mich los und ging weg, nicht ohne mir noch einen letzten angewiderten Blick zuzuwerfen. Jetzt konnte ich Amber zum ersten Mal richtig anschauen. Sie trug Jeans und ein weites graues Hoodie – der Inbegriff einer Schauspielerin im Dress-down-Modus. Sie war größer, als ich sie in Erinnerung hatte, und ihre Nase kam mir irgendwie leicht verändert vor, aber als sie lächelte, war ich plötzlich wieder fünfzehn, ein schüchterner, unbeholfener Teenie, der nicht wusste, wohin mit sich.

«Wäre vielleicht besser gewesen, du hättest vorher angerufen», sagte Amber.

«Ja, hätte ich ja, aber ...» Ich zog mein Handy aus der Tasche. Das Display war unter einer Dreckkruste verborgen.

Amber nahm mir das Telefon mit spitzen Fingern ab und klopfte an die Tür. Irgendwer öffnete, und Amber sagte nur ein einziges Wort: «Lucas.» Sekunden später kam ein blond gefärbter Typ im Streifenshirt herein und hielt mein Handy gegen das Licht. «Wasserschaden?», fragte er.

Amber nickte.

Lucas – wie ich annahm – verschwand ohne ein weiteres Wort mit meinem Telefon.

«Er ist der rettende Engel, wenn's um Technik geht», sagte Amber und trug eine Art Lippenbalsam auf. «Wie viele Handys ich schon in Badewannen, Spülbecken und Whirlpools fallen gelassen hab!» Es kann Einbildung gewesen sein, doch ich bin ziemlich sicher, sie errötete leicht, nachdem sie das Wort «Whirlpool» so lässig hingeworfen hatte. «Aber egal ...», sagte sie und musterte mich erneut. Mir wurde klar, dass sie auf eine Erklärung für meine Anwesenheit wartete.

«Das ist eine ziemlich lange Geschichte», sagte ich. «Und sie endet damit, dass ich in einen Fluss falle.»

«O Gott, geht es dir gut? Brauchst du eine Decke oder so? Ich kann Lucas bitten –»

«Nein, nein, schon okay.»

«Wenn du meinst.» Amber schaute mich forschend an. «Gott, das ist ewig her, oder?» Sie wirkte plötzlich etwas steif, und es breitete sich eine unbehagliche Stille aus. Erst in dem Moment realisierte ich, dass dies unsere erste Begegnung seit Alice' Unfall war. Ich fragte mich, ob sie je darüber nachgedacht hatte, Kontakt zu uns aufzunehmen.

Draußen wurde es auf einmal unruhig, und ich schnappte

einen Gesprächsfetzen auf, in dem es um «Beleuchtungsproben» ging.

«Ich glaube, ich muss bald in die Maske», sagte Amber. «Wolltest du denn irgendwas Bestimmtes, oder ...?»

«Na ja ...», setzte ich an. War es Amber gegenüber fair, auf Joel und seine Krankheit zu sprechen zu kommen, wenn sie jeden Moment vor die Kamera und ein paar Hundert begeisterte Fans treten musste, um in einer leichtfüßigen Komödie mitzuwirken? Angesichts der Größe des Problems war das eine kleine Sorge. Aber die Entscheidung wurde mir abgenommen, als Lucas wieder auftauchte, um Amber in die Maske zu bringen.

«Warum kommst du nicht in meine Garderobe und gönnst dir ein Glas Wein?», sagte Amber. «Dann kannst du die Aufzeichnung auf dem Monitor verfolgen.»

Ich wurde durch hell erleuchtete Flure in die Tiefen des Studios geführt, vorbei an Komparsen, Kameramännern, Boten und Clipboards schwingenden Aufnahmeleitern, bis wir in Ambers Garderobe ankamen. Dort gab es einen von Glühbirnen gerahmten Spiegel, Kräutertees, Salben und Tinkturen – alles, was ein Star so brauchte. Auf dem Monitor in der oberen linken Ecke des Raums war zu sehen, dass das Studio sich langsam mit Zuschauern füllte. Das Set bestand aus den Räumen der bekannten Zahnarztpraxis, mit einem Behandlungsstuhl und verschiedenen Schaubildern und Postern an den Wänden.

Aus dem Nichts tauchte plötzlich ein Glas Weißwein vor mir auf. Ich drehte mich auf meinem Stuhl und sah das Drehbuch für die aktuelle Folge der Serie auf Ambers Schminktisch liegen.

The Tooth Hurts
(Weihnachtsspecial II)

«Bohrende Zweifel»
von Joel Thompson

Das Wortspiel im Titel fiel in die Kategorie «so schlecht, dass es schon wieder gut ist». Ich konnte mir richtig vorstellen, wie Joel das getippt und wieder gelöscht, dann noch einen draufgesetzt und es wieder hingeschrieben hatte. Und dann stellte ich mir vor, ich wäre dabei gewesen, auf der anderen Seite unseres Schreibtisches in einem Gemeinschaftsbüro mit Pinnwänden voller Post-its und Dutzenden halb leeren Kaffeebechern. Er hätte mich mit einem verschmitzten Grinsen angesehen. «Wie findest du den Titel?» Und dann hätten wir lange darüber diskutiert und darüber ganz vergessen, dass wir noch nichts gegessen hatten und beide ein Zuhause hatten, das auf uns wartete ...

Ich wusste, dass dieses Leben jetzt nicht mehr möglich war, aber mehr denn je verspürte ich das Bedürfnis, Joel zu finden und ihm zu sagen, wie sehr ich mir wünschte, dass alles anders gekommen wäre und wir das zusammen hätten erleben können.

Als Amber zurück in die Garderobe kam, sprang ich auf und applaudierte ihr. Die Aufzeichnung hatte mit allen Nachdrehs und Szenenwechseln fast drei Stunden gedauert – aber ich hatte sie die ganze Zeit hellwach verfolgt.

«Du warst fantastisch!», schwärmte ich.

«Danke, Theo.» Sie schien überrascht zu sein, dass ich ihr solche Komplimente machte.

Ich schenkte ihr ein Glas Wein ein und stimmte ein Loblied auf ihre darstellerische Leistung an. «Also, diese eine Stelle mit der Zange! Einfach toll, wie du das rübergebracht hast! Oh, und dein *Gesicht* in der Szene mit dem Wurzelkanal – einmalig!»

«Ja, na ja, im Grunde spreche ich ja nur den Text. Das Buch ist das eigentlich Gute.»

Damit hatte Amber natürlich nicht ganz unrecht, auch wenn in ihrem Ton ein wenig falsche Bescheidenheit mitschwang. Das Buch war sicher kein Werk für die Ewigkeit, aber es *funktionierte* einfach. Es besaß so viel Herzenswärme und Witz, und dass das Publikum auch bei den Nachdrehs immer noch gelacht hatte und voll mitgegangen war, war ein toller Erfolg. Joels Erfolg.

«Aber was war noch mal der Grund, warum du –?», fragte Amber.

Bevor sie den Satz beenden konnte, rauschte eine mit zwei riesigen Kreolen behängte Frau herein und zog eine Parfümwolke hinter sich her.

«Du warst absolut großartig, Schatz! Einsame Spitze. Der Plebs frisst dir förmlich aus der Hand.»

Amber senkte den Kopf zu einer Mini-Verbeugung.

Die Frau wich unwillkürlich zurück, als sie mich bemerkte. «Gottstehunsbei, wer ist denn *das*?»

Amber befreite sich mühsam von ihren falschen Wimpern.

«Theo, das ist Jane Green – unsere Redakteurin. Theo ist ein alter Freund, Jane.»

«Ach so?», sagte Jane ungläubig und musterte mich, ohne ihren Ekel auch nur im Ansatz zu verbergen. «Und was macht er hier?»

Ich schaute Amber fragend an: Warum redet sie über mich, als wäre ich nicht da? Sie sieht mich doch, oder?

Aber in dem Moment fiel bei mir der Groschen. Jane Green. Das war die Frau, der Joel unser Drehbuch geschickt hatte.

«Tut mir leid, alter Freund, aber ich brauche unseren Star jetzt», sagte Jane. «Wir haben gleich den Call mit Hank in L. A., Amber-Schatz.»

«Jetzt gleich?»

«Ja, in fünf Minuten. Ich nehme an, er trinkt erst noch seinen Smoothie aus oder wachst sich grad die Eier.»

Ich lachte prustend. Jane drehte sich um und warf mir einen vernichtenden Blick zu.

«Tut mir leid, Champ, Zeit zu gehen.» Immer auf ihren Sicherheitsabstand bedacht, versuchte sie, mich mit wedelnden Armen aus dem Raum zu scheuchen, als wäre ich eine Wespe im Anflug auf ihr Picknick.

«Augenblick, warte mal!», sagte Amber und blickte mich plötzlich sorgenvoll an. «Du bist doch nicht wegen Joel hier, oder?»

Janes Kopf schnellte herum. «Joel? Was ist mit ihm?»

Aber Amber schaute weiter mich an. «Er hat mir gesagt, er wäre die ganze letzte Woche bei seiner Mum gewesen», sagte sie.

«Im Ernst?», sagte ich. «Aber das ist... nicht...» Ich zögerte. Also hatte Joel Amber nichts von der Wanderung gesagt. Aber warum nicht? Bestimmt weil sie versucht hätte, ihn von der Idee abzubringen, zu mir zu fahren und sich während der zweihundert Meilen mit mir auszusöhnen.

Amber lächelte traurig. «Ich wusste es», sagte sie. «Ich wusste, dass er mir nicht die Wahrheit sagt. Herrgott noch mal, heute Morgen hat er mir noch erzählt, er würde mit seiner Mum verreisen.»

Jane schaute Amber an und tippte auf ihre Uhr. Amber blickte zur Decke, stieß einen langen Seufzer aus und machte sich dann unvermittelt daran, ihre Sachen zusammenzupacken.

«Tut mir leid, Jane. Kannst du den Call bitte absagen?»

Jane wollte widersprechen, aber Amber ließ sie nicht zu Wort kommen.

«Hank kann warten. Ich hab gerade ganz andere Sorgen. Wo bist du denn untergebracht, Theo?»

Ich scharrte verlegen mit meinen schmerzenden Füßen. Irgendwie verspürte ich wenig Neigung, zuzugeben, dass eine Parkbank in Peckham bislang meine einzige Option war.

«So weit hab ich, ehrlich gesagt, noch gar nicht gedacht», antwortete ich.

Im fußbodenbeheizten Badezimmer von Amber Crossleys Haus in Hampstead schälte ich mich aus meinen ekligen Klamotten und ließ mich in das genau richtig temperierte Badewasser sinken. Eigentlich war ich längst über den Punkt hinaus, mir um mein Äußeres Gedanken zu machen, aber als wir bei ihr angekommen waren, hatte Amber gesagt, sie bräuchte ein bisschen Zeit zum Nachdenken, und mich nach oben geschickt.

Während ich mich abschrubbte, nahm das Badewasser nach und nach den Farbton der Themse an. Ich musste ausgesehen haben wie einer dieser ölverschmierten Seevögel in den Nachrichten, deren Gefieder nach einem Tankerunfall von Naturschützern gereinigt wird. Ich war immer noch erschöpft, fühlte mich aber besser, als der Dreck runter war. Beim Abtrocknen fiel mein Blick in den Spiegel, und ich beschloss auf der Stelle, mir endlich einen ordentlichen Haarschnitt zuzulegen, wenn dieser ganze Mist vorbei war – eine Frisur, wie ein Erwachsener sie trug. Vielleicht würde ich auch aufhören, mir zum Abendessen Müsli reinzuziehen, und mir ein Sparkonto einrichten. Dann brauchte ich nur noch ein bisschen Geld zu verdienen, um es dort einzuzahlen. Wenigstens funktionierte mein Handy wieder. Wie versprochen hatte Lucas es durch Zauberkraft wiederhergestellt und es mir überreicht, als ich mit Amber ins Taxi gestiegen war.

Aber meine Hoffnung, dass Joel mir in der Zwischenzeit eine Nachricht geschickt hatte, hatte sich nicht erfüllt.

Ich wickelte mir ein Handtuch um die Hüfte und stopfte meine stinkende Wäsche in einen Müllsack. Amber hatte mir ein sauberes T-Shirt, einen Pulli und eine Jeans draußen in den Flur gelegt. Die Sachen waren zwar eine Nummer zu groß, aber ich war noch nie so dankbar für frische Kleider gewesen. Erst als ich nach unten ging, begriff ich, dass die Sachen Joel gehören mussten.

Amber lief mit dem Telefon in der Hand im Wohnzimmer auf und ab.

«Ich hab schon zwanzigmal bei ihm angerufen, aber ich lande immer nur auf der Mailbox», sagte sie. «Ich hab's auch schon in allen seinen alten Lieblingskneipen in Soho und bei seinen Autorenkollegen versucht, aber keiner hat ihn gesehen. Bestimmt hat er gewusst, dass ich das als Erstes mache, und sich irgendwas Neues gesucht.»

«Mist», sagte ich. Es wäre mir nie in den Sinn gekommen, dass Joel auf Sauftour sein könnte, doch Amber schien fest davon auszugehen. «Aber wenn er wirklich um die Häuser zieht, wie verkraftet sein Körper das denn?»

Amber lief weiter auf und ab. «Keine Ahnung», sagte sie angespannt. «Verdammt, er hatte sich so gut im Griff. Das wirft ihn um Jahre zurück. Ich kann nur beten, dass wir jeden Moment den Schlüssel im Schloss hören. Ich möchte vor allem, dass er weiß, dass ich nicht enttäuscht von ihm bin. Denn genau davor wird er Angst haben. Und deshalb immer, wenn er an mich denkt, noch ein neues Pint bestellen.» Plötzlich erstarrte sie. «Moment mal – sein Büro, die Wohnung in Peckham! Wir sollten –»

«Da bin ich als Erstes gewesen», sagte ich. «Aber Fehlanzeige, tut mir leid.»

«Oh», sagte Amber. Sie setzte sich ganz vorn auf die Sofakante, fast so, als ritte sie im Damensattel. Ich stand verlegen in der Gegend rum und wusste nicht, was ich tun sollte. Dann schaute Amber mich an. «Mir fällt grade auf, dass ich dich gar nicht gefragt habe, warum du ihn eigentlich suchst.»

Ich räusperte mich und setzte mich ans andere Ende des Sofas. «Wir sind zusammen den Themsepfad entlanggewandert.»

«Den Themsepfad. Da hat er also gesteckt? Mit dir?»

Ich nickte.

«Aber warum um alles in der Welt hat er mir das nicht einfach gesagt? Augenblick, warte, ist das ...?» Amber schaute plötzlich nachdenklich zu Boden. «Ihr hattet euch das doch mal gegenseitig versprochen. Irgendwann die Wanderung zu machen. Ich ... ich hab nur nie geglaubt, dass ihr es wirklich tun würdet.»

«Ich auch nicht», sagte ich. «Aber dann stand er plötzlich wie aus heiterem Himmel vor meiner Tür. Zuerst wollte ich auch gar nicht mitgehen, aber ...» Ich redete nicht weiter, weil mir klar wurde, dass ich dann *The Regulars* erwähnen musste, und bei dem Gedanken stand mir sofort wieder die Brücke in Oxford und Joels angewiderter Gesichtsausdruck vor Augen.

«Darum hat er gelogen», sagte Amber mehr zu sich selbst. Als sie weitersprach, vermied sie es, mich anzusehen. «Hat er dir ... Ich nehme an, er hat dir dann alles erzählt?»

«Ja», antwortete ich und nestelte nervös an meinen Händen herum. «Ehrlich gesagt, weiß ich aber nicht, ob er es wirklich geplant hatte. Als er damit rausrückte, waren wir nämlich schon in Oxford. Wir ... haben uns in die Haare gekriegt deswegen. Nein, das ist Quatsch – ich hab mich benommen wie ein verdammter Idiot, und darum ist er dann abgereist. Ich hab versucht, ihn zu finden, weil ... ich mich entschuldigen und versuchten wollte, es wiedergutzumachen.»

Amber rang mit den Tränen. Ich wusste, dass ich sie eigentlich trösten sollte, aber ich fühlte mich überfordert und wollte nicht alles noch schlimmer machen. Trotzdem überwand ich mein Unbehagen und setzte mich neben sie.

«Du darfst ihm das nicht übel nehmen», sagte sie. «Er wollte es dir auf keinen Fall sagen, obwohl ich ihn wer weiß wie oft darum gebeten hab. Nach der Sache in Edinburgh wollte er sich lieber von dir fernhalten. Er hatte Angst, dass du derart sauer auf ihn bist, dass du eh nicht hören willst, was er zu sagen hat.» Sie weinte jetzt. «Es tut mir so leid, Theo.»

Ich hatte keine Ahnung, wie ich das jetzt verstehen sollte. Warum hatte Joel Amber erzählt, dass er mir nichts von seiner Krankheit sagen würde? Was machte das denn für einen Unterschied?

Als ich Amber unbeholfen den Rücken tätschelte, wurde ich plötzlich von einem Lichtblitz geblendet, der vom Fenster kam, und zuckte zurück.

«Was war das?», fragte Amber und fuhr herum. «Ah, die verfluchten Paparazzi!» Sie sprang auf, lief zum Fenster und zog hastig die Vorhänge zu. Dann kam sie zurück zum Sofa, setzte sich wieder, und wir verfielen in Schweigen. So verharrten wir lange Zeit und hingen jeder unseren Gedanken nach. Mit einem Mal überkam mich bleierne Müdigkeit. Mir war gar nicht bewusst gewesen, wie erschöpft ich war. Während der letzten Stunden hatte das Adrenalin mich auf den Beinen gehalten, aber jetzt fiel es mir unendlich schwer, mich wach zu halten, vor allem, da das Sofa jedes Mal, wenn ich mich bewegte, ein bisschen mehr nachzugeben schien, so als würde ich in Treibsand einsinken. Ich wollte nur mal kurz die Augen zumachen, meinem Kopf eine kleine Pause gönnen.

Aber ehe ich mich's versah, lag der Raum im kalten Licht des Morgens.

«Verdammt», murmelte ich und wollte aufspringen, aber dann bemerkte ich, dass Amber neben mir eingeschlafen war, ihr Kopf lag an meiner Schulter. Plötzlich befiel mich körperliches Unbehagen. Diese Situation war so unfassbar schräg: Ich hatte Joels Klamotten an, saß in Joels Haus und war neben seiner Freundin eingeschlafen. Jetzt stand ich doch auf und machte ein paar Schritte vom Sofa weg. Dadurch weckte ich Amber. Sie brauchte ein paar Sekunden, um sich zu orientieren, dann griff sie hinters Sofa und hob ihr Handy vom Boden auf.

«Ist was gekommen?», fragte ich.

Amber schüttelte den Kopf. Trotzdem, wenn er wieder auftauchte – und nach seiner Sauftour wahrscheinlich in keinem guten Zustand –, würde er doch aller Voraussicht nach hierherkommen, und ich wollte nicht, dass er mich dann so hier antraf.

«Ich glaube, ich sollte jetzt gehen», sagte ich.

Amber stand auf. «Bist du sicher, dass du nicht noch ein bisschen bleiben willst – vielleicht zum Frühstück?» Aber ich wusste, dass sie nur höflich sein wollte.

«Nein, aber trotzdem danke», sagte ich.

Amber lächelte mich an, aber ihre Augen verrieten, wie besorgt sie war. Ich verspürte das Bedürfnis, sie zu beruhigen, sie aufzumuntern, auch wenn ich selbst nicht wirklich glaubte, was ich dann sagte.

«Hör zu, ich bin sicher, er kommt jetzt jeden Moment zur Tür rein.»

«Ja, bestimmt hast du recht.» Ambers Stimme zitterte zwar ein wenig, aber ihr Lächeln war echt, als sie zu mir hinkam und mich umarmte.

«Rufst du mich an, sobald er sich meldet?», fragte ich.

«Natürlich», sagte Amber.

Nachdem wir unsere Nummern ausgetauscht hatten, hörten wir ein Geräusch draußen vor dem Fenster. Über Ambers Gesicht huschte eine Mischung aus Freude und Beklommenheit; sie ging zum Fenster und öffnete den Vorhang einen kleinen Spaltbreit.

«Immer noch die Paparazzi», grummelte sie. «Es ist fast so, als könnten sie riechen, dass was nicht stimmt. Die verdammten Aasgeier.» Sie schaute zu mir hin und schien etwas sagen zu wollen, tat es dann aber doch nicht. Ich brauchte einen Moment, um verstehen, was ihre Sorge war: Dass ich ihr Haus in Joels Kleidern verließ ... war vielleicht keine so gute Idee.

«Keine Angst», sagte ich schnell. «Ich gehe hinten raus. Wenn es einen zweiten Ausgang gibt?»

«Na ja, keinen richtigen, aber ... komm mal mit.» Amber führte mich durch die Diele in das Bad im Erdgeschoss. «Du müsstest über diese Mauer da klettern und durch die Gärten wegschleichen. Ich hab aber keine Ahnung, ob man über diese Seite wirklich rauskommt.»

«Keine Sorge, ich krieg das schon hin», sagte ich und machte mich daran, das Fenster zu öffnen – was deutlich mehr Kraft erforderte, als ich erwartet hatte.

Während ich mich noch fragte, ob ich bis in alle Ewigkeit dazu verdammt sein würde, mich sofort ungeschickt anzustellen, sobald ich auch nur einen halbwegs markigen Satz von mir gab, legte Amber ihre Hand auf meinen Arm.

«Und sorry noch mal wegen der Sache mit Alice», sagte sie.

Ich nickte und bat sie erneut, mich sofort anzurufen, falls Joel aufkreuzen sollte.

Erst als ich auf der anderen Seite des Gartens ankam,

wunderte ich mich über ihre Formulierung. Warum hatte sie «*noch mal*» gesagt? Wir hatten doch weder gestern noch heute über Alice gesprochen. Ich schaute zurück zum Fenster, aber Amber war verschwunden. Also blieb mir nichts anderes übrig, als weiterzugehen und mir einen Weg durch die Glyzinien zu bahnen, deren nasse Blätter einen Herbstregen auf mich niedergehen ließen.

KAPITEL SIEBENUNDDREISSIG
JOEL

Ich blickte aufs Meer hinaus und versuchte abzuschätzen, wie lange es wohl dauern würde, bis die Sonne hinter dem Horizont verschwand. London fühlte sich eine Million Meilen weit weg an.

Der Flug war eine ungewohnte Erfahrung gewesen. Ich war erst ein Mal erster Klasse geflogen – zu Meetings nach L.A. Aber ich hatte kaum Erinnerungen daran, weil ich die Gelegenheit damals – selbstverständlich – dazu genutzt hatte, mich bis zur Besinnungslosigkeit zu betrinken. So ein First-Class-Flug war auf jeden Fall was anderes, als mit dem gemeinen Volk in einer Blechröhre durch die Luft geschleudert und dabei genötigt zu werden, zollfreien Wodka zu kaufen. Das Beste daran war allerdings gewesen, wie aufgeregt Mum war. Eigentlich ist sie kein allzu geselliger Mensch, aber auf dem Flug war sie so aufgedreht gewesen, dass sie alle angequatscht hatte, die in ihrer Nähe saßen – und über kurz oder lang hatte sie sogar den einsilbigen Geschäftsmann auf ihre Seite gezogen, der anfangs versucht hatte, sie zu ignorieren.

Nach der Landung hatte sie sich von allen verabschiedet wie von Uraltfreunden, und wir fuhren mit dem Taxi durch die Gluthitze in die verwinkelte Innenstadt mit ihren Pflasterstraßen. Ich hatte die schönste Airbnb-Wohnung gebucht, die ich finden konnte – ein wunderschönes Apartment mit einer eigenen Terrasse, von der aus man über die Altstadt schaute. Unser Vermieter, Ruben, war in der für Südeuropäer typischen Art lässig-elegant gekleidet und kam rüber wie ein Journalist, der in seiner Freizeit Saxofon in einer Jazzband spielt. Er zeigte uns das Apartment und erklärte uns ausführlich, wie alles funktionierte. Immer wenn ich dachte, er wäre fertig, und mich bedanken wollte, fiel ihm etwas Neues ein. Es gab für alles eine Gebrauchsanweisung, von der Klimaanlage bis zum Mülleimer. Mum schaute ihn die ganze Zeit fassungslos an. *Warum*, sagte ihre Miene, *glaubt dieser Mann, dass er uns sogar noch den Toaster erklären muss?* Ich hatte Mühe, ernst zu bleiben.

«Was möchtest du als Erstes machen?», fragte ich Mum, sobald Ruben weg war.

Sie trat ans Fenster, durch die Jalousien fiel Sonnenschein ins Zimmer.

«Wie geht es dir denn?», fragte sie, während sie es weit öffnete. Die warme Brise wehte Fado-Klänge herein.

«Gut, ehrlich», sagte ich. «Ich muss nur darauf achten, viel Wasser zu trinken.» Ich nahm einen Prospekt vom Tisch. «Wir könnten uns die Festung ansehen – oder das Keramikmuseum, das soll auch gut sein. Was du willst – lass uns einfach losziehen!», schlug ich vor.

Mum drehte sich mit einem Funkeln in den Augen zu mir um. «Wenn das so ist: Am meisten Lust hätte ich, mich mit einem schönen Drink in die Sonne zu setzen und mein Buch zu lesen.»

«Das ist doch ein Plan!», sagte ich.

Wir fanden eine Bar mit einer weitläufigen Terrasse und Blick über den Hafen, bestellten uns Cocktails (in meinem Fall alkoholfrei) und bekamen riesige Gläser serviert, aus denen jeweils ein halber Obstkorb herausstak. Ungefähr acht Sekunden später war Mum mit dem Buch auf der Brust eingeschlafen. Ich stand auf und drehte den Sonnenschirm so, dass sie im Schatten lag.

Da ich, wie immer, vergessen hatte, mir am Flughafen ein Buch zu kaufen, hatte ich eins von denen eingesteckt, die

Rubens ehemalige Gäste in der Wohnung liegen gelassen hatten. Ich hatte die Wahl zwischen einem John Grisham, den gesammelten Gedichten von T. S. Eliot und einem Buch mit dem fröhlichen Titel *Serienmörder dieser Welt*. Natürlich griff ich zu Eliot. (Den Grisham kannte ich schon, und das Buch über die Serienmörder war auf Deutsch.) Ich lehnte mich in meinem Liegestuhl zurück und streckte die Beine aus. Sie waren auf dem Flug ein wenig angeschwollen, sahen aber jetzt, an der frischen Luft, schon wieder besser aus. Ich schlug das Buch auf und genehmigte mir einen Schluck von dem zuckersüßen Allerlei. Bislang hatte ich mit Gedichten nie sonderlich viel anfangen können; umso überraschter war ich, wie sehr diese mich ansprachen. Tatsächlich vertiefte ich mich so in meine Lektüre, dass ich die Zeit vergaß, und als ich das nächste Mal aufschaute, schwand das Tageslicht bereits, und die Sonne versank im Meer.

Ich schaute zu der Stelle, wo Mum gesessen hatte, um sie zu fragen, ob wir uns ein Restaurant suchen sollten, doch ihre Liege war leer. Ich setzte mich auf und ließ meinen Blick über die Terrasse schweifen. Als ich sie schließlich, ziemlich weit entfernt, erspähte, hatte sich mein Puls bereits deutlich beschleunigt. Es war ein merkwürdiger Moment, eine Art Rollentausch, als Sohn eine Menschenmenge nach seiner Mutter abzusuchen und sich Sorgen zu machen, sie könnte weggelaufen sein. Erst als ich bei ihr ankam, sah ich, dass sie weinte.

«Hey, was ist denn?», fragte ich.

Aber sie stand nur reglos da und schaute aufs Meer hinaus, während Tränen von ihrem Kinn tropften. Irgendwann drehte sie sich mir zu. «Ich war eine miserable Mutter», sagte sie.

Dieser Satz traf mich wie ein Schlag in die Magengrube.

«Unsinn», sagte ich. «Wie kommst du denn darauf?»

Mum zeigte auf die Aussicht vor uns. «Sieh nur, wie du mich verwöhnst. Dabei hab ich dir nichts als Kummer beschert.»

Ich legte eine Hand auf ihren Arm. «Vielleicht ist dir der Cocktail nicht gut bekommen. Ich hab dir schon vor etlichen Jahren versprochen, mit dir hierherzufahren. Dann bin ich wohl auch ein schlechter Sohn.»

Aber das ließ sie nicht gelten. «Das hier ist kein Wettbewerb. Als deine Mutter sollte es mir immer ein Bedürfnis sein, dich zu beschützen und dir das beste Leben zu bieten, das du haben kannst. Und dann gehe ich hin und schleppe diesen Mann ins Haus ... diese Gewalt.»

Es war das erste Mal seit dem Tag seines Auszugs, dass sie Mike erwähnte. Ich fragte mich, wie oft sie sich schon mit solchen Gedanken herumgequält hatte, und machte mir Vorwürfe, nicht häufiger bei ihr gewesen zu sein, um sie davor zu bewahren.

«Mum», sagte ich leise. «Nichts davon war deine Schuld. Mike war einfach ein brutaler Kerl, der sich nicht im Griff hatte und deine Gutmütigkeit ausgenutzt hat. Du siehst immer in allen nur das Beste, und das sollte auch so bleiben.»

Mum zitterte leicht, die Gefühle drohten sie zu überwältigen. Ich legte meinen Arm um ihre Schulter, um ihr Halt zu bieten.

«Ich wollte ja nur, dass wir wieder eine Familie sein können, nachdem dein Dad uns verlassen hatte. Ich wollte nicht, dass du ohne jemanden aufwächst, der all das kann, was ich nicht kann. Ich hätte nie gedacht ... Ich werde mir nie verzeihen, dass ich dich nicht schützen konnte.»

Ich spürte einen Kloß im Hals. Er machte es mir fast unmöglich, etwas zu sagen, ohne ebenfalls in Tränen auszubrechen.

«Bitte, Mum», krächzte ich mit belegter Stimme. «Du musst mir versprechen, dass du aufhörst, so zu denken. Das bist du nicht. Das ist nicht der Mensch, der du für mich warst. Du bist der sanftmütigste, tapferste, selbstloseste Mensch, den ich kenne. Diese letzten Jahre waren die glücklichsten meines Lebens, und ich hätte sie nie gehabt, wenn du nicht dein eigenes Leben zurückgestellt hättest, um für mich da zu sein. Ich hab dich jahrelang auf Abstand gehalten, aber du hast nie nachgelassen in deiner Liebe zu mir, nicht eine Sekunde. Ich liebe dich, okay? Wer weiß, wie viel Zeit mir noch bleibt, und nach dem, was wir zusammen durchgemacht haben, haben wir es verdient, aus diesem Rest so viel Glück rauszuquetschen, wie es nur geht, findest du nicht?»

Mum drehte sich mir zu, und wir umarmten uns. Ich weinte inzwischen mehr als sie. Wie sie mich festhielt. Wie sie mir über den Rücken strich. Es fühlte sich an, als wäre ich wieder ein Kind – ein Kind, das gestürzt ist und nur diese Arme um sich spüren muss, damit alles wieder gut ist.

Wir spazierten untergehakt zurück in die Altstadt.

«Hast du Hunger?», fragte ich.

«Nicht besonders», sagte sie. «Und du? Was macht der Energiepegel?»

«Mir geht's ziemlich gut.»

In Wahrheit kam ich allmählich an meine Grenze, aber mit jedem Schritt, den wir machten, rückten wir ein Stück näher zusammen, und ich wollte jetzt nicht stehen bleiben. Selbst als Mum mich zum wahrscheinlich hundertsten Mal fragte, ob ich jemanden für die Umsetzung von «Plan B» gefunden hätte, konnte ich es ihr nicht verübeln, sondern sagte nur, dass ich daran arbeiten würde, obwohl das nicht stimmte.

Es war nichts los in den Straßen. Die Saison war so gut wie zu Ende, und es war Sonntag, aber die Ruhe fühlte sich ein bisschen unheimlich an, fast so, als würden wir uns durch eine leere Kulisse bewegen. Von irgendwoher drang Fado zu uns, und Mum summte leise mit.

«Das ist mein Lieblingslied», sagte sie, doch fast im selben Moment brach die Musik ab – so als hätten wir die Musikanten beim Üben gestört und sie hätten verlegen aufgehört.

«Oh, schade», murmelte Mum.

Wir gingen langsam den Hügel hoch, auf dem unsere Unterkunft lag. Die steilen Straßen kosteten mich sehr viel Kraft, aber ich war fest entschlossen, mir nichts anmerken zu lassen. Als wir um eine Ecke bogen, sahen wir eine Straßenmusikerin, die das Geld in ihrem Strohhut zählte; die akustische Gitarre lag schon in ihrem Kasten.

Mum und ich waren schon an ihr vorbei, als mir plötzlich eine Idee kam. Ich blieb stehen, und Mum schaute mich besorgt an.

«Alles okay, Schatz?»

«Ja, alles gut. Sag mal, wie heißt das Lied, das du eben gesummt hast?», fragte ich.

«*Gaivota*», sagte Mum.

«*Gaivota*», wiederholte ich. «Warte mal eine Sekunde.»

«Joel, wo willst du denn –?»

Ich ging zu der Musikerin zurück, konnte ihr aber nicht gleich verständlich machen, was ich von ihr wollte. Erst nachdem ich etliche Male auf Mum gezeigt und «*Gaivota*» gesagt hatte, ihr zwanzig Euro hinhielt und eine flehentliche Geste machte, wie ein Fußballer, wenn er den Schiedsrichter anbettelt, ihn nicht vom Platz zu stellen, verstand sie schließlich.

Ich winkte Mum zu mir, und als sie bei uns ankam, hatte die Musikantin schon alles vorbereitet. Gleich beim ersten Akkord schlug Mum die Hände vor den Mund, weil sie das Lied erkannte, und es glitzerten wieder Tränen in ihren

Augen – diesmal Tränen der Freude. Die Straßenmusikerin tastete sich weiter in das Lied vor, das langsam war, irgendwas zwischen traurig und hoffnungsvoll. Nach einem Augenblick wandte ich mich Mum zu und streckte meine Hand aus. Zuerst blickte sie mich schief an – *meinst du wirklich?* –, aber dann nahm sie die Hand und legte ihren Kopf an meine Schulter, und wir tanzten unter dem Sternenhimmel langsam übers Kopfsteinpflaster. Wer wen führte, war schwer zu sagen.

KAPITEL ACHTUNDDREISSIG
THEO

Ich stieg als Einziger in Kemble aus dem Zug. Ich trug immer noch Joels Kleider, aber sie waren inzwischen schmutzig von dem Zaun, über den ich nach dem Durchqueren der Gärten hinter Ambers Haus hatte klettern müssen.

Weil ich mich noch nicht durchringen konnte, nach Hause zu gehen, setzte ich mich auf eine Bank und beobachtete zwei Tauben, die sich um eine Brotkruste stritten. Ich versuchte, mir vorzustellen, wo Joel jetzt war. Was die Wahrscheinlichkeit eines Rückfalls anging, kannte Amber ihn sicherlich besser als ich, aber irgendwie glaubte ich nicht daran, dass er sturzbetrunken irgendwo in einer Kneipe saß.

Die Minuten verstrichen, während ich dort saß. Ich sehnte mich danach, wieder zu Hause bei Mum und Dad zu sein, aber inzwischen sah ich es kritisch, dass dieses Gefühl so stark war. Natürlich vermisste ich sie und wollte sie wiedersehen, aber jetzt, wo ich eine Weile weg gewesen war, erkannte ich, dass diese Sehnsucht vor allem daher rührte, dass ich bei ihnen Schutz und Sicherheit fand. Dem jetzt wieder nachzugeben, mich erneut in der Gartenhütte einzunisten und Dads Versuche, mich von dort zu vertreiben, abzuwehren, wäre mir wie der Versuch erschienen, die ganze Sache mit Joel zu vergessen. Die Zeit heilt alle Wunden, heißt es ja bekanntlich. Und so, wie die Narbe an meinem Arm verblasst war, würden es auch meine Erinnerungen an Joel tun. Nur fühlte sich das jetzt nicht mehr richtig an, sondern maximal feige. Ich wollte nicht einfach da weitermachen, wo ich aufgehört hatte.

Erst als ich schließlich vor dem Haus ankam, fiel mir auf, dass ich meine Schlüssel im Fluss verloren haben musste. Ich lehnte meinen Kopf an die Tür und drückte auf die Klingel. Doch nichts passierte. Ich spähte durch die matte Glasscheibe, um zu sehen, ob sich dahinter irgendetwas regte. Das Licht im Flur war zwar angeschaltet, aber weil alle englischen Väter das Licht im Flur brennen ließen, egal wie gering das Risiko eines Einbruchs war, musste das nichts heißen.

Ich ging nach nebenan, zu Alice. Im Näherkommen hörte ich, wie jemand einen Basketball prellte. Ich spähte durch einen Spalt zwischen Zaun und Mauer und sah, wie Alice auf den Korb zielte, der auf der anderen Seite der Terrasse angebracht war. Der Ball prallte gegen das Brett und sprang über den Rand des Korbes hinweg wieder nach unten. Alice hob ihn auf, fuhr zurück zu ihrer Ausgangsposition und versuchte es noch einmal. Sie warf noch fünf Mal daneben, aber beim sechsten traf sie. Ihre Miene blieb die ganze Zeit unverändert: ruhig und entschlossen.

Ich wollte ihr gerade etwas zurufen, als ich eine andere Stimme hörte.

«Du bist fast so gut wie ich.» Ein Mann mit Oberarmen von der Größe Dänemarks rollte in mein Blickfeld.

Alice zog eine Augenbraue hoch. «Dir ist schon klar, dass das der einzige Grund ist, warum ich mit dir zusammen bin, oder? Sobald du mir alles beigebracht hast, serviere ich dich ab.» Damit warf sie ihm den Ball mit mehr Kraft als unbedingt nötig in den Bauch.

«Dann sind wir also zusammen?», sagte der Mann und warf den Ball zurück.

Alice drehte sich wieder um und zielte auf den Korb.

«Ich denk drüber nach, Daniel», sagte sie und traf.

«Oha, sind wir jetzt bei ‹Daniel›?»

Ach, du lieber Gott! Daniel. Dan!

Ich machte einen Schritt zurück, weil ich die beiden nicht

stören wollte, geriet dabei ins Stolpern und krachte gegen das Regenrohr.

«Okay, interessante neue Entwicklung. Ich glaub, da drüben ist ein Typ, der uns beobachtet.»

Verdammter Mist!

«O mein Gott! Theo?», rief Alice.

«Oh, hallo», sagte ich und klopfte mit dem Finger gegen das Regenrohr, als hätte mich die Gemeindeverwaltung geschickt, um es zu begutachten.

«Was zum Kuckuck machst du hier? Und warum bist du so komisch angezogen?»

«Das ... ist eine lange Geschichte.»

«Oookaaaay. Ach, das ist übrigens Dan. Dan, das ist mein Bruder Theo.»

Dan und ich nickten uns zu. Dann entstand eine Pause.

«Kommst du jetzt rein, oder willst du weiter da draußen stehen bleiben wie eine Vogelscheuche in Edelklamottage?», fragte Alice.

Ich grinste. Wie ich das vermisst hatte.

Bis ich um den Zaun herum in den Garten gegangen war, war Alice ins Haus gefahren, um etwas zu holen, weshalb ich gezwungen war, mit Dan Konversation zu machen. Alice hatte sich bestimmt mit Absicht verdrückt, um sich die peinliche Situation zu ersparen, was angesichts meines dummen Gefasels eine sehr clevere Entscheidung war.

«Ähm ... Magic Johnson. War der nicht auch Basketballer?»

«Ja», sagte Dan. «Vor ungefähr dreißig Jahren.»

Ansonsten beschränkte sich mein Wissen über Basketball auf den Film *Space Jam*. Aber Gott sei Dank kam Alice zurück und ersparte mir eine weitere Blamage. Dachte ich zumindest.

«Bist du schon so erfolgreich, dass du dir eine komplett neue Garderobe leisten kannst?», fragte sie.

«Ach, na ja, was die Sache angeht ...» Ich stieß mit der Fußspitze gegen einen losen Stein und wusste nicht recht, wo ich anfangen sollte.

Dan spürte die unbehagliche Stimmung und räusperte sich. «Ich sollte jetzt wirklich mal los. Muss morgen früh raus, große Dinge werfen ihren Schatten voraus.»

«Ach ja?», sagte ich. «Lass mich raten, ein wichtiges Spiel in der A-Liga? Die Gloucester Lions gegen die Cheltenham ... Stubentiger.»

Dan schaute mich ruhig an. «Nicht ganz. Wir müssen unseren Labrador einschläfern lassen. Choccy.»

Ich sah, wie Alice hinter ihm die Hände vors Gesicht schlug.

«Oh, das tut mir leid», sagte ich.

«Ach, nicht so schlimm», erwiderte Dan. «Ich meine, er war zwar der beste Freund, den ich je hatte, aber das nur nebenbei.»

«Oh, Mensch. Tut mir echt leid.»

«Nein, nein, das muss es nicht», sagte Dan. Dann schniefte er und fügte hinzu: «Und so loyal. Ein echter Held.»

«Okay, das reicht jetzt», sagte Alice.

Dan grinste. «Sorry, Theo, war nur Spaß. Er ist ungefähr hundert Jahre alt. Außerdem gehört er meinem Stiefvater. Ich fahre nur mit, um ihm moralischen Beistand zu leisten.»

Er reckte den Arm hoch und schlug mir fröhlich auf den Rücken. Ich versuchte, mir nicht anmerken zu lassen, dass er gerade meine Brustwirbel zerschmettert hatte. Nach der Art, wie Dan und Alice sich ansahen, schätzte ich, dass ich mich in den nächsten Jahren auf weitere Schläge dieser Art gefasst machen konnte.

«Und?», sagte ich, als Dans Taxi um die Ecke gebogen war.

Aber Alice hielt die Hand hoch. «O nein, du zuerst», sagte

sie. «Aber warte: Nach welcher Sorte Alkohol schreit die Geschichte?»

Ich dachte darüber nach. «Hast du Whisky da?»

«O Gott», sagte Alice. «Ich seh mal nach.»

Kurz darauf kehrte sie mit einer angestaubten Flasche ohne Etikett zurück.

«Ich krieg den Stopfen nicht raus», sagte sie und reichte mir die Flasche ohne allzu viel Zuversicht, dass ich es schaffen würde. Irgendwann gelang es mir, ihn mit den Zähnen herauszuziehen, und spuckte ihn auf den Boden.

«Ich fühle mich wie ein Kapitän auf hoher See.»

«Genug der Umschweife, Moby Dickens. Erzählst du mir jetzt, was passiert ist, oder was?»

Und so tat ich es – unterstützt durch größere Mengen Whisky, als klug war.

Als ich zu Ende erzählt hatte, war die leere Flasche feucht vom Tau.

Alice hatte die ganze Zeit kaum eine Miene verzogen. Nur als ich berichtete, wie es sich in Wirklichkeit mit Joels «Letzte-Wünsche-Liste» verhielt, hatten sich ihre Augen geweitet. Als ich zu dem kam, was sich in Oxford auf der Brücke abgespielt hatte, zwang ich mich, bei der Wahrheit zu bleiben.

«Ich denke die ganze Zeit, dass es ein Missverständnis war. Ich hatte gar nicht mehr über die Serie nachgedacht als über ihn. Aber wenn er es mir angesehen hat, wird es wohl stimmen, oder wie siehst du das?»

Alice spähte durch die Dunkelheit lange zu mir hin. Dann sagte sie: «Ich habe nicht vor, dir dein Gewissen zu erleichtern.»

«Nein, klar, sollst du auch gar nicht», sagte ich, obwohl das nicht ganz der Wahrheit entsprach.

«Hör zu: Was passiert ist, ist passiert», sagte Alice. «Daran kannst du jetzt nichts mehr ändern. Aber du hast doch danach versucht, ihn zu finden, oder? Du wolltest es wiedergutmachen. Dass er sich vor dir und Amber versteckt, zeigt, finde ich, dass noch was anderes dahintersteckt – irgendwas, worüber er sich selbst klar werden muss.»

Ich war drauf und dran zu sagen, dass er sich wohl eher einen auf die Lampe goss – und das alles nur, weil ich so mies zu ihm gewesen war. Aber ich konnte mich gerade noch bremsen. Wenigstens einmal in meinem Leben würde ich nicht alles nur auf mich beziehen. Joels ganzes Leben brach gerade in sich zusammen; da hatte er mit Sicherheit ganz andere Probleme als meine Selbstsucht. Ich würde neben dem Telefon sitzen bleiben und auf Ambers Anruf warten. Und sobald dieser Anruf kam, würde ich alles zu tun, was ich konnte, um zu helfen.

In dem Moment hielt ein Wagen auf der Straße. Ich dachte, dass es vielleicht Dads gewesen sein könnte, aber dann fuhr er weiter.

«Wo sind eigentlich Mum und Dad?», fragte ich.

«Auf Kurzurlaub in Shropshire. Morgen sind sie wieder da. Du kannst auf meinem Sofa schlafen, wenn du willst.»

«Nein, schon okay. Aber kannst du mir deinen Schlüssel leihen? Ich glaub, ich schlaf einfach in der Hütte.»

«Oh», sagte Alice. «Was das angeht ...»

Ich schlief dann doch auf Alice' Sofa. Sie hatte sich nicht aufraffen können, es mir gleich zu erklären, aber nachdem ich uns am nächsten Morgen einen Tee gekocht hatte, gingen wir zusammen nach nebenan.

«Was ist denn passiert?», fragte ich, das helle Rechteck auf dem Rasen betrachtend, wo die Hütte gestanden hatte.

«Mäuse», sagte Alice. «Sie hatten sich da wohl eingenistet und trieben es so kunterbunt wie in einem Pixar-Film.»

Mir fiel auf, dass ich meinen Becher so schief hielt, dass der Tee langsam ins Gras hinuntertropfte.

«Und wo sind meine Sachen?», fragte ich.

«Dad hat alles in Kisten verpackt und ins Wohnzimmer gestellt.»

«Oh, ach so.»

Alice trank einen Schluck Tee und sagte dann: «Tut mir leid. Möchtest du, dass ich dich einen Moment allein lasse?»

Es war schwer zu sagen, ob sie das ernst meinte oder nicht. Aber als ich wieder zu der Stelle hinsah, wo die Hütte gestanden hatte, verspürte ich Erleichterung. Ich war froh, dass sie nicht mehr da war.

«Komm», sagte ich, «lass uns reingehen.»

Vom Ende der Gartenhütte inspiriert, ließen wir *Basil, der große Mäusedetektiv* auf meinem Laptop laufen, und Alice erklärte sich bereit, mit mir zusammen alle meine Kisten durchzusehen. Ich hatte mein Handy neben mir liegen und starrte andauernd darauf in der Hoffnung, dass eine Nachricht von Amber kam und Joel sich gemeldet hatte, aber nichts passierte.

Derweil sortierte ich meine alten Notizbücher auf drei Stapel: «Behalten», «Kann weg» und «Zweifelsfälle». Es deprimierte mich, wie wenig die Qualität meiner Sketche von Jahr zu Jahr variierte. Was ich mit zwölf geschrieben hatte, war nicht von den Ideen zu unterscheiden, die ich mit vierundzwanzig zu Papier gebracht hatte. Selbst die Handschrift hatte sich kaum verändert. Nur meine Dankesrede zur Verleihung des BAFTA Award hatte sich stetig weiterentwickelt.

Der «Behalten»-Stapel auf dem Fußboden war mickrig. Das meiste hatte Alice daraufgelegt; vermutlich nur, weil sie verhindern wollte, dass mein fragiles Ego ganz zerbrach. Wir siebten eine Weile schweigend weiter aus und verfolgten währenddessen Basils dramatischen Kampf gegen Rattigan auf dem Big Ben.

Ich zog ein zerfleddertes *Blackadder*-Skript aus einer Kiste. Darunter lag ein kleineres Heft.

«Der Film ist viel düsterer, als ich ihn in Erinnerung habe», sagte Alice. Und als ich nicht antwortete, fragte sie: «Was ist?»

Ich hielt das Heft hoch, damit sie es sehen konnte.

«Joel & Theo: Ein richtiges kleines Komikerduo», las Alice vor. «Die Zeichnung ist doch von mir! Du lieber Himmel, das hatte ich total vergessen. Wir haben damals zwei Exemplare gemacht, oder? Ich weiß noch, wie du die ganzen Witze und Skripte für Joel abgeschrieben hast, weil du sie ihm schenken wolltest. Du hast Stunden dafür gebraucht.»

Ich schlug es auf und fing an zu lesen. Und plötzlich war ich wieder vierzehn und hielt mir den Bauch vor Lachen, weil ich vor mir sah, wie Joel durch sein Zimmer marschierte und einen krankhaft vergesslichen General spielte. Es war, als hätte mich jemand durch die Heftseiten hindurch in die Vergangenheit gezerrt, und als ich fertig war, fühlte ich mich, als würde ich aus einem langen Traum erwachen. Der Film war zu Ende. Alice hatte offenbar beschlossen, mich meinen Erinnerungen zu überlassen.

Dieses Heftchen hatte mich auf eine emotionale Achterbahn geschickt. Es enthielt Texte, die ich immer noch sehr komisch fand – jedenfalls deutlich komischer als alles, was ich alleine geschrieben hatte. Aber jede gute Pointe versetzte mir einen Stich wegen all des Potenzials, das ungenutzt geblieben war. Wenn wir es doch nur geschafft hätten, dabeizubleiben und uns nicht entzweien zu lassen. Ich strich mit dem Finger über den Titel des Heftchens und ärgerte mich über diese kolossale Verschwendung. Aber dann wurde mir plötzlich klar, dass sich etwas ändern musste. Ich würde nicht einfach nur neben dem Telefon sitzen, auf Ambers Anruf warten und hoffen, dass alles gut ausging. Ich würde Joel finden und ihn zurückbringen, und ich wusste auch schon genau, wie ich das bewerkstelligen konnte.

Ich nahm mein Handy und wählte Ambers Nummer.

«Amber, ich bin's, Theo. Du hast noch nichts gehört, oder?»

«Nein, es gibt immer noch nichts Neues.» Sie klang, als hätte sie geweint.

«Mach dir keine Sorgen», sagte ich. «Wir werden ein bisschen Hilfe brauchen, aber mir ist was eingefallen, und ich bin ziemlich sicher, dass ich weiß, wie wir an ihn rankommen.»

Als Amber und ich den Plan genau durchgesprochen hatten, war der Nachmittag schon fast um, aber wie es schien, war nicht nur die Zeit vergangen, sondern mit ihr waren auch all meine Zweifel verflogen. Denn diesmal war ich mir sicher: Ich würde meinen Freund zurückbekommen.

KAPITEL NEUNUNDDREISSIG
JOEL

Ich hätte mir wohl einreden können, dass ich mein Handy in Lissabon aus edlen Motiven ausgeschaltet ließ – dass ich ein authentisches Erlebnis bevorzugte, ohne ständig am Display zu kleben, und mich wirklich ganz auf Mum einlassen wollte. Aber die Wahrheit war: Das Handy einzuschalten, bedeutete, dass ich mit Amber sprechen und sie erneut anlügen musste. Gleichzeitig wollte ich aber auch nicht, dass sie sich Sorgen machte. Darum war klar, dass ich mich nicht ewig verstecken konnte. Als ich das Telefon dann zwei Tage nach meinem spontanen Tänzchen mit Mum anmachte, erschrak ich darüber, wie viele Anrufe von Amber ich verpasst hatte. Dann fing das Telefon plötzlich in meiner Hand an zu klingeln, und ich zuckte zusammen vor Schreck. Aber diesmal war es nicht Amber.

«Joel, mein Lieber!»

Es entstand eine überraschende Pause.

«Hallo, Jane. Ist alles in Ordnung?»

«Ja, ja, sorry. Hör zu, ich hab interessante Neuigkeiten für dich.»

Das klang schon besser.

«Sprich weiter ...»

«Es geht um deine Serie. Die, die du mit diesem anderen Typi geschrieben hast.»

Mir fiel fast das Telefon aus der Hand. Das bedeutete doch wohl nicht ...

«Halt dich fest», sagte Jane. «Kann sein, dass doch noch was draus wird. Die Gerüchteküche besagt, dass das Konkurrenzprojekt von Channel 4 passé ist. Jedenfalls wollen die hohen Herren dich sehen. Und zwar am liebsten gestern.

Und nur dich!», fügte sie hinzu. «Über die Details geben sie sich zugeknöpft. Du weißt ja, wie sie sind.»

«Ja», sagte ich. «Aber –»

«Ich hab ein gutes Gefühl bei der Sache. Ich weiß genau, wie der kleine Kahlkopf tickt. Aber jetzt heißt es schnell sein», fuhr Jane fort. «Sie wollen sich bis Ende der Woche entscheiden. Also hab ich gleich einen Termin gemacht. Morgen, fünfzehn Uhr. Die Restaurant-Adresse kommt per SMS, okay?

«Aber Jane, ich bin in –»

«Tut mir leid, ich hör dich nicht mehr. Also dann bis morgen, mein Lieber.»

Und damit legte sie auf.

Ich blieb lange auf meinem Bett sitzen. Ich hatte nicht mehr das kleinste Fünkchen Hoffnung gehegt, dass aus *The Regulars* doch noch was werden würde. Aber warum wollten sie sich nur mit mir treffen? Wollten sie Theo ausbooten?

Mein Telefon vibrierte. Es war die Restaurant-Info von Jane. Ich zog die Knie an die Brust. Zu diesem Meeting zu fahren, würde bedeuten, dass ich Mum hier allein lassen musste. Ich hatte sie eben auf dem Balkon vor sich hin summen hören. Und heute Morgen hatte sie mir verkündet, sie würde gern mal allein auf Erkundungstour gehen, und hinzugefügt, sie hätte gern ein bisschen mehr Zeit für sich. Ich wusste, dass sie mir wahrscheinlich nur die Peinlichkeit ersparen wollte, dass *sie* wegen *mir* langsamer gehen musste, denn die Hitze und die steilen Straßen hatten mich am Vortag arg geschlaucht. Eine kleine Stimme in meinem Kopf flüsterte mir ein, dass ich problemlos morgen früh nach London fliegen, an dem Meeting teilnehmen und dann zurückkommen konnte. Doch eine andere Stimme sagte mir, dass ich damit den Sinn dieses Urlaubs torpedierte.

Während ich noch mit mir rang, kam Mum zurück ins Zimmer. Und sie sah mir sofort an, dass etwas war.

«Was ist los? Was ist passiert?»

Sie setzte sich neben mich aufs Bett, und ich erzählte ihr alles über *The Regulars* und Jane Greens Anruf.

«Was ist das Problem?», sagte Mum, als ich fertig war. «Ich finde, es liegt auf der Hand, was du tun solltest.»

TEIL VIER

KAPITEL VIERZIG
JOEL

Ich war zum ersten Mal in meinem Leben zu früh bei einem Meeting.

Jane hatte einen exklusiven privaten Klub mit schweren Samtvorhängen für den Lunch ausgesucht, in dem lauter Mittzwanziger saßen und über ihre Start-ups redeten. Was mir das Gefühl gab, alt zu sein. Unser Tisch lag versteckt in einer schlecht beleuchteten Ecke. Als Jane eintraf, hatte ich bereits eine ganze Flasche Wasser ausgetrunken und die nächste bestellt. Ich weiß auch nicht, warum ich so nervös war. Wahrscheinlich war ich aus der Übung. Früher hatte ich solche Meetings mit links absolviert, aber das war eine Weile her. Außerdem hatte ich mir dann vorher immer gern ein paar Gläschen zur Entspannung genehmigt.

Janes Verhalten war auch nicht gerade hilfreich. Sie bestellte einen Martini und stürzte die Hälfte davon in einem Zug runter. Zudem hielt sie sich ungewöhnlich bedeckt und wollte mir weder sagen, wer von der Geschäftsleitung genau erscheinen würde, noch, was sie mich fragen würden oder warum Theo nicht eingeladen war. Die Vorstellung, mit ihm Kontakt aufzunehmen, erschien mir momentan zwar ähnlich attraktiv, wie über rostige Nägel zu laufen, aber dass er außen vorgelassen wurde, fühlte sich nicht richtig an. Zumal ich den Start der Serie ja womöglich gar nicht mehr erleben würde. Vielleicht würde ich einfach darauf bestehen, dass Theo bei diesem Projekt die Federführung übernahm – dann hatte er seine Serie und konnte sehen, wie glücklich ihn das in der Praxis machte.

Jane leerte ihren Drink und bestellte sofort – und noch dazu in einem harschen Kommandoton – den nächsten. Seltsam, das sah ihr überhaupt nicht ähnlich. Sie tippte manisch auf ihrem Handy herum und schaute dauernd zur Tür. Dann verschickte sie eine letzte Nachricht und steckte das Telefon in die Handtasche, die auf dem Tisch lag.

«Ich fürchte, ich muss dir was sagen», begann sie.

«Lass mich raten. Sie haben den Termin gecancelt?» Herrje, wie ärgerlich das wäre. Dann wäre ich völlig umsonst hierhergeflogen.

Jane seufzte. Dann griff sie ziemlich überraschend über den Tisch und nahm meine Hand. Dabei blieb einer ihrer großen Ringe an meinem Finger hängen, und eine kleine Wunde an meinem Knöchel riss wieder auf. Ich spürte ein leichtes Brennen – das aber nur ein Abklatsch des Schmerzes war, den die Verletzung mir anfangs bereitet hatte.

«Ich möchte, dass du weißt, dass ich nicht sehr glücklich über diese Idee war und nur eingewilligt habe, ihnen zu helfen, weil sie mir geschworen haben, dass sie verdammt gute Gründe dafür haben», sagte Jane. «Ich lüge nicht gern, aber das war offenbar eine Art Notfall.»

«Jane», sagte ich lachend, «hast du heute Morgen einen Schlag auf den Kopf bekommen oder so? Was soll die Geheimniskrämerei? Kannst du mir nicht einfach sagen, was los ist?»

Doch sie ignorierte mich, schnappte sich ihren neuen Drink vom Tablett des Kellners und nahm einen kräftigen Schluck davon. Dann schaute sie erneut zur Tür. Als ich Janes Blick folgte, zog sich mein Magen zusammen. Theo kam auf mich zu, seine Haare wippten bei jedem Schritt, und er sah nervös aus. Aber dann trat er, wie in einer perfekten Choreografie, zur Seite und gab den Blick auf Amber frei, die direkt hinter ihm ging.

«Wie gesagt, es tut mir leid, mein Lieber», sagte Jane leise und stand auf. Sie nickte Amber und Theo im Vorübergehen kurz zu, und die beiden nickten zurück, bevor sie an den Tisch kamen.

«Dürfen wir uns setzen?», fragte Amber.

Ich verschränkte die Arme und schaute von einem zum anderen. Als ich ihre perfekt aufeinander abgestimmten, feierlichen Mienen sah, wurde ich sauer. Das alles wirkte wie einstudiert.

«Ihr zwei gebt wirklich ein tolles Team ab», sagte ich. «Aber ist euch klar, dass ich hierfür extra aus Lissabon eingeflogen bin? Meine Mum ist da jetzt ganz allein.»

Amber und Theo sahen sich an. Ich ballte unter dem Tisch die Fäuste. Ich hasste das. Diese Trickserei, diese wortlose Verständigung zwischen den beiden.

«Bitte», sagte Amber, «dürfen wir uns setzen?»

Ich zuckte die Achseln. «Tut euch keinen Zwang an.»

Sie wählten ihre Plätze so, dass ich eingekeilt wurde, was mich noch wütender machte.

«Es hat mich übrigens Hunderte Pfund gekostet, so kurzfristig zu buchen. Ihr könnt bar zahlen oder per Scheck, wie es leichter für euch ist.»

«Du kannst aufhören, uns was vorzumachen», sagte Theo ruhig.

«Was? Ich mache euch nichts vor.» Ich riss meinen Hemdkragen nach unten. «Die Farbe ist echt, *Kumpel*. Und ...»

Erst als ich Theo erneut anschaute, ging mir auf, was er gemeint hatte, und ich bekam plötzlich Panik.

Ich brauchte ihnen nichts vorzumachen ... weil Theo Amber erzählt hatte, dass ich todkrank war.

Ich presste die Hände unter dem Tisch zusammen. Amber und Theo rückten beide zu mir hin – weil sie fürchteten, ich könnte zusammenbrechen oder aber versuchen, Reißaus zu nehmen. Ich konnte Amber nicht anschauen. Das war nicht die Art, wie sie es erfahren sollte. Eines meiner Beine zitterte unkontrolliert. Alle Geräusche in dem Restaurant – das laute Gelächter, die Stimmen, das Kratzen des Bestecks über Teller – schwollen in meinem Kopf zu einer wilden Kakofonie an. Dann nahm Amber meine Hand, und alles war wieder ruhig. Ich wandte mich ihr zu, unsere Blicke trafen sich.

«Es tut mir schrecklich leid», sagte ich.

«Ist schon okay», sagte Amber. «Ich bin nur froh, dass ich dich wiederhabe.»

Ich hörte, wie Theo sich räusperte.

«Joel, ich –»

«Halt, verdammt noch mal, die Klappe, Theo.»

Ich spürte, wie er auf seiner Seite der Sitznische förmlich in sich zusammenschrumpfte.

«Hey», sagte Amber sanft. «Sei bitte nicht sauer auf ihn. Er hat nur versucht zu helfen.»

Doch ich hörte sie kaum. Meine Gedanken rasten. Ich stellte mir vor, wie Theo das Telefon genommen und Ambers Nummer gewählt hatte. Oder aber er hatte herausgefunden, wo unser Haus in Hampstead stand, und war einfach dort aufgekreuzt. Ich schaute ihn wütend an, aber er hielt den Blick gesenkt.

«Schau mich an!», sagte ich. Als er es nicht tat, schlug ich mit der Faust auf den Tisch und wiederholte es noch mal, diesmal lauter. Die Gespräche an den Nachbartischen verstummten abrupt, und die Köpfe flogen zu uns herum, aber ich nahm kaum Notiz davon.

«Joel», flehte Amber, doch ich konnte meine Wut nicht bezähmen. Es war mir auch ganz recht so, denn je ausführlicher ich mir Theo zur Brust nahm, desto länger konnte ich Amber ausweichen. Jetzt sickerte Blut aus meiner Wunde am

Fingerknöchel, und ein dunkelroter Tropfen lief mir seitlich über die Hand.

«Ich wette, du hast das Drama genossen», sagte ich in einem eisigen Ton zu Theo. «Ich wette, du hast dir eingeredet, dass du das Richtige tust, dass du nur ehrenwerte Motive hast oder irgend so einen Scheiß.»

«Es tut mir leid», sagte Theo kleinlaut. «Ich dachte, sie hat ein Recht darauf, es zu wissen. Ich wollte sie nicht anlügen.»

Ich lachte bitter. Nicht zu fassen, was dieser Mann sich rausnahm. «Wow, da hast du dir ja wirklich einen tollen Moment ausgesucht, um der Welt zum ersten Mal in deinem Leben zu zeigen, dass du Eier hast.»

«Joel, das ist – »

«Was denn, bist du etwa anderer Ansicht?», sagte ich und ballte wieder die Faust. «Lass mich dich mal an die Fakten erinnern, ja? Dann schauen wir doch mal: Ich erzähle dir, dass ich eine kaputte Leber habe, aber das Einzige, was dich wirklich kratzt, ist, dass nichts aus der beschissenen Serie wird.»

«Aber – »

«Aber es reicht noch nicht, dass du mich damit gekränkt hast. Nein, du wartest, bis ich mit meiner Mutter verreise, und kaum bin ich weg, erzählst du der Frau, die ich liebe, brühwarm, dass ich bald sterben werde. Himmelherrgott noch mal, Theo, ich kann wirklich kaum erwarten, was als Nächstes kommt.»

Theo war kreidebleich geworden und schaute mich mit großen Augen an. Er sah aus, als hätte er Angst, dass ich ihn schlage, aber in seinem Blick lag noch etwas anderes, was ich nicht zu deuten wusste.

«Was guckst du mich so erstaunt an? Dachtest du vielleicht, dass das hier ein Spaß werden würde? Dass ich einfach nur sagen würde: ‹Ach, Schwamm drüber, mein Freund – so habt ihr wenigstens ein bisschen Stoff für den Nachruf – wie wär's denn, wenn wir's noch mal so richtig krachen lassen und heute Vor- *und* Nachspeise bestellen?›»

Ich schlug erneut auf den Tisch, und ein Messer fiel scheppernd zu Boden.

«*Sag was*, verdammt noch mal!»

Aber Theo schaute Amber an, die langsam von uns abrückte.

«Amber», sagte Theo, «du wusstest es doch ... oder? Bitte sag mir, dass du es wusstest. Das war doch das, worüber wir neulich Abend bei euch gesprochen haben ... *oder*?»

Amber fing an zu hyperventilieren. Ich wollte zu ihr hinrücken, aber sie streckte den Arm aus, um mich von sich fernzuhalten, und atmete noch schneller.

«Wovon ... redet ... ihr?», fragte sie abgehackt. «Sagt es mir. Sagt mir ... sofort ... was hier los ist!»

Ich wandte mich Theo zu. Er sah aus, als würde er sich jeden Moment übergeben.

«Du hast mir gesagt, du wüsstest es», sagte er zu Amber. «An dem Abend bei euch. Du hast gesagt, du wüsstest es.»

«Das ... meinte ich aber nicht. Ich hab von Alice gesprochen.»

«Alice? Aber was meinst du? Wovon sprichst du?» Theo stöhnte auf.

Amber versuchte aufzustehen, geriet aber ins Taumeln. Ich sprang auf und griff nach ihrer Hand, aber sie riss sich los. Der Oberkellner kam vom anderen Ende des Restaurants zu uns hinmarschiert, da er Ärger witterte. Jetzt war auch Theo auf den Beinen.

«Moment, jetzt mal ganz langsam», sagte er.

«Ach, leck mich doch!», sagte ich. Es machte mich wütend, dass Theo glaubte, er wäre der einzig Vernünftige von uns.

Es war seine Schuld, dass Amber auf diese Art die Wahrheit über mich erfahren hatte – auf die schlimmstmögliche Art. Er hatte jetzt überhaupt nichts mehr zu melden.

«Nein, leck *du* mich doch!», gab er giftig zurück. «Verdammt noch mal, Joel, ich hab Amber nichts erzählt, was sie nicht schon wusste. Oder wovon ich zumindest dachte, dass sie es wüsste. Ich hab ihr nur gesagt, dass du die Tage mit mir verbracht hast – und nicht bei deiner Mutter warst. Über deine ... darüber, was mit dir los ist, hab ich kein Wort verloren, okay?» Theo wandte sich Amber zu und legte seine Hände vor der Brust zusammen wie zum Gebet. «Amber, würdest du mir jetzt bitte sagen, wie du das mit Alice gemeint hast?»

Amber schaute mich an. Als ich endlich begriff, was los war, schüttelte ich den Kopf und riss die Augen weit auf, um ihr zu bedeuten, dass sie es ihm nicht zu verraten brauchte. Aber es war zu spät.

«Als ich gesagt hab, ich würde davon ausgehen, dass Joel dir alles erzählt hat, dachte ich, wir sprechen von Alice», sagte Amber und klammerte sich auf der Suche nach Halt an den Tisch. «Ich saß in dieser Nacht hinter dem Steuer, Theo. Ich hab sie angefahren. Joel hat mich die ganze Zeit angefleht anzuhalten, aber ich hab nicht auf ihn gehört. Und dann hab ich zugelassen, dass er die Schuld auf sich nimmt. Er wollte es unbedingt, weil ich schon so viele feste Pläne hatte und auf die Schauspielschule wollte. Glaub mir bitte, Theo – seitdem ist kein Tag vergangen, an dem ich mich nicht schuldig gefühlt habe für das, was passiert ist. Aber mir ist auch klar, dass das nichts besser macht – weder für Alice noch für dich ...»

Theo schüttelte ungläubig den Kopf. «Nein», sagte er, «nein, das kann nicht sein ... das ändert ja ...»

Der Oberkellner kam bei uns an. «Ist alles in Ordnung?», fragte er.

Theo schaute ihn an, als wäre ihm ein Geist erschienen. «Nein», sagte er schließlich. «Nein, nichts ist in Ordnung.» Damit stand er auf und ging, sich mit beiden Händen die Haare raufend, davon. Erst am Ausgang ließ er die Arme wieder sinken, riss die Tür auf und verschwand.

KAPITEL EINUNDVIERZIG
THEO

Ich hörte Autos hupen. Es dauerte einen Moment, bis ich kapierte, dass der Lärm mir galt. Aber ich konnte die Straße nicht schneller überqueren; es fühlte sich an, wie durch Schlamm zu waten.

In meinem Kopf lief, in ekligem Sepiabraun, immer wieder dieselbe Abfolge von Szenen ab: Joel und Amber, wie sie aus dem Auto aussteigen, Glasscherben knirschen unter ihren Schuhen ... Joel und ich in Tränen aufgelöst am Themsequellendenkmal ... dann wir beide auf der North Bridge, wo wir uns durch Wind und Regen hindurch gegenseitig anbrüllen. Und schließlich der Abend bei Amber, an dem wir, ohne es zu wissen, über völlig verschiedene Dinge geredet hatten. Amber war davon ausgegangen, Joel hätte mir erzählt, wie es wirklich zu Alice' Unfall gekommen war, während ich ihren Satz auf Joels Krankheit bezogen hatte *«Er wollte es dir auf keinen Fall sagen, obwohl ich ihn wer weiß wie oft darum gebeten hab ... Es tut mir so leid, Theo.»*

All die Jahre war ich stinksauer auf ihn gewesen – wegen etwas, was gar nicht seine Schuld war. Und jetzt starb er, und ich konnte nichts tun, um es wiedergutzumachen. Ich ging mit hängendem Kopf und Tränen in den Augen auf die Waterloo Bridge und dachte: *Ich sollte besser an seiner Stelle sein.*

Dann stieß ich mit jemandem zusammen, der mir entgegenkam.

«Pass gefälllst auf, wo du hinläufst!», brüllte ein Glatzkopf mit einem dicken goldenen Ohrring und einem großflächigen lilafarbenen Mal auf der Wange.

Ich stand nur da und schaute ihn an.

«Willst du was?», knurrte er und funkelte mich an.

Er freute sich förmlich darüber, dass der schmächtige, jämmerlich aussehende Typ, der ihn angerempelt hatte, nicht vor ihm kuschte. Und das hatte ich auch nicht vor. Denn ich wollte Schmerzen, ich wollte bestraft werden. Also trat ich einen Schritt vor und schubste ihn mit aller Kraft. Und ich schwöre, ich sah ein freudiges Glitzern in seinen Augen, als er mit der Faust ausholte. Der Schlag traf mich hart direkt unter dem rechten Auge. Ich ging zu Boden und kassierte einen Tritt in die Rippen. Sofort war ich wieder elf, und Darren prügelte in einem kalten Treppenhaus wild auf mich ein. Ich legte schützend die Arme um den Kopf und nahm vage Stimmen und erneutes Hupen wahr, dann hörte der Schmerz abrupt auf. Ich spürte Hände, die mich – diesmal sanft – an der Schulter berührten, und jemand sagte: «O Gott, Theo, bist du das?»

Ich nahm die Arme runter, schob mir die Haare aus dem Gesicht und schaute zu meiner Retterin hoch. Sie trug die Haare sehr viel kürzer als bei unserer letzten Begegnung und eine Brille statt, wie früher, Kontaktlinsen. Aber sie war es, da gab es kein Vertun. Die Frau war Babs.

KAPITEL ZWEIUNDVIERZIG
JOEL

Einen lächerlichen Augenblick lang dachte ich, ich könnte so tun, als wäre das alles ein großer Irrtum, als hätte Amber falsch verstanden, was ich gesagt hatte. Doch ihr Blick verriet mir, dass ich es gar nicht erst zu versuchen brauchte.

Nachdem Theo gegangen war, hatten wir uns hingesetzt und unsere Köpfe aneinandergelehnt, wie damals, vor vielen Jahren, als wir uns nach dem Unfall mit Alice zum ersten Mal wiedergesehen hatten. Ich hielt Ambers Hand, bis sie wieder gleichmäßig atmete und etwas sagen konnte.

«Wie lange weißt du es schon?», fragte sie.

«Ungefähr einen Monat», antwortete ich schließlich.

«Und was sagen sie, wie ... O Gott, Joel, ich kann es nicht mal aussprechen ...»

«Sie sind sich nicht sicher», sagte ich.

«Gibt es denn nichts ... Ich meine, es muss doch *irgendwas* geben ...»

Ich schluckte schwer. «Ich brauche eine Transplantation, aber es stehen Hunderte vor mir auf der Warteliste ... Ich ... Es sieht nicht so aus, als würde die Zeit ausreichen.» Endlich sprach ich die Worte aus, die mir so lange bevorgestanden hatten – und es war schlimmer, als ich es mir hätte vorstellen können.

«Und du weißt es schon seit einem Monat», sagte Amber, als würde sie es jetzt erst richtig begreifen.

«Ja», flüsterte ich.

«Aber ... dann hast du es mir die ganze Zeit verheimlicht», fuhr Amber fort und zog langsam ihre Hand weg.

«Ja, ich ...»

«Ich fasse es nicht ... Du hast mich die ganze Zeit belogen.»
Sie rückte von mir ab.

«Nein, so war's nicht», sagte ich.

«Wie war's denn dann?», fragte Amber zurück, ihre Stimme zitterte.

«Ich konnte einfach nicht», sagte ich. «Nach allem, was ich dir in der Vergangenheit zugemutet habe, wollte ich es dir erst dann sagen, wenn es absolut nicht mehr anders geht.»

«Und du hast geglaubt, dass ich das so will – dass ich dir dankbar dafür sein würde? Dass ich zurückblicken und sagen würde, oh, na ja, so wusste ich wenigstens noch einen Monat mehr nichts davon?»

«Aber –»

«Joel, wir hätten diese Zeit zusammen verbringen und versuchen können, das alles gemeinsam zu verarbeiten, füreinander stark zu sein – dafür ist ein Partner doch da. Das hier ist das echte Leben, und wir begegnen allem, was es für uns bereithält, *gemeinsam*.»

Sie stand auf.

«Weißt du was? Ich hätte nie zulassen sollen, dass du die Schuld für den Unfall mit Alice auf dich nimmst. Das arme Mädchen. Gott, ich war so eine Idiotin, und so egoistisch.»

«Amber, bitte –»

«Aber weißt du, was noch schlimmer ist, Joel? Ich hab zugelassen, dass du so etwas Selbstzerstörerisches für nobel hältst. Und jetzt sieh dir an, was passiert ist. Tut mir leid – aber ich weiß nicht, ob ich das ertrage ... Ich glaube, ich muss mal eine Weile allein sein, okay?»

Als sie wegging, befiel mich ein überaus seltsames Gefühl. Es war, als würde ich die Tragödie eines Fremden beobachten: Ich sah vor meinem geistigen Auge, wie Leute jemanden umringten, der am Boden lag, während ein anderer, der durch die vielen Beine hindurch nur halb zu sehen war, ihn wiederzubeleben versuchte. Aber ich wusste: Wenn ich mir einen Weg durch die Menge bahnen würde, um nachzuschauen, würde *ich* dort auf der Erde liegen, mit glasigen Augen. Leblos.

KAPITEL DREIUNDVIERZIG
THEO

Seit unserer Trennung hatte ich schon etliche Szenarios durchgespielt, was passieren könnte, wenn ich Babs zufällig einmal über den Weg laufen würde. Üblicherweise trat ich in diesen Gedankenspielen ziemlich ritterlich auf. Und oft zu Pferd. Dass sie mich aus einer Schlägerei mit einem Typen retten würde, der aussah wie ein Komparse aus dem Film *Hook* – diese Möglichkeit wäre mir komischerweise nie in den Sinn gekommen.

Nachdem ich mich vergewissert hatte, dass ich nicht das Bewusstsein verloren hatte und dass ich das hier nicht alles nur träumte, versuchte ich zunächst, die ganze Sache herunterzuspielen, und stellte Babs lauter höfliche Fragen. «Was führt dich denn nach London? Die Arbeit, nehme ich an?» Aber ich spürte, wie mein Auge langsam zuschwoll, und es ist ganz schön schwer, interessiert, aber gleichzeitig auch distanziert zu klingen – *wie schön, dich zu sehen, aber ich muss jetzt wirklich zurück zu meiner Freundin; erwähnte ich schon, dass ich mit einer als Yogalehrerin arbeitenden Atomphysikerin zusammen bin, die neunzehn Sprachen spricht?* –, wenn man auf einem Auge langsam blind wird.

«Ich glaube, wir sollten zusehen, dass du zu einem Arzt kommst», sagte Babs.

«Ach was, ist nicht nötig», erwiderte ich fröhlich. «Bist du mit dem Zug hier runtergekommen oder ...?»

Babs holte ein Papiertaschentuch heraus und betupfte vorsichtig meine Wange, während ich vor Schmerz zusammenzuckte. Sie stand sehr dicht vor mir. Als ich aufhörte draufloszuquasseln und still wurde, bemerkte sie es auch. Sie trat einen kleinen Schritt zurück und schaute auf ihre Uhr.

«Wie wär's, wenn wir stattdessen zusehen, dass du zu einem Bier kommst? Ich hab noch ungefähr eine Stunde, bis ich in King's Cross sein muss. Du hast doch nicht das Gefühl, dass du eine Gehirnerschütterung hast, oder?»

«Nein, auf keinen Fall. Er hat mich ja kaum berührt.» (Um den irreparablen Hirnschaden würde ich mich später kümmern müssen, schließlich ging es hier um einen Drink mit Babs!)

Wir fanden gleich um die Ecke ein Pub, wo Babs ein Guinness für mich, einen Weißwein für sich und einige Eiswürfel bestellte. Zwei ließ sie in ihr Glas fallen, den Rest wickelte sie in ein Tuch und gab es mir, damit ich es an meine Wange halten konnte.

«Mann, Mann, Mann, das gibt ein dickes fettes Veilchen. Du hast aber keine Fotoshootings in den nächsten Tagen, oder etwa doch?»

«Nur das für Dolce & Gabbana. Aber die interessieren sich eh nur für den Sixpack, sollte also kein Problem sein.»

«Puh, da bin ich erleichtert», sagte Babs. «Zum Wohl!»

Wir stießen an und tranken.

«Also», sagte Babs. «Normalerweise würde ich ja fragen, wie's dir geht, aber nach einer Glückssträhne sieht es ja gerade nicht aus bei dir. Oder irre ich mich?»

Ich nahm noch einen Schluck, um Zeit zu gewinnen. «Joa, ging mir schon besser. Aber bekanntlich ist ja alles relativ, hab ich recht?»

In dem Moment begrüßten sich am Tresen ein Mann und eine Frau. Sie sahen beide aus wie Anfang zwanzig und waren so gehemmt und verlegen, wie man es nur bei seinem ersten Date ist. Erst gaben sie sich die Hand, dann umarmten sie sich mit Küsschen auf die Wange. Der Mann machte Anstalten, sie auch auf die andere Wange zu küssen, aber die

Frau reagierte gar nicht darauf. Ich fragte mich sofort, wie es wohl mit ihnen weiterging. Würde es bei diesem ersten Date bleiben – und sie ihm später eine Nachricht schicken, in der sie sein Angebot zu einem zweiten Treffen mit dem Hinweis ablehnen würde, dass die Chemie zwischen ihnen einfach nicht stimmte? Oder war dies der Beginn einer langen und glücklichen Beziehung – und der Bräutigam würde das verlegene Begrüßungsballett an diesem Tresen an ihrem großen Tag in seine viel umjubelte Rede einfließen lassen?

«Kennst du die beiden?», fragte Babs.

«Nein, ich hab nur ...» Ich kratzte an einem Wachsklecks auf der Tischplatte herum. «Na ja, ich musste nur dran denken, dass wir auch mal so waren.»

Babs drehte sich noch mal zum Tresen um. «*Solche* Schuhe hätte ich nie angezogen. Außerdem ist er viel größer als du.»

«Ja, kann sein, das meinte ich aber nicht.»

Babs seufzte. «Ich weiß. Ich möchte nur nicht, dass du sentimental und nostalgisch wirst. Warte wenigstens, bis ich betrunken bin.»

«Was ist denn falsch daran, wenn ich sentimental und nostalgisch werde?»

«Na ja, ich kenn dich einfach zu gut. Erst bist du ganz süß und gut drauf und erzählst, wie es war, als wir uns kennenlernten, und am Ende regst du dich schrecklich darüber auf, dass die Pubs deiner Jugend inzwischen dichtgemacht haben und es den Süßkram von damals heute nicht mehr gibt.»

«Ja, kann schon sein», sagte ich. Bei «ganz süß und gut drauf» hatte ich aufgehört, ihr zuzuhören.

«So, und jetzt komm, lass es raus!», sagte Babs und bedeutete mir, das Eis wieder auf mein Auge zu drücken. «Was hat dich so aufgeregt, dass du Streit mit einem Typen angefangen hast, der zwanzigmal so breit war wie du?»

Ich tupfte zaghaft mit dem improvisierten Eisbeutel an meinem Auge herum und legte ihn dann auf dem Tisch ab. Ein Teil von mir wollte den Schmerz immer noch.

Da Babs mich erwartungsvoll ansah, nahm ich mich zusammen und erzählte ihr, was in der letzten Woche alles passiert war. Am Ende meines Berichts über Joel und unsere Wanderung und seine Diagnose – und das, was Amber vorhin im Restaurant gesagt hatte – war das Eis zu einer großen Wasserlache geschmolzen.

«Du liebe Güte, das *ist* aber auch niederschmetternd, Theo. Der arme Joel! Leberzirrhose ist eine echte Scheißkrankheit. Erinnerst du dich an meinen Cousin Mark? Sein bester Freund hat das letztes Jahr auch durchgemacht. Am Ende – ach, egal, ich nehme an, Joel hat sich informiert, aber ... und mein Gott, ich fasse es nicht, dass er die Schuld für Amber auf sich genommen hat. Hast du es Alice schon erzählt?»

Ich schüttelte den Kopf. «Ich hab vorhin darüber nachgedacht, wie ich es ihr erzähle – oder ob überhaupt –, als ich mit diesem Typen zusammengerauscht bin.»

«Heißt das, dass du überlegst, es ihr vielleicht gar nicht zu sagen?»

«Mal sehen. Sie hat natürlich ein Recht darauf, es zu erfahren. Ich weiß nur nicht, was es ihr bringen soll. Vielleicht führt es nur dazu, dass die alten Wunden wieder aufreißen – das tut ihr mit Sicherheit nicht gut.» Und was war mit mir? Ich war immer noch zu geschockt, um sagen zu können, wie ich jetzt, wo alles rausgekommen war, zu Amber stand. Dass sie gefahren war, änderte natürlich alles, aber gleichzeitig auch nichts. Es war ein Unfall gewesen. Das hatte ich immer gewusst. Aber war wirklich wichtig, wer hinter dem Steuer gesessen hatte? Ich wusste nur, dass ich keine Energie mehr für weitere Jahre sinnloser Wut hatte.

«Du kennst Alice besser als jeder andere», sagte Babs. «Ich bin sicher, du triffst die richtige Entscheidung.»

«Tja, ich glaube, es ist nur so ...» Ich brach ab, betrachtete die Wasserlache, die sich auf dem Tisch ausgebreitet hatte, und dachte wieder an den Asphalt, an das knirschende Glas und an die Blutlache. «Eigentlich ist das gar nicht der Grund, warum ich es ihr nicht erzählen möchte», fuhr ich fort. «Sicher spielt es auch eine Rolle, aber der Hauptgrund ist, dass ich ein schlechtes Gewissen habe.»

«Ein schlechtes Gewissen?», sagte Babs. «Wie meinst du das?»

Ich kaute auf meiner Lippe.

«Na ja, Fakt ist, dass ich die letzten Jahre damit zugebracht habe, Joel zu hassen. Ich hab mir eingeredet, dass ich ihn hasse, weil er Alice' Leben ruiniert hat. Aber eigentlich war das mit Edinburgh viel schlimmer für mich, weil ich immer das Gefühl hatte, dass er das Leben führt, das eigentlich meins sein sollte. Alice hatte ihm schon verziehen, bevor sie aus dem Krankenhaus raus war. Natürlich war sie noch wütend auf ihn, aber obwohl ihr ganzes Leben über den Haufen geworfen war, hat sie schon mit dreizehn Jahren einen Weg gefunden, mit all dem irgendwie klarzukommen. Im Grunde war ich derjenige, der nie zuglassen hat, dass sie das alles wirklich hinter sich lässt. Ich hab sie quasi dazu genötigt, sich alle seine Filme mit mir anzusehen und ihn dabei zur Hölle zu wünschen. Und all das nur, weil ich ihn als Bösewicht brauchte. Damit ich ihn als Grund für all meine Misserfolge vorschieben konnte. Ich brauchte ihn, um mir nicht eingestehen zu müssen, dass ich an meinem fehlenden Talent gescheitert bin. Und als ich vorhin über die Waterloo Bridge lief, hab ich versucht, mir einzureden, dass ich Alice die Wahrheit verschweigen sollte, weil es zu schmerzhaft für sie wäre. Dabei war mir tief im Innersten klar, dass ich mich eigentlich nur maßlos schäme für das, was ich in all den Jahren gemacht habe. Ich hab einen verdammten Scheiterhaufen errichtet mit all meinem Hass und meinem Selbstmitleid und Alice gezwungen, sich mit mir davorzusetzen, weil es so viel einfacher ist, jemand anderen für alles verantwortlich zu machen, was man falsch gemacht hat. Aber inzwischen weiß ich, dass der Unfall, den ich benutzt habe, um das Feuer in diesem Scheiterhaufen immer wieder anzufachen ... nicht mal seine Schuld war.»

Ich nahm einen großen Schluck von meinem Bier. Dabei dachte ich im Stillen, dass das Wiedersehens-Szenario, in dem ich vor Babs in aller Ausführlichkeit ausbreitete, was für ein egoistisches Arschloch ich schon immer gewesen war, es sicher auch nicht in meine Top Ten geschafft hätte. Ich stieß ein kurzes, bitteres Lachen aus.

«Was ist denn so lustig?», fragte Babs.

Ich machte mir nicht mal die Mühe, mir eine Ausflucht zu überlegen.

«Ich finde nicht, dass du ein Arschloch bist, Theo.»

Ich zog die Augenbrauen hoch.

«Okay, kann sein, dass ich es manchmal gedacht habe, aber ich weiß, dass du im Grunde ein gutes Herz hast. Und sieh nur: Es hat nur einen Faustschlag ins Gesicht und ein halbes Guinness mit deiner Ex gebraucht, und schon geht es dir wieder besser.»

«Billiger als eine Therapie, schätze ich», antwortete ich, und als Babs lächelte, übermannte mich die Sehnsucht. Ich wusste, dass es ein Fehler war, das auszusprechen, aber mittlerweile war mir alles egal. «Ich vermisse das hier», sagte ich leise. «Ich vermisse *dich*.»

Babs lehnte sich auf ihrem Stuhl zurück.

«Hey, komm schon!», sagte sie und warf die Hände hoch. «Jetzt haben wir uns so nett und entspannt unterhalten. Irgendwie auch schräg, aber trotzdem nett.»

«Tut mir leid. Aber ... nichts bedaure ich mehr, als dich verloren zu haben, und das weißt du auch, oder?»

Hinter mir lachte jemand sehr laut. Es war der junge Typ mit dem Date. *Ja, noch lachst du, du Blödmann*, dachte ich.

«Bist du sicher, dass du das jetzt möchtest?», fragte Babs.

«Was?», fragte ich.

«Na, die große klärende Aussprache. Weil, du kennst mich ja, Theo. Ich werd dir nicht sagen, dass es ein Riesenfehler war, dass ich einen Schlussstrich gezogen habe. Und selbst wenn, würdest du dich danach wirklich besser fühlen?»

«Nein», gestand ich. «Wahrscheinlich nicht. Aber da ich eben schon einen ziemlich harten Schlag ins Gesicht bekommen habe *und* zu dem Schluss gekommen bin, dass ich den größten Teil meines Lebens ein Arschloch war, bin ich sicher, dass es nicht mehr sehr viel schlimmer kommen kann.»

Babs stützte die Ellenbogen auf den Tisch und das Kinn in die Hände. «Ich weiß nicht, ob du's gemerkt hast, aber es hat mir *echt* wehgetan, deine Stimme zu hören, als du neulich Abend angerufen hast. Und weißt du auch, warum? Am Anfang des Gesprächs hab ich dich plötzlich wieder vor mir gesehen, wie du warst, als wir gerade zusammengekommen waren. Die liebe, selbstlose, alberne Version von dir. Die, die mir im Studentenwohnheim jeden Morgen einen Tee gekocht und mich aufgemuntert hat, wenn ich einen Essay versemmelt hatte. Erinnerst du dich noch an dein albernes Tänzchen, bei dem du mit dem Po gewackelt und deinen Schniedel geschwungen hast?»

Ich wurde rot. Der Schniedeltanz. Wie hätte ich *den* vergessen können?

«*Das* ist der Mensch, in den ich mich verliebt habe», fuhr Babs fort. «Aber als du dann plötzlich angefangen hast, über diese Serie zu faseln, fühlte ich mich sofort in unsere Londoner Zeit zurückversetzt, in der du immer verbitterter und egozentrischer geworden bist. Und ich musste daran denken, wie schade es ist, dass du dem nie etwas entgegengesetzt hast. Selbst den Antrag hast du mir mehr aus der Angst heraus gemacht, mich zu verlieren, als weil du mich geliebt hast. Als ich aufgelegt hab, war ich richtig erleichtert. Ich hatte immer Angst gehabt, die Trennung könnte doch ein Fehler gewesen sein, aber nach diesem Gespräch wusste ich, dass ich das Richtige getan hatte.»

Sie lehnte sich mit ihrem Weinglas zurück.

«Okay, du hattest recht», sagte ich. «Das wollte ich eigentlich nicht hören.» Ich versuchte zu lächeln, um zu zeigen, dass ich scherzte, aber es tat ziemlich weh, und nicht nur wegen dem Veilchen unter meinem Auge.

«Theo», sagte Babs und nahm meine Hand. «Die Version von dir, in die ich mich verliebt habe, gibt es immer noch. Ich weiß es genau. Es klingt, als wärst du dabei, herauszufinden, wie du wieder zu diesem Menschen werden kannst – du musst nur tief genug in dir graben und weitergehen auf diesem Weg.» Sie drückte meine Hand, und ich drückte zurück. Dann schaute sie auf die Uhr. Nachdem sie meinen Kopf zu sich gedreht und meine Verletzung noch einmal begutachtet hatte, sagte sie: «Ich muss jetzt eigentlich zu meinem Zug. Aber vielleicht ... Hör zu, ich könnte auch den Nachtzug nehmen oder im Hotel übernachten und erst morgen fahren. Die Vorstellung, dich in dem Zustand allein zu lassen, behagt mir irgendwie nicht.»

«Oh, na ja ...», begann ich. «Ich nehme an ...»

«Wäre echt kein Ding», sagte sie.

«Tja, also, ich weiß nicht ...»

«Hör zu, ich geh jetzt mal zum Klo. Wenn du willst, dass ich bleibe, nehme ich noch einen Wein. Und bestell auch noch mal Eis für dein Auge!»

Ich schaute ihr nach. Die Vorstellung, einen ganzen Abend mit ihr zu verbringen ... war schon sehr verlockend. Ich hatte ihr bislang kaum eine Frage zu ihrem Leben gestellt. Das konnten wir beim Abendessen nachholen. Wir würden uns an alte Zeiten erinnern, und ich würde mir Mühe geben, nicht sentimental zu werden. Jetzt, wo sie das gesagt hatte, wollte ich Babs unbedingt zeigen, dass ich immer noch der Mensch sein konnte, in den sie sich verliebt hatte. Aber als meine Gedanken sich gerade verselbstständigen wollten, bekam Babs eine Nachricht auf ihr Handy.

Kann's kaum erwarten, dich heute Abend zu sehen. Vermisse dich. x

Das Hintergrundfoto unter dieser Nachricht zeigte Babs mit einem Mann mit roten Haaren und einem üppigen Vollbart. Es war ein Selfie, das offenbar auf Arthur's Seat gemacht worden war. In dem kurzen Augenblick, bevor das Display wieder dunkel wurde, fiel mir auf, wie glücklich Babs auf dem Foto aussah. So lächelte man nur, wenn man frisch verliebt war. Sofort wurde mir klar, wie ich ihr am besten zeigen konnte, dass mein altes Ich – das, dem eher am Wohl anderer gelegen war als an seinem eigenen – noch existierte: Ich brauchte nur dafür zu sorgen, dass sie heute Abend wieder zu dem Glücklichen zurückkehrte, der auf sie wartete.

«Bist du sicher?», fragte Babs, als sie zurückkam.

«Ja. Aber danke noch mal dafür, dass du ... du weißt schon, mich gerettet hast und alles.»

«Jederzeit wieder», sagte Babs. Sie machte Anstalten zu gehen, aber dann hielt sie inne.

«Hast du nicht Lust, mich zur U-Bahn zu begleiten?»
Endlich eine Frage, die ich leicht beantworten konnte.
«Ja, klar», sagte ich.

Wir liefen an der Uferpromenade entlang. Ich schaute auf den Fluss hinab und konnte mir gar nicht vorstellen, wie es gewesen wäre, wenn Joel und ich auf unserer Wanderung bis hierhin gekommen wären. Es hätte noch Wochen gedauert, bis wir die Zielgerade erreicht hätten, und ich hatte das dunkle Gefühl, dass ich in dieser Zeit ziemlich sicher eine Möglichkeit gefunden hätte, alles zu vermasseln, ganz gleich, was Joel mir über sich und seine Krankheit erzählt hätte. Das war kein selbstmitleidiger Gedanke. Es war schlicht und einfach die Wahrheit.

Ich fragte mich, ob ich ihn je wiedersehen würde. Spielte das jetzt, wo alles rausgekommen war, noch eine Rolle? Ich wünschte mir nur, es gäbe irgendeine Möglichkeit, diese Oxford-Geschichte wieder geradezubiegen, doch die Zeit arbeitete gegen mich.

Als ich ein Polizei-Schnellboot über den Fluss rasen sah, fiel mir wieder ein, dass ich Babs noch zu einem Thema befragen wollte, das sie am Anfang unseres Gesprächs nur gestreift hatte.

«Du hast doch vorhin deinen Cousin erwähnt.»

«Mark, ja.»

«Ja, genau, Mark. Du wolltest irgendwas von seinem Freund erzählen, der auch eine kaputte Leber hat, hast dann aber nur gesagt, Joel hätte sich sicher über alles informiert. Was hast du damit gemeint?»

Während Babs mir erklärte, was dieser Freund gemacht hatte, wurde ich immer langsamer und blieb schließlich stehen.

Ich entschuldigte mich bei Babs für die Planänderung, aber

ich musste los, und zwar sofort. Wir umarmten uns zum Abschied, und ich rannte zur Straße, um ein Taxi anzuhalten. Als ich in südlicher Richtung über den Fluss sauste, konnte ich meine Freude darüber, dass es für mich doch noch eine Möglichkeit gab, wieder mit Joel ins Reine zu kommen, kaum bezähmen. Und nicht nur das. Denn was ich vorhatte, konnte bedeuten, dass wir beide uns eines nicht allzu fernen Tages doch noch mal auf Wanderschaft begeben konnten, und dann würden wir es bis zum Ende schaffen.

KAPITEL VIERUNDVIERZIG
JOEL

Ich hatte ganz vergessen, wie sich das anfühlte. Diese Vorfreude auf den ersten Schluck. Er würde wie Regen nach einer langen Dürre sein. Ich kippte die Whiskyflasche hin und her. Die goldene Flüssigkeit darin schien in der Dunkelheit zu leuchten. Ich lag im Düstern auf dem Schlafzimmerfußboden meiner Wohnung in Peckham. Über mir, in der Ecke der Zimmerdecke, konnte ich eine Spinne ausmachen, die gerade eine Fliege einholte; das Insekt bewegte noch seine Flügel, aber gegen die Spinnenseide hatte es keine Chance.

«Tut mir leid, alter Freund», sagte ich und erhob die Flasche auf die Fliege.

Ich hatte nach dem Verlassen des Restaurants versucht, Amber anzurufen, aber sie nahm nicht ab. Per SMS ließ sie mich wissen, sie werde sich wieder melden, wenn sie sich bereit fühle – so als wären wir Bürokollegen, die sich wegen einer Kalkulationstabelle gestritten hatten.

Meine feuchtkalten Finger lagen auf dem Flaschenverschluss. Ich spürte, wie er nachgab. Doch dann klingelte es an der Tür, und ich ließ ihn los.

Ups. Amber hatte ihre Meinung geändert.

Ich rollte die Flasche unters Bett. Es klingelte erneut. Da der Türsummer schon lange kaputt war, konnte ich sie nicht von hier oben ins Haus lassen.

«Ich komme!», rief ich, obwohl ich bezweifelte, dass sie mich hören konnte. Erst jetzt bemerkte ich, wie sehr mich die Aufregung der letzten Tage geschlaucht hatte. Ich hielt mich auf dem Weg nach unten am Geländer fest, da ein Flimmern vor den Augen mir die Sicht zu rauben drohte. Unten angekommen, blieb ich kurz stehen, um Atem zu schöpfen, und wappnete mich dafür, wie wütend oder aufgelöst Amber bei der Begrüßung sein würde. Aber als ich die Tür aufmachte, stand Theo dort und fuhr sich nervös mit der Hand durch seine wüste Mähne. Sein rechtes Auge war halb zugeschwollen, und darunter prangte ein dunkelrotes Veilchen. Doch mir war egal, was passiert war. Ich wollte nicht wissen, warum er gekommen war. Er war nicht Amber, also war es mir verdammt noch mal gleich.

«Sorry, Theo, aber nicht jetzt, okay?»

Ich wollte die Tür schließen, aber Theo schob schnell seinen Fuß dazwischen. Wir schauten beide auf seinen eingequetschten Schuh.

«Bitte», sagte Theo. «Es ist wichtig. Gib mir zehn Minuten, mehr will ich gar nicht.»

Theo saß an meinem Küchentisch, und ich kochte Tee. Nachdem ich das Wasser aufgesetzt hatte, ging ich ins Schlafzimmer und holte den Whisky unter dem Bett hervor. Ich brachte ihn ins Bad und schüttete ihn ins Klo.

Als ich wieder in die Küche kam, tastete Theo an seinem Auge herum.

«Hast du Eis?», fragte er.

Ich schaute im Gefrierfach nach, aber darin lag nur ein Beutel Hähnchen-Nuggets – ein trostloses Überbleibsel aus der Zeit, die ich während der Trennung hier verbracht hatte. Ich zeigte ihm den Beutel und zog fragend die Augenbrauen hoch. Theo zuckte die Achseln und nickte dann. Ich warf ihm den Beutel zu, und er hielt ihn an sein Gesicht.

«Es tut mir leid, dass ich dich mit einem Trick hierhergelockt habe», sagte er, als ich ihm seinen Tee hinstellte. «Amber und ich hatten uns missverstanden. Sie dachte, du wärst auf Sauftour gegangen.»

«Ja, das hab ich mir schon gedacht. Tatsächlich war ich mit einer alten Rentnerin im Urlaub und hab Gedichte gelesen.»

Theo verzog peinlich berührt das Gesicht und zuckte dann wegen der Schmerzen zusammen, die ihm das bereitete.

«Willst du mir erzählen, was passiert ist?», fragte ich.

«Na ja», sagte Theo. «Nachdem ich erfahren hatte, dass meine Schwester *nicht* wegen meinem besten Freund im Rollstuhl sitzt, bin ich aus diesem Laden raus und einfach drauflosgelaufen, ohne rechts und links zu gucken. Bis ich dann mit einem Typen zusammengekracht bin, der aussah wie ein Gorilla und mir voll eine verpasst hat.»

Jetzt verzog ich mein Gesicht.

«Es kommt noch schlimmer», sagte Theo und rückte seine medizinischen Hähnchen-Nuggets zurecht. «Mir kam jemand zu Hilfe.»

«Was ist daran schlimm?»

«Dass es meine Ex war. Die, von der ich dir erzählt habe.»

«Was? Babs aus *Acorn Antiques*!?»

«Genau die», sagte Theo. «Wir sind dann in ein Pub gegangen und hatten eine sehr offene Aussprache über unsere Beziehung. Mit dem Ergebnis, dass mir aufgegangen ist, was für ein Volltrottel ich bin. Und all das, wohlgemerkt, während ich so aussah, wie ich jetzt auch aussehe.» Er legte kurz die Nuggets weg und reckte sarkastisch beide Daumen hoch. «Und du?», fragte er. «Was ist passiert, nachdem ich gegangen war?»

«Hmm. Viel besser war das auch nicht. Amber hat mir klargemacht, dass sie anzulügen das Dümmste war, was ich tun konnte. Dann hat sie gesagt, sie bräuchte Zeit zum Nachdenken, und ist abgezogen. Also hab ich beschlossen, zu Fuß nach Hause zu gehen. Ich war in einem ziemlich desolaten Zustand. Und dann hab ich mir eine Flasche Whisky gekauft ...» Ich brach ab.

Theo schaute mich über seine Nuggets hinweg besorgt an. «Hast du denn ...?»

«Nein», sagte ich. «Hab ihn gerade weggekippt. Das war echt verblödet.»

«Hast du eine Art Betreuer oder so für solche Fälle?»

«Nein. Ich hab drüber nachgedacht. Aber jetzt macht's ja eh kaum noch Sinn ...» Ich brauchte den Gedanken nicht auszuformulieren.

Theo nahm den Beutel runter und legte ihn weg.

«Darüber wollte ich mit dir reden, deswegen bin ich hier», sagte er.

«Ist schon in Ordnung», sagte ich. «Du brauchst dich wegen Oxford nicht zu entschuldigen. Ich hätte einfach von Anfang an alles klar sagen sollen. Und ich hätte dich nicht anlügen sollen, was die Serie betrifft. Das war dumm.»

Theo beugte sich vor. «Egal – das ändert aber doch nichts daran, dass meine Reaktion durch nichts zu entschuldigen ist.»

«Aber –»

«Bitte, lass mich ausreden.» Theo presste seine Hände zusammen und legte sie auf den Tisch. Ich nickte. «Als ich vorhin mit Babs sprach und ihr erzählte, was du hast, hat sie einen Cousin von sich erwähnt, dessen Freund das gleiche Problem hatte. Aber der Cousin konnte ihm helfen.»

Ich wurde sehr still, denn ich fürchtete, ich wusste, worauf das hinauslief ...

«Sie mussten eine Menge Untersuchungen über sich ergehen lassen», fuhr Theo fort. «Und dabei kam raus, dass ihre Blutgruppen zusammenpassten und all so was. Also hat der Cousin was gemacht, was sich Lebendspende nennt. Aus seiner Leber wurde ein Batzen rausgeschnitten und dem Freund anstelle seiner Leber eingepflanzt. Und es hat funktioniert. Ihm geht's jetzt besser.»

Ich musste fast lächeln, als ich hörte, wie Theo auf seine unnachahmliche Theo-Art erklärte, wie eine Lebendspende funktionierte. Bei ihm klang es eher wie die Fantasie eines Sechsjährigen und nicht wie das Ergebnis eines noch relativ neuen, unglaublichen medizinischen Fortschritts. Die Möglichkeit einer Lebendspende war das, womit meine Mum mir in den Ohren lag, seit der Arzt sie mir gegenüber zum ersten Mal erwähnt hatte: Das war Plan B.

«Also», sagte Theo. «Ich bin hergekommen, um dir zu sagen, dass ... na ja ... dass wir das doch auch machen könnten, oder? Ich meine, ich kann es machen. Für dich. Dein Spender werden.»

Ich schaute meinen alten Freund an, wie er da saß mit seinem halb zugeschwollenen Auge, seinen wilden Locken und seinem ernsten, hoffnungsvollen Gesicht.

«Als die Ärzte mir von dieser Möglichkeit erzählt haben, habe ich mir geschworen, dass ich niemals jemanden darum bitten werde», sagte ich.

«Aber warum um alles in der Welt solltest du das tun? Das ist doch bescheuert.»

«Das verstehst du nicht.»

«Jetzt bin ich gespannt.»

Ich hielt eine Hand über meinen Becher und ließ sie dort, bis Wasserdampf von meiner Handfläche tropfte.

«Ich kann es nicht mit meinem Gewissen vereinbaren, jemanden diese Strapazen für mich durchstehen zu lassen, wo ich mir den Mist doch mit meiner hirnlosen Sauferei selbst eingebrockt habe.»

Theo runzelte die Stirn. «Aber du hast doch gesagt, es hätte damit angefangen, dass du damals diese Treppe runtergefallen bist.»

«Ja, na ja ... aber die Sache wäre wahrscheinlich nicht eskaliert, wenn ich nicht so viel getrunken hätte.»

«Aber trotzdem – die Trinkerei ist doch selbst auch eine Krankheit, oder nicht?» Als ich nicht antwortete, fuhr Theo stockend fort. «Die Sucht. Dafür kannst du nichts.»

«Das ist egal», sagte ich. «Ich muss die Konsequenzen tragen. Ich werde niemals jemanden bitten, sich für mich einem so großen Risiko auszusetzen. Damit fügt man dem Körper ein Riesentrauma zu; es dauert Monate, bis man sich davon erholt. Außerdem», ich erhob meine Stimme, um Theo zu übertönen, «selbst wenn ich jemanden darum bitten würde, ist nicht gesagt, dass es auch wirklich funktioniert.»

«Aber das ist es doch gerade! Du *brauchst* niemanden zu bitten!», rief Theo. «Ich bin hier» – er stach sich mit dem Finger in die Brust – «und ich biete es dir an. Also lass mich dir helfen!»

Ich spürte, wie in mir ein kleiner Funken Hoffnung wieder aufflackerte, der schon lange erloschen war.

«Du weißt schon, dass keinesfalls sicher ist, dass du als Spender infrage kommst, oder?», sagte ich. «Es reicht, wenn unsere Blutgruppen nicht zusammenpassen, dann ist die Sache schon gelaufen.»

«Ich weiß», sagte Theo. «Ich hab das alles auf der Fahrt hierher gegoogelt. Aber wegen der Blutgruppe brauchen wir uns ja schon mal keine Sorgen zu machen.»

Ich schaute ihn verständnislos an.

«Erinnerst du dich nicht mehr an diese eine Biostunde bei Mr Barnes?»

Ich rieb mir die Augen. «Nein, keine Ahnung.»

«Dooooch! Die, in der er wütend den Raum verlassen hat

und gesagt hat, wir wären ja ‹ein richtiges kleines Komikerduo›.»

Vor meinem inneren Auge erschien ein Bild von Mr Barnes und seinem vor Zorn rot anlaufenden Gesicht.

«Oh, ja, doch! Aber was hat das mit dem hier zu tun?», fragte ich.

«In der Unterrichtsstunde davor hatte er uns erklärt, was es mit den Blutgruppen auf sich hat. Und als Hausaufgabe sollten wir versuchen rauszufinden, welche Blutgruppe wir haben. Aber anstatt ihm unsere Blutgruppen in der nächsten Stunde einfach zu nennen, haben wir diese alberne Nummer abgezogen und so getan, als wären wir zwei sprechende Blutpartikel.»

«Ich weiß nicht, wovon du sprichst, Theo.»

Theo seufzte, dann wandte er sich nach rechts und sprach mit jemandem, der nicht da war.

«Na, alles klar?»

Dann wandte er sich nach links, um seine eigene Frage zu beantworten, und dann immer so weiter, während er sprach.

«Alles klar.»
«Hast du heute Bock auf Bio?»
«Nee, null, negativ.»
«Du?»
«Nee, bei mir dasselbe: null, negativ.»

Allmählich kapierte ich, was er mir sagen wollte.

«Oh», sagte ich leise.

«Also, was das angeht, sehe ich *null* Problem», sagte Theo grinsend.

KAPITEL FÜNFUNDVIERZIG
THEO

Joel und ich redeten noch bis tief in die Nacht hinein. Als wir schlafen gingen und ich mich auf sein durchgelegenes Sofa legte, hatte ich das Gefühl, ihn fast so weit zu haben, dass er sich von mir helfen ließ. Allerdings fürchtete ich, dass er doch noch einen Rückzieher machen würde. Ich sah ihn schon vor mir, wie er sagen würde, dass er noch mal über alles nachgedacht und es sich anders überlegt habe.

Ich erwachte früh und mit einem steifen Nacken, weil ich in der Zugluft gelegen hatte. Zum ersten Mal schaute ich mich richtig in der Wohnung um. Sie wirkte karg, und ihr fehlte eine persönliche Note. Die Einrichtung bestand aus lauter billigem IKEA-Kram. Als Joel seine ersten Erfolge gefeiert hatte, hatte ich mir immer vorgestellt, wie er zu Hause in seinem schicken Büro saß, in dem gerahmte Plakate seiner Serie an den Wänden hingen, seinen Rotwein im Glas schwenkte und Hof hielt, während ein nicht abreißender Strom berühmter Freunde und Agenten bei ihm ein und aus ging, die alle an seinen Lippen hingen. Aber wie es aussah, hatte ich mich geirrt. Das hier fühlte sich nach einem einsamen Leben an. Jedenfalls hatte dieser Ort nichts von der Wärme und Gemütlichkeit des Hauses, das er sich mit Amber teilte. Ich dachte daran, wie sie jetzt dort auf dem Sofa lag und sich das Unmögliche vorzustellen versuchte. Wenn Joel meine Hilfe ablehnte, würde es in Zukunft Zeiten geben, in denen sie ihn mehr vermissen würde als jeder andere. An Weihnachten ebenso wie an warmen Sommerabenden, deren goldenes Sonnenlicht ihr nie ausreichend Wärme spenden würde, um sie aus dem kalten Griff der Trauer zu befreien.

Aber das würde nicht passieren. Ich weigerte mich strikt, es überhaupt in Betracht zu ziehen.

Als Joel in seinem Bademantel vorbeikam, um Teewasser aufzusetzen, und wir uns leise grummelnd einen guten Morgen wünschten, beobachtete ich ihn nervös. Seine Beine sahen schlimm aus, sie waren an mehreren Stellen aufgekratzt.

«Tut mir leid», rief er, mit dem Rücken zu mir stehend, über das Rauschen des Wasserkochers hinweg. Ich sprang auf und marschierte zu ihm hin – bereit, alle seine Argumente abzuschmettern und ihm zu sagen, dass mir egal war, was er dachte. Ich würde ihn, notfalls mit Gewalt, ins Krankenhaus bringen, wo wir die Sache durchziehen würden. Als er sich umdrehte, stand ich viel dichter vor ihm, als er erwartet hatte, und er fuhr erschrocken zusammen.

«Was?», sagte er. «Was ist los?»

«Was wolltest du sagen?», fragte ich, die Hände zu Fäusten geballt.

«Ich wollte sagen, dass ich dir Frühstück mache, aber ich hab leider gar keinen Toast da.»

«Ach so.»

«Tut mir leid.»

«Ach, macht nichts. Ich hab eh keinen Hunger.»

«Ich auch nicht.» Er trommelte mit den Fingern auf die Arbeitsfläche. «Ich hab im Krankenhaus angerufen.»

«Super!», sagte ich. «Und?»

«Sie haben wegen der Dringlichkeit gleich heute Nachmittag einen Beratungstermin angesetzt.»

«Großartig!», sagte ich und klatschte in die Hände.

Joel nippte an seinem Tee und schaute mich über den Rand seiner Tasse hinweg an.

«Wenn man dir so zuhört, könnte man meinen, wir planten einen Ausflug in den Vergnügungspark.»

«Hey, jetzt komm schon ...»

«Nein, ich weiß», sagte Joel. «Wir sollten uns nur nicht zu viel Hoffnung machen, okay?»

O doch, ich hatte sehr viel Hoffnung – exakt bis zu dem Moment, in dem wir am Eingang des King's College Hospital ankamen. Joel ging voraus, aber ich blieb wie angewurzelt stehen, denn ich musste sofort wieder an die Notaufnahme in Gloucester denken. An das Erbrochene. Das Blut. Mums Schluchzen.

Joel drehte sich um, als er merkte, dass ich nicht mehr neben ihm ging.

«Alles okay?», fragte er.

«Ja, ja, alles gut. Ich, äh, musste nur eben ...» Bildete ich mir das ein, oder war da ein Hauch von Skepsis in Joels Blick, so als hätte er erwartet, dass ich vielleicht doch noch einen Rückzieher machen würde? Ob eingebildet oder real, es reichte aus, um mich anzutreiben, und plötzlich war ich derjenige, der als Erster durch die Tür ging.

Dankenswerterweise mussten wir nicht allzu lange warten, bis wir ins Dienstzimmer von Dr. Ashraf Abbasi geführt wurden. Die Ärztin war klein und hatte kurz geschnittenes schwarzes Haar und wachsame braune Augen. Über das Zimmer waren mehrere üppige Topfpflanzen verteilt, was ich, entschlossen, nur das Positive zu sehen, als gutes Zeichen wertete.

Dr. Abbasi rekapitulierte noch einmal Joels Situation, dann kamen wir zu der Frage, ob ich als Spender geeignet sein könnte.

«Dass Sie beide dieselbe Blutgruppe haben, ist schon mal ein sehr guter Anfang», sagte sie. «Trotzdem werden wir weitere ausführliche Untersuchungen machen müssen, und ich muss Sie an dieser Stelle warnen. Da Mr Thompsons Leber schwer geschädigt ist, müssten wir bei der OP ungefähr sechzig Prozent der Leber von Mr Hern entnehmen, also fast den gesamten rechten Lappen, um die Leber von Mr Thompson vollständig ersetzen zu können. Das ist sehr viel, okay?»

«Okay», sagten Joel und ich unisono.

Ich sah unwillkürlich den Operationssaal vor mir – oder zumindest die Art, die ich aus dem Fernsehen kannte. Schläuche in meinem Hals. Eine Krankenschwester, die das Blut wegwischt, während der Arzt den ersten Schnitt macht. Ich verspürte einen wachsenden Druck in der Brust und lehnte mich vor und zurück, um ihn irgendwie zu verlagern.

«Geht es Ihnen gut, Mr Hern?», fragte Dr. Abbasi.

«Ja, alles gut», sagte ich schnell, um zu zeigen, dass ich bei bester Gesundheit war. «Fahren Sie fort.»

«Wenn die Operation ein Erfolg ist und Ihr Körper das Transplantat nicht abstößt, Mr Thompson, dann wird Ihre neue, gesunde Leber auf eine Größe von neunzig Prozent Ihrer Originalleber heranwachsen – was plus/minus vier Monate dauert. Und Ihre Leber, Mr Hern, wird wieder auf ihre Originalgröße heranwachsen, vielleicht in etwas kürzerer Zeit.»

«Das ist unglaublich», sagte ich.

«Ja, aber was sind die Risiken?», fragte Joel. «Ich meine, der Operation selbst.»

Dr. Abbasi wiegte den Kopf hin und her. «Nun ja», sagte sie. «Es bestehen alle Risiken, die grundsätzlich bei jedem derart schwerwiegenden Eingriff auftreten können: Blutgerinnsel, Lungenentzündung, Galleaustritt, Wundinfektion ...»

«Ha», sagte ich halb zu mir selbst.

Ich sah, dass Joel und die Ärztin mich anschauten.

«Verzeihung, das klang nur gerade so, als würden Sie ein

sehr deprimierendes Pferderennen kommentieren: ‹Blutgerinnsel wird von Lungenentzündung verfolgt, aber Wundinfektion kommt rasch näher, während noch zwei Runden zurückzulegen sind ...›»

Stille.

«Vielleicht können Sie ja, wenn Sie einmal dabei sind, auch gleich Theos Gehirn entnehmen», sagte Joel, doch er lächelte, und sofort fühlte ich mich so gut wie den ganzen Tag noch nicht.

Joel und ich wurden den gesamten restlichen Nachmittag und den folgenden Tag getrennt voneinander untersucht. Die Ärzte machten MRTs und CTs, endlose Blut- und Urintests, ein Echokardiogramm, um meinen Herzschlag zu untersuchen, und verschiedene Röntgenaufnahmen. Abgerundet wurde das Ganze durch eine vierstündige Sitzung mit einem Krankenhaus-Psychologen, auf die dann zusätzlich noch ein Gespräch mit einem unabhängigen Gutachter der Human Tissue Authority folgte. Das war die Abteilung der Gesundheitsbehörde, die für die Transplantation von menschlichem Gewebe zuständig ist (das nicht eben zu meinen Lieblingsstoffen gehört, aber zu diesem Zeitpunkt fehlte mir die Energie, um diesen Scherz laut auszusprechen, was wohl auch besser war).

Die Notwendigkeit der medizinischen Untersuchungen leuchtete mir ja ein, aber den psychologischen Teil empfand ich als pure Zeitverschwendung. Ich wusste, die machten nur ihre Arbeit, aber speziell die Überprüfung durch diese Behörde hat echt genervt. Sie diente offenbar dazu, sicherzustellen, dass ich mich keinerlei Druck ausgesetzt sah, als Spender zu fungieren; dass ich mich nicht gezwungen oder verpflichtet fühlte, das zu tun, sondern es meine freie Entscheidung war. Tja, in gewisser Weise hatten sie ja recht, da genau hinzusehen, weil ich mich nämlich durchaus verpflichtet fühlte. Aber nur, weil ich wusste, dass ich das tun musste, wenn ich noch mal in den Spiegel gucken können wollte. Meine Angst vor der OP und vor dem, was danach kam, oder davor, wie schmerzhaft das alles werden würde, war dem gegenüber vollkommen irrelevant.

Nach dem zweiten Tag voller Untersuchungen und Gutachten durfte ich das Krankenhaus endlich verlassen. Dr. Abbasi teilte mir mit, das Verfahren, mit dem bestimmt wurde, ob wir ein geeignetes Spender-Empfänger-Paar waren, werde angesichts der Schwere von Joels Erkrankung beschleunigt, trotzdem werde es mindestens vier Tage dauern, bis wir Bescheid bekämen.

Ich fand Joel draußen auf einer Bank. Er drehte einen kleinen Gegenstand zwischen den Fingern hin und her. Als ich mich neben ihn setzte, sah ich, dass es ein Ring war.

«Was ist das?», fragte ich.

«Eine Ukulele», sagte Joel und starrte darauf.

«Nein, ich weiß, was … Ich meinte nur … Ist das deiner?»

«Das ist ein Verlobungsring, Theo.»

«Scheiße, echt? Für Amber?»

«Nein, für ihn.» Joel wies mit dem Kinn auf einen Parkwächter auf der anderen Straßenseite, der gerade in der Nase bohrte. «Wir wollen zusammen in Paraguay ein neues Leben anfangen.»

«Ach was, seit wann ist Sarkasmus –?»

«Okay, okay, tut mir leid», sagte Joel und ließ den Ring in seiner Tasche verschwinden.

Die Augen des Parkwächters leuchteten auf, weil jemand seinen Wagen unerlaubt abstellte, und er watschelte zu dem Fahrer hin.

«Wann hast du dir denn überlegt, ihr einen Antrag zu machen?», fragte ich.

Joel blies die Wangen auf. «Schon vor einiger Zeit. Wir wollten zusammen verreisen. Aber dann bekam ich die Diagnose ... und da erschien mir das Timing dann nicht so ideal.»

«Nein», sagte ich. Aber einen Augenblick später fügte ich hinzu: «Du brauchst es mir nicht zu erklären, wenn du nicht willst, aber ...»

«Warum ich es ihr nicht erzählt habe?»

«Hm.»

Joel streckte die Hand aus, um sich am Bein zu kratzen, hielt dann jedoch inne und ballte die Faust.

«Darüber hab ich auch lange nachgedacht», sagte er. «Ich hab mir eingeredet, dass ich wollte, dass sie so lange wie möglich unbeschwert bleiben kann, selbst wenn das bedeutete, dass ich mich von ihr fernhalten, sie auf Abstand halten musste. Aber wenn ich ehrlich bin, bin ich mir nicht sicher, ob das wirklich der Grund ist.»

«Wie meinst du das?»

«Es gibt eine einfachere Antwort: Ich hatte Angst davor, vor dem Moment, in dem ich es ihr würde sagen müssen. Ich wusste nicht, wie ich das hinkriegen soll.»

«Hast du Amber das erzählt?», fragte ich.

«Nein, dazu hatte ich noch keine Gelegenheit. Sie ist immer noch zu wütend. Oder zumindest war sie's. Sie will mich aber später treffen.»

«Das ist doch ein gutes Zeichen», sagte ich. «Du weißt ja, ich hab bislang nur wenig Zeit mit ihr verbracht, aber ich finde, es ist offensichtlich, dass sie dich irrsinnig liebt. Ich meine, nicht, dass ich das nachvollziehen könnte ...» Joel lächelte. «Aber wenn du ihr erzählst, was du mir gerade erzählt hast, wird sie es bestimmt verstehen.»

«Wir werden sehen», sagte Joel. «Ich hoffe es sehr, Theo.»
Da kam mir plötzlich ein Gedanke. «Und von dem hier erzählst du ihr auch, oder? Davon, was wir uns zumindest erhoffen?»

Aber diesmal sagte Joel nichts. Nach einer Weile reichte er mir seinen Wohnungsschlüssel. Bei der Wanderung waren sie mir nicht aufgefallen, aber jetzt sah ich die Narben an seinen Fingerknöcheln; sie waren wie dünne Kreidestriche. Joel hob den Blick, und ich schaute weg, aber dann hob er beide Hände, ballte die Fäuste und öffnete sie wieder, so als wollte er überprüfen, ob sie noch beweglich waren.

«Erinnerst du dich noch an den Tag in der Schule, an dem wir diesen Streit hatten? Als ich gesagt hab, dass du mich nie wieder fragen sollst, ob es mir gut geht?»

Ich nickte.

«Die Wahrheit ist, dass Mike, der Typ, mit dem Mum zusammen war ...» Er holte tief Luft. «Mike hat uns wehgetan. Mir und Mum. Und wenn er nicht gewalttätig war, hat er uns eingeschüchtert und kontrolliert. Manchmal war das alles einfach zu viel für mich, und ich wusste nicht, wie ich damit fertigwerden sollte. Und am Ende habe ich meine Wut dann an einer Wand ausgelassen. Daher ...» Er ballte und öffnete wieder die Fäuste und zeigte mir die Narben. «Ich hab mir damals in den Kopf gesetzt, dass du davon bestimmt nichts wissen wolltest – dass du nicht damit klarkommen würdest und es dann irgendwie zwischen uns stehen würde. Davor hatte ich Angst, weil unsere gemeinsame Zeit, all der Quatsch, den wir zusammen verzapft haben, meine einzige Rettung war. Amber konnte ich es aus unerfindlichen Gründen erzählen. Das ... war irgendwie leichter. Aber dann eskalierte die Sache mit Mike ein paar Tage vor dieser Party. Darum wollte ich an dem Abend so dringend mit ihr sprechen. Als Amber mitbekam, wie sehr es mir an die Nieren ging, dass du abgehauen bist, nachdem du uns zusammen gesehen hattest, hat sie das Auto genommen und ist dir nachgefahren. Sie wollte auf keinen Fall zwischen uns stehen, weil sie wusste, wie wichtig mir unsere Freundschaft war. Ich weiß, dass es jetzt auch nichts mehr hilft, wenn ich das sage, aber wenn ich die Zeit zurückdrehen könnte, würde ich dich heute mehr in all das einbeziehen, verstehst du?»

Ich hatte ihm bestürzt zugehört. Plötzlich fügten sich die Einzelteile zu einem ganz anderen Bild zusammen. Und alles ergab auf einmal so viel mehr Sinn.

«Tut mir leid, dass deine Mum und du so viel durchgemacht habt», sagte ich. «Ich wusste zwar, dass du Mike gehasst hast, aber ich hatte keine Ahnung, dass er ... was er euch angetan hat.»

«Ja, Typen wie er sind clever. Sie schaffen es irgendwie, dir das Gefühl zu geben, dass es deine Schuld ist und du besser nicht darüber sprichst.»

Ich schüttelte den Kopf. Ich verspürte eine Riesenwut auf diesen Mann und das, was er getan hatte – die perfide Art, wie er Joel mundtot gemacht hatte. Dann fiel mir plötzlich etwas anderes ein.

«Du hast mir doch erzählt, deine Leber wäre auch deshalb so kaputt, weil du mal die Treppe runtergefallen bist. War das auch ...?»

Joel nickte.

«Dieser Dreckswichser», murmelte ich. «Fragst du dich manchmal, was er jetzt macht?»

Joel zuckte die Achseln. «Eigentlich nicht. Als ich noch getrunken hab, in der Hochphase, hab ich mal versucht, ihn auf Facebook zu finden. Aber als ich mir dann überlegt hab, was ich mit ihm mache, wenn ich ihn finde, wurde mir die

Sache plötzlich unheimlich. Wenn dein Pegel hoch genug ist, fühlst du dich unbesiegbar. Aber um ehrlich zu sein, ist es völlig egal, was er heute macht. Am Ende haben wir gewonnen. Mum und ich.»

Danach saßen wir eine Weile schweigend da und hingen unseren Gedanken nach.

«Wollen wir Kaffee trinken gehen oder so?», fragte ich schließlich.

«Ich glaub, ich muss noch ein bisschen allein sein», sagte Joel.

«Klar, versteh ich.» Ich stand auf. «Diese Geschichte mit Mike ...», sagte ich. «Ich bin sehr froh, dass du es mir jetzt erzählt hast.»

Joel schaute weiter geradeaus, nickte aber, um mir zu zeigen, dass er mich gehört hatte.

Ich wollte schon gehen, als mir noch etwas einfiel.

«Ich hab dir das neulich nicht erzählt, aber Alice war übrigens diejenige, die mich davon überzeugt hat, die Wanderung mit dir zu machen», sagte ich. «Sie hat dir diese Nacht schon vor langer Zeit verziehen. Oder vielmehr das, wovon sie glaubt, dass es passiert ist. Ich dachte, das solltest du wissen.»

Diesmal schaute Joel mich an. Er wollte etwas sagen, tat es dann aber doch nicht. Ich hatte den Eindruck, dass er zu berührt war. Aber dann lächelte er mich an, und das sagte viel mehr als alle Worte.

KAPITEL SECHSUNDVIERZIG
JOEL

Ich klingelte lieber, als mir einfach mit meinem Schlüssel Zutritt zu verschaffen, nur für den Fall, dass Amber mich noch nicht wieder – oder gar nicht mehr – im Haus haben wollte. Aber als sie mir aufmachte, zog sie mich sanft an sich, drückte mich kurz und presste ihre Lippen auf meine. Bevor ich mich in diesem Moment verlieren konnte, wich sie jedoch zurück und bedeutete mir, ins Wohnzimmer zu gehen. Ich deutete ihre widersprüchlichen Gesten so, dass sie mich zwar liebte, aber Erklärungen erwartete. Ein fairer Handel.

«Willst du anfangen?», fragte ich, nachdem wir uns gesetzt hatten.

Amber nickte.

Sie wollte zuerst all die praktischen Dinge wissen. Wie lange ich schon krank gewesen war, bevor ich einen Arzt aufgesucht hatte. Wann sie mir die Diagnose gestellt hatten. Wann sie mir gesagt hatten, wie ernst es war. Ich beantwortete ihre Fragen langsam und gewissenhaft, so als würde ich eine Aussage bei der Polizei machen. Amber zeigte währenddessen keine besondere emotionale Reaktion, doch ich spürte eine Art knisternde Energie unter der Oberfläche. Dann kamen wir zum schwierigsten Teil.

«Warum hast du es mir nicht einfach gesagt?»

Mir war, als läge wieder der Schraubstock um mein Herz und drückte es so fest zusammen, dass es jeden Moment platzen konnte. Der Schmerz wanderte in meinen Bauch hinunter und breitete sich schnell weiter aus. Als ich schließlich etwas sagte, schienen die Worte von woanders zu kommen – es waren die Worte des Jungen, der sich gegen seine Zimmertür stemmte, während er auf wütende Schritte im

Treppenhaus lauschte und seine Mutter nebenan wimmern hörte.

«Ich hatte zu viel Angst.»

Die Tränen, die ich zurückgehalten hatte, durchbrachen meine Abwehr, und als ich mühsam nach Luft rang, fühlte es sich an, als wären meine Lungen durchbohrt worden. Amber schlang ihre Arme um mich und hielt mich so fest, dass es wehtat. Ich sog ihren Duft ein, genoss ihre Wärme und spürte, wie unbändig sie mich liebte. Mit dem Kopf an ihrer Brust hörte ich ihr Herz so wild pochen, als versuchte es, für uns beide zu schlagen.

«Ist ja gut», sagte sie. «Ich liebe dich. Ist ja gut.»

Wir klammerten uns aneinander, als trieben wir verloren im tosenden Meer, ohne ans Aufgeben auch nur zu denken. So verharrten wir womöglich über Stunden, bevor wir uns langsam wieder voneinander lösten.

«Es gibt noch was, was ich dir sagen muss», sagte ich.

Amber küsste mich zärtlich auf die Stirn. «Was denn, Liebster?»

Ich erzählte ihr so ruhig wie möglich von der Möglichkeit der Lebendspende und behielt Amber dabei genau im Blick, um zu sehen, wie sie die Nachricht aufnahm. Als ich ihr erklärte, dass es vielleicht sogar einen geeigneten Spender gab, drückte sie meine Hand so fest, dass ich fürchtete, sie würde mir die Knochen brechen.

«Wer ist es?»

«Nun ja. Theo.»

«Theo?», sagte Amber ungläubig. «Was, *dein* Theo?»

«Ja», sagte ich grinsend. «Mein Theo.»

Amber schlug die Hände vor den Mund. «O mein Gott, Joel, das ist ja unglaublich! Ich kann gar nicht ... ich meine –»

«Es ist noch nicht sicher», schob ich schnell nach, konnte

aber trotz allem nicht verhindern, dass Hoffnung in mir aufflackerte. «Wir haben auf jeden Fall schon mal dieselbe Blutgruppe, aber wir müssen noch die Ergebnisse der anderen Untersuchungen abwarten.»

«Und wann wisst ihr's?»

«In ein paar Tagen. Und wenn es funktioniert, werden sie die ganze Sache beschleunigen, weil die Krankheit ... schon weit fortgeschritten ist.»

Über Ambers Gesicht huschte innerhalb weniger Sekunden eine ganze Palette von Emotionen. Es war fast schon komisch – wie eine Zeitrafferaufnahme von jemandem, der einen Thriller guckt – und löste eine riesige Sehnsucht in mir aus. Sehnsucht nach einer Zukunft mit ihr als Mittelpunkt von allem. Da fiel mir plötzlich etwas ein.

«Ich muss dir noch was sagen – aber mach dich auf was gefasst, denn ich fürchte, es kommt Lyrik drin vor.»

Amber lachte und drückte meine Hand noch fester.

«Im Urlaub mit Mum habe ich eine Formulierung von T. S. Eliot entdeckt, die mich nicht mehr loslässt. Sie steht in einem Gedicht, in dem er sich zuerst endlos über Blumen und sprechende Vögel ergeht – wobei das vielleicht etwas salopp ausgedrückt ist. Aber dann schreibt er vom ‹stillen Mittelpunkt der bewegten Welt›, und das ging mir tagelang nicht mehr aus dem Kopf. Ich hab hin und her überlegt, warum die Stelle mich so angesprungen hat, bis es mir irgendwann klar wurde. Das bist du. Und zwar seit dem Moment, in dem wir uns das erste Mal begegnet sind. Denn seit ich dich kenne, weiß ich: Egal, wie sehr das Leben versucht, mich aus dem Gleichgewicht zu bringen – sobald ich mit dir zusammen bin, wird das Chaos sich lichten. Du bist mein ‹stiller Mittelpunkt›. Bist es immer gewesen. Und ich hab das für selbstverständlich gehalten. Aber wenn wir diese Sache hier durchstehen, verspreche ich dir, dass ich alles tun werde, was nötig ist, um ganz dein zu sein. Und ich werde dich nie mehr bei irgendetwas außen vor lassen.»

Bei diesen Worten stürzte Amber sich auf mich, und ihre Lippen suchten meine. Ich nahm mir vor, Eliot mit Stanislawski in den Pub einzuladen, wenn er das nächste Mal Zeit hatte. Er hatte ein Bier bei mir gut.

Später lagen wir zusammen auf unserem Bett, Ambers Kopf ruhte auf meiner Brust, und wir lauschten den Geräuschen der Stadt draußen. Den vorbeispazierenden Familien. Dem leisen Dröhnen der Flieger im Anflug auf Heathrow. Dem stets optimistisch klingenden Eismann ... Während ich über Ambers Haare strich, musste ich an den Moment vor all den Jahren in ihrem Elternhaus denken, als wir eng umschlungen in ihrem Bett gelegen hatten und ich zum ersten Mal hoffnungsvoll an das gedacht hatte, was kommen würde. Und mir wurde etwas klar. Wenn ich die Zeit zurückdrehen und diesem jungen Mann etwas sagen könnte, würde ich ihm klarmachen, dass es nicht auf die Zukunft ankam, nicht auf die Irrungen und Wirrungen, die vor ihm lagen. Das, was wirklich wichtig war, lag direkt vor seiner Nase. Und ich würde mir raten, das Glück für den Rest meiner Tage nur noch in Momenten wie diesen zu suchen – Momenten, in denen du den Menschen im Arm hast, den du liebst, und mit ihm atmest, als wärt ihr eins, während die Welt ihren Gang geht, leise und behutsam, so als wollte sie euch nicht wecken. Denn am Ende ist das das Einzige, was wirklich zählt.

KAPITEL SIEBENUNDVIERZIG
THEO

Ich hatte den ganzen Morgen auf mein Telefon gestarrt und darauf gewartet, dass es endlich klingelte. Ich war noch in der Wohnung in Peckham und freute mich für Joel, denn da er nicht zurückgekommen war, hatte sich mit Amber offenbar alles zum Guten gewendet. Aber es war jetzt vier Tage her, dass wir das Krankenhaus verlassen hatten, und allmählich machte ich mir Sorgen. Ich hatte kurz mit Alice gesprochen, um ihr von meiner Aussöhnung mit Joel zu berichten, aber von meiner geplanten Spende hatte ich nichts erzählt. Ich wollte das Schicksal nicht herausfordern.

Und natürlich stand ich unter der Dusche, als Joel schließlich anrief. Ich hatte das Handy neben der Tür abgelegt, damit ich mitbekam, wenn es klingelte, und wäre beinahe auf dem nassen Fußboden ausgerutscht, als ich hinging, um den Anruf mit eingeseiften Händen entgegenzunehmen.

Joel kam gleich zum Punkt. «Sie wollen uns sehen», sagte er.

«Oh, Wahnsinn! Ich meine, ist das gut? Haben sie was über die Untersuchungsergebnisse gesagt?»

«Dr. Abbasi hat nur gesagt, dass wir kommen sollen. Amber ist am Set, und ich krieg sie nicht ans Telefon, aber ich hab mir ein Uber bestellt. Soll ich vorbeikommen und dich abholen?»

«Ja, super.»

«Prima, dann bis gleich.»

Es fühlte sich alles so normal an, so als würden wir uns zu einem Arbeitsessen verabreden. Aber als ich ins Auto einstieg und sah, wie krank Joel aussah, war plötzlich alles schrecklich real.

«Ich hatte eine schlechte Nacht», sagte er.

«Geht's denn wieder?»

«Ich werd's überleben», sagte Joel, aber mir war gerade nicht zum Scherzen zumute.

«Glaubst du, es ist ein gutes Zeichen, dass sie uns beide sehen wollen?», fragte ich, während unser Fahrer nach einer geeigneten Stelle suchte, uns abzusetzen. «Wenn sie uns nur sagen wollten, dass ich kein geeigneter Spender bin, wäre das ja sicher nicht nötig, oder?»

Joel trommelte mit den Fingern auf seine Knie, was in der Stille des Wagens seltsam verstärkt klang. Ich brauchte frische Luft und kurbelte das Fenster runter.

«Ich weiß es ehrlich nicht», sagte Joel.

Wir hielten vor dem Krankenhaus, und ich sprang förmlich aus dem Wagen. Dann ging ich um das Auto herum und erwartete, dass Joel es mir nachtun würde, aber er schien Probleme zu haben.

«Alles in Ordnung?», fragte ich und öffnete die Wagentür.

«Ja, geht so. Ich fühl mich gerade so, als wäre alle Kraft aus mir gewichen.»

«Verstehe. Keine Angst, soll ich …?» Da ich nicht recht wusste, wie ich ihm helfen konnte, streckte ich ihm unbeholfen die Arme entgegen.

Nach ein paar Fehlversuchen sagte er: «Gib mir einfach … Ja, *so* ist es gut.» Er hielt sich an meinem Arm fest, und ich zog ihn hoch. Ich spürte, wie dünn er war, unter dem T-Shirt zeichneten sich seine Rippen ab. Ich musste an den Moment damals, nach Alice' Unfall, denken, als wir uns an der Themsequelle die Arme um die Schultern gelegt und geweint hatten. Es fühlte sich an, als wäre das in einem anderen Leben gewesen. Aber als wir uns langsam auf den Eingang des Krankenhauses zubewegten, war ich stolz darauf, dass wir endlich wieder zueinandergefunden hatten. Es hatte zwar gedauert, aber manchmal brauchen die Dinge einfach Zeit, und man kommt nur langsam voran, Schritt für Schritt.

KAPITEL ACHTUNDVIERZIG
JOEL

Als Theo und ich zum dritten Mal versucht hatten, Dr. Abbasi um den Hals zu fallen, hatte sie gelacht und uns mit der Wasserspritze bedroht, die sie für ihre Topfpflanzen benutzte. Jetzt war es offiziell: Theo und ich waren ein Spender-Empfänger-Paar. Wir würden so bald wie möglich einen Termin für die Operation bekommen. Dr. Abbasi versuchte, uns auch die ernsten Informationen zu vermitteln – dass trotz allem die Möglichkeit bestand, dass mein Körper Theos Leber abstoßen würde, dass die OP sechs Stunden dauern würde und dass die Untersuchungen darauf hinwiesen, dass ich eventuell allergisch auf das Narkosemittel reagieren könnte – aber als die Dummköpfe, die wir nun mal waren, hörten wir vor lauter Aufregung gar nicht richtig hin. Ich hatte so sehr versucht, mir nicht zu viel Hoffnung zu machen, aber jetzt war es, als wäre ein Ventil geöffnet worden, und der ganze Druck entwich. Als ich Amber anrufen wollte, zitterten meine Hände zu stark.

«Hey», sagte Theo, «soll ich das für dich machen, mein Freund?»

Er nahm mir das Telefon aus der Hand, suchte Ambers Nummer und drückte auf die Wähltaste, dann reichte er es mir zurück. Als ich Amber die Neuigkeiten mitteilte, sagte sie zuerst gar nichts. Ich glaube, sie hatte, wie wir, versucht, sich auf das Schlimmste gefasst zu machen, und brauchte eine Weile, um ihre Stimme wiederzufinden. Aber dann redete sie mit tausend Meilen in der Stunde auf mich ein und beschloss, zu versuchen, ihre Drehs für den Rest des Tages abzusagen, damit wir uns sehen konnten. Normalerweise hätte ich dem niemals zugestimmt, aber die Aussicht, sie in meinen Armen zu halten und mit ihr die guten Nachrichten zu feiern, war einfach zu gut, um zu protestieren.

Theo und ich waren wie benommen, als wir das Krankenhaus verließen.

«Ich fahre jetzt nach Hause und besuche meine Familie», sagte Theo. «Aber sobald wir grünes Licht bekommen, springe ich in den Zug und komme wieder hierher.»

«Klar», sagte ich. Wir gingen noch eine Weile nebeneinander her, und ich sammelte mich für das, was ich ihm unbedingt noch sagen wollte. «Hör zu, ich weiß gar nicht, wo ich anfangen soll ... dir zu sagen, wie ...» In dem Augenblick klingelte mein Handy, und ich holte es aus der Tasche.

Theo klopfte mir, weil er dachte, es wäre Amber, auf die Schulter, sagte: «Also dann, bis bald, okay?», und ging weg, um ein Taxi anzuhalten. Er hatte so einen hüpfenden Gang, dass ich dachte, er würde jeden Moment ein Tänzchen hinlegen, so wie Morecambe und Wise in ihrer berühmten Nummer.

Der Anruf kam von einem unbekannten Anschluss. Ich wappnete mich für eine der gängigen Telefonbetrugsmaschen, aber dann begrüßte mich eine vertraute Stimme, wenn auch ohne den üblichen Wortschwall.

«Joel, ich bin's, Jane Green.»

«O hallo! Hast du eine neue Nummer?»

«Nein. Ich hatte nur Angst, dass du nicht drangehst nach dieser ganzen Geschichte neulich.»

«Ah, verstehe», sagte ich. «Tja, ich glaub, ich lass dich noch mal davonkommen. Du wirst auch gleich wissen, warum. Ich muss dir nämlich was sagen.»

Ich setzte mich auf eine Bank und erzählte Jane alles. Und wenn man die Kraftausdrücke nicht mitzählte, die sie bei jeder neuen Wendung meiner Geschichte ausstieß, hörte sie mir bis zum Ende zu, ohne mich auch nur ein Mal zu unterbrechen.

«Puh, mein Lieber, dann bekommt der Grund meines Anrufs ja noch mal eine ganz andere Bedeutung. Halt dich fest, ich hab nämlich Neuigkeiten zu *The Regulars* ...»

Als wir das Gespräch schließlich beendeten, war ich bestimmt siebenmal mit dem Handy am Ohr von der Bank aufgestanden und hatte mich wieder hingesetzt. Ich muss ausgesehen haben wie jemand, der mit einem Geiselnehmer verhandelt und besonders erniedrigende Anweisungen erteilt bekommt.

Als ich mich danach vorsichtig in dem Taxi nach Hampstead niederließ, wollte ich nur noch die Augen schließen und erst wieder aufwachen, wenn ich am Ziel ankam. Aber ich musste noch ein letztes Telefonat führen.

«Joel!»

«Hola, Mum. Sitzt du?»

KAPITEL NEUNUNDVIERZIG
THEO

Es war ein seltsam willkommener Anblick, Dads Haarschopf über der Hecke aufragen und daneben immer wieder die mörderische Schere aufblitzen zu sehen. Als ich durch das Gartentor eintrat, saßen Mum und Alice auf der Terrasse und tranken Tee. Mum sprang auf und kam angelaufen, um mich zu umarmen, während Dad mir zuwinkte wie Edward mit den Scherenhänden. Dann stieg er die Leiter hinab, kam zu mir und fuhr mir als Erstes durch die Haare (die Schere hatte er glücklicherweise vorher irgendwo abgelegt).

«Mir fallen keine Wanderstreber-Witze mehr ein, mit denen ich dich aufziehen könnte», sagte Alice. «Kannst du bitte einfach so tun, als hätte ich gerade einen richtig guten gemacht?»

«Na gut, weil du's bist», sagte ich.

«Tee?», fragte Mum. «Ich bin gespannt, was du von deiner Reise zu erzählen hast. Gibt's Fotos? Brauchen wir dieses Kabelzeugs, dieses Scart-Dings für den großen Fernseher?»

«Ähm, vielleicht später», sagte ich. «Aber zuerst muss ich euch was sagen.»

«Oh, okay, natürlich», sagte Mum. «Aber es ist doch alles in Ordnung, oder, Schatz?»

«Ja, mir geht's gut. Lasst uns doch einfach ...» Ich zeigte auf die Terrassentür und führte sie ins Haus.

Dad schob einen Stuhl zur Seite, damit Alice an den Küchentisch herankam, dann ließen er und Mum sich gegenüber von mir daran nieder. Das alles fühlte sich sehr ungewohnt an. Wir hatten nie zu den Familien gehört, in denen es «Familientreffen» oder große Aussprachen gab. Die drei schauten mich erwartungsvoll an, aber ich wusste nicht recht, wo ich anfangen sollte.

Alice gab mir Starthilfe. «Geht's um Joel?», fragte sie.

«Ja», sagte ich. «Ich hab diese Woche erfahren, dass ... na ja ... es kommt mir nicht leicht über die Lippen, aber es hat sich herausgestellt, dass nicht *er* damals den Unfall verursacht hat, sondern Amber Crossley. Sie saß am Steuer.»

Zuerst sagte niemand etwas. Dann blinzelte Alice ein paarmal schnell, so als wäre sie sehr hellem Licht ausgesetzt, und sagte: «Puh, das kommt überraschend.»

«Ich fürchte, ich versteh's nicht so recht», sagte Dad. «Er war gar nicht in dem Auto?»

«Doch», sagte ich. «Aber er hat die ganze Zeit versucht, Amber zum Anhalten zu bewegen. Und am Ende dann die Schuld auf sich genommen.»

«Aber ... warum?», fragte Mum.

«Weil er sie sehr geliebt hat – und es immer noch tut. Aber auch, weil er ein großzügiger, selbstloser Mensch ist. Und das bringt mich zu der zweiten Geschichte, die ich erzählen wollte, denn seien wir ehrlich: Großzügigkeit und Selbstlosigkeit sind nicht gerade Eigenschaften, mit denen ich in der ganzen Zeit geglänzt habe.»

«Ist doch gar nicht wahr», protestierte Mum.

«Doch, ich fürchte schon», sagte ich. «Ich hab mich hier eingenistet und mich darauf verlassen, dass ihr schon für mich sorgt – und euch nebenbei davon abgehalten, euer eigenes Leben zu leben. Ich war unglücklich und auf die ganze Welt wütend, und ihr habt das alles abgekriegt. Ihr hattet gar keine andere Wahl, als mich irgendwann einfach rauszuwerfen.» Ich wandte mich Alice zu. «Du warst schon immer viel erwachsener als ich, wenn es um Joel ging. Du wolltest diese Geschichte ziemlich bald hinter dir lassen und nach vorn schauen. Aber ich hab dafür gesorgt, dass du nicht vergisst, was er getan hat – oder was ich dachte, was er getan hätte. Es wird Zeit, dass ich zur Abwechslung auch mal jemandem helfe. Und glücklicherweise bekomme ich dazu bald ausführlich Gelegenheit.»

Ich sah, wie Mum nach Dads Hand griff, als ich von Joels Leberzirrhose erzählte und dass sie so weit fortgeschritten war, dass ich die einzige Option war, die ihm noch blieb.

«Aber was kannst du denn machen?», fragte Dad.

Ich schaute auf meine Hände, während ich ihm antwortete. «Jemand mit einer gesunden Leber kann, wenn er bestimmte Voraussetzungen erfüllt, einen Teil seines Organs spenden, mit dem dann die Leber des Kranken ersetzt wird. Das heißt Lebendspende. Und wie sich zeigt, erfülle ich alle Voraussetzungen. Wir haben alle Tests bestanden und warten jetzt nur noch auf einen Termin für die OP.» Ich hielt den Blick gesenkt. Ich war seltsam verlegen, so als hätte ich ihnen ein großes, jahrelang verschwiegenes Geheimnis verraten.

«Oh, Theo», sagte Mum. «Das ist keine Kleinigkeit. Bist du sicher, dass du das wirklich willst? Hast du auch gut über alles nachgedacht? Kann das nicht jemand anders machen?»

«Nicht, dass wir wüssten. Aber das spielt auch keine Rolle. Die Sache kann nicht länger aufgeschoben werden», sagte ich. «Ich denke darüber nach, seit ich von dieser Möglichkeit erfahren habe, und finde, dass ich es tun sollte. Das Einzige, was mir Sorgen macht, ist die Unsicherheit, ob es auch wirklich funktioniert. Ich mache keinen Rückzieher. Ich bin ihm das schuldig.»

Alice brach zu meinem Erstaunen in Tränen aus.

«Verflucht noch mal, Theo, komm bitte her, damit ich dich umarmen kann, du verdammter Riesenhornochse.»

Ah, das klang schon besser.

Ich ging um den Tisch herum, und sie zog mich zu sich hin und drückte mich fester denn je. Nach einer Weile spürte ich Mums Arm um meine Schulter und dann auch Dads. Und mittendrin war ich und kniff die Augen zu, um mich ganz darauf konzentrieren zu können, wie glücklich ich war, etwas zu tun, was sie mit Stolz erfüllte.

Der Anruf von Joel kam am nächsten Tag.
«Wir haben einen Termin», sagte er. «Heute in einer Woche.»
«Ja!», schrie ich, als hätten wir gerade die Weltmeisterschaft gewonnen. Dann hörte ich eine vertraute Stimme im Hintergrund. «Wie läuft's mit Amber?»
«Gut», sagte Joel. «Sehr gut sogar.»
«Das sind tolle Neuigkeiten», sagte ich.
«Ja, aber warte mal 'ne Sekunde.» Es klang, als würde er in ein anderes Zimmer gehen. Ich hörte, wie eine Tür geschlossen wurde. «Also, es versteht sich natürlich von selbst, dass –»
«Oh, nein, nein, nein – das höre ich mir gar nicht erst an. Ich mach's auf jeden Fall, okay? Du kannst es mir nicht mehr ausreden. In dem Stadium, in dem ich jetzt bin, würde ich, selbst wenn du wie durch ein Wunder plötzlich geheilt wärst, da reinmarschieren und ihnen sagen, sie sollen mich aufschnippeln – und dann gucken, ob nicht irgendwer, der grade vorbeikommt, zufällig ein bisschen frische Leber gebrauchen kann.»
Joel lachte – ein echtes, herzliches Lachen –, und ich fühlte mich, als wäre ich aus der Kälte ins Warme gekommen.

Als ich am Tag der Operation aufwachte, wartete ein kühler Herbsttag auf mich, in der Luft hing ein dünner Nebelschleier. Dad hatte vorgeschlagen, dass wir alle zusammen mit dem Auto nach London fahren sollten statt mit dem Zug. Während wir nun über Kembles Landstraßen rollten, schaute ich aus dem Fenster, sah die Bäume und Felder vorbeiziehen und dachte an all die Abenteuer, die Joel und ich hier erlebt hatten. An den endlosen Sommertagen während der Schulferien hatten wir alles Mögliche angestellt, um uns die Langeweile zu vertreiben, und uns gewünscht, die Zeit würde schneller vergehen. Wenn ich jetzt die Uhr zurückdrehen könnte, würde ich meinem jüngeren Ich sagen, dass es besser die Fersen in den Boden rammen und jede noch so kleine Sekunde auskosten sollte. Denn auch wenn die Zeit sich so anfühlte, als zöge sie sich hin, raste sie in Wahrheit mit intergalaktischer Geschwindigkeit immer weiter.

Wir fuhren über eine schmale Straße, die schattig war, weil die Bäume einen Baldachin aus Blättern darüber spannten, als sich bei mir die ersten Anzeichen von Nervosität einstellten. Es begann im Bauch und strahlte von dort in alle Richtungen aus. Ich umklammerte den Sicherheitsgurt, bis er so stark in die Haut zwischen meinen Fingern schnitt, dass es wehtat.

Dann merkte ich, dass Alice zu mir hinsah.

«Mum?», sagte sie.

«Schon dabei», antwortete Mum vom Beifahrersitz.

Ich wollte gerade fragen, was das zu bedeuten hatte, als Mum eine CD aus dem Handschuhfach holte.

«Willkommen zur *Goon Show*, der Blödelshow für jede Wetterlage.»

Es folgte ein bisschen Jazzmusik und dann:

«Heute präsentieren wir euch die Geschichte ... Der gestohlene Briefträger.»

«Der gestohlene Briefträger» war meine Lieblingsfolge der

Goon Show, meiner Lieblings-Radio-Comedy aus den Fünfzigerjahren. Ich hatte sie nicht auf CD, also musste Alice sie extra für diese Fahrt gekauft haben. Während ich mich dem sanften Irrsinn der Folge hingab, spürte ich, wie meine Schultern nach unten sanken und ich mich entspannte. Ich ließ den Sicherheitsgurt los.

Ohne mich anzusehen, nahm Alice meine Hand und drückte sie. Und dann war es plötzlich, als würden wir vier mit Dads altem Saab in die Sommerferien fahren und darauf warten, bis der Erste von uns «Ich kann das Meer sehen!» rief und unsere Sorgen langsam verschwanden.

KAPITEL FÜNFZIG
JOEL

Als wir am Krankenhaus ankamen, fragte ich meine Begleiterinnen, ob wir vor dem Hineingehen noch eine Runde um den Block drehen könnten. Was nur zum Teil meiner Nervosität geschuldet war. Ich wollte vor allem deshalb noch ein Stück gehen, weil ich am einen Arm Amber und an dem anderen Mum hatte, und das gefiel mir viel zu gut, um einfach loszulassen.

Amber und ich hatten Mum ein paar Tage zuvor vom Flughafen Gatwick abgeholt. Ich hätte mich nie im Leben zu den Leuten gezählt, die in der Ankunftshalle ein tränenreiches Wiedersehen feiern. Aber plötzlich standen wir als ein einziges Knäuel aus Armen da, und Mum sagte immer wieder: «Ich kann es gar nicht glauben – ich kann es einfach nicht glauben.» Und das Beste daran war, dass dadurch das Eis zwischen Mum und Amber endgültig gebrochen zu sein schien. Auf der Rückfahrt im Taxi saß ich vorn und hörte, wie sie sich angeregt und in liebevollem Ton über Lissabon unterhielten.

Mum erwähnte in ihren Erzählungen immer mal wieder ganz beiläufig einen Martin – einen Mann, den sie beim Frühstücken in ihrem Lieblingscafé kennengelernt hatte. «Und dann hat Martin so was Lustiges über den Kellner gesagt ...» «Martin war so freundlich, mir mit dem Gepäck und dem Taxi zu helfen ...»

Amber und ich wechselten im Rückspiegel einen Blick.

«Martin lebt nicht zufällig in England, oder, Sue?»

«Ich glaube schon», sagte Mum.

«Und hat Martin dir vielleicht seine Adresse und seine Telefonnummer gegeben?»

Mum tat so, als würde sie schockiert nach Luft schnappen.

«Also, wirklich, auf so eine Frage antworte ich noch nicht mal.» Aber kurz darauf zog sie einen Zettel aus der Tasche und fächelte sich damit Luft zu.

«Sue!», sagte Amber. «Ist das ...?»

«Ich weiß nicht, wovon du sprichst, Liebes», sagte Mum und versuchte, sich ein Grinsen zu verkneifen. Im Spiegel konnte ich nur das Wort Martin lesen, gefolgt von einer E-Mail-Adresse, die auf einen behelfsmäßigen Fächer geschrieben war.

Mum wohnte bis zum Tag der OP bei uns in Hampstead. Ich war entschlossen, diese wenigen Tage bis zum Letzten auszukosten. Wahrscheinlich strengte ich mich mehr an, als vernünftig war, aber mit Mum über den Columbia Road Flower Market zu flanieren oder durch Hampstead Heath zu spazieren, entschädigte sie wenigstens ein bisschen dafür, dass ich unseren Lissabon-Urlaub auf der Hälfte abgebrochen hatte. Wenn ich auch sagen musste, dass Mums fortgesetzte Erwähneritis, was Martin anging, mein schlechtes Gewissen doch ziemlich erleichterte. Das hieß zwar nicht, dass ein neuer Mann in Mums Leben mir nicht auch Sorgen bereitet hätte, aber bislang hatte er sich ihr gegenüber offenbar freundlich und großzügig verhalten. Falls er irgendwann persönlich auf der Bildfläche erscheinen würde, würde ich aufpassen wie ein Luchs, um sicherzugehen, dass es auch so blieb. Ich sah schon genau vor mir, wie ich ihn draußen vor dem Haus zur Seite nehmen und ihm das Versprechen abringen würde, Mum bis zehn Uhr wieder abzuliefern, während sie peinlich berührt die Hände vors Gesicht schlug.

Als sie, Amber und ich schließlich das Krankenhaus betraten, kamen wir zeitgleich mit Theo und seiner Familie an. Ich hatte zwar gewusst, dass er die anderen mitbringen würde, mir aber nicht klargemacht, wie es sich anfühlen würde, sie alle wiederzusehen. Natürlich hielten wir zunächst alle verlegen Abstand voneinander – da war gut und gerne ein Meter Luft zwischen den beiden Gruppen. Amber drückte meine Hand, und ich drückte ihre, um sie zu beruhigen, denn die Begegnung mit Alice verunsicherte sie natürlich.

«Na, alles klar?», begrüßte ich Theo.

«Alles klar», antwortete er.

Es entstand eine Pause, die Mum dadurch beendete, dass sie zu Theo ging und ihn an sich zog. «Ich kann dir gar nicht sagen, wie dankbar ich bin», sagte sie. «Du bist ein Wunder, Theo.»

Theo lief rot an. «Keine Ursache», murmelte er.

Mum wandte sich Geoff und Angie zu. «Ihr könnt ewig stolz auf ihn sein», sagte sie.

Ich spürte, dass Geoff sich seine spontane Reaktion verkniff – wahrscheinlich einen Scherz im Stil von «Ja, wenn man ihn besser kennenlernt, ist er gar nicht so übel», wie ihn nur Väter machen können. Stattdessen lächelte er und sagte: «Ja, das sind wir.»

«Hallo zusammen», sagte Alice und ließ ihren Blick zwischen Amber und mir hin und her wandern. Wir erwiderten die Begrüßung, dann räusperte Amber sich und sagte: «Hast du später einen Moment Zeit für mich, Alice? Ich würde gern kurz mit dir sprechen. Vielleicht können wir ja in ein Café gehen.»

Alice überlegte einen Moment, dann schaute sie Theo und mich an und sagte: «Ich vermute mal, die beiden werden uns eh Gott weiß wie lange hier festhalten, also ja, lass uns das machen.»

Nach diesem kurzen Wortwechsel waren alle gleich viel entspannter.

Theo und ich blieben stehen, während die anderen in den Warteraum gingen. Theo war ein bisschen blass um die Nase.

«Alles okay?», fragte ich.

«Wenn wir erst mal da drinnen sind, wird's mir besser gehen», sagte er. Er zeigte auf unsere Familien, die jetzt höflich miteinander plauderten, als wären sie auf einer Wohltätigkeitsveranstaltung oder einem Kirchenbasar. «Das ist irgendwie alles surreal.»

«Stimmt. Und doch großartig.»

«Ja», sagte Theo mit leicht bebender Stimme. «Allerdings.»

Wir mussten eine Weile warten, bevor uns jemand holen kam, was meine Nerven nicht gerade beruhigte. Und als wir dann durch das endlose Labyrinth von Fluren geführt wurden, rief ich mir das Bild in Erinnerung, wie Theo und ich mit der Sonne im Rücken auf unserem Tandem losgeradelt waren und uns mit jedem Meter leichter ums Herz geworden war, und gab mir alle Mühe, dieses Gefühl der Hoffnung mitzunehmen.

KAPITEL EINUNDFÜNFZIG
THEO

Als ich, nur mit einem OP-Kittel bekleidet, in meinem Krankenbett lag, ließen mich langsam die Nerven im Stich – auch wenn ich Joel gegenüber etwas anderes behauptet hatte. Der Raum fühlte sich stickig an. Ich machte mir Sorgen, dass die ganze OP abgesagt würde, wenn ich eine Panikattacke bekam, und ich Joel dann wieder enttäuschen würde. Glücklicherweise verflog dieses Gefühl jedoch, bis jemand kam, um mich abzuholen.

Als ich die anderen wiedersah, ging es mir gleich viel besser. Dr. Abbasi hatte ihnen offenbar eingetrichtert, dass sie mich beruhigend anlächeln sollten. Aber weil einige von ihnen überzeugender auf Kommando lächeln konnten als andere, sahen sie aus wie Figuren aus einem billigen Schwank, die versuchen, eine bewusstlose Nonne hinter sich zu verstecken. Nach ein paar Minuten Plauderei hatten sich aber alle ein wenig entspannt, und ich spürte, wie mein Puls langsamer wurde.

Mum schloss mich ein letztes Mal in die Arme und flüsterte mir «Wir haben dich ganz doll lieb» ins Ohr. Dad drückte meinen Fuß. «Danach bist du wie der Blitz wieder auf den Beinen, hörst du?» Dann umarmte Alice mich und überreichte mir eine Zeichnung. Das Bild zeigte uns beide, wie wir in ihrem Garten saßen und unter dem Sternenhimmel Whisky tranken. Und darunter stand: «Für Theo, der *immer noch* der tapferste Trottel ist, den ich kenne.»

Joel lag in einem Raum gleich neben dem Operationssaal. Er tat mir leid, weil er noch länger warten musste. Meine OP sollte ungefähr sechs Stunden dauern, aber Joel musste in der Nähe bleiben, damit er sofort operiert werden konnte, sobald ich durch war. «Anscheinend verstoße ich gegen das ‹Protokoll›, wenn ich auf ein Bier und ein Curry ins Pub rübergehe», sagte er, als ich zu ihm ins Zimmer gefahren wurde. «Ich meine, wie politisch korrekt muss man eigentlich noch sein?»

«Was kommt wohl als Nächstes?», sagte ich mit einem traurigen Kopfschütteln. «Rauchverbot im OP?»

Die Krankenschwester drehte mein Bett so, dass Joel und ich uns Zeh an Zeh gegenüberlagen. Dann ging sie, um uns noch ein paar Minuten allein zu lassen.

«Wollen wir uns einfach verstecken?», flüsterte ich. «Und gucken, wie lange sie brauchen, um uns zu finden?»

Joel schaute zur Tür. «Ja, warum nicht. Du gehst zuerst, und ich sag ihnen, du wärst abgehauen. Und wenn sie dich dann suchen, mache ich mich auch aus dem Staub.»

«Und in einem Jahr oder so treffen wir uns irgendwo am Strand, wie am Ende von *Die Verurteilten*.»

«Gut, abgemacht.»

Draußen vor dem Zimmer entstand Unruhe, und wir schauten beide zur Tür. War unsere Zeit schon abgelaufen? Nein, wir hatten noch ein bisschen.

«Und?», sagte Joel. «Hast du … du weißt schon … Angst?»

«I wo», sagte ich. «Du?»

«Ach was», sagte Joel abwinkend. «Nicht die Spur.»

KAPITEL ZWEIUNDFÜNFZIG
JOEL

So eine Angst hatte ich in meinem ganzen Leben noch nicht gehabt.

KAPITEL DREIUNDFÜNFZIG
THEO

So eine Angst hatte ich in meinem ganzen Leben noch nicht gehabt.

KAPITEL VIERUNDFÜNFZIG
JOEL

ist natürlich Quatsch. Ich hab eine Scheißangst», sagte ich.

«Klar, ich auch», erwiderte Theo.

Ich hatte lange hin und her überlegt, ob ich ihm von Jane Greens Anruf erzählen sollte. Wenn man jemandem direkt vor einer OP die wahrscheinlich beste Nachricht seines Lebens überbrachte, geriet sein Herz dann so in Aufruhr, dass der Eingriff verschoben werden musste? Eine Änderung der «kreativen Ausrichtung» bei Channel Four hatte nämlich zur Folge, dass sie ihre Sitcom, die in einem Pub spielen sollte, nun doch nicht realisieren würden. Und das bedeutete, dass die BBC jetzt doch Interesse an *The Regulars* hatte. Und Theo wollten sie unbedingt mit an Bord haben – vor allem nach der Lektüre des Buches, das ich ihnen geschickt und weitestgehend als Theos Werk deklariert hatte. Wenn ich ihn mir jetzt so anschaute, hatte ich das Gefühl, dass er ein bisschen Aufmunterung gut gebrauchen konnte.

«Übrigens hat Jane angerufen», begann ich.

«Ach ja?», sagte Theo, klang aber noch etwas abgelenkt.

«Sie wollen die Serie jetzt doch», fuhr ich fort. «*The Regulars*. Die BBC hat zugesagt.»

Theo schaute mich an. Ich schaute Theo an.

«Weißt du, was mir aufgefallen ist?», fragte er, legte die Hände hinter den Kopf und lehnte sich stirnrunzelnd zurück.

«Lass hören.»

«Das Leben ist einfach komplett irre, findest du nicht?»

«Das ist wahrscheinlich das Tiefgründigste, was ich je gehört habe», sagte ich und musste schmunzeln. Denn ich sah, dass Theo Glücksgefühle durchströmten, als hätte ihm die Krankenschwester gerade einen Tropf damit gelegt. Plötzlich musste ich wieder daran denken, wie er als Jugendlicher gewesen war; an den unschuldigen, optimistischen Dreizehnjährigen, der Drehbücher an die großen Fernsehanstalten geschickt und ehrlich darauf gehofft hatte, dass sie verfilmt würden. Und mir fiel noch etwas anderes ein, was er geschrieben hatte. Wir hatten nie wirklich darüber gesprochen, aber jetzt verspürte ich das dringende Bedürfnis, ihn damit aufzuziehen.

«Sag mal», begann ich, «erinnerst du dich noch daran, wie ich mal diesen Text von dir gefunden habe, der mit *Meine Traumfrau* überschrieben war?»

Theo erstarrte. «Glaub nicht», sagte er, offenkundig um Beiläufigkeit bemüht, und gähnte sicherheitshalber noch dazu.

«Wir müssen ungefähr vierzehn gewesen sein. Du hast damals behauptet, es wäre der Monolog einer fiktiven Figur, aber ich hab dir nie so recht geglaubt.»

«Hmm, nee, sagt mir nichts.»

«Dann will ich deinem Gedächtnis mal ein bisschen auf die Sprünge helfen», sagte ich, räusperte mich und zitierte aus dem Kopf: «*Meine Traumfrau schreibt Gedichte, würde aber niemals irgendwem davon erzählen. Sie weiß, was die Nouvelle Vague ist, und verreist nie ohne eine Super-8-Kamera ...*»

Jetzt hielt Theo sein Spiel nicht länger durch.

«O Gott, aufhören, bitte! Halt den Mund! La-la-la-la-la!» Er erhob seine Stimme, um mich zu übertönen.

Ich zeigte mich gnädig und verstummte.

«Weißt du, dass ich das beinahe einem Mädchen in meinem Englischkurs geschickt hätte, bis du dich darüber lustig gemacht hast?», sagte Theo. «Du hast also was gut bei mir.»

«Ach, weißt du, du schenkst mir gleich einen nicht unbeträchtlichen Teil eines deiner wichtigsten Organe, ich denke mal, damit sind wir einigermaßen quitt.»

Theo nickte.

«Weißt du, was das Schlimmste an dem Text ist?», fragte er nach einer Weile.

Ich schüttelte den Kopf.

«Es stimmt immer noch. Alles, was da drinsteht.»

Ich musste lachen wie schon seit Ewigkeiten nicht mehr.

«Nicht, dass ich dir dein ekelhaft selbstgefälliges Grinsen aus dem Gesicht wischen wollte», sagte Theo, «aber ich hab über was nachgedacht. Über was Ernsteres. Es geht um Mike und all das, worüber wir neulich auf der Bank gesprochen haben.»

«Oh, okay», sagte ich. «Ich meine, damit verdirbst du mir zwar meine Festtagsstimmung ... aber mach nur.»

Theo rückte sich auf seinem Bett zurecht. «Ich dachte nur, dass wir es uns, vorausgesetzt, heute läuft – toi, toi, toi! – alles gut, in Zukunft immer erzählen sollten, wenn was Blödes passiert.»

«Das klingt nach einem guten Plan, Theo.»

Ich hörte, dass vor der Tür erneut Unruhe entstand. Bald würde es so weit sein.

Ich räusperte mich. «Hör zu, wie du inzwischen gemerkt haben dürftest, bin ich echt schlecht in so was, aber ... ich möchte, dass du eins weißt: Ich kann mir keinen besseren Freund als dich vorstellen. Und ich bin sehr froh, dass ich dich habe.»

Darauf nickte Theo, seine Unterlippe bebte etwas. Er schaffte es nicht, etwas zu erwidern, also streckte er stattdessen sein Bein aus, und wir tippten unsere Füße aneinander, einmal, und dann noch mal.

KAPITEL FÜNFUNDFÜNFZIG
THEO

Dr. Abbasi kam mit dem Anästhesisten ins Zimmer und erklärte, es sei alles bereit für meine OP. Ich schaute zu Joel hin und hatte das Gefühl, noch etwas sagen zu müssen, bei dem wir beide in der Zukunft vorkamen.

«Übrigens», sagte ich, «dir ist schon klar, dass wir die Wanderung definitiv noch abschließen müssen, oder? Nächstes Mal dann aber von Anfang bis Ende.»

«Auf jeden Fall!», sagte Joel. «Selbst wenn wir dabei die ganze Zeit Colin an der Backe haben.»

Wir konnten nicht widerstehen, noch ein bisschen herumzualbern, Dr. Abbasi zuliebe, aber auch, um uns abzulenken. Also stellten wir ihr blöde Fragen, wie die, ob es schon mal vorgekommen sei, dass ein Patient vor ihren Augen einfach so verpufft sei. Sie ignorierte uns standhaft, bis es ihr irgendwann zu viel wurde und sie laut seufzte.

«Sie beide ...», sagte sie.

Wir beide, dachte ich, während Joel und ich uns angrinsten und ich meinen Kopf wieder ins Kissen zurücksinken ließ, *wir sind ein richtiges kleines Komikerduo.*

Der Anästhesist war jung und hatte flusige blonde Haare und einen Fleck am Kinn, der wie Senf aussah. Ich nahm mir vor, ihn darauf hinzuweisen, sobald ich wieder wach war. Jetzt schien mir irgendwie nicht der richtige Zeitpunkt dafür zu sein. Als er mich dazu anhielt, die Maske über meiner Nase festzuhalten, spürte ich, wie mein Herz immer lauter und lauter schlug.

Versau das jetzt nicht, versau das jetzt nicht, schärfte ich mir ein und konzentrierte mich mit aller Macht darauf, keine Panik zu bekommen.

Der Anästhesist legte die Nadel in meinen Handrücken, schob meinen Arm auf meinen Schoß und forderte mich auf, von hundert rückwärts zu zählen. Ich war bei fünfundachtzig, und der Raum um mich herum versank allmählich im Nebel, als ich von weit weg Joels Stimme zu hören meinte. Er war schwer zu verstehen, aber ich glaube, seine Worte waren: «Ich liebe dich, mein Freund.»

«Ich liebe dich auch», sagte ich, wusste aber nicht, ob ich es wirklich ausgesprochen hatte, denn die Welt um mich herum schwand immer mehr, bis da nur noch Dunkelheit war.

KAPITEL SECHSUNDFÜNFZIG
JOEL

Ein Jahr später

Ich schloss die Augen und lauschte dem Wind, der durch die Bäume fuhr. In der Ferne brummte leise ein Mähdrescher. Eine Wolke, die das Memo nicht bekommen hatte, bewegte sich widerstrebend von der Sonne weg, und das warme Licht legte sich wieder auf mein Gesicht. Das Gras unter meinen Beinen war weich und nachgiebig. Ich rückte ein Stück hoch, um mich an den von der Morgensonne gewärmten Stein zu lehnen – den Stein, der den Startpunkt des Themsepfads markierte. Wie seltsam und doch vertraut es sich anfühlte, wieder hier zu sein.

Dies würde ein weiterer schöner Tag werden, einer dieser Samstage im Spätsommer, an denen England förmlich aufblüht; wenn die Rauchschwaden von Grills in der Luft hängen, die Gartenmöbel noch ein letztes Mal aus der Garage geholt werden und jeder wenigstens für ein paar Stunden die Ruhe hat, sich daran zu erinnern, dass das Leben ziemlich großartig sein kann.

Ich schloss erneut die Augen und versuchte, mir vorzustellen, was für ein Gesicht Theo gemacht hatte, als wir uns letztes Jahr hier getroffen hatten. Hatte er nervös und ängstlich ausgesehen, als er das Gattertor aufdrückte, oder war wenigstens der Hauch eines Lächelns über sein Gesicht gehuscht, als er mich sah? Ich fragte mich – wie schon so häufig –, was in einem alternativen Universum passiert wäre, in dem wir den Themsepfad bis zu Ende gewandert wären, ohne dass ich ihm von meiner Krankheit erzählt hätte. Ich sah uns unterhalb von Greenwich am trüben Wasser der

Themse stehen, mit einem unbehaglichen Gefühl Abschied nehmen und wieder unserer Wege gehen – und ein paar Monate später hätte er dann sein Telefon zur Hand genommen und auf der BBC-Nachrichtenseite oder einem anderen, ebenso unpersönlichen Portal gelesen, dass ich gestorben wäre. Hätte er um mich geweint? Wäre er immer noch blind vor Hass auf mich gewesen wegen Alice und dem, was in Edinburgh passiert war?

Ich ertappte mich dabei, wie ich mich selbstvergessen unter meinem T-Shirt kratzte. Aber ich war nicht sicher, ob die Narbe, die sich von meinem Bauch bis zur Brust zog, wirklich noch juckte oder ob das Jucken psychosomatisch war, eine Erinnerung an den Vorfall, der ganz sicher den Rest meines Lebens bestimmen würde.

«Colin wäre begeistert.»

«Was wohl aus dem geworden ist?»

«Wahrscheinlich versteckt er sich irgendwo in den Tiefen des bolivianischen Dschungels und wartet auf den Tag, an dem Interpol ihn aufspürt und wegen Körperverletzung anklagt.»

«Ja, wahrscheinlich.»

Das machte ich in letzter Zeit häufig – mir ganze Gespräche mit Theo ausdenken, so als stünde er direkt neben mir.

Als wäre er noch hier.

Die Operation war zunächst ein voller Erfolg gewesen. Sie hatten den Teil von Theos Leber, den sie brauchten, problemlos entnommen und ihn wieder zugenäht. Sie waren so gut wie am Ziel. Aber nachdem das kostbare Gut die kurze Reise in den Raum angetreten hatte, in den ich gerade geschoben wurde, wanderte ein Blutgerinnsel von Theos Bein in seine Lunge hoch. Danach ging offenbar alles sehr schnell.

Ich frage mich oft, ob er noch mitbekommen hat, dass ich unters Messer kam – ob er zu diesem Zeitpunkt noch am Leben war, sodass er, auch wenn er nicht wach war, auf irgendeine andere, unbewusste Art registriert hat: Sie haben bekommen, was sie brauchen.

Das Schlimmste war, wie lange ich nach der Narkose brauchte, um zu verstehen, was geschehen war. Es ergab einfach keinen Sinn. Ich war doch derjenige, der sterben sollte. Erst als Dr. Abbasi es ruhig mit mir durchsprach, habe ich es irgendwann begriffen.

Die dunklen Stunden, die dann folgten, habe ich bis heute nicht verarbeitet, und ich glaube auch nicht, dass ich je dazu in der Lage sein werde. Vor Wut, Zorn und Kummer innerlich zu rasen und gleichzeitig so schwach zu sein, dass man sich kaum rühren kann ... Das war wie diese Geschichten, die man über Menschen mit dem «Locked-in»-Syndrom hört – die schreien, um auf sich aufmerksam zu machen, aber es entweicht ihnen nicht ein einziger Laut. Als sie mir irgendwann mitteilten, dass alles gut aussehe – dass mein Körper Theos Leber angenommen habe –, wünschte ich mir, es wäre nicht wahr. Ich wollte nicht gesund werden. Ich wollte sterben. Denn was hatte ich getan? Was zur *Hölle* hatte ich getan?

Diese ersten Wochen waren für Amber wahrscheinlich noch härter als für mich. Sie war am Boden zerstört wegen Theo, natürlich war sie das – aber sie konnte auch nicht zeigen, dass sie erleichtert war oder sich gar freute, dass ich auf dem Weg der Besserung war. Denn ich war so verzweifelt über diesen Ausgang der Ereignisse – den überhaupt zugelassen zu haben ich mir nicht verzeihen konnte –, dass ich mich bei jedem Gedanken an etwas, was nicht unmittelbar damit zusammenhing, vor Scham und Selbsthass wand. Mum und Amber haben mir in diesen ersten Tagen gemeinsam beigestanden. Aber es wird noch lange dauern, bis ich ihnen dafür die Dankbarkeit zeigen kann, die sie verdienen.

Von dem Gedenkgottesdienst weiß ich nicht mehr viel. Dieser ganze Tag hatte für mich etwas Unwirkliches. Es regnete so stark, dass es durch das Kirchendach tropfte. Ich war draußen in den Platzregen geraten, hatte aber gar nicht richtig mitbekommen, dass ich klatschnass war. Ich hielt eine dünne, stockende Rede, die nichts von dem, was ich empfand, richtig rüberbrachte. Ich verhaspelte mich ständig. Eigentlich hatte ich das Ganze witzig gestalten wollen, so wie John Cleese seine Ansprache beim Begräbnis von Graham Chapman. Denn dass Theo mich gezwungen hatte, mir dieses Video bestimmt hundert Mal anzusehen, bewies, wie viel es ihm bedeutete. Aber ich konnte es nicht. Es wäre nicht richtig gewesen. Ich konnte niemandem aus seiner Familie in die Augen sehen. Meine Schuldgefühle erdrückten mich.

Als ich nachher in meinem Krankenhaus-Rollstuhl draußen saß, kam Alice angefahren. Wir hatten seit Theos Tod nicht miteinander gesprochen. Und vor dem Gespräch mit ihr fürchtete ich mich am allermeisten.

Wir beobachteten, wie entfernte Verwandte von Theo sich am Büfett bedienten.

«Warum verspüren Leute bei Trauerfeiern das Bedürfnis zu essen?», fragte Alice.

«Ich weiß es nicht», sagte ich. «Das gehört wohl zu den Dingen, die wir einfach tun, ohne sie je zu hinterfragen.»

«Ich frage mich, wer damit angefangen hat», sagte Alice. «Bestimmt irgend so ein großer stämmiger Wikinger; nachdem er mühselig das Boot in Brand gesteckt und aufs Meer rausgeschoben hatte, dachte er: Jetzt brauch ich dringend ein Sandwich mit Kresse und Ei!»

Ich lächelte.

Wir schwiegen eine Weile, dann sagte Alice: «Ich versuche, mir vorzustellen, was er zu all dem sagen würde. Ich sehe ihn genau vor mir, wie er jetzt mit seinem riesigen Haarbausch über den Augen von da oben runterguckt und sagt» – an der Stelle begann sie damit, ihren Bruder täuschend echt zu imitieren – «*Was, ich? Ich bin der, der draufgegangen ist? Na, das ist ja mal wieder typisch, ich fass es nicht!*»

Ich lachte, obwohl Alice Theos Gegrantel erschreckend gut nachmachte.

«Tja», sagte Alice, «und wie macht sich seine alte Leber da drinnen so?»

Ich legte eine Hand auf meine Narbe, die noch immer empfindlich auf Berührungen reagierte. «Bislang ziemlich gut», sagte ich.

«Und ist es ein komisches Gefühl?»

«Ja», sagte ich. «Das kann man wohl sagen. Ich glaube nicht, dass ich dafür jemals Worte finde.»

Es gab so vieles, was ich Alice gern noch gesagt hätte, aber ich wusste, dass ich mich nur wieder ähnlich verhaspeln würde wie in meiner Rede. Und Alice schien meine Unsicherheit zu spüren.

«Ist okay», sagte sie. «Das ist alles so hart. Lass uns jetzt nicht versuchen, es irgendwie zu verstehen. Es würde eh nur in einem Riesenkrampf enden.»

«In Ordnung», sagte ich. «Aber versprichst du, dass du mich besuchst oder mich anrufst, wenn du so weit bist?»

Alice nickte. Ich dachte, sie würde wegfahren, aber dann drehte sie sich noch mal um und streckte ihre Hand aus. Ich nahm sie, und wir verharrten einfach eine Zeit lang so.

Als sie meine Hand ein letztes Mal drückte und sich abwenden wollte, sagte ich: «Alice – bitte … kannst du … Mir ist wichtig, dass du weißt, wie sehr ich ihn geliebt habe. Er war so tapfer. Mehr, als ich es je sein werde. Und er war wirklich mein bester Freund. Selbst in all den Jahren, in denen wir nichts miteinander zu tun hatten, habe ich nie aufgehört, an ihn zu denken.»

Alice brauchte einen Moment, um sich zu fassen, dann hob sie den Kopf und sagte: «Versprichst du mir was?»

«Alles, was du willst», sagte ich.

Neun Monate später lief ich im Vorführsaal des BBC-Hauptgebäudes hin und her und wartete darauf, dass alle eintrafen. Amber kam als Erste und umarmte mich, und obwohl ich immer noch wahnsinnig aufgeregt war, ging es mir danach gleich hundertmal besser.

Mum trat als Nächste durch die Tür und winkte, als sie mich sah. Martin mit seinen funkelnden blauen Augen und seinem borstigen Schnauzer folgte gleich hinter ihr; er trug ihre Jacke. Bislang war er seinem Ruf gerecht geworden, und ich hatte Mum noch nie so glücklich gesehen. Ich führte die beiden zu ihren Plätzen und bestätigte Mum zweimal, dass die kleinen Popcornbeutel tatsächlich umsonst waren.

Als kurz darauf erst Geoff und Angie erschienen und dann Alice mit ihrem Freund Daniel, hielt ich es fast nicht aus. Ich hatte sie seit der Trauerfeier für Theo hin und wieder besucht, und wir hatten uns ausführlich unterhalten. Aber obwohl die Herns sich alle Mühe gaben, mir meine Schuldgefühle zu nehmen, und es mir allmählich leichter fiel, ihnen gegenüberzutreten, war ich immer noch jedes Mal ein einziges Nervenbündel. Amber drückte meine Hand und flüsterte mir ins Ohr, dass alles gut würde, und schließlich fand ich den Mut, zu ihnen hinzugehen und sie zu begrüßen. Alice und ich umarmten uns. Angie und Geoff sagten Hallo, und als Geoff mir den Arm tätschelte und mich fragte, wie es der Leber gehe, war ich so überwältigt und dankbar, dass mir Tränen in die Augen traten.

«Aber nicht doch», sagte Angie. «Keine Tränen heute. Das hätte Theo nicht gewollt.»

«Ich wette doch!», sagte Alice lachend. «Und noch besser würde es ihm gefallen, wenn es auf sämtlichen verfügbaren Kanälen ausgestrahlt würde und eine Art Massenhysterie ausbricht, so wie wenn ein Staatsoberhaupt in Nordkorea stirbt.»

«Jetzt hör aber auf!», sagte Angie, musste aber trotzdem lächeln. «Sollen wir uns Plätze suchen?», fragte sie mich.

«Ihr sitzt gleich da drüben.»

Die letzten Crewmitglieder und Darsteller trudelten ein, und das Licht im Saal wurde langsam heruntergedimmt.

Als die Herns losgehen wollten, sagte ich: «Ihr müsst nicht, wenn ihr nicht wollt, und ich bin auch ehrlich nicht beleidigt, wenn ihr nachher lieber nach Hause fahrt, aber –»

«Doch, wir kommen zu dem Essen», sagte Alice. «Keine Sorge, Amber und ich haben das Restaurant schon klargemacht. Sie meinte, du seist, Zitat, *ein bisschen im Stress* wegen letzter Änderungen oder so. Los, Ma und Pa – sehen wir zu, dass ihr auf eure Plätze kommt.»

Ich schaute ihnen lächelnd nach. Ich war nervös wegen des Essens, aber dass sie sich entschieden hatten, die Einladung anzunehmen, und Alice und Amber sich gemeinsam um alles gekümmert hatten, gab mir ein gutes Gefühl.

Ich setzte mich auf meinen Platz neben Amber und konnte kaum fassen, dass das hier wirklich passierte. Alle Menschen, die ich am meisten liebte auf der Welt, waren bei mir. Bis auf einen. Ich spürte wieder einen Kloß im Hals.

«Alles in Ordnung?», flüsterte Amber.

Ich wollte etwas sagen, fand aber keine Worte.

«Hey, ist okay, du brauchst mir nichts zu erklären», sagte sie, schmiegte sich an mich und legte ihren Kopf auf meine Schulter, so wie sie es immer macht.

Das Licht ging aus, und auf der dunklen Leinwand erschien in weißer Schrift:

> **The Regulars**
> **(Hausinternes Screening für Stab & Besetzung)**
> **Episode 1: Nächste Runde, bitte!**
>
> **Mit**
> **Amber Crossley**
>
> **Drehbuch**
> **Theo Hern**

«Hey», flüsterte Amber. «Die haben vergessen, dich im Vorspann zu nennen!»

Ich küsste sie auf den Kopf. «Keine Sorge, das soll so sein», sagte ich. «Die Serie war immer mehr sein Traum als meiner. Und das ist meine einzige Chance, ihm seinen großen Auftritt zu geben.»

Die Eröffnungsszene begann – wie all die Witze, die man heute nicht mehr hört – mit einem Mann, der in eine Bar kam. Als er den Mund aufmachte, um zu sprechen, hob ich den Blick zur Decke und dachte: *Wir haben's geschafft, was, mein Freund? Wir haben's wirklich geschafft.*

Auf meinem Rucksack hatte sich ein Schmetterling niedergelassen.

«Wenn du per Anhalter nach London willst, muss ich dich warnen. Das wird ein verdammt langer Ritt, Kleiner», sagte ich. Dann überprüfte ich zum hundertsten Mal an diesem Morgen, ob ich auch wirklich den Verlobungsring eingesteckt hatte. Es fühlte sich gut an, sich wieder über solche Dinge Sorgen zu machen.

In dem Moment vibrierte mein Handy. Eine Nachricht von Alice.

Bist du bereit, es in seiner ganzen Pracht zu bewundern?

JA, antwortete ich.

Ich öffnete das Foto, das Alice geschickt hatte, und staunte nicht schlecht. Sie hatte weder Kosten noch Mühen gescheut und sich absolut selbst übertroffen. Außen an der Mauer eines Pubs lehnte ein Tandem – in ruhmreichem britischem Racing Green.

Alice: *Der Pub-Besitzer hat nichts dagegen, dass wir es im Innenhof anschließen, bis du hier ankommst.*

Ich: *Perfekt, tausend Dank! Was schulde ich dir?*

Alice: *Nichts. Du hast dein Versprechen gehalten. Mehr wollte ich nicht.*

Alice hatte mich bei der Beerdigung gefragt, ob ich mir vorstellen könne, mir den Themsepfad noch mal vorzunehmen – für Theo. Der Gedanke, dass dieses spezielle Abenteuer von uns beiden unvollendet geblieben war, gefiel ihr nicht.

«Sobald ich wieder genug bei Kräften bin», antwortete ich. «Versprochen.»

Ich hatte mich entschieden, zu Fuß bis Oxford zu gehen, also bis zu der Stelle, zu der Theo und ich den Themsepfad zusammen durchgehalten hatten. Den Rest der Strecke würde ich mit dem Rad zurücklegen. Es war klar, dass mich einige Leute komisch angucken würden oder mich hin und wieder irgendein Witzbold fragen würde, ob ich nicht jemanden vergessen hätte. Aber das war genau der Punkt; das hatte ich nämlich nicht. Denn während der Fahrt würde ich mir vorstellen, Theo säße auf dem zweiten Sitz, und wenn die Sonne von hinten kam, würde ich so tun, als sähe ich zwei Schatten vor mir statt einem.

Der Schmetterling flog davon, und es war, als hätte ich ein Startsignal bekommen. Ich zog den Rucksack auf und zurrte die Trageriemen zurecht, dann wandte ich mich dem Pfad zu, der eine schwach erkennbare Linie durch die Felder zog. Der Fluss wartete auf mich und mit ihm seine ganze Geschichte. Jetzt brauchte ich nur noch loszugehen.

ANMERKUNG DES AUTORS

Ich bin den Themsepfad größtenteils selbst gegangen, in drei Etappen, im Herbst 2015, Sommer 2017 und Frühjahr 2019. Meine Wahl fiel zum einen deshalb speziell auf diesen nationalen Wanderweg, weil ich die Idee mochte, etwas von der Quelle bis zu seinem Ende zu erlaufen und dabei die Natur in all ihrer Herrlichkeit zu erleben, und zum anderen deshalb, weil ich keinen Orientierungssinn habe und man sich nur schwer verlaufen kann, wenn man einem Fluss folgt (was mir trotzdem gelungen ist, zweimal). Umso dankbarer war ich Joel Newton für sein hervorragendes Buch, *Thames Path*, einen sachlichen Führer für diese Route. Für den Fall, dass Sie beschließen, den Themsepfad zu gehen – was ich wärmstens empfehlen kann –, sollten Sie wissen, dass ich mir die eine oder andere Freiheit genommen habe, was die Zugänglichkeit der Strecke für Radfahrer angeht. Sosehr mir die Vorstellung auch gefällt, dass zwei Menschen ihr Tandem satteln und sich auf die Spuren Joels und Theos begeben – der Themsepfad ist ein öffentlicher Fußweg und das Radfahren dort nicht erlaubt (und größtenteils auch gar nicht möglich). Ich fürchte, nachdem ich die Idee einmal im Kopf hatte, war es zu schwer, ihr zu widerstehen, aber den gescheiteren Wanderführer für die Strecke liefert Joel Newton.

DANKSAGUNG

Danken möchte ich meinen fantastischen – und unfassbar geduldigen – Lektorinnen Harriet Bourton und Tara Singh Carlson dafür, dass sie mich aufgefordert haben, mich richtig ins Zeug zu legen, und mit deren Hilfe dieses Buch sehr viel besser geworden ist. Ich leide immer noch unter dem Stockholm-Syndrom, aber auf eine gute Art. Ich danke meiner allzeit weisen Agentin Laura Williams, die sich allwöchentlich meinen Unsinn anhört und sich nie beklagt. Du hast viele Pints bei mir gut. Mein Dank gilt außerdem allen bei Putnam und Orion, vor allem Chrissy Heleine, Nicole Biton, Katie McKee, Ashley McClay, Ashley Di Dio, Virginia Woolstencroft, Katie Moss, Olivia Barber, Jen Hope, Esther Waters, Dominic Smith, Declan Kyle, Nigel Andrews und Linda McGregor. Ich danke der Truppe bei Headline für all ihre Unterstützung. Außerdem danke ich allen bei Greene & Heaton, besonders Kate Rizzo. Ich bedanke mich bei Ben, Holly, Lucy, Emily und Fran für genau die richtige Balance zwischen Ermutigung und Veräppelung. Bei Georgie dafür, dass sie alles besser macht. Und schließlich bei meiner Familie, die ich während des letzten Jahres sehr häufig vermisst habe. Mögen bessere Zeiten vor uns liegen.